NIELS BRUNSE

Die erstaunlichen Gerätschaften des Herrn Orffyreus

NIELS BRUNSE

Die erstaunlichen Gerätschaften des Herrn Orffyreus

ROMAN

Aus dem Dänischen
von Ulrich Sonnenberg

Sammlung Luchterhand

Die Originalausgabe erschien 1997 unter dem Titel
Ramoth-Bezer bei Forlaget Per Kofod, Helsingør.

FSC
Mixed Sources
Product group from well-managed
forests and other controlled sources

Cert no. GFA-COC-1223
www.fsc.org
© 1996 Forest Stewardship Council

Verlagsgruppe Random House FSC-DEU-0100
Das für dieses Buch verwendete
FSC-zertifizierte Papier *Munken Print*
liefert Arctic Paper Munkedals AB, Schweden.

1. Auflage
Deutsche Erstveröffentlichung

Satz: Greiner & Reichel, Köln
Druck und Einband: Clausen & Bosse, Leck
Printed in Germany
ISBN 978-3-630-62119-7

www.luchterhand-literaturverlag.de

I

Heute ist ein freundlicher Tag. Heute will ich etwas beginnen, das ich lange vor mir hergeschoben habe, die Reinschrift von Ullas Manuskript.

Draußen regnet es. Im Radio haben sie Schauer versprochen, doch der Himmel sieht eher so aus, als würde es den ganzen Tag regnen. Das Gras und die Stauden im Garten leuchten in diesem zufriedenen grünen Schimmer, den Pflanzen bei dieser Art von Regenwetter und Licht annehmen – wenn der Himmel grau, aber nicht völlig verhangen ist.

Geborgenheits-Wetter. Man hat das Gefühl, das Richtige zu tun, wenn man drinnen bleibt. Niemand geht an einem solchen Tag vor die Tür, nicht nur ich nicht.

Und es ist den ganzen Tag ruhig im Haus. Meine neue Einkaufshilfe war gestern hier und kommt erst morgen wieder. Alle zwei Tage ist vollkommen ausreichend. Ich kann mich nicht recht erinnern, wie sie heißt – Carina, glaube ich. Oder Camilla? Ich kann sie ja schlecht direkt nach ihrem Namen fragen. Sie war allerdings auch erst ein paar Mal hier. Die jungen Leute haben schnell einen Nachfolger zur Hand, wenn sie verreisen oder sonst etwas tun wollen. So war Ulla auch.

Nur kommt nie wieder jemand wie Ulla, das ist klar. Vielleicht kann ich mir ja deshalb nicht merken, wie die anderen heißen. Weil ich nicht will. Weil die Erinnerung an sie nicht durch irgendetwas anderes überlagert werden soll.

Wie das klingt. Nach Beschwörung? Angst, Ulla im Stich zu lassen? Oder meine Gefühle zu verraten? Schreibe ich darum so etwas?

Ich habe Papier in die Maschine gespannt, um mit der Reinschrift zu beginnen, aber es schien mir falsch, so ohne weiteres zu beginnen, und siehe da – schon stehen hier pathetische Vertraulichkeiten, wie in einem Tagebuch.

Nun ja. *So sei es denn.* Dann wird es eben ein Tagebuch, oder eine Reinschrift mit Kommentaren, ein Appell an die Allgemeinheit oder die Nachwelt oder niemanden – an alle, zu denen ich nicht selbst gehen und mit denen ich nicht persönlich sprechen kann, an alle, die nicht hier sind, in dieser Welt, in der ich nun leben muss, dieser Welt, die zusammengeschrumpft ist auf ein Reihenhaus und einen kleinen Garten.

Ulla war eine meiner Studentinnen. Sie besuchte in den letzten beiden Semestern, in denen ich unterrichtete, meine Vorlesungen über die Dichter der Aufklärung, und als das Biest erschien und mich daran hinderte, meiner Arbeit nachzugehen, erfand sie mehr oder weniger selbst ihre Funktion als meine Einkaufshilfe. Sie hatte mich mehrfach hier zu Hause besucht, um sich Bücher von mir zu leihen, außerdem wohnte sie nicht weit entfernt, und so war es ganz normal, dass sie bald häufiger kam und jeden zweiten Tag für mich Besorgungen machte.

Damit es nicht allzu sehr nach Mitleid aussah, bot ich ihr Geld an. Fünfhundert im Monat, schwarz. Mein Arzt hatte davon gesprochen, dass ich eventuell eine von der Gemeinde bezahlte Haushaltshilfe bekommen könnte. Ich fand diesen Gedanken allerdings geradezu beleidigend. Ich war damals neunundfünfzig Jahre alt und gesund und munter, mal abgesehen von dem Biest. Da wollte ich mich doch lieber auf eine Art einrichten, die das Sozialwesen nichts anging.

Ulla akzeptierte. Sie brauchte das Geld und ich konnte es problemlos entbehren. So einfach war das. Eigentlich sollte es lediglich eine mittelfristige Lösung sein, bis es mir wieder besser ging. Aber nichts half – die Beruhigungsmittel waren entweder zu schwach, um überhaupt zu wirken, oder zu stark, als dass ich mich auf meine Vorlesungen hätte konzentrieren können. Ich faselte und verlor den Faden, und das Schlimmste war, dass es mich nicht einmal interessierte. Ich nahm alles gewissermaßen aus der Distanz wahr, und erst, wenn die Wirkung nachließ, wurde mir klar, wie schlimm es um mich stand. Die Mittel funktionierten nicht. Auch die Gesprächstherapie nützte nichts. Ich wurde an einen Psychologen überwiesen, nur war es völlig idiotisch, dass ich zu ihm kommen sollte, und nicht er zu mir. Weder mein Arzt noch der Psychologe nahmen es wirklich ernst. Aber ich konnte mich nicht einfach in ein Taxi setzen und zu ihm fahren, ohne dass mich das Biest vollkommen fertig gemacht hatte, noch bevor ich ankam.

Das Biest ist meine Phobie, es lauert mir außerhalb des Gartentors auf und schlägt seine Klauen in mich, sobald ich auf die Straße trete. PHOBIE. Ein dummer, klinischer Psychologenbegriff. Ich nenne es das Biest. Das hat Ulla auch getan. Einmal kam sie mit der Einkaufstüte zurück und packte alles, was auf dem Zettel gestanden hatte, auf den Küchentisch und am Ende zog sie eine Packung Hundekekse hervor. »Wieso um alles in der Welt hast du *Hundekeks* gekauft?«, fragte ich. »Die sind für das Biest«, sagte sie, ohne eine Miene zu verziehen.

Später am Abend, nachdem wir gegessen und ein paar Gläser Wein getrunken hatten, schütteten wir die Hundekekse in eine Schale und gingen damit zum Gartentor. Ulla stellte die Schale direkt vors Tor auf den Bürgersteig. Am nächsten Vormittag war sie selbstverständlich leer – es gibt viele Hunde im Viertel –, ich öffnete das Tor einen Spalt weit und zog die Schale mit dem Fuß herein. Als ich wieder ins Haus kam, erzählte ich ihr mit großem Ernst, dass das Biest alle Kekse gefressen hätte. »Natürlich«, sagte Ulla. »Das Biest ist gefräßig. Erzähl das deinem Arzt, wenn er nicht glauben will, dass es existiert.«

Das Biest *ist* gefräßig. Es ließ mich nicht los. Zuerst nahm ich Urlaub. Als ich sechzig wurde, ging ich in den Vorruhestand. Vielleicht hatte ich gehofft, es auf diese Weise zu besänftigen. Es mit meiner Arbeit zu füttern, meiner Stellung, meinem wichtigsten Lebensinhalt. Das Biest fraß alles, aber es war noch immer da.

Ulla ist gut ein Jahr meine Einkaufshilfe gewesen. Dann begann sie, mehr zu reisen, war häufig nicht zu Hause und bat ein paar Bekannte, mir zu den gleichen Bedingungen zu helfen. Wir rechneten den Betrag um, jedes Mal einhundertachtundzwanzig. Anfangs kam Steffen, ihr Freund, dann kam ein Mädchen, die Anne Sofie oder Anne Katrine hieß, jedenfalls irgendetwas mit Anne, und nun kommt also Carina-Camilla. Die nur auf einen der beiden Namen hört.

Aber Ulla kam noch immer und besuchte mich als Freundin, nicht als Helferin.

Es ist zu schwer, darüber zu schreiben. Noch.

Es ist ein Unglück geschehen.

Es ist jetzt mehr als ein halbes Jahr her.

Und nun sitze ich hier mit ihrem Manuskript, dem zerknitterten Aufsatzheft aus billigem Papier. Seite um Seite ist (mit einem schlechten Kugelschreiber) in ihrer sowieso schon undeutlichen Handschrift beschrieben, noch hastiger als sonst. An vielen Stellen muss man die Bedeutung einzelner Worte geradezu erraten. Ich habe mich zu der Reinschrift entschieden, damit auch andere als ich es lesen können. Oder als Erinnerung an sie, oder was weiß ich. Die ganze Zeit stand es als etwas vor mir, das ich zu tun hätte.

Ich bekam das Heft direkt vor dem Unfall. Ulla hatte es Anne Sofie mitgegeben, es steckte in einem großen braunen Umschlag, allerdings lag kein Begleitschreiben dabei. Ich nahm es heraus, als ich allein war, es sah abgegriffen und zerknittert aus, ich schlug es auf und wunderte mich über die Überschrift auf der ersten Seite; ich begann zu lesen, verstand aber den Sinn nicht recht, ich legte es wieder weg, ich ging davon aus, dass ich schon noch eine Erklärung bekommen würde.

Am nächsten Morgen kam dann tatsächlich ein Brief von ihr mit der Post, dennoch schaute ich mir das Heft im Laufe des Tages nicht noch einmal an, ich entsinne mich nicht mehr, warum. Und am gleichen Abend kam Steffen zu mir, klingelte unangemeldet an der Tür und erzählte, was passiert war. Wir waren beide so erschüttert, dass wir nicht sehr viel tun oder sagen konnten, um einander zu helfen.

Einige Tage später nahm ich das Manuskript zur Hand und las es, aber ich befand mich wie in einem Dämmerzustand und erinnere mich nur an ein paar Einzelheiten und ein generelles Gefühl von Erschrecken und Schwindel. Seither habe ich es nicht wieder angerührt, jedenfalls nicht bis heute, die ganze Zeit hat es in meiner Schreibtischschublade gelegen, und doch ist nicht ein Tag vergangen, an dem ich nicht daran gedacht habe.

Ich glaube, es war der Tag vor ihrer Beerdigung, an dem ich es las. Und bei der Beerdigung war ich nicht einmal dabei. Ich hatte mich so mit Beruhigungstabletten zugeschüttet, dass ich kaum wusste, wo ich war; und als ich zur Bushaltestelle ging, erwischten mich die Klauen des Biestes nur wie durch ein dickes Wattepolster – zum ersten Mal seit Monaten. Aber es war einer der wenigen Tage, an denen wir Frost hatten, ich rutschte auf dem Bürgersteig aus – einer der Nachbarn hatte auf seinem Stück offenbar den Schnee nicht gefegt oder nicht gestreut – und fiel in einen großen Hundehaufen, der noch nicht gefroren war. Ich hatte mir fürchterlich die Hüfte und den Ellenbogen gestoßen, mir war die Brille heruntergefallen und ich hatte Scheiße am Mantel, an den Händen und an der Brille … es stank widerlich, ich lag auf dem Bürgersteig und weinte aus Enttäuschung und Demütigung, während meine rechte Hand versuchte, mir die beschmierte Brille wieder auf die Nase zu setzen.

Ich humpelte nach Hause, ich weiß nicht einmal so genau wie, ich wusste nur, dass dies das Einzige war, was ich zu tun hatte. Ich achtete auf nichts anderes. Das Biest hatte mich also doch erwischt; ich kam nicht zu Ullas Beerdigung und habe ihr Grab bis heute nicht gesehen.

Doch nun sitze ich hier mit dem Manuskript und habe die erste Seite aufgeschlagen, auf der ganz oben der Titel steht, in etwas größeren Buchstaben als der restliche Text:

»Beschreibung einer Reise zu der Stadt Ramoth oder Bezer, niedergeschrieben von dem Freiherrn Eberhard von Erlenberg zur Aufklärung seiner Söhne.«

Nein. Ich muss anders beginnen – mit Ullas eigener Erklärung über den Inhalt des Manuskripts. Die steht in ihrem Brief – dem letzten, den ich von ihr bekommen habe.

»Lieber Robert,
ich hoffe, Du hast das braune Heft bekommen, ich hätte es nur ungern mit der Post verschickt, ich habe keine Kopie davon. Aber behandle es vorerst vertraulich. Ich hätte einfach nur gern Deine Meinung darüber gehört. Die Sache ist die, dass Lienhard E., dem das Original gehört, vor einigen Jahren die Idee hatte, es selbst herauszugeben. Er hatte mit Müh und Not eine Fotokopie anfertigen lassen, die er der Akademie der Wissenschaften geschickt hat, aber die verstockten Akademiemitglieder waren offenbar nicht sonderlich begeistert von der Idee. Vielleicht widersprach der Inhalt der korrekten Lehre, vielleicht entsprach er ihr damals aber auch zu sehr. Er wollte ihnen jedenfalls nicht das Original überlassen, er hatte Angst, sie würden es behalten und irgendwo wegschließen. Vielleicht ein bisschen paranoid, aber es ist durchaus möglich, dass das Buch nur so lange in der Obhut der Familie überlebt hat, gerade weil sie es wie Drachen bewacht haben.

Er hatte mir von dem Kleinod erzählt, nicht sonderlich konkret, aber dennoch, und ich fand, es klang spannend, und schlug ihm also vor, das war 1988, als ich das zweite Jahr in Halle war, dass ich für ihn eine Fotokopie herausschmuggeln könnte, wenn er daran interessiert wäre, den Text in den Westen zu schaffen, aber davon konnte überhaupt keine Rede sein.

Irgendetwas muss damals aber in seinem Kopf vorgegangen sein, denn er lud mich zu sich nach Hause ein und zeigte mir das Buch. Ich musste mich zunächst an seinen Schreibtisch setzen, dann ging er aus dem Zimmer, ich weiß nicht, was für ein Versteck er hatte, aber kurz darauf kam er mit dem Buch in der Hand zurück und legte es mir hin. Es war merkwürdig, wie es sich auf diese Weise materialisierte, und es war ein ausgesprochen feierlicher Moment, als ich es öffnete und hineinschaute.

Es war ein ziemlich großes, aber nicht dickes Buch, in ein Leder gebunden, das vom Alter ganz dunkelbraun geworden war und glänzte, mit einem geprägten Wappen auf der Vorderseite, ich gehe davon aus, dass es sich um das Familienwappen handelte. Die Innenseiten bestanden aus gutem Schreibpapier, handbeschrieben mit einer regelmäßigen und deutlichen Frakturschrift, die zu lesen mir glücklicherweise nicht schwer fällt. Ganz hinten im Buch steckten ein paar kleinere Seiten, zerknüllt und fleckig, mit Diagrammen oder Zeichnungen. Sie waren nicht mit Tinte angefertigt, sondern mit undeutlichen Bleistiftstrichen. Später fand ich heraus, dass es sich um Skizzen zu den Reinzeichnungen handelte, die das eigentliche Manuskript enthielt.

Lienhard erzählte mir, dass das Manuskript seit 1767 in einer ununterbrochenen Folge vom Vater auf den Sohn vererbt worden sei, aber da er der letzte Lebende seines Geschlechts war und keine Kinder mehr bekommen würde, musste er sich etwas anderes einfallen lassen, um sicherzustellen, dass diese Geschichte nicht vergessen oder in einem geschlossenen Archiv versteckt wurde. Vielleicht könnte ich einen Artikel darüber schreiben, wenn ich wieder zu Hause in Dänemark wäre, sagte er, ohne dass mir so recht klar gewesen ist, ob dies ein wohl vorbereiteter Plan oder nur ein spontaner Gedanke war, der ihm in diesem Augenblick durch den Kopf ging. Jedenfalls hatte ich eine andere Idee. Ich könnte den Text ja übersetzen und mit nach Hause nehmen.

Er dachte nur einen kurzen Moment darüber nach, dann war er einverstanden. Eine Übersetzung, darüber hinaus in eine so kleine Sprache wie Dänisch, konnte niemals die wissenschaftliche Ausgabe des Originals ersetzen, auf die er hoffte, aber die Geschichte würde weitergetragen, sozusagen in vermittelter Form.

Das könnten wir machen. Er verlangte allerdings, dass ich die Übersetzung in seiner Wohnung anfertigen sollte, in seiner Anwesenheit!

Das habe ich dann gemacht. Mein Visum lief drei Tage später ab, also habe ich die letzten Tage des Kurses geschwänzt und buchstäblich zwei Tage rund um die Uhr an seinem Schreibtisch gesessen und übersetzt – freihändig und ohne größere Hilfsmittel –, bis ich fertig war. Lienhard machte mir Tee und Brote, und ich schlief alles in allem sechs Stunden auf seinem Diwan. Ich hatte fast einen lahmen Arm, aber es gelang. Lienhard war geradezu stolz auf mich.

So war es, und natürlich ist es nur eine Art Rohübersetzung, aber es wurde nichts weggelassen, und ich glaube nicht, dass ich irgendwelche Verständnisfehler gemacht habe; in gewisser Hinsicht ist der Text damit wahrscheinlich genauso exakt beziehungsweise genauso unzuverlässig wie Lienhard ihn gerne haben wollte.

Ich nahm ihn mit nach Hause, aber dann habe ich nichts mehr unternommen, ich wusste nicht, ob ich damit zu einem Verlag gehen, einen Artikel schreiben oder sonst etwas machen sollte, also passierte gar nichts mehr. Aber vor einer Woche rief Lienhard mich plötzlich an, seit jenem Sommer hatte ich nichts mehr von ihm gehört. Er telefonierte aus München, jetzt ist es ja kein Problem mehr zu reisen, und wollte wissen, ob ich das Manuskript noch hätte, denn möglicherweise könnte ich es jetzt brauchen. Er hatte da unten mit einem Verleger gesprochen, der Interesse zeigte, und denkbar wäre ja auch eine dänische Ausgabe. Er klang ganz euphorisch und tatsächlich dämpfte das meine eigene Begeisterung ein wenig. Manchmal ist er schon ein bisschen seltsam.

Ehrlich gesagt, Robert, ich weiß nicht, was ich von der ganzen Geschichte halten soll. Heute Vormittag, als Anne Katrine hier war, wurde mir klar, dass ich am besten Dich um Rat frage. Dein Hintergrundwissen ist zweifelsohne weitaus solider als meines, Du kannst einfach besser beurteilen, ob es echt ist. Das Buch sah wirklich echt aus, als ich mich in Halle damit beschäftigte, nur ist der Inhalt so sonderbar. Daher habe ich es Anne Katrine für Dich mitgegeben. Kannst Du es Dir nicht mal ein bisschen ansehen und mir dann sagen, was Du davon hältst?

Bitte entschuldige, dass ich gestern am Telefon so kurz angebunden war, aber ich hatte wirklich nicht viel Zeit. Und jetzt muss ich mich auch beeilen, um den Zug noch zu erwischen. Meine Kusine holt mich in Odense ab.

Was für ein fieser Winter war das doch bis jetzt, wettermäßig. Vielleicht wäre ich weniger sauer und muffig, wenn es mal wieder richtig schönen Schnee gäbe.

Wir sehen uns, wenn ich zurück bin. Ich umarme Dich, Ulla.«

Ulla hatte relativ häufig von diesem »Lienhard« erzählt. Sie war auf zwei Sommerkursen in Halle gewesen, damals, als es noch so etwas gab, das DDR hieß, und es ungewöhnlich war, sich im östlichen Teil Deutschlands aufzuhalten. Es war diese Andersartigkeit, die sie anzog, glaube ich, keine Sympathie für das System; Ideologie ließ sie nahezu kalt, aber bisweilen entwickelte sie eine Art Hang zum Unbekannten, eine Entdeckerlust, die mich überraschte.

»Lienhard« war einer der Lehrer ihres ersten Kurses gewesen und beim zweiten Mal hatte sie ihn offenbar auch privat besucht. Sie sagte, dass er sie an mich erinnere, obwohl er jünger sei. Im Übrigen wäre er eine sehr interessante Person (der Vergleich sollte mir wohl schmeicheln?) aus einer alten Adelsfamilie, aber der Arbeiter- und Bauernstaat hätte ihm routinemäßig sämtliche Titel, Privilegien und Besitztümer genommen. Er hatte sich jedoch mit dem Dasein im real existierenden Sozialismus abgefunden, bekleidete – genau wie ich – eine bescheidene Universitätsdozentur in Halle und lebte offenbar für sein Spezialgebiet, die deutsche Barockliteratur.

Soweit hatte ich sie verstanden. Und es war klar, dass das E., das sie ihm in ihrem Brief als Nachnamen gegeben hatte – wenn sie von ihm sprach, benutzte sie immer nur den Vornamen –, (von) Erlenberg bedeutete. Damit sind meine Kenntnisse über ihn aber auch gewissermaßen erschöpft. Ich habe nie eine Fotografie von ihm gesehen, ich habe lediglich ein vages inneres Bild von einer sehr intensiven Person, die deutlich artikuliert und dynamisch gestikuliert, einer dieser imaginären Umrisse, die sich das Bewusstsein in Ermangelung von Besserem selbst schafft.

War ich eifersüchtig auf ihn?

Nein, ich glaube nicht.

Das Biest lehrt mich, auf viele Dinge zu verzichten. Ich hatte kein Recht auf irgendetwas bei Ulla. Sie hat mir so viel gegeben, aber immer aus freiem Willen.

Aber ich habe mir durchaus überlegt, ob sie diesen Lienhard genauso bezaubert hat wie mich. Ulla hatte eine seltsam unbewusste Herzlichkeit, die in den Menschen den Wunsch weckte, sie näher kennen zu lernen. Menschen? Männern.

Es war nichts, was sie bezweckte.

Ulla tat vieles, ohne es zu bezwecken.

Sie war sehr hübsch.

»Beschreibung einer Reise zu der Stadt Ramoth oder Bezer, niedergeschrieben von dem Freiherrn Eberhard von Erlenberg zur Aufklärung seiner Söhne.

Ich, Eberhard von Erlenberg, habe im zweiundvierzigsten Jahr meines Lebens beschlossen niederzuschreiben, was mir in einer Stadt widerfahren ist, die von einigen Ramoth und von anderen Bezer genannt wird und im Herzogtum Mecklenburg-Strelitz am Fluss Havel liegt. Ich hörte zum ersten Mal von dieser Stadt, als ich dreizehn Jahre alt war und ein entlaufener Diener auf unser Gut Wistrow kam, das in Prignitz bei Wittenberge liegt. Dieser Diener berichtete, dass er mit seinem Herrn, einem gelehrten Doktor aus Leipzig, unterwegs zu diesem Ort gewesen sei, weil sein Herr alt geworden war und dort seine Tage beenden wollte. Aber je mehr sein Herr ihm über diese Stadt erzählte, desto ängstlicher war er geworden, und schließlich hatte er seinen Herrn nachts verlassen und sich auf den Straßen herumgetrieben, bis er zu unserem Gut kam.

Mein Vater, der ihn ins Verhör genommen hatte, setzte ihm nun stärker zu und fragte, was sein Herr denn gesagt habe. Und der Diener erzählte, dass sein Herr auf dem Weg zu einer Stadt gewesen sei, die nur wenige kannten und in der nur Alte wohnten; eine Stadt, in der das Recht des Landesherren nicht galt, sondern nur das, was die Einwohner selbst als Recht befanden, und aus der niemand wieder herauskonnte, der erst einmal hineingekommen war. Da schickte mein Vater mich aus der Kammer, und was weiterhin zwischen ihm und dem Entlaufenen gesprochen wurde, weiß ich nicht; aber mein Vater belohnte ihn und ließ ihn mit Gott weiterziehen anstatt ihn zu bestrafen. Es hieß, dass er mit einem Flussschiffer nach Hamburg segelte.

Zum zweiten Mal hörte ich vier Jahre nach dem Tod meines hochseligen Vaters von dieser Stadt, da ich selbst schon Herr des Gutes war. Mir kam zu Ohren, dass der Gemeindepastor von Rencknisch, ein ungewöhnlich gelehrter Mann, verschwunden sei. Sein Knecht hatte ihn fortgefahren und war drei Tage später allein mit dem Wagen zurückgekommen, gewisse Leute behaupteten, dass er den Pastor erschlagen hätte. Ich ließ den Knecht des Pastors zu mir rufen und fragte ihn aus. Er bestritt, den Pastor ermordet zu haben, und sagte, sein Herr habe ihm befohlen, zu verschweigen, was er gesehen hatte. Ich dagegen befahl ihm, alles, was er wisse, ans Licht kommen zu lassen, da sein Hals sonst nicht vor dem Galgen sicher wäre. Nun erzählte er, dass sie tief bis ins Mecklenburgische hineingefahren wären und am Abend des zweiten Tages an einem Bauernhof gehalten hätten, der an einem kleinen See lag. Hier hatte der Pastor von seinem Knecht mit den Worten Abschied genommen: Ich bin alt und meines Amtes müde. Nun will ich in eine Stadt ziehen, wo die Alten regieren und Gott über meine letzten Jahre walten lassen. Fahr nach Hause und sage, dass ich niemals zurückkehre, aber sage nicht, was du jetzt siehst.

Dann hatte er seine Reisekiste geöffnet, die nur einige Bücher, ein paar reine Hemden und eine Geldbörse enthielt, und dem Knecht einen ganzen preußischen Taler zum Abschied gegeben sowie dem Bauern eine kleine Silbermünze. Daraufhin hatten sie gemeinsam dem geistlichen Herrn mit seiner Kiste in ein kleines Boot geholfen, das am Seeufer lag. Der Pastor ruderte über den See bis zum weiteren Verlauf des Flusses, dort wo der Wald begann, und obwohl der Mond aufgegangen war, verloren sie ihn rasch aus den Augen.

Der Knecht hatte auf dem Bauernhof übernachtet und war

dann den gleichen Weg zurückgefahren. Ich fragte ihn, wie der Ort hieß, doch er wusste es nicht. Er wusste nur, dass sie einen Passierschein für die Residenzstadt Neustrelitz gehabt hätten, aber nicht bis dorthin gekommen waren. Und doch erinnerte er sich, dass der Hof an drei alten Kiefern zu erkennen sei, die ein kleines Stück vom Hof entfernt allein dastanden, die Mittlere höher als die beiden anderen, beinahe so, als wären es die drei Kreuze von Golgatha.

Ich fragte, ob der Pastor wirklich keine anderen Gründe für sein Handeln angeführt habe. Der Knecht erwiderte aufrichtig, so schien es, er hätte es nicht getan und er selbst sei der Ansicht gewesen, dass der Pastor wohl den Verstand verloren haben müsse, aber er hatte es nicht gewagt, sich seinen Anordnungen zu widersetzen.

Ich ließ ihn gehen. Nun hatte ich zum zweiten Mal von dieser heimlichen Stadt gehört, und meine Neugierde ließ mich nicht ruhen. In mir wuchs der Wunsch, sie zu sehen und zu ergründen, worin ihr Geheimnis bestand. Dass es eine derartige Stadt gab, daran zweifelte ich nicht länger.

Und als ein neuer Pastor mit einem Brief des Superintendenten eintraf, in dem es hieß, dass jetzt er das Amt nach Recht und Gesetz bekleide und – wenngleich auch ohne irgendeine Erklärung – jedwede Nachforschungen über den Lebenswandel und das Verschwinden des bisherigen Pastors zu unterbleiben hätten, überließ ich die Leitung des Guts, sobald die Ernte eingefahren war, meiner Ehefrau und brach nach Mecklenburg auf.

Ich begab mich zunächst nach Neustrelitz, das mir als der beste Ort erschien, um mit meinen Nachforschungen zu beginnen. Es stellte sich indes als unmöglich heraus, irgendeine Information über mein Herzensanliegen zu bekommen, und obschon sogar mein Diener Willibald, gleichsam inkognito, bei den niederen Ständen Erkundigungen einzog, kam ich meinem Ziel keine Hahnenfeder näher.

Bis ich zufällig bei einer alten Bettlerin stehen blieb, die vor der Kirche saß. Sie sah mich an und sagte ungefragt: Du suchst den Weg zu einer Stadt.

Ich ging davon aus, dass meine Anwesenheit sich wohl herumgesprochen hatte und wollte mich abwenden und gehen, denn dass sie mich ansprach, war respektlos. Aber irgendetwas an ihrem Anblick rührte mich an, und ich blieb stehen. Ich griff in die Tasche und warf ihr einen Groschen in den Schoß. Sie dankte mit den üblichen Worten und fügte dann hinzu: Achte auf die schwarzen Hunde. Und geh allein. Es sind zwei Namen: Ramoth und Bezer.

Dann schloss sie die Augen, als wollte sie meinen Anblick auslöschen, und sagte nichts mehr.

Für mich ergab das nicht sehr viel Sinn, doch kreisten ab jetzt die ganze Zeit meine Gedanken um diese beiden Namen. Mehr erfuhr ich nicht in Neustrelitz und am nächsten Tag ritten wir auf gut Glück aus der Residenzstadt in Richtung Wesenberg, denn ich war jetzt der Ansicht, dass wir an der Straße suchen müssten, die wir gekommen waren.

An einer Biegung der Landstraße, oberhalb eines kleinen Abhangs, erblickte ich eine kohlschwarze Dogge, die uns anstarrte. Diese Farbe hatte ich bei einem derartigen Hund noch nie gesehen. Als wir näher kamen, drehte er sich um und lief in den Wald. Kein Mensch war in der Nähe. Ich aber erinnerte mich an die Worte der alten Bettlerin über die schwarzen Hunde und gab Acht.

Kaum waren wir eine halbe Stunde länger auf der Straße geritten, die nun einen Waldrand entlangführte, als eine weitere schwarze Dogge, diesmal riesig groß, hinter einem kleinen Bauernhaus mit einer Gans im Maul hervorsprang und in den Wald lief. Ich sah, wie die Gänsemagd mit ihrem Stock dastand und zusah, ohne dass sie Alarm schlug oder es zu verhindern suchte. Ohne nachzudenken gab ich meinem Pferd die Sporen und folgte dem Hund in den Wald.

Das Tier war durch seine Beute beeinträchtigt, dennoch fiel es ihm leichter als mir, auf den schmalen Pfaden vorwärtszukommen, und schließlich verlor ich es aus den Augen. Dies geschah an einem Abhang, von dem aus ich eine Wasserfläche zwischen den Bäumen glitzern sehen konnte, und ich ließ das Pferd im Schritt hinabgehen.

Es handelte sich um einen kleinen See, an dessen gegenüberliegendem Ufer ein Bauernhof lag, und ungefähr zwanzig Klafter vom Hof entfernt standen drei alte Kiefern, deren mittlere höher als die beiden anderen war.

Ich zweifelte nicht, den Ort gefunden zu haben, von dem der Knecht des Pastors erzählt hatte, und als ich meinen Diener nach mir rufen hörte, da er mich nicht finden konnte, machte ich mich bemerkbar und zusammen ritten wir das unwegsame Seeufer entlang, bis wir eine Stelle fanden, an der ein kleiner Fluss zwischen mit Mischwald bewachsenen Hügeln in den See mündete. Hier rasteten wir und ich aß und trank tüchtig von dem Brot und dem Schinken und dem Krug Bier, den mein Diener in unserem Gepäck mitführte. Es war später Vormittag und ich überlegte, was ich unternehmen sollte; es erschien mir nicht ratsam, zu dem Bauernhof zu reiten und mir dort ein Boot zu besorgen, denn ich kam ja eher wie ein Spion daher, weniger wie ein Reisender, der sich in der geheimen Stadt niederlassen wollte. Doch der Zugang zu der Stadt musste von besonderer Beschaffenheit sein, wenn der Pastor seine Kutsche und seinen Knecht zurückgelassen und sich in einem Boot auf den Weg gemacht hatte.

Also beschloss ich, trotz der Gefährlichkeit des Unternehmens, allein zu gehen, wie die Bettlerin es gesagt hatte, und dem Flusslauf im Schutze der Dunkelheit zu folgen. Ich befahl meinem Diener, zu bleiben und auf mich zu warten; wäre ich nicht bis zur Mittagsstunde des nächsten Tages zurück, sollte er mit beiden Pferden nach Wesenberg reiten und sich dort für eine Woche einquartieren; und käme ich nicht bis zum Ende der Woche, sollte er heimreisen. Der arme Kerl hatte Angst, allein an diesem verlassenen Ort zu übernachten, aber ich gab ihm Geld und überließ ihm eine meiner Pistolen.

In der Dämmerung machte ich mich auf den Weg. Es war nahezu Vollmond und glücklicherweise gab es nur wenige Wolken. Der Wald indes war dicht und dunkel und nur mit Mühe kam ich am Flussufer voran.

Ich ging mehrere Stunden und wusste am Ende weder, wie lange ich gegangen war, noch in welche Richtung ich mich bewegte, denn der Fluss schlängelte sich und ich konnte nicht genügend Sterne erkennen, um zu berechnen, wie spät in der Nacht es war und in welche Himmelsrichtung ich ging; ich weiß nur, dass der Mond hoch am Himmel stand und klein und schneeweiß geworden war.

Ich näherte mich zwischen zwei Hügeln einer Schlucht, durch die der Fluss strömte, und konnte sehen, dass sich dahinter ein etwas größerer See ausbreitete, als ich plötzlich ein tiefes Bellen hörte.

Unterwegs im Wald hatte ich den Schrei der Eulen und das Scharren des Wildes zwischen den Baumstämmen gehört, aber dieses Geräusch war anders. Ich spürte, dass es sich gegen mich richtete, und griff in der Tasche nach meiner Pistole, doch es war zu spät. Auf dem schmalen Pfad kam etwas angelaufen und eher hörte ich, als ich sah, dass es sich um eine der großen schwarzen Doggen handelte. Sie blieb vor mir stehen und knurrte böse, ich stand still, denn mir war bewusst, dass schon die kleinste Bewegung zur Folge hätte, dass sie mir an die Kehle sprang.

Ich will nicht verhehlen, dass mir das Herz in der Brust heftig schlug, und mit Erleichterung hörte ich eine menschliche Stimme, die dem Hund ein scharfes Kommando erteilte. Das Tier legte sich zu meinen Füßen nieder und eine dunkle Gestalt näherte sich. Was sucht Ihr so spät, fragte eine männliche Stimme hochdeutsch und ich antwortete mit den Namen: Ramoth und Bezer.

Dann kommt mit mir, sagte der Mann und kam noch näher. Im Mondschein sah ich seine eingefallenen Wangen und die tiefen Furchen um den Mund. Die ganze Gestalt war in einen langen Mantel gehüllt und auf dem Kopf trug er eine runde Pelzkappe.

Wir gingen nun auf dem Pfad am Fluss entlang, der Mann hinter mir, der Hund voran; immer wieder drehte er sich um und schaute nach uns, ich sah seine Augen im Mondlicht aufleuchten. An der Stelle, an der die Kluft am steilsten und der Fluss ganz schmal war, lag ein gewaltiger alter Baum quer über dem Pfad und dem Wasser, ein mächtiger Baum, den der Wind gefällt haben musste und von dessen Krone nur noch wenige große Zweige geblieben waren.

Der Mann ging auf den Baum zu und packte ihn, und zu meiner Verwunderung richtete sich der zentnerschwere Stamm unter seinen Händen langsam auf und gab den Weg frei. Ein tropfnasses Seil, das an den Stamm gebunden war, tauchte aus dem Wasser auf und als wir vorbei waren, zog der Mann an dem Seil und der Stamm senkte sich wieder, bis er so dalag wie zuvor.

Auf der anderen Seite der Schlucht bog der Weg unvermittelt nach links ab. Der Hund lief auf einem schmalen, gewundenen Pfad durch ein Dickicht von dicht belaubten Büschen voraus und plötzlich standen wir vor etwas, das sich mir erst später erschloss: Es war eine hohe Palisade aus Kiefernstämmen, entrindet, wie ich mich vergewissern konnte, indem ich meine Hand darübergleiten ließ, aber geteert, denn der Teergeruch war noch immer wahrzunehmen.

Wir folgten dieser Sperre und kamen an ein Tor, von dem ein breiterer Weg zu führen schien. Neben dem Tor gab es eine kleine Tür, dort klopfte mein Führer und flüsterte einige Worte, worauf wir eingelassen wurden.

Eine gedrungene Gestalt mit einer Hornlaterne in der Hand hatte die Tür geöffnet; dann wurde die Lampe gehoben, so dass ich die Gesichter der beiden Fremden zu sehen vermochte und sie das meine. Mein Führer war ein alter Mann mit schweren Augenlidern und ausgemergelten Zügen; in fettigen Strähnen hing sein Haar unter der Pelzkappe heraus. Die Gestalt mit der Leuchte erkannte ich, obwohl auch sie in eine lange Kutte gehüllt war, eindeutig als altes Weib; grobschlächtig war sie, mit kleinen Augen in einem runden Gesicht, ihr Haar trug sie hochgebunden unter einem schwarzen Kopftuch, das stramm und tief in der Stirn saß. Hinter der Frau vermutete ich die Türöffnung zu einer Art Wachstube, aus der zwei schwarze Doggen kamen und mich beschnüffelten. Der Hund meines Führers saß einen Schritt hinter ihm reglos auf seinem Hinterteil.

Das Weib hob eine Hand und berührte die Locken meiner Reitperücke, beide betrachteten mich eine Weile, ihre Gesichter verrieten allerdings nicht, was sich dachten.

Dann trat mein Führer einige Schritte auf die leicht ansteigende Straße, die von dem Tor wegführte, und gab mir durch einen Wink zu verstehen, dass ich ihm folgen solle.

Nun seid Ihr in der Stadt Ramoth, auch Bezer genannt, sagte er. Ich blickte die enge Gasse hinauf, an der alte Fachwerkhäuser mit auskragenden Stockwerken dicht beieinanderstanden, und sah nur ein Stück weiter oben eine Ecke, an der die Straße eine Biegung machte. In ein oder zwei Häusern war Licht hinter den Fensterscheiben zu erkennen, im Übrigen erschien mir die Stadt wie ausgestorben. Doch meiner Erschöpfung zum Trotz fielen mir bereits damals zwei Dinge auf: Die Luft schien gut und gesund zu sein und überall war ein vielstimmiges, leises Geräusch von strömendem Wasser zu hören. Nun sah ich auch den kleinen Bach, der an meinen Füßen vorbei den Rinnstein hinunterlief, obwohl es den ganzen Tag nicht geregnet hatte.

Wenn es Euch behagt, in unserem Gasthaus zu schlafen, sagte mein Führer, dann werde ich Euch morgen früh abholen. Damit schloss er die Tür des nächstliegenden Hauses auf und ging vor mir in der Dunkelheit eine Treppe hinauf, bis zu einer kleinen Kammer im oberen Stockwerk. Hier fiel der Mondschein durch das Fenster und ich sah ein Bett, einen Stuhl und einen Tisch mit einer Kanne, einer Waschschüssel und einem Nachttopf darunter. Ich danke Euch, sagte ich, und er nickte und ging.

Ich hörte, wie er die Haustür abschloss, war jedoch nach den Anstrengungen der Nacht zu müde, um mich darüber zu beunruhigen, und als ich das Bett mit einer frischgestopften und mit reinem, sauberem Leinen bezogenen Strohmatratze vorfand, legte ich meine Reisekleider ab und fiel bald in einen tiefen Schlaf.«

Für heute muss es genug sein. Es nimmt mich ohnehin mehr in Anspruch, als ich vermutet hatte.

Zum einen ist Ullas Handschrift an bestimmten Stellen ganz einfach schwer zu entziffern – außerdem musste ich ständig im Atlas, in Wörterbüchern und Lexika nachschlagen, allerdings ohne dass ich mir wirklich Gewissheit hätte verschaffen können –, zum anderen ist es erschütternd und voller bewegender Erinnerungen, noch einmal diese Handschrift zu lesen.

Ich höre beinahe, wie die Worte klingen, mit Ullas Stimme gesprochen, dieser melodiösen Stimme, dieser eifrigen, fast nervösen Diktion, der zuzuhören ich so geliebt habe. Sie steckte so voller Einfälle.

Eine gewisse Ungläubigkeit überkommt mich – einmal mehr – bei dieser Geschichte. Kann sie wirklich wahr sein? Ich kann ihre Zweifel gut verstehen. Noch schwerer ist es für mich, die Sprache und den Stil zu beurteilen, da ich das Original nicht kenne; aber es ist eindeutig ein altertümlicher, ein vollkommen anderer Ton als ihrer, obwohl es ihre Stimme ist, die ich höre.

»Fiel bald in einen tiefen Schlaf.« Ja, liebste Ulla, du bist auch in einen tiefen Schlaf gefallen. So tief, dass du nun nie mehr daraus erwachst. Du hast deine Kusine in ihrer elenden Slumwohnung in Odense besucht und ein alter, nachlässig gereinigter Gasboiler hat euch beide das Leben gekostet. Ich habe um dich geweint. Sie kannte ich nicht. Bei ihr war es eine Tragödie, wie man so sagt, aber bei dir war es ein Schmerz, für den mir die Worte fehlen. Als Steffen zu mir kam und es mir erzählte, war ich innerlich völlig verkrampft, nur mit Mühe brachte ich ein paar kleine, unbeholfene Allgemeinplätze heraus.

Erst in der Nacht habe ich geweint. Und erst in der Nacht nach deiner Beerdigung, zu der ich nicht kommen konnte, habe ich mich betrunken. Der Schmerz war nachhaltiger als all meine Versuche, mich von ihm zu befreien. Am Ende gab es so etwas wie Linderung, und nun, da er wieder erwacht, bohrt er, brennt er, sticht er zumindest nicht mehr wie eine Nadel in der Brust. Er ist milder geworden. Vielleicht ist er sogar auf eine verquere Art wahr.

Ich höre Ullas Stimme aus einem zerknüllten Aufsatzheft. Und ich sitze hier und heule, dass es mir in die Tasten tropft. Ich sollte mich schämen. Sentimentaler alter Quatschkopf.

Oder was.

Ich lege das Manuskript für heute zur Seite. Um es aber schon bald wieder zur Hand zu nehmen.

Es gibt auch noch ein paar Artikel, die ich lesen sollte.

Im Übrigen hat es aufgehört zu regnen.

II

Es sind einige Tage vergangen, seit ich die erste Passage aus Ullas Heft abgeschrieben habe. Offenbar hat es einiges in mir ausgelöst, denn mich hat eine Unternehmungslust gepackt, wie ich sie schon lange nicht mehr kannte. Ich habe unten und oben die Fenster geputzt, die Beete im Vorgarten und hinter dem Haus gejätet und das ganze Gras zwischen den Fliesen auf der Terrasse gezupft. Das Wetter war ideal – bedeckt, aber ruhig und mild. Ich glaube, ich vertrage die Sonne nicht mehr so gut.

In den drei, vier Jahren, seit das Biest mich gefangen hält, habe ich mich mit einer geradezu lächerlichen Sorgfalt um das Haus und den Garten gekümmert. Es gab so viele Dinge, die ich nicht mehr erledigen konnte, aber zumindest meine eigene kleine Welt wollte ich in Ordnung halten. Obwohl mir häusliche Emsigkeit eigentlich nie gelegen hat.

Nach Ullas Tod gab es eine lange Zeit, in der es mich unüberwindbare Anstrengungen kostete, auch nur den Staub von einem Tisch zu wischen, von dem Garten gar nicht zu reden; allerdings war es Winter, da gab es ohnehin nicht viel zu tun, und im Frühjahr sprossen die Zwiebeln, wie sie sollten – Krokusse, Tulpen, Narzissen, alle Zweige bekamen Knospen und alles wurde ein wenig leichter. Dennoch empfinde ich erst jetzt wirklich Freude an der Arbeit. Ich glaube, ich werde morgen die Hecke zur Straße schneiden, sie hat's nötig, und ich denke, Steffen wird mir bestimmt bei der Außenseite helfen.

Ich stand heute tatsächlich am Gartentor und kam auf die Idee hinauszugehen, aber schon wenn ich die Klinke berühre, bekomme ich ein derartiges Herzklopfen, dass mir alles vor den Augen verschwimmt und meine Hand zittert. Ich musste hineingehen und mich auf einen Stuhl setzen.

Heute Morgen habe ich im Haus eine kleine Änderung vorgenommen. Ich habe die Schreibmaschine auf den kleinen Arbeitstisch im »Gästezimmer« gestellt, wie ich es nenne, seit ich allein im Haus wohne. Es war das eheliche Schlafzimmer, und ich zog damals sofort ins alte Kinderzimmer, das auf diese Weise zum »Schlafzimmer« wurde, das »Gästezimmer« blieb jahrelang unbewohnt und ohne Gäste. Bis Ulla kam. Sie hat manchmal hier übernachtet, wahrscheinlich nicht mehr als insgesamt fünf- oder sechsmal, aber ich hatte das Gefühl, sie würde dem Zimmer wieder Leben einhauchen, und ich war drauf und dran, es im Stillen »Ullas Zimmer« zu nennen.

Nun sitze ich hier, und wenn ich aus dem Fenster schaue, dann sehe ich direkt – und nicht von der Seite wie in meinem Arbeitszimmer – auf die schwarzbraune, frisch umgegrabene Erde zwischen den Büschen im Garten. Ich habe mir einige der Nachschlagewerke mitgebracht, die ich, wie sich herausgestellt hat, für diese Arbeit benötige; hier werde ich an meinem Projekt der Reinschrift arbeiten, das sich bereits jetzt so ganz anders entwickelt, als ich es vermutet habe, hier in diesem Zimmer, das sie mit ihrem Wesen erfüllte.

Es sieht auf dem Papier sentimental aus, vielleicht fällt es mir auch schwer, mich verständlich zu machen – aber es fehlt etwas, ich glaube die Freude, dieses Zimmer wieder in Gebrauch zu nehmen. Das ist nicht peinlich oder wehmütig, keine nostalgische Beschwörung der Tage mit ihr, die niemals wiederkommen werden; ich möchte bloß, dass es heiter und zukunftsträchtig aussieht, wie ein neuer Abschnitt meines Lebens.

Also – weiter!

»Am nächsten Morgen erwachte ich erst, als die Sonne bereits hoch am Himmel stand, und mich weckte ein Klappern und Rumpeln von Wagen unter meinem Fenster. Ich stand auf, ging hinüber und sah drei einfache Bauernkarren vor dem Tor halten, die aussahen, als seien sie aus beliebigen Holzstücken zusammengezimmert oder besser zusammengeflickt, vor jeden ein mageres Pferd gespannt. Der letzte Wagen war leer, aber der vorderste war mit einem Fuder schmutziger Streu beladen und ihn umkreiste ein Torwächter, nicht mein nächtlicher Führer und auch nicht das alte Weib, sondern ein Greis mit gebeugtem Rücken, der mit Zeichen und geflüsterten Worten einem der schwarzen Hunde befahl, die Ladung zu beschnuppern, als fürchte er, dass darin etwas verborgen sein könnte. Als der Hund nichts finden konnte, war er's zufrieden, öffnete den drei Karren das Tor und ließ sie hinausfahren und ich sah, dass alle drei Kutscher alt waren und unter ihren Hüten silbergraue Locken hervorragten.

Der Vorgang kam mir sonderbar vor, ich zog mich an und wollte hinausgehen, doch die Tür zur Straße war verschlossen und ich musste noch eine gute Stunde warten, bis mein nächtlicher Führer sich bei mir einfand.

Bevor wir uns auf den Weg machten, fragte er, ob ich gut geschlafen hätte, und ich bejahte seine Frage. Dann fragte er mich, wie ich hieße, und ich antwortete wahrheitsgemäß mit meinem Namen und meinem Stand. Er nickte und erwiderte, dass er hier in der Stadt Herr Phintias genannt würde, einstmals hätte er aber einen anderen Namen gehabt; und ich solle bedenken, welchen Namen ich alsbald führen wolle, denn hier wäre es Brauch, dass man sein bisheriges Leben hinter sich ließe. Ich war über seine Worte verwundert, doch er nickte nur noch einmal und sagte, so wäre es.

Daraufhin folgte ich ihm die ansteigende Straße hinauf und sah die Häuser der Stadt bei Tageslicht; allesamt waren es sehr einfache Fachwerkhäuser, doch bei weitem nicht alle so alt, wie ich es in der Nacht vermutet hatte, obwohl sie nach alter Sitte gebaut waren. Die Straße war gepflastert und im Rinnstein strömte noch immer ein wenig Wasser, obwohl es keinerlei Spuren gab, dass es jüngst geregnet hatte; ich fragte meinen Führer, wie das käme, aber er lächelte nur und setzte seinen Weg fort.

Schon bald fand ich die Antwort mit eigenen Augen. In der Nähe des kleinen Platzes, der oben auf dem Hügel in der Mitte der Stadt liegt, hörte ich ein Plätschern und Rasseln, und als wir um eine Straßenecke bogen, sah ich einen Brunnen, aus dem Wasser geschöpft wurde – doch auf eine Weise, die wahrlich erstaunlich war. Der Brunnen war aus Stein und an der vorderen Seite mit einem Becken versehen, das sich mit dem klarsten Wasser füllte und reinigte, da das Wasser unablässig wieder herauslief, aus dem Brunnen kam es mit Hilfe einer Art Kette aus Krügen und Bechern, die sich um eine Brunnenhaspel drehten, sich in das Becken ergossen und dann wieder leer in dem Brunnen versanken. Die Winde wurde durch einen Mechanismus von einem Rad angetrieben, das doppelt so hoch war wie ein groß gewachsener Mann, ein mit Öl getränktes Leinentuch verdeckte es vollständig. Die Radachse ruhte auf beiden Seiten in kleinen, in massive Pfähle eingelassenen Messinglagern und an diesen Pfählen hingen einige eigentümliche, mit der Achse verbundene Pendel, die hin und her schwangen und die Kraft des Rades zu regulieren schienen. Das Ganze wurde durch ein Dach geschützt, das einem Schuppen glich, der keine Wände, gleichwohl jedoch Eckpfosten hat, ein Teil des obersten Stücks des Rades wurde durch dieses Dach verborgen. Es bestand jedoch keinerlei Zweifel, dass das Rad sich von selbst drehte, und noch dazu in einer verblüffenden Geschwindigkeit; so schnell, dass kaum ein lebendiges Wesen in dem Rad die Ursache dafür sein konnte. Im Übrigen gab es in der Leinwand keine Öffnung, durch die ein Mensch oder ein Tier hätte hineinkommen können, noch dazu, da das Rad zu schmal war, um irgendein größeres Geschöpf aufzunehmen. Auch war kein anderer Laut zu hören als ein leises, regelmäßiges hölzernes Klopfen. Meinen ersten Gedanken, dass es sich bei diesem Rad um eine Tretmühle handele, musste ich also sofort verwerfen, ich konnte jedoch keine andere Erklärung finden und die gesamte Einrichtung verwunderte mich in hohem Maße.

Ich wollte Herrn Phintias fragen, aber er sagte lediglich: Später, später, der Rat erwartet Euch.

Nach und nach sollte ich herausfinden, dass es zwanzig solcher Brunnen in der Stadt gab sowie weitere dieser *automata*, die für vielerlei Zwecke eingesetzt wurden, doch davon später.

Auf den Straßen hatte ich nicht sehr viele Menschen gesehen, doch oben auf dem Platz waren ein paar junge Burschen damit beschäftigt, Bretter in ein Haus zu schleppen. Sie hielten inne und betrachteten mich und ich sah lange genug hin, um zu begreifen, dass nicht nur Greise diese Stadt bewohnten. Unterdessen trieb mich mein Begleiter zur Eile und zusammen mit ihm betrat ich ein Gebäude, das wohl ein wenig größer war als die meisten anderen am Platz, aber keineswegs prunkvoll. Hier tritt der Rat zusammen, sagte Herr Phintias, hier müsst Ihr Euch verantworten.

Ich hatte seit dem vergangenen Tag nichts zu mir genommen, ich hatte mich nur notdürftig gewaschen und mein Gesicht war nicht barbiert; mich hatte ein wenig der Mut verlassen und es wurde auch nicht besser, als ich nun in einen Saal oder besser einen hohen Raum gewiesen wurde, in dem insgesamt zwölf Gestalten im Halbkreis in ihren Armsesseln saßen – in lange Mäntel gehüllt, ohne Perücken, aber mit einem Barett auf dem Kopf, eine schwarze Dogge lag zu Füßen eines jeden. Die Sonne fiel durch die Fenster und ich sah sie so deutlich, als hätten sie unter freiem Himmel gesessen, ihre Gesichter erschienen mir streng und kühl. Einer von ihnen ergriff das Wort und zu meiner Überraschung hörte ich, dass es sich um eine Frau handelte; ihre Stimme zitterte ein wenig aufgrund ihres Alters, aber sie sprach klar und deutlich.

Ihr habt diese Stadt freiwillig aufgesucht, begann sie, und da ich nichts einzuwenden hatte, fuhr sie fort: Sagt uns nun Euren Namen und den Grund Eures Herkommens.

Ich antwortete, und als sie verstanden, dass ich aus Neugierde gekommen war und nicht, um zu bleiben, unterzog mich bald der eine, bald der andere einem förmlichen Verhör, bis ich zornig wurde und erklärte, ich wäre ein preußischer Adliger und ihnen keine Rechenschaft schuldig. Da sagte eine andere Frau – es gab drei solcher Ratsherrinnen in der Ratsversammlung – die Worte, die ich gefürchtet und beinahe erwartet hatte: Hier gilt kein anderes Recht als unser eigenes und wer einmal durch die Tore unserer Stadt gekommen ist, hat bis zu seinem Tod danach zu leben.

Wie zum Spott hob in demselben Moment der Hund zu ihren Füßen seinen Kopf und knurrte leise, an seinem schwarzen Hals sah ich ein silberbeschlagenes Halsband. Auf einen beinahe lautlosen Befehl von ihr legte er sich gehorsam nieder, und auch die übrigen Hunde, die ihre Ohren gespitzt und mit den Pfoten gescharrt hatten, verhielten sich wieder ruhig. Doch ich hatte verstanden, wozu sie da waren. Und ich begriff, wozu das Palisadenwerk, das die Stadt umzäunte, diente: Gegen einen angreifenden Feind war damit kaum etwas auszurichten, aber für den Einsamen, der flüchten wollte, erfüllte es seinen Zweck. Ich war eingesperrt.

Der Gedanke erfüllte mich mit Wut und in meiner Unbesonnenheit zog ich die Pistole aus der Tasche, spannte den Hahn und richtete die Waffe auf die Frau, welche die fürchterlichen Worte ausgesprochen hatte. Ich wusste, dass ich nur diese eine Kugel im Lauf hatte, denn Pulverhorn und Kugeln hatte ich bei meinem Diener zurückgelassen, doch ich wollte meine Freilassung erzwingen und rief laut: Ihr werdet mich gehen lassen, dann passiert Euch nichts.

Zu meiner Verwunderung nahmen sie überhaupt keine Notiz von meiner Drohung, sondern setzten einfach ihre Befragung fort: Was ich mit mir führte, welche Fertigkeiten ich besäße, wie alt ich wäre. Ich rief noch einmal: Ich wiederhole es zum letzten Mal, lasst mich gehen, dann werde ich auch nicht schießen. Daraufhin gab einer der Ratsherren ein Zeichen und ich hörte, wie die Tür zum Saal hinter mir verschlossen wurde. Und abermals stellten sie ihre Fragen. Da wusste ich keinen besseren Ausweg als abzudrücken und die Ladung zündete in dem geschlossenen Saal mit einem ohrenbetäubenden Knall und einer Rauchwolke, die mich einen Augenblick blendete. Als ich mit Mühe wieder etwas erkennen konnte, sah ich, dass die Kugel nur wenige Zoll vom Kopf der Frau entfernt die Lehne ihres Stuhles zersplittert hatte, doch sie saß noch immer auf ihrem Stuhl. Die übrigen Ratsherren und Ratsherrinnen hatten sich lediglich vorgebeugt, um zu sehen, ob ihr etwas zugestoßen war. Einige hielten die aufgesprungenen Hunde am Halsband zurück, indes machte niemand Anstalten, mich zu entwaffnen.

Die Frau, auf die ich geschossen hatte, blickte die anderen der Reihe nach an und sagte dann: Einen Augenblick lang hatte ich Angst; daraufhin erhob sich ein schallendes Gelächter im Raum. Die Hunden gähnten mit roten Zungen, schüttelten sich und beruhigten sich wieder.

Als die Heiterkeit sich gelegt hatte, sagte einer der Ratsherren zu mir: Ihr seht, mein Herr, wir beherrschen die Zeit und das Zeitliche, daher fürchten wir uns nicht vor dem Tod. Ich kam vor zwei Dutzend Jahren aus demselben Grund wie Ihr an diesen Ort und ich werde Euch bald erzählen, welche Einsicht ich seither gewonnen habe.

Ich fühlte mich gedemütigt und gleichzeitig erleichtert; ich dankte Gott, dass ich in meinem blinden Zorn kein Menschenleben auf dem Gewissen hatte und mit einem Mal wurde ich von einer bleischweren Müdigkeit ergriffen. Ich antwortete nur kurz und ohne Widerstand auf ihre Fragen und wusste nicht recht, wie es zuging, aber plötzlich stand Herr Phintias bei mir, nahm mir sanft die Pistole ab und ein weiterer Mann an meiner anderen Seite begann, meine Glieder mit einem Maßband zu vermessen. Wer ist das, wollte ich wissen, und Herr Phintias antwortete: Das ist Herr Mika, er nimmt Maß für Eure neuen Kleider. Nun hat der Rat Euch befragt, nun kommt mit mir und esst ein wenig, Ihr habt es sicher nötig.

In einem letzten Versuch, an dieser Gefangenschaft, in die ich geraten war, zu rütteln, fragte ich ihn, noch während der Schneider mich vermaß, ob ich nicht wenigstens einen Brief heim nach Wistrow schicken könne, um zu berichten, was mir zugestoßen war. Doch Herr Phintias schüttelte betrübt den Kopf und lehnte es ab; ich sei ungebeten hierhergekommen und nun hätte ich mich an die Gesetze zu halten, die hier galten.

Erschöpft und willenlos folgte ich ihm aus dem Haus und quer über den Platz bis zu einem Ort, der eine Art Krug oder Gasthaus zu sein schien. Lange Tische und Bänke standen in dem Raum, alles indes rein gescheuert und ordentlich, und obwohl die Teller aus Zinn waren, kamen zu dem Weinkrug geschliffene Gläser auf den Tisch. Kaum hatten wir uns gesetzt, als der Ratsherr, der über sein eigenes Schicksal gesprochen hatte, zu uns stieß und sich mir gegenübersetzte. Die beiden anderen nannten die Bedienung Frau Anna und den Mundschenk Herrn Eusebius und ich fragte, ob es denn in dieser Stadt nur lauter Herren und Frauen gäbe und gar keine einfachen Menschen, und der Ratsherr antwortete ernst, genau so wäre es. Vor dem Tod sind wir alle gleich, sagte er, Reichtum und Geburt machen da keinen Unterschied.

Er erzählte mir nun ein wenig von sich und sagte, dass er, genau wie ich, versucht hatte, sich freizukämpfen, doch auf ihn hätte man die Hunde gehetzt. Er lüftete sein Barett und zeigte mir, dass der größte Teil eines seiner Ohren abgebissen worden war. Daher, sagte er und lachte, hätte er den Namen Herr Malchus angenommen.

Nun kam das Essen auf den Tisch, Braten, Brot und geschmorter Sommerkohl, dazu ein guter Wein, und wir aßen und tranken nahezu schweigend.

Erst als wir die Mahlzeit beendet hatten und ich mich gestärkt fühlte, fragte ich: Was wäre geschehen, wenn ich der Ratsherrin das Leben genommen hätte?

Dann hätten wir Euch umgebracht, antwortete Herr Malchus ruhig.«

Es war der Name Malchus, der zu einer längeren Unterbrechung führte. Er erinnerte mich an etwas Biblisches, aber mir fiel die Stelle nicht mehr ein, ich musste in mein Arbeitszimmer gehen und mein Bibellexikon und die Bibel holen – erst dort fand ich ihn: den Knecht, dem Simon Petrus im Garten Gethsemane mit dem Schwert ein Ohr abgeschlagen hatte. »Und der Knecht hieß Malchus.«

Inzwischen lagen einfach zu viele Bücher auf dem Tisch, ich musste irgendwie den Überblick behalten, und plötzlich fielen mir ein paar alte Buchstützen ein, die noch in einer Kiste auf dem Dachboden liegen mussten. Ich holte die Leiter aus dem Keller, öffnete die Luke zu der kleinen, engen Dachkammer – jahrelang war ich nicht mehr dort oben gewesen – und holte mit einiger Mühe ein paar Kisten herunter. Die Buchstützen waren noch da, aber auch sehr viele andere Dinge, die ich beinahe schon vergessen hatte. Ich saß auf der Couch im Gästezimmer und sann über diese Relikte einer Zeit nach, die ich im Grunde genommen ebenfalls in einer abseits gelegenen Dachkammer meiner Seele verstaut hatte. Das Hochzeitsbild. Peters kleine Nachttischlampe. Die Serviettenringe mit unseren eingravierten Namen. Das Namensschild vom Gartentor.

Plötzlich erinnerte ich mich, wie ich mich gefühlt hatte, damals, als ich das Schild abschraubte – spätabends, im Licht des Küchenfensters, um den neugierigen Fragen der Nachbarn aus dem Weg zu gehen –, zwei Schrauben heraus, und *Ingrid und Robert Zahme* waren verschwunden; zwei Schrauben hinein, und es stand nur noch *Zahme* auf dem kleinen Schild, das ich bei einer Eisenwarenhandlung in einem anderen Teil der Stadt bestellt hatte und das bis heute dort hängt. Jetzt saß ich da und wog das schwere Metallschild in der Hand, lang wie ein Lineal war es, mit nicht sonderlich schönen Buchstaben auf einem rauen grünen Grund – wahrscheinlich werden solche Schilder gar nicht mehr produziert.

Ich war so stolz, als ich es damals angeschraubt hatte, es umfasste die ganze Programmatik für unser neues Wagnis – das etwas zu kostspielige Reihenhaus und das geborgene, unendliche Familienleben, das ich mir geradezu als Selbstverständlichkeit vorgestellt hatte. Zwei Menschen, ein Paar – mit demselben Nachnamen, *up ewig ungedeelt.* Ich war so verbittert und voller Selbstmitleid, als ich es abschraubte, nur sechs Jahre später.

Wir waren nicht sonderlich jung, als wir heirateten. Ich war neunundzwanzig, sie fünfundzwanzig. Beide hatten wir ein paar Jugendlieben hinter uns und fühlten uns reif und verantwortungsbewusst, als wir vor den Altar traten. Auf dem Hochzeitsbild bin ich in einem dunklem Anzug mit einer weißen Blume im Knopfloch zu sehen, groß und geradezu mager, so sehe ich noch immer aus, nur habe ich inzwischen nicht mehr so viele Haare auf dem Kopf, und dann diese ewige Brille. Damals war es eines dieser klotzigen, schweren Gestelle, die das Gesicht dominieren und nach der Metallgestellphase gerade wieder modern sind. Ich bin jetzt so alt, dass ich bei den dünnen bleibe. Ingrid – ohne Brille – mit Schleier, Schleppe und Brautbouquet, hält den Kopf ein wenig schief und hat dieses mädchenhafte Lächeln auf den Lippen – das *Mädchenhafte* war damals ziemlich populär –, das mich von Anfang an verzauberte. Einige meiner Studienkameraden waren vermutlich mehr als verblüfft, dass der »Zahme Robert« eine so hübsche Braut erwischt hatte. Später haben sie damit vielleicht sogar mehr Recht behalten, als mir lieb war, aber damals konterkarierte es in gewisser Weise meinen Spitznamen – den Ingrid mir verraten hatte, denn selbstverständlich benutzte ihn niemand in meiner Gegenwart – und mein Image – damals kannte niemand das Wort Image – als vielversprechender, aber weltfremder Bücherwurm. Wahrscheinlich hat mir die Ehe sogar den notwendigen Anstrich menschlicher Erfahrung gegeben, denn nach Beendigung meiner Ausbildung wurde ich einer Anstellung am Institut für würdig befunden. Und man stellt ja nicht gerade die schrägsten Vögel ein, auch nicht an einer Universität, um aufnahmefähige junge Menschen zu unterrichten.

Ingrid war ich in der Institutsbibliothek begegnet, typisch für mich, dass ich ihr meine besserwisserische Hilfe anbot. Sie kam bei einer sprachhistorischen Darstellung, einer schriftlichen Arbeit, nicht weiter, stand mit gerunzelter Stirn da und suchte nach dem Begriff *Tatsache* im Grimm. Ich riet ihr, unter *Thatsache* nachzuschlagen, so fand sie das Wort, lächelte wie ein kleines Mädchen und sagte: »Ich bin aber auch wirklich dumm.« In den Jahren, in denen wir zusammen waren, bekam der Begriff eine besondere, nur für uns verständliche Bedeutung. »Liebst du mich?«, fragte der eine, und der andere antwortete: »Tatsächlich!« Immer mit einer Betonung, die in der jeweiligen Situation passte. Wahnsinnig witzig.

Diese Episode war geradezu emblematisch für unsere Beziehung. Ich war der etwas ältere Student, der zielstrebig und mit einer gewissen Gewogenheit von Seiten der Lehrkräfte auf den Magisterabschluss hinarbeitete – und sie war die etwas jüngere, die Lehrerin werden wollte und Deutsch als Nebenfach gewählt hatte, da ihr im Gegensatz zu anderen Studenten durch ihre südjütländische Herkunft die Sprache leicht fiel. Und da sie darüber hinaus, auch im Gegensatz zu manch anderen, zwischen den Nuancen in den mannigfaltigen Manifestationen des Deutschtums zu unterscheiden wusste. Damals waren der Krieg und die Zeit der Besatzung noch stärker im Bewusstsein, als es sich mein letzter studentischer Jahrgang vorstellen konnte.

Ingrid und ich begegneten uns zufällig noch ein paar Mal und als ich endlich meinen Mut zusammennahm und sie ins Kino einlud, nahmen die Dinge ihren vorhersehbaren Lauf. Wir verlobten uns ordentlich, allerdings nicht enthaltsam; wir waren modern und freizügig, benutzten Verhütungsmittel und gingen im Übrigen unserem Studium nach. Wir heirateten und zogen in eine Art Wohnung – drei Zimmer mit eigener Küche und Gemeinschaftstoilette im höher gelegenen Keller einer Villa in Hellerup – und ich schloss 1960 mein Studium mit einer Arbeit über »Die humanistischen Grundzüge in Lessings Jugenddramen« ab (im Grunde ein ziemlich ideologisches Thema, aber damals, in einer Zeit, in der Ideologie verhasst war, erschien es besonders sauber, stubenrein und unumstritten).

Im darauffolgenden Jahr bestand Ingrid ihr Examen und erhielt eine Anstellung an einem Gymnasium in der Umgebung, sogar noch vor mir, aber ein Jahr später kam auch ich in Amt und Würden: Unerwartet war an meinem alten Institut eine Assistentenstelle frei geworden, die mit mir besetzt wurde. Nun sollte es aufwärts gehen in unserem Leben, wir wünschten uns ein Haus und Kinder und bekamen beides: Unser erstgeborener und einziger Sohn Peter konnte direkt von der Geburtsklinik in die geborgene Umgebung eines Reihenhausviertels ziehen, zunächst in seine kleine, tüllumhangene Wiege am Fußende seiner Eltern und bald schon in sein eigenes Zimmer, das für ihn bereitstand, seit das Haus gekauft und tapeziert war.

Heute ist Peter amerikanischer Staatsbürger und beinahe so alt wie ich, als ich seine Mutter heiratete, er ist aufs College gegangen und hat einen Job irgendwo in der Luftfahrtbranche, so dass er häufig mit einem billigen Ticket auf eine Spritztour nach Europa kommen kann. Hin und wieder besucht er mich, allerdings fällt es mir schwer, väterliche Liebe für dieses fremde Wesen zu entwickeln, das Dänisch laut und mit einem starken Akzent redet und dessen wesentlichste Bezugspunkte im Leben Baseball und Country-and-Western zu sein scheinen. Ich versuche es, er versucht es, aber wir kommen nie weiter als bis zu einem gegenseitigen Wohlwollen.

Nun ja, das war ein gewaltiger Vorgriff auf den Handlungsverlauf.

Ich verstehe bis heute nicht ganz, was eigentlich schief ging. Es begann alles so vielversprechend – Ingrid kehrte nach dem Mutterschaftsurlaub zu ihrer Arbeit zurück, sie wollte nicht aufhören, sie bestand darauf, und dabei ging es ihr gar nicht um das Finanzielle; ich hielt Vorlesungen, war glücklich und fing sogar an, den nächsten Schritt meiner wissenschaftlichen Karriere vorzubereiten: meine Dissertation über Gottsched. All das Material, das jetzt seit fast zwanzig Jahren in den Archivkästen meines Arbeitszimmers liegt und vergilbt. Schöne vergeudete Kräfte.

Vielleicht habe ich ja nicht genug mitgeholfen, zeigte nicht genügend Interesse an Windeln und Nuckelflaschen – die Gleichberechtigungsdebatte fing damals gerade erst an –, vielleicht war ich auch einfach zu langweilig – der »Zahme Robert« in Pantoffeln und der Nase in den Büchern. Gab es eine heimliche Karriererivalität bei Ingrids demonstrativen Lobeshymnen auf ihren Gymnasiumsjob? Oder war ihr ganz einfach klar geworden, dass sie ihren Beruf verfehlt hatte? Es ist die einzige Erklärung, auf die ich im Laufe der Jahre immer wieder gekommen bin, sonst würde das alles keinen Sinn ergeben. Ich schaue mir das Hochzeitsbild an und versuche, etwas Unnatürliches in ihrem Lächeln zu erkennen, eine Anstrengung bei ihrer Kopfhaltung, eine Wehmut tief in ihrem Blick ... ich kann nichts sehen, nicht mit Sicherheit, das Gesicht ist zu klein, die Farben sind ein wenig verblichen, ich kenne die Fotografie viel zu gut, sie ist imprägniert von den ahnungslosen, selbstzufriedenen Erklärungen, die ich in all den Jahren, in denen sie auf dem Schrank mit der Tischwäsche stand, beinahe täglich darüber ausgegossen habe.

Das erste Jahr nach der Geburt war sie nervös und überempfindlich, ich unterstützte und tröstete sie – und nahm durchaus meinen Teil des Schlafmangels und der Lasten des elterlichen Glücks auf mich, dachte ich –, aber dann schien ein neues Selbstbewusstsein in ihr zu wachsen, eine Form von Flapsigkeit an der Grenze zum Groben. Sie ließ sich das Haar kurz schneiden und trug häufiger Jeans als Röcke. Das Mädchenhafte verschwand.

Es begann die Periode mit den auffallend häufigen »Lehrerkonferenzen« und »abendlichen Sitzungen«, die ich viel zu spät durchschaute, mit den mysteriösen Telefonanrufen, bei denen einfach der Hörer aufgelegt wurde, wenn ich abnahm; mich hätten ihre diffusen Erklärungen und ihre leuchtenden Augen viel früher misstrauisch machen müssen, es dauerte zu lange, bis ich endlich eine Erklärung verlangte. Die bekam ich dann allerdings umgehend, beinahe als hätte sie auf meine Frage gewartet. Es gab einen anderen, natürlich, aber es war niemand aus ihrem Kollegium – das war so ziemlich das einzige nicht Banale an dieser Geschichte. Das Schicksal hatte aus unerforschlichen Gründen einen amerikanischen Maler im Kreise der Kollegen auftauchen lassen, mit denen sie am meisten zu tun hatte, und er war eine Offenbarung. Für sie. Für mich war er langhaarig, langbärtig, dreckig und dominant – ich bin ihm nur ein einziges Mal begegnet, weil Ingrid darauf bestand, kurz bevor sie in die USA gingen; sie wollte, dass wir uns zumindest einmal sahen, und das taten wir, auf neutralem Grund, in einer Kneipe in der Innenstadt, in der ich noch nie gewesen war und seither auch nie wieder gewesen bin.

Unsere Rollen waren von vornherein verteilt, er spielte den offenen, schlichten Amerikaner, ich den kultivierten, reservierten Europäer, wir mochten uns nicht. Es war ein durchweg höfliches und feindseliges Treffen. Ingrid saß wachsam am Tischende und sagte so gut wie nichts, während Ben und ich Belanglosigkeiten austauschten. Nur er trank sein Bier ganz aus, wir bezahlten, gingen gleichzeitig und trennten uns vor dem Lokal, damit war es erledigt, wie ein seltsames Anstandsritual, das dazugehört, bevor jeder seiner eigenen Wege gehen kann.

Gerechterweise muss man sagen, dass Ben verblüffend *resourceful* ist, wie Peter es nennt – wenn wir uns über bestimmte Dinge etwas intensiver unterhalten wollen, sprechen wir englisch –, sie kamen da drüben immer zurecht und in den letzten zehn Jahren hatte Ben sogar ein bisschen Erfolg, und trotz all meiner unausgesprochenen – eifersüchtigen – Prophezeiungen hat es zwischen ihnen gehalten. Vielleicht findet man erst dann den einzig Wahren, wenn man eingesehen hat, dass es keinen einzig Wahren gibt. Bevor wir uns begegneten, hatten sowohl Ingrids wie auch meine verflossenen Beziehungen immer den Anstrich von etwas, was man tat, weil andere es auch so machten. Und als wir zum ersten Mal das Gefühl hatten, es sei etwas Ernstes, waren wir beide glücklich davon überzeugt, dass es halten würde, bis dass der Tod uns scheide. Und als wir geschieden wurden, lebte sie weiter und ich starb nur ein bisschen. Sogar Peter, der kleine dünne Junge, der viel weinte und an den Abenden und Nächten ins Bett pinkelte, an denen ich auf ihn aufpasste – die geistige Berliner Mauer, die nach dem Geständnis plötzlich mitten in unserem Ehebett errichtet worden war, wurde abgelöst von einer bizarren Regelung, bei der wir abwechselnd nicht über Nacht zu Hause blieben –, selbst Peter, dieses zerbrechliche Wesen, ist heute ein harmonischer und durchtrainierter junger Mann, der in Frieden mit sich und der Welt lebt. Obgleich er selbst keinerlei künstlerische Fähigkeiten hat. Die Phantasielosigkeit ist sicherlich einer der Züge, die er von mir geerbt hat, denen er nicht entkommt. Der Triumph der Biologie über das Umfeld.

Die Scheidung war im Übrigen kein Problem. Ich war kleinlich genug, mich zu rächen – mit einer Aushilfe im Büro, die zufällig in dieser Zeit im Institut arbeitete und für die ich wirklich nur dankbare Achtung empfinden kann. Denn Ingrid wollte unbedingt das Sorgerecht für Peter behalten, ich trat es ihr mit ritterlich verborgener Gekränktheit ab, und Nolli – so hieß die Aushilfe – erschien bereitwillig im Oberpräsidium und bestätigte, dass ich meine Frau mit ihr betrogen hätte. Wir waren doch erwachsene Menschen. Und langwierige Trennungen waren unmodern.

Als sie abreisten – in gewisser Weise war es eine Erleichterung, dass sie so weit weg fuhren –, blieb ich mit ein paar Schrammen auf der Seele, einem reduzierten Budget und dem ganzen Haus für mich zurück. Mit harter Hand schmiss ich sämtliche Hinterlassenschaften hinaus, inklusive des Doppelbetts, richtete das Haus neu ein, besorgte mir einen Nebenjob als Lehrer an der Abendschule und hielt durch. Ich versuchte sogar, mich in das freizügige Geschlechts- und Kulturleben der Sechziger zu werfen, allerdings mit bescheidenem Erfolg und wenig Vergnügen.

Die Arbeit wurde das Wichtigste. Wenigstens in Literaturgeschichte war ich gut. Nach und nach blieb die Arbeit mein einziger Lebensinhalt, alles andere wurde gewissermaßen verschüttet. Bis Ulla kam.

Es ist spät geworden; jetzt sitze ich wieder mit ein paar Gläsern zu viel im Blut hier. Eigentlich wollte ich an dem Bericht des Freiherrn weiterarbeiten, aber ich glaube, ich warte damit bis morgen, ich habe Angst, etwas nicht richtig zu entziffern. Das Heft liegt hier, aufgeschlagen, als wäre eine geheime Wärmequelle im Haus, ein kleines Licht, das ich ständig in meinen Gedanken bewahre, um das sich meine Kreise ziehen.

Ich habe Steffen angerufen, er hat mir versprochen, morgen zu kommen und die Hecke zu schneiden. Merkwürdig, es ist beinahe so, als wäre er mein Sohn, mehr als Peter. Er besucht mich regelmäßig, wir sprechen über so viele Dinge. Allerdings nicht über Ulla. Noch nicht.

Draußen ist eine helle, ruhige Nacht, eine richtige blaue Sommernacht. Ich erinnere mich, wie er sie hier einmal abholte, an genau so einem blauen Abend. Wir tranken eine Tasse Kaffee am Sofatisch und als ich sie zur Tür begleitet hatte, trug ich die Tassen in die dunkle Küche. Ich beobachtete sie durchs Fenster. Sie waren direkt vor dem Gartentor auf dem kurzen Fliesengang stehen geblieben und umarmten sich, sahen sich an, küssten sich und sahen sich wieder an, mit Gesichtern, die vor Liebe leuchteten, sogar in dem undeutlichen Licht der Nacht. Ullas blondes, fast weißes Haar und Steffens dunkle Locken.

Vielleicht wurde mir erst in diesem Augenblick, beim Anblick ihrer Liebe, wirklich klar, was in mir vorging. Meine eigene Liebe zu Ulla. Ich bemerkte überhaupt nicht, dass ich weinte, bevor meine Nase anfing zu laufen. Aus Neid … nein, nur aus melancholischer Ohnmacht und Sehnsucht. Gleichzeitig aber spürte ich – wie ein Paradoxon, wie eine Verletzung und eine Heilung in der gleichen Sekunde – eine Fähigkeit, von der ich bis dahin nicht gewusst hatte, dass ich sie besaß:

Dass ich mich freuen konnte, erlösend, über die Freude anderer.

III

Nach der Mahlzeit gingen wir zu dritt zum Haus des Herrn Malchus, das ebenso schmucklos war wie das Gebäude, in dem ich die Nacht verbracht hatte. Herr Malchus sagte: Ihr müsst nun die Stadt Bezer kennen lernen, Ihr könnt Euch frei bewegen und mit jedermann reden, mit dem Ihr reden wollt, wenn Ihr nur innerhalb der Stadtmauern bleibt. Ihr sollt wissen, es gibt viele Gerüchte über unsere Stadt, und bisweilen verschicken wir sogar Briefe an Freunde von denen, die hierhergekommen sind, damit sich das Wissen um die Stadt verbreitet und ein jeder, der einer Freistatt bedarf, über geheime Wege erfahren kann, dass dieser Ort existiert. Und doch ist die Stadt ein Dorn im Auge so mancher Obrigkeit, Fürsten wie Ritter, und unsere Abgeschiedenheit und unser Geheimnis ist unsere beste Verteidigung. Daher haben wir auch so manchen Mythos verbreitet, Höllengeschichten, die vor näherem Zudringen abschrecken. Aber wir gestatten niemandem, von hier fortzugehen und über die wirkliche Stadt zu berichten, über ihre Lage und ihre Einrichtungen. Nur die vertrauenswürdigsten Bewohner haben die Erlaubnis, zu einem Handelsplatz zu fahren, über den Ihr später mehr hören sollt; für alle anderen bedeutet es den Tod, wenn sie versuchen, von hier fortzukommen.

Dann ist es keine Freistatt, sondern ein Gefängnis, wandte ich ein.

Für viele, die hierherkommen, bedeutet die Stadt gerade die Freiheit vor dem Gefängnis oder vor anderem Unrecht oder Gewalt, die sie sonst hätten erdulden müssen, entgegnete Herr Malchus. Ihr werdet sehen, es gibt nahezu ebenso viele Gründe zu kommen, wie es Einwohner in der Stadt hat. Und so ist es von Anbeginn gewesen.

Es ist eine Geschichte über die Gründung der Stadt überliefert, die wir jedem Neuankömmling erzählen. Zu der Zeit, als Friedrich der Weise starb und der Bauernkrieg tobte, brachen drei Mönche aus Thüringen auf. Zwei von ihnen kamen aus demselben Kloster, doch sie waren Anhänger der neuen Lehre des Doktor Luther und nach einem Streit mit dem Abt hatten sie sich eigenmächtig mit Geld aus der Klosterkasse versorgt und waren davongelaufen. Der Dritte schwor noch auf die alte Lehre, aber er hatte einen Mann erschlagen, der ihn auf der Straße überfallen wollte. Sie wollten nun, wie sie sagten, dem Sonnenaufgang entgegen über den Jordan zu einer Freistatt flüchten, in der sie ihr Leben retten konnten, und ihr Jordan war die Elbe. Sie wanderten lange und auf ihrem Weg schloss sich ihnen ein entlaufener Soldat an, doch sie fanden keine Stätte, an der sie bleiben konnten, bevor sie nach Mecklenburg kamen und auf einer öden Höhe zwischen Wäldern und Seen eine Stadt gründeten.

Herr Malchus zeigte mir eine Stelle in einer alten deutschen Bibel, die in seinem Haus lag; es war Kapitel IIII aus dem V. Buch Mose und er erzählte: Als sie nun der Stadt einen Namen geben sollten, wollten zwei, dass sie Bezer heißen sollte, wie es geschrieben stand, weil sie an einem öden Ort lag; doch die beiden anderen wollten sie Ramoth nennen, das in der gleichen Bibelstelle genannt wird, weil das Land so waldreich war wie Gilead. Sie konnten sich nicht einigen und so bestimmten sie als Zeichen der Eintracht, die hier herrschen sollte, dass die Stadt für alle Zukunft mit dem einen wie mit dem anderen Namen bezeichnet werden könne, oder auch mit beiden.

Denn auch die Stadtgründer hatten ja mehrere Namen: Sie waren drei Mönche und ein Soldat, aber zudem zwei Diebe, ein Mörder und ein Deserteur, und damit in den Augen der Welt schuldig. Doch die Verbrechen, die drei von ihnen begangen hatten, nämlich zu stehlen und zu töten, hatte der vierte verweigert, und darin bestand seine Schuld. Daher hielten sie das weltliche Gericht für eine Posse und gelobten, nach dem Gesetz des Gewissens zu leben, und sie bauten ein Haus, legten einen Kräutergarten an und lebten in den ersten Jahren von Fisch und Wild aus ihren Fallen. Darüber hinaus verstanden sie es, Arzneimittel herzustellen, die sie zunächst auf den Märkten verkauften und bald schon auf dem Handelsplatz, der noch immer dort draußen zu finden ist, und so verbreitete sich das Gerücht über eine neue Freistatt im Wald und immer mehr kamen hierher.

Die vier Gründer nahmen die Namen Ehud, Gideon, Simson und Samuel an, sie lenkten die Stadt klug und wurden sehr alt. Seit damals wird das Alter in unserer Stadt hoch geachtet und viele alte Väter und Mütter, die mit ihren Kindern in Zwietracht lebten, sind hierhergekommen, um lieber einen sanften und würdigen Tod zu sterben, als nur ein Gnadenbrot zu verzehren und mit Geringschätzung geduldet zu werden.

Hier soll sich ein jeder zum Besten der Allgemeinheit nützlich machen, wie er kann, und niemand wird hier zugrunde gehen, denn alle helfen ihm. Diejenigen, die von großem Verstand sind und hoch im Vertrauen der anderen stehen, kommen in den Rat, jene, deren Fähigkeiten und Kräfte schwinden, in den Senat. Jeder andere, was immer er zuvor auch gewesen sein mag, soll seine Tage in stetem Nutzen verbringen, mit dem Gedanken an seinen nahen Tod, denn nichts Besseres gibt es für unser Gewissen.

Morgen werdet Ihr abliefern, was Ihr mitgebracht habt, die Kleider der Stadt anlegen und Euch wieder vor dem Rat einfinden, damit ein rechter Platz für Euch gefunden werden kann; und bald müsst Ihr Euch auch den Namen aussuchen, den Ihr hinterher tragen wollt, damit der Rat ihn erfährt und in sein Buch eintragen kann.

Mit diesen Worten ließ Herr Malchus mich gehen, und nun führte mich Herr Phintias mehrere Stunden in der Stadt umher und zeigte mir ihre Einrichtungen. Unterwegs begegneten wir so manchem Einwohner, er kannte sie alle; bisweilen wurde ein Wort gewechselt, mitunter nicht, und alle sahen mich an, doch niemand fragte ihn nach mir, es war, als gehörte ich noch nicht hierher, als ob mein fehlender neuer Name es unmöglich machte, mich zu benennen. Die meisten Einwohner waren alt, einige sogar gebrechlich, obschon wir auch jüngeren Leuten begegneten, gleich zu Beginn unserer Wanderung ein paar Burschen und Mädchen im blühenden Alter der Jugend. Ich hätte meinen Führer gern gefragt, wer sie waren, doch die fortwährend neuen Eindrücke für meine Augen und die sonderbaren Worte, die Herr Malchus gesagt hatte, beschäftigten mich vollauf, und erst allmählich war ich imstande, bei den Dingen, die er mir zeigte, Fragen zu stellen.

Es war sehr seltsam anzusehen: Werkstätten, in denen die großen, schnurrenden Räder Hämmer und Sägen antrieben, und Ställe für Pferde, Kühe und Schweine, durch die unablässig Wasser floss, so dass sie bequem sauber gehalten werden konnten; ein Schneidertisch, an dem jedermann, ohne zu bezahlen, seine Kleider flicken lassen konnte, auch der Schuhmacher nahm kein Geld für seine Arbeit; Obstbäume mit kleinen grünen Äpfeln und Birnen, die überall standen, wo es Platz gab, neben Giebeln und Ecken, ohne jemandem zu gehören; der Gasthof, in dem das Essen gratis war; ja sogar eine Bibliothek, aus der jeder Bücher entnehmen durfte, aber nicht zu seinem Eigentum, wie Herr Phintias erklärte.

Gibt es denn gar nichts, was hier in der Stadt gekauft und verkauft wird, fragte ich, und er antwortete: Nein, das meiste wird nur gefertigt und genutzt.

Und wozu gebraucht man dann Geld, wenn man etwas hat, wollte ich wissen. Wir haben kein Geld, antwortete er, oder besser, für das Geld, das wir haben, kaufen wir alles Notwendige auf dem Handelsplatz: Mehl, Kalk, Stoffe, Backsteine und vieles andere mehr, wir haben nur das Geld, das in der Kasse des Rates liegt.

Dann bestiehlt der Rat Euch alle, sagte ich.

Nein, der Rat gibt es für uns alle aus, erwiderte er.

Wenn Ihr nun eine Kutsche oder einen Vierspänner kaufen wollt, sagte ich, würde der Rat ihn Euch kaufen?

Was sollte ich mit einer Kutsche oder einem Vierspänner, gab er zur Antwort, wenn ich ein Paar neue Stiefel brauche, hole ich sie mir beim Schuhmacher.

Wenn Ihr nun aber der Ansicht seid, dass Stiefel nur etwas für das gemeine Volk sind, sagte ich, und Ihr selbst wollt lieber in einer Kutsche fahren?

Hier sind wir alle gleich, und daher gibt es keine Gemeinen, erwiderte er.

Ist es denn nicht Gottes Wille, dass es hier auf der Erde sowohl reiche wie arme Leute gibt?

Davon weiß ich nichts.

Und was wird hier in der Stadt in der Kirche gepredigt, fragte ich.

Wir haben keine Kirche, entgegnete er; und diese Antwort hinterließ mich so sprachlos, dass ich eine gewisse Zeit nichts mehr sagen konnte, doch er fuhr unverdrossen fort: Und wir haben auch kein Gefängnis.

Die ganze Stadt ist ein einziges großes Gefängnis, antwortete ich und wieder wurde mir mein Unglück bewusst.

Oder eine einzige große Kirche, sagte er, und schweigend gingen wir ein Stück weiter.

Dann kam uns die Ratsherrin entgegen, auf die ich meinen Schuss abgefeuert hatte. Sie schritt mit ihrem großen schwarzen Hund an der Seite die ansteigende Straße herauf, und sobald ich sie erkannte, erwartete ich einen höhnischen Blick, vielleicht sogar ein spöttisches Wort, und bereitete mich darauf vor, stolz zu parieren. Aber sie grüßte uns beide nur freundlich, nickte mild und ging weiter, der Hund folgte ihr treu, ohne auch nur nach meiner Seite zu schauen.

Sie hat mich nicht erkannt, sagte ich überrascht. Herr Phintias starrte mich an. Was meint Ihr, sagte er. Zum einen trägt niemand sonst in der Stadt solche Kleider, wie Ihr sie noch anhabt, und außerdem wird Frau Deborah Euch nach dem Vorfall im Ratssaal niemals vergessen.

Kann sie mir denn so einfach vergeben, fragte ich.

Derjenige, dessen Herz leicht ist, vergibt auch leicht, sagte er.

Was seid Ihr nur für Leute, entfuhr es mir, und Herr Phintias zuckte mit den Achseln und antwortete: Wir sind die Menschen der Stadt Ramoth. Auf einmal schwindelte mir von all diesen Eindrücken, von all dem Gerede über ein leichtes Gewissen und ein leichtes Herz, und Herr Phintias musste mich am Ellenbogen stützen. Kommt, sagte er, hier können wir uns in Ruhe hineinsetzen.

In einer Mauer befand sich ein großes Tor und in dem Tor eine kleine Pforte, die Herr Phintias nun öffnete, und wir traten in eine große, mit Gras, Büschen und einzelnen Bäumen bewachsene Einfriedung, vielleicht von der Größe eines Fünftels der Gesamtfläche der Stadt. Die Sonne hatte ein wenig nachgelassen und ein alter Eichbaum warf einen behaglichen Schatten über eine Bank, auf die wir uns setzten. Ich sah nun, dass der Boden mit Reihen von gewaltigen Steinen bedeckt war, einer dicht neben dem anderen, äußerlich vollkommen unbearbeitet, aber mit eingehauenen Namen und Ziffern versehen. Wir hatten den Friedhof der Stadt betreten.

Ich saß da und schaute über diese Steine, eine Reihe neben der anderen auf dem grünen Abhang, der an dem Pfahlzaun endete, der überall die Stadtgrenze bildete. Mich dünkte, man wolle selbst die Toten daran hindern, von hier fortzuziehen, und ich stellte mir mit Grausen die vielen Jahre vor, die ich hier zubringen müsste, bis ich selbst mein irdisches Dasein unter einem einfachen großen Stein beschließen könnte. Ich dachte an Wistrow, an meine Frau und meine Kinder, und es war, als wäre die warme Sonne kalt und fern.

Bisweilen gehen wir hier hinein, um dem Tod näher zu sein, sagte Herr Phintias zögernd, als würde er versuchen, meine Gedanken zu lesen. Er schwieg eine Weile und fuhr dann fort: Es ist wie ein reinigendes Bad für die Seele. Seht Ihr diese Steine? Denkt Ihr an den Tod?

Ich denke an mein Heim und meine Liebsten, sagte ich, allerdings ohne Zorn, und wandte mich ihm zu. Ich sah eine Veränderung in seinem zerfurchten Gesicht, den Schimmer eines Mitgefühls, bis er sein Gesicht abwandte.

Nicht viele, die hierherkommen, haben Anlass, sich zurückzusehnen, sagte er. Dann schwiegen wir beide eine ganze Weile. Ich sah über die einzelnen Gräber und spürte, wie mein Schmerz allmählich nachließ und der Kummer schwand; die Stille des Ortes linderte in gewisser Weise meine Bitterkeit und tatsächlich hatte ich das Gefühl, als würde der Gedanke an den Tod meine Leidenschaft wie ein Bad besänftigen. Herr Phintias ließ mich sitzen, so lange ich wollte, als ich mich jedoch erhob, führte er mich herum und zeigte mir die Gräber der vier Gründer sowie einige neuere Steine, denn jene, die unter ihnen lagen, hatte er gekannt und konnte mir von ihnen erzählen.

Unter den einzelnen Grabmälern lag mal ein Bauer, mal ein Adeliger, bald die Tochter eines Kaufmanns, dann eine Dienstmagd; und obwohl die meisten Namen biblischen Ursprungs waren, fanden sich auch Namen aus Sagen und Mythen und ganz alltägliche, gewöhnliche Namen. Nur ein Stein unterschied sich von den übrigen durch eine Inschrift, die meine Aufmerksamkeit erregte; ich schrieb sie später so nieder, wie sie dort stand:

+
HIC
IACET
ADEPTUS
ORFFYREUS
1748

Ich fragte Herrn Phintias, wer hier läge, und er antwortete: Ein seltsamer Mann, vielleicht verrückt, vielleicht auch nur eigensinnig, aber zum großen Nutzen für die Stadt. Er ist der

Erfinder der Förderräder, die uns so manche Bürde erleichtern.

Ich räumte bereitwillig ein, dass diese seltsamen Räder mich sehr verwundert hätten, und fragte, was sie antriebe.

Eine mechanische Kraft, erwiderte er, die das Rad selbst enthält. Mehr weiß ich nicht.

Er klang, als ob er nicht darüber sprechen wollte, und ich begnügte mich für dieses Mal mit seiner Erklärung, doch ich fragte ihn, ob dieser Wohltäter der Stadt eine besondere Erlaubnis bekommen hatte, seinen Grabstein mit einem Titel zu schmücken, noch dazu mit einem so ungewöhnlichen, zumal es offenbar allen anderen verboten war.

Niemandem ist es verboten, antwortete er, jeder kann in seinen Stein hauen lassen, was er will. Der Adept Orffyreus hatte es so vor seinem Tod bestimmt und er behauptete, dass er in dieser Grabschrift eine besondere Weisheit hinterlassen würde; die meisten finden es indes richtig, dass wir sterben und nur ein Name von uns bleibt.

Die meisten lassen doch wohl Eigentum, Kinder und Nachruhm zurück, wandte ich ein.

All diese Dinge leben in sich selbst und ändern sich mit der Zeit, entgegnete er. Nur der Name bleibt unveränderlich und unser Eigen, solange er nicht vergessen wird.

Aber selbst wenn der Name vergessen ist, leben die Taten und das Geschlecht eines Menschen doch weiter, sagte ich.

Die große Verwandlung lebt weiter, erwiderte er, diese Verwandlung, der wir alle entstammen und zu der wir alle unseren Teil beitragen, aber sie unterscheidet nicht zwischen den einzelnen Leben, zwischen einem Menschen und seinem Nächsten. Nur der Name setzt eine Grenze, und wenn er vergessen ist, ist die letzte Spur eines Menschen verschwunden.

Aber wenn ein Mensch nun sein Porträt hat malen lassen oder sein Bild in Stein gehauen wurde, gab ich zu bedenken, dann bleibt doch möglicherweise sein Gesicht, selbst wenn der Name vergessen ist.

Was ist ein Gesicht ohne einen Namen, sagte Herr Phintias und beantwortete seine Frage selbst: ein Rätsel, ein Nichts. Ein Bildnis ist nur ein Stellvertreter des Gesichts, und ist der Name erst einmal von dem Bild gerissen, ist die Verwandlung vollzogen.

Er sah durch die Blätter der Eiche zur Sonne hinauf, denn auf unserem Rundgang waren wir wieder dorthin gelangt, und bat mich, auf der Bank Platz zu nehmen; er selbst setzte sich an meine Seite und erzählte nun in einem ganz anderen Ton:

Auf einem Schloss im Herzogtum Württemberg hängt das Porträt eines jungen Mannes aus fürstlichem Haus. Das Bild ist bereits zu einem Rätsel geworden, obwohl man noch immer den Namen des Prinzen kennt, und doch hat man seit bald vierzig Jahren nichts mehr von ihm gehört. Der junge Mann, der in der Erbfolge von der Krone des Herzogs weit entfernt war, hatte einen vertrauten Freund, den gleichaltrigen Sohn eines Beamten, einen Studenten, der Komödien und satirische Epigramme schrieb, dessen Herz aber dennoch schwermütig war. Er gab dem Prinzen sein Ehrenwort, niemals zu verraten, was der Prinz ihm über das Leben der Obrigkeit anvertraute, und umgekehrt konnte er dem Prinzen von Torheiten, Hochmut und Dummheit in den niederen Ständen erzählen. Es verband sie eine innige Freundschaft und ein philosophischer Hass auf Falschheit und Heuchelei, so gesehen hatten sie sich bereits von dem Platz auf Erden gelöst, den ihnen Geburt und Rang scheinbar zugewiesen hatte. Da erhielt der Poet, denn so nannte ihn der Prinz, eines

Tages einen Brief von einem Lehrer, der von Kindesjahren an seine Fähigkeiten und Neigungen gefördert hatte. Der Lehrer schrieb, er sei krank und liege im Sterben, dennoch sei er ruhig und zufrieden, weil er eine Zufluchtsstätte auf dieser Welt gefunden hätte, eine Stadt, in der man nach dem Gesetz des Gewissens lebe und nicht nach Berechnung und falscher Höflichkeit, eine Stadt, wo die Genügsamkeit den Ehrgeiz besiegt habe. Er schrieb noch mehr über diese Stadt, über ihre Ordnung und den Weg dorthin, und dies beschäftigte die Einbildungskraft des jungen Poeten so sehr, dass er den Prinzen von der Wahrhaftigkeit eines solchen Lebens überzeugte. Und sie schlossen einen Pakt, allen weltlichen Ehren zu entsagen und zu diesem Ort aufzubrechen.

Es war diese Stadt, wie Ihr Euch wohl denken könnt, sagte Herr Phintias und sah mir in die Augen. Er fuhr fort:

Sie kamen dort an, wurden eingelassen und hatten beide harte Kämpfe zu bestehen, bevor sie die Wahrheit des Weges erkannten, den sie eingeschlagen hatten. Der alte Lehrer war noch vor ihrer Ankunft gestorben und konnte sie nicht mehr anleiten, hier gab es indes andere Männer von geistigem Reichtum, und mit den Jahren wuchs ihre Einsicht, dass sie das Beste gewählt hatten. Nur einer von ihnen lebt noch, aber auf dem Fürstenschloss irgendwo in Württemberg hängt noch immer das Porträt des jungen Prinzen, dessen Namen man kennt, aber der, wie allgemein angenommen wird, gestorben ist, an einem unbekannten Ort, zu unbekannter Stunde. Sagt mir nun, ist noch etwas anderes von ihm geblieben als nur der Name?

Ich wollte etwas einwenden, doch mir fiel nichts ein, und widerstrebend musste ich ihm Recht geben. Gleichzeitig gingen mir in diesem Augenblick ihre Schicksale zu Herzen und ich spürte wohl, dass er von sich erzählt hatte. Ich sah ihm in die Augen und ahnte hinter den Furchen seines Gesichtes den jungen Studenten und Poeten, der mit der Kraft seiner Überzeugung sich selbst und seinen fürstlichen Freund zu diesem strengen und genügsamen Leben verbannt hatte. Ich war gerührt und fragte ihn, ob er mir das Grab des Prinzen zeigen könne.

Das kann ich nicht, sagte er und beantwortete meine Verwunderung sofort mit den Worten: Der Prinz war ich.

Abermals spürte ich, dass meine Erwartungen und Vermutungen in dieser Stadt fortwährend unzureichend waren; ich hätte es niemals für möglich gehalten, dass dieser Mann, mit diesen groben Händen und ebensolchen Gebärden, von fürstlichem Geblüt war, und im Inneren spürte ich das Misstrauen erwachen. Ich sagte: Würden Eure Hoheit mir bitte verzeihen und mir mit einer kurzen Verbeugung Eures Kopfes zu erkennen geben, dass ich Euch nun den Respekt erweisen darf, der Eurem Titel entspricht. Er unterbrach mich jedoch mit einer ungeduldigen Handbewegung und wiederholte seine Worte, diesmal mit einer deutlichen Betonung des Wortes »war«, und er fügte hinzu: Hier brauchen wir derartige Anreden nicht.

Wir verließen den Friedhof und auf dem Weg hinaus zeigte er auf einen Stein und sagte: Hier liegt mein Freund. Es war ein Stein wie die anderen, er trug eine Jahreszahl, die noch nicht lang zurücklag, und den Namen Damon.

Auf der Straße sahen wir nun Karren, deren Last aus Ziegelsteinen, Stabeisen und Heringstonnen bestand, die einen kräftigen Geruch verbreiteten, und ich meinte, einen der Kutscher wiederzuerkennen, die ich an diesem Morgen von meinem Fenster aus gesehen hatte. Ich fragte, ob sie vom Handelsplatz kämen, und dieses Mal hatte ich richtig geraten. Was bietet die

Stadt im Tausch für die Waren, wollte ich wissen, und Herr Phintias antwortete: Was sie kann, mal haben wir Meister und Meisterinnen in dem einen, mal in einem anderen Handwerk, und was sie hervorbringen, findet immer Abnehmer. Sogar aus Hamburg und Amsterdam kommen die Kaufleute zu unserem Handelsplatz, und bei ihnen können wir auch die selteneren Dinge bestellen, die wir bisweilen benötigen.

Wir gingen ein paar Schritte, dann sagte er: Hier werde ich Euch etwas zeigen, das sich ausgezeichnet verkauft. Er klopfte an eine Tür und wir traten in eine Stube, in der am Fenster eine alte Frau mit einer Brille auf der Nase an einem großen Klöppelkissen saß. Die Klöppel rührten sich wie Trommelstöcke, doch als sie uns sah, hielt sie inne und nickte uns freundlich zu.

Guten Tag, Frau Tabitha, grüßte Herr Phintias und bat um Erlaubnis, mir ihre Handarbeit zeigen zu dürfen. Es war Spitze aus feinstem Leinen, besser, als ich sie je in meinem Leben selbst besessen hatte, leicht und mit den kunstfertigsten Bildern und Mustern; nicht nur Blumen, sondern auch springende Hirsche und Hasen verstand sie aus den dünnen Fäden hervorzubringen. Die Vorzeichnungen, so erzählte Herr Phintias, hatte sie selbst angefertigt.

Hier in der Stadt trägt jemand derartige Spitzen?, fragte ich, da ich der Meinung war, dass es doch eine Schande wäre, die ganze hübsche Arbeit fortzugeben. Doch Herr Phintias und Frau Tabitha lachten nur, und sie sagte, mit einem deutlich holländischen Akzent: Eine solche Manschette, lieber Herr, wird Euer Handgelenk an einem Herbsttag kaum warm halten, aber die Stadt bekommt leicht fünf gute Wollkappen dafür, die fünf alte Körper im kältesten Winter wärmen können.

Ihr seid von weither gekommen, höre ich Euch an, sagte

ich zu ihr, und sie antwortete: Ach was, aus Brüssel, aber das ist weit genug. Ein Herr nach dem anderen hat sich dort an meiner Arbeit bereichert, aber als meine Augen nicht mehr sehen konnten, wohin die Nadeln zu stecken waren, wollten sie nichts mehr von mir wissen. Aber ich hatte von einem Krämer gehört, dass es weit im Osten einen Ort für die Alten und Wehrlosen gäbe, und einen ganzen Sommer wanderte ich zu Fuß und auf Karren, durch Krieg und Frieden, bis ich ihn fand. Und hier gab der Rat mir eine Hilfe für meine Augen, sie fasste sich an die Brille, und meine Finger wussten, was sie zu tun haben, und freuen sich darüber.

Sie war geradeso vergnügt wie ich in mir ein Gefühl der Beklemmung verspürte; wir dankten ihr für ihre Freundlichkeit, traten hinaus auf die Straße und ich wurde wieder ganz still. Kurz darauf blieb Herr Phintias an einer niedrigen Tür stehen und sagte, hier wohne er und nun wolle er eine Weile ausruhen, aber wenn ich zuvor ein Glas mit ihm tränke, würde er mich mit Freuden zu sich hereinbitten.

Ich dankte und wir gingen hinein. Die Stube war klein, sauber und ohne jeden Zierrat, so wie alle anderen Räume, die ich in der Stadt gesehen hatte. Kaum waren wir eingetreten, als eine Tür aufgeschoben wurde und Herrn Phintias' Dogge hereingerannt kam, schwanzwedelnd und winselnd wie ein Welpe. Er sprach streng auf sie ein, klopfte ihr aber den Kopf und die Flanken, und die Dogge legte sich auf den Boden und störte uns nicht mehr. Allerdings folgte sie jeder seiner Bewegungen mit aufmerksamen Augen. Er schenkte uns aus einem großen Steinkrug fränkischen Wein ein und wir tranken jeder auf das Wohlergehen des anderen.

Danach ging ich einige Stunden allein in der Stadt umher. Er hatte gesagt, wir würden uns im Wirtshaus Zum Hahn zum

Abendessen treffen, danach würde er mich zu meiner Unterkunft begleiten. Nach und nach prägte sich mir der Grundriss der Stadt ein: Vom Platz, an dem das Ratsgebäude lag, führten die Straßen fort, und wenn auch nicht ganz regelmäßig und ein wenig krumm, so doch wie die Speichen eines Rades; nur eine einzige Straße endete an einem Tor, nämlich dem, durch das ich in die Stadt eingelassen wurde. Zwischen den von dem Platz ausgehenden Straßen verliefen Querstraßen und Gassen, nur nicht dort, wo sich der Friedhof befand. Der Friedhof und das Tor waren die einzigen Stellen, bei denen die schmale Galerie auf der Innenseite der Palisaden unterbrochen war. An einer Stelle erregte ein großes, grobgezimmertes Gebäude ohne Fenster meine Aufmerksamkeit und ich fragte einen Mann auf der Straße, was dort untergebracht sei. Einigermaßen misstrauisch betrachtete er meine Kleider, antwortete jedoch kurz angebunden, es wäre das Sägewerk. Wohin ich auch kam, ich erblickte nicht ein einziges Bauwerk, das aussah wie eine Kirche. Herr Phintias hatte Recht gehabt. Ich dachte daran, dass in drei Tagen der Sonntag käme, und fragte mich, ob an diesem Tag wohl irgendeine Form von Gottesdienst abgehalten würde oder ob die Stadt so gottlos war, dass man für das Zeitliche das Himmlische vergessen hatte.

In gewisser Weise war meine Neugierde befriedigt, andererseits auch noch stärker geweckt; und doch muss ich sagen, dass mir immer wieder ein Gedanke durch den Kopf ging: Wie könnte ich von hier fliehen. Wenn ich über den Rand des Palisadenzauns den gezackten Rand des Kiefernwaldes am Horizont sah – wie eine weitere bläuliche, weit entfernte Palisade –, sehnte ich mich bitterlich dorthin.

Dennoch stellte sich ein Gefühl der Erleichterung ein, als ich mich mit Hunger und Durst und nach dem ungewohnten

Gehen auf den Pflastersteinen schließlich an einen Tisch im Wirtshaus Zum Hahn setzen konnte, demselben Ort, in dem ich nach der Sitzung im Rat mit Herrn Malchus und Herrn Phintias gegessen hatte. Nun waren allerdings mehr Menschen hier. Herr Phintias grüßte mich freundlich von einem Tisch, an dem bereits ein Dutzend andere Platz genommen hatten, und ich setzte mich an seine Seite. Das Essen wurde gebracht, dazu Bier und Wein; ich bat um Wein und dies führte zu meiner wohl letzten Demütigung an diesem merkwürdigen Tag. All meine Gedanken kreisten um die früheren Leben der Anwesenden, um ihren Rang und Stand, und mein Widerwillen, nur ihren bloßen Worten zu glauben, jagte derart in meinem Kopf herum, während gleichzeitig der Wein meine Sinne benebelte, dass mein Blick erst nach einer ganzen Weile auf einen stattlichen Mann fiel, der auf der anderen Seite des Tisches saß. Er war rank und groß gewachsen, seine Finger waren schlank und gepflegt, seine Stirn hoch und das grau werdende Haar fiel nach der Mode unserer Vorväter in Locken um sein Gesicht. Er ergriff das Wort mit einer solchen Würde und hörte mit einer geradezu natürlichen Klugheit zu, dass ich überzeugt war, einen Mann von adligem Geblüt vor mir zu haben. Ich fragte nach seinem Namen und bekam zur Antwort, dass er Herr Titus genannt würde, ein Kaisername, was mich in meiner Vermutung nur bestärkte. Ich erhob mich von meinem Platz und improvisierte eine Rede, an die ich mich zwar kaum erinnere, die aber ungefähr folgenden Inhalts war: Herr Titus, wir können unsere Geburt wohl verleugnen, aber verbergen können wir sie nicht. Es freut mich zu sehen, dass die Edlen des Landes an diesem Tisch auch unter uns sind, und das nicht nur in meiner Person; was auch immer Ihr über Euer früheres Leben sagen mögt, so lasst mich Euch doch die

Hand reichen, von einem Adelsmann zum anderen, und Euch Freundschaft schwören.

Ich streckte ihm meine Hand hin, er starrte mich einen Moment an; dann sprang er auf und drückte fest meine Hand, während sich am ganzen Tisch ein brüllendes Gelächter erhob. Ich begriff dieses Gelächter nicht, aber Herr Titus wandte sich an meinen Nebenmann und sagte: Erzählt dem vornehmen Herren, wer ich gewesen bin. Und mein Nebenmann erhob sich und sagte mit einem Mienenspiel, das ich nicht zu beschreiben vermag: Ihr sollt wissen, lieber Herr, Herr Titus war früher Abdecker in Altona.

Herr Titus zog die Hand zurück, und während das Gelächter noch einmal geradezu homerisch losbrach, starrte ich auf meine eigene Hand, als wäre sie sichtlich verseucht durch Verwesung, Krankheit und unaussprechliche Sünden. Ich musste den Tisch verlassen und mich am strömenden Wasser des Rinnsteins übergeben, direkt an dem Rad, das sich neben dem Wirtshaus drehte. Kurz darauf kam Herr Phintias zu mir, wusch mir den Mund mit dem klaren Wasser des Beckens und begleitete mich zum Gästehaus. Aus der Ferne hörte ich noch immer das dröhnende Gelächter aus dem Wirtshaus, aber Herr Phintias war sanft und freundlich und machte mir keine Vorwürfe.

Er brachte mich bis ans Bett, ich hörte, wie die Tür zur Straße abgeschlossen wurde, und fiel in einen tiefen Schlaf, aus dem ich jedoch bald wieder erwachte. Das Mondlicht fiel durch das Fenster, die Sterne blinkten am Sommerhimmel und in meinem Herzen breitete sich ein Gefühl aus wie ein gefangener Vogel es in seinem Bauer empfinden muss; erst als das Morgenrot bereits über die Dächer trat, fand ich einige Stunden Schlaf.«

IV

Vorgestern kam Carina-Camilla am Vormittag, wir schrieben einen Einkaufszettel und sie ging für mich einkaufen – das meiste ist im Supermarkt zu bekommen. Ich kochte Kaffee, bis sie zurückkam, dann saßen wir da und unterhielten uns über irgendwelche oberflächlichen Dinge; sie studiert an der Handelshochschule und würde gern ein Jahr in den USA studieren. Ich habe ihr Peters Adresse und Telefonnummer gegeben und sagte, dass sie ihn von mir grüßen könnte, wenn sie in die Gegend käme.

Dachte hinterher, wenn es wirklich klappen sollte, wenn sie sich träfen und sich möglicherweise sogar sympathisch sind – Peter wechselt seine *girlfriends* eigentlich in regelmäßigen, oder besser gesagt, kurzen Abständen –, dann müsste ich mir wirklich merken, wie sie heißt. Verrückte Idee, reine Projektion. Bei ihrem Nachnamen habe ich hingegen überhaupt kein Problem: Sie heißt Mortensen – Ingrids Mädchenname, den Peter übrigens angenommen hat. So gesehen sind sie bereits fast ein Paar. Eigentlich ist sie ganz nett, ein wenig farblos, aber sie lacht viel und bemüht sich, kess zu sein. Ihren Äußerungen habe ich entnommen, dass sie momentan keinen Freund hat – und ich glaube, das quält sie ein bisschen unter ihrer schwer zu durchschauenden Oberfläche.

Ich glaube, sie heißt *doch* Camilla, aber sobald ich mich darauf festlege, werde ich unsicher. So etwas ist mir mit Namen bisher nicht passiert – aber sie ist auch die einzige. (Vorläufig?) Es ist schon ein bisschen peinlich. Ich muss mir Mühe geben.

Als sie gegangen war, kam Steffen und schnitt die Außenseite der Hecke. Im Konservatorium sind Semesterferien und er erzählte sehr munter, dass er sich mit der Flöte auf die Strøget gestellt und für die Passanten gespielt hätte, innerhalb einer Stunde hat er fast dreihundert Kronen verdient, bis ein Polizist ihn bat, sich zu entfernen.

Während er hier war, brachte der Sohn meines Weinhändlers ein paar Kisten Chianti und Orvieto, die ich telefonisch bestellt hatte – sie liefern immer sehr zügig, Wein, Wasser und Bier (das ich so gut wie nie trinke. Aber die Gäste). Dafür kaufe ich auch jedes Mal ganze Kisten. Dann habe ich den Rasen hinterm Haus gemäht und Steffen schnitt die Innenseite der Hecke, da er ohnehin damit angefangen hatte. Er blieb noch zum Abendessen, und damit war der Tag auch schon mehr oder weniger vergangen. Ich erledigte noch ein paar Kleinigkeiten im Haus und blätterte ein wenig in den Büchern, bis ich zu Bett ging.

Das klingt ein bisschen zu sehr nach einem geregelten Rentnerdasein: Verbummelte Tage, an denen eine geschnittene Hecke und ein frischgemähter Rasen entscheidende und wesentliche Ereignisse sind. Der Emeritus trödelt herum und dankt allmählich ab. *Abdankung*. In Deutschland bedeutet der Begriff, dass man sich aus dem aktiven Dienst zurückzieht, und in der Schweiz, dass man begraben wird. Der Schritt vom einen zum anderen ist offenbar nicht sonderlich groß. Aber ich will nicht! Es ist zu früh! Es gab noch so viel, was ich mir vorgenommen hatte, als ich plötzlich hier eingesperrt wurde. Es ist lange her, dass ich es so intensiv empfunden habe wie im Moment.

Die Unterhaltung mit Steffen beim Essen war wie gewöhnlich gut und angenehm – ich freue mich immer, wenn er da ist. Ich war ein paar Mal drauf und dran, ihm von Ullas Manuskript zu erzählen, tat es dann aber doch nicht; und seltsamerweise hatte ich so ein vages Gefühl, dass auch er mir gern etwas erzählt hätte, aber er hielt sich ebenfalls zurück. Es wurde mit keinem Wort erwähnt, es ließ sich eher durch die Pausen ahnen – winzig kleine Ansätze, ein Luftholen, dem dann doch kein Satz folgte. Aber wenn es sich um etwas Wichtiges handelt, werde ich es schon noch erfahren.

Gestern hatte ich vor, mich auf die Terrasse zu setzen und meinen Oberkörper ein bisschen der Sonne auszusetzen, wenn die Strahlen die Terrasse erreichten. Aber es war fast zu heiß. Ich ging wieder hinein, aß zu Mittag, trank einen Schnaps und schlief eine halbe Stunde. Dann ging ich nach oben und arbeitete weiter an der Abschrift, mit gekipptem Fenster und halb vorgezogener Gardine, die Sonne brannte einfach zu stark. Ich kam bis zur zweiten Nacht des Freiherrn in Ramoth-Bezer; »der Stadt«, wie Ulla konsequent übersetzt hat, so muss es im Original gestanden haben. Allerdings klingt die Übersetzung nicht so, als hätte sie krampfhaft versucht, das Original nachzuahmen … aber wie war das Original …?

Es geht noch immer langsam, denn zu den Schwierigkeiten, Ullas hastige Schrift zu entziffern, kommt nun noch das Durcheinander meiner eigenen Spekulationen über dieses mystische Original, das dem dänischen Text zu Grunde liegt. Ich sehe derzeit drei mögliche Herkunftsszenarien, um es mal so zu sagen: Entweder ist die Geschichte wahr und der alte Freiherr hat sie als tatsächliches Erlebnis aufgeschrieben. Oder es ist ein späterer literarischer Versuch, möglicherweise aus der Zeit der Romantik, von einem Familienmitglied (Ullas Beschreibung der Handschrift sagt eigentlich nicht viel mehr, als dass sie alt war, und Fraktur wurde ja bis ins 20. Jahrhundert hinein geschrieben). Oder es ist eine dezidierte Fälschung, ein »altes« Buch, das dieser Lienhard E. fabriziert hat, um sich in den Augen der Welt (insbesondere Ullas?) interessant zu machen.

Die letzte Hypothese – oder zumindest die zweite Hälfte davon – ist unsachlich. Ehrlich und aufrichtig gegenüber mir selbst und meinem Gewissen: Tatsächlich verspüre ich eine ständige kleine, nagende Furcht vor Lienhard Erlenbergs Person, sobald ich an ihn und Ullas Reisen nach Halle denke. Aber das ist sicher kein Grund, ihn der Fälschung zu verdächtigen.

Und nun bin ich bei den Bekenntnissen (warum sich selbst etwas vormachen): Ich weiß genau, dass ich die Arbeit an dem Manuskript hinauszögere – aus zwei Gründen.

Zum einen hebe ich sie mir auf, ich möchte, dass es lange dauert, ganz einfach, weil ich Ulla niemals so nahe komme wie bei dieser Arbeit, wenn ich über diesen Kugelschreiberzeilen sitze, die mit ihrer Stimme sprechen. Es ist fast so, als hätte ich ein Tonband von ihr – nein, besser, denn die undeutlichen Endungen (hier und da laufen mehrere Buchstaben einfach in einem wagerechten Strich aus), die gelegentlichen Korrekturen und Streichungen, die verschiedenen Orte und Namen, die ich nachschlagen muss, all das wird zu einer stummen Diskussion mit ihr, einem Gespräch – denn wenn der Text einen Sinn ergibt oder eine Vermutung bestätigt wird, ist es, als würde sie eine Frage von mir beantworten. Und über diesem ganzen Prozess liegt ein Liebreiz, der nur anhält, solange er unvollendet ist. Ein erotischer Liebreiz, auch wenn es eigenartig klingt. Damals, es war an einem Wintertag, Ulla saß im Sessel meines Arbeitszimmers – in dem gelben Schein der Lampe und dem blauweißen Licht des Fensters sah sie aus wie ein Engel aus Gold und Silber – und ich wanderte auf und ab und verbreitete mich in begeisterten Formulierungen über Goethes unbeschwerte Sprache, ihren Fluss, ihren unverkennbaren *Duktus* (ich glaube, die Vokabel habe ich sogar gebraucht), der mit seiner geneigten, leichtflüssigen Handschrift korrespondierte, da hatte sie gelacht und mich ganz ohne Bosheit einen »Schriftfetischisten« genannt. Nun hat sie Recht behalten, in einem sehr viel ernsteren Zusammenhang. Ich verehre ihre Schrift, ich ziehe die Arbeit so lange wie möglich hinaus.

Der andere Grund ist schlimmer: Ich erinnere von meiner ersten Lektüre, so erschüttert und abwesend ich auch war, dass schon bald eine Passage kommen würde, die mir peinlich war und mich abstieß. Ich weiß gar nicht so genau, wieso – doch, auf eine ganz banale Weise, aber ich weiß nicht, warum ich *nervös* bin, wieder an diese Stelle zu kommen.

Es wird sich zeigen.

Nachdem ich gestern so viel erledigt hatte und schließlich auch die letzten alltäglichen Banalitäten wie Essen, Abwasch und Sortieren des Zeitungsstapels überstanden waren, wollte ich gern etwas tun, was ich schon lange nicht mehr getan hatte. Ich nahm ein Bad, ein heißes Wannenbad.

Als Junge habe ich es geliebt, eine unmäßig lange Zeit in der Badewanne zu liegen, und normalerweise zog ich den Stöpsel erst, wenn meine Eltern oder Geschwister irritiert an die Tür klopften und fragten, ob ich nicht bald fertig wäre. Während der Studienzeit musste ich mich einschränken; erst als wir das Reihenhaus kauften, hatten wir wieder eine Badewanne, in der ich mich aalen konnte, und ich nutzte sie mit großem Vergnügen. In den letzten Jahren allerdings, ja, eigentlich in der ganzen Zeit seit Erscheinen des Biests, habe ich lediglich geduscht oder in der Wanne Fußbäder genommen (gut gegen kalte Füße im Winter); und so war es eine regelrechte Offenbarung, wieder an den Reiz eines langen, faulen Bades zu denken.

Obwohl es seltsam unmotiviert und sinnlos erschien, an einem warmen Sommerabend ein Bad zu nehmen, ließ ich die Wanne mit dampfend heißem Wasser volllaufen, und sogar eine stehen gebliebene Flasche mit Fichtennadelbalsam war noch zu verwenden. Der Duft dehnte den schmalen Raum geradezu aus: zurück in der Zeit, zurück in die Badewanne meiner Kindheit, zu den kerzengeraden Messinghähnen, ihren eigenartigen Zischlauten, sobald sie geöffnet wurden, und dem Luxusbegriff »Badesalz«, der über die Fliesen hallte; weit hinaus bis zur der sommerwarmen Dünenvegetation und den Nadelwäldern, von denen ich wusste, dass sie dort draußen waren, gerade jetzt. Und vielleicht auch hinein in die Phantasie, bis in den Kiefernwald um Ramoth-Bezer.

Ich schaltete das Licht nicht an – im Licht des Sommerabends, das durch das kleine Fenster fiel, konnte ich genug sehen. Man weicht auf und entspannt sich, man lässt sich gehen und kommt auf gute Gedanken. Ich ließ meine Gedanken auf gut Glück umherstreifen, ich dachte an die letzten Tage und an lange zurückliegende Ereignisse und nach und nach stellten sich ungewollt, aber nicht unwillkommen, die Erinnerungen an die allerersten Male ein, an denen Ulla in meinem Leben aufgetaucht war.

Ich behandelte gerade Brockes' *Irdisches Vergnügen in Gott*, als sie in meine Gruppe kam – einige Wochen zu spät, das

Semester hatte längst begonnen –, und in den ersten Unterrichtsstunden sagte sie nicht viel. Aber mir fiel ihre hohe Statur auf, ihr helles, glattes Haar und die besonders tiefblauen Augen. Sie sahen mich aufmerksam an und ich merkte sehr schnell, dass echtes Interesse aus ihnen leuchtete. Für einen Lehrer ist es ein Geschenk, wenn ein Student im Unterricht mitzieht, denn es kann, bei Gott, oft genug verdammt zäh sein, einen alten Stoff zum Leben zu erwecken.

Zum ersten Mal bemerkte ich ihre besondere Begabung für diese Dinge, als wir über Brockes' Verherrlichung der Blumen diskutierten und sie in ihrer eigenartig selbstvergessenen Selbstverständlichkeit anfing, von Linnés Botanischem Garten in Uppsala zu erzählen – wie dort allen Blumen ihr rechter Platz zugewiesen wäre, nicht nur im System, sondern auch im Garten. Jede Blume hätte ihr genau begrenztes Viereck von der gleichen Größe, egal, ob es sich um eine große oder eine kleine Pflanze handelte, gerade dadurch aber würden ihre Verschiedenartigkeit und ihr Charakter als kleine individuelle Wunder betont, denn sie lebten ja, sie dufteten und bewegten sich in all ihrer Vielfalt von Farben und Formen im Wind, »ganz einfach, um sie zu studieren und darüber erstaunt zu sein«, wie Ulla sagte.

Es hatte sich in dem kleinen, nüchternen Auditorium plötzlich eine sehr intensive, ja, eine freudevolle Atmosphäre entwickelt – um ein passendes, aber altmodisches Wort zu gebrauchen. Ihre Begabung, sich mit neugieriger Verwunderung einen statisch angelegten Garten anzusehen, in dem andere lediglich Pedanterie registriert hätten, warf eine Art metaphorischen Sonnenschein über unsere Lektüre von Brockes, und ich glaube, nie hat eine Gruppe von Studenten ihn so gut verstanden wie wir in dieser Stunde.

Ich fragte – vielleicht ein bisschen dumm –, ob sie ein besonderes Interesse an Botanik habe, da sie Linnés Garten so gut kennen würde, aber sie zuckte mit den Achseln und sagte »ne«, sie wäre nur mal da gewesen, und dann lachte sie dieses rasche, kleine Lachen, hinter dem sie sich so oft versteckte, fast wie eine Entschuldigung. Hinterher habe ich oft überlegt, wie es wohl gewesen wäre, wenn irgendjemand sonst es mit einer derartigen Digression versucht hätte, mich eingeschlossen, und jedes Mal kam ich zu dem Resultat, dass es nicht allein ihre Worte waren und auch nicht die Idee, die zu diesem plötzlichen Verständnis führte. Es war etwas Unausgesprochenes, das sich öffnete wie eine Tür in einen angrenzenden Raum. Aus dem Mund vieler anderer wäre die Geschichte eine langweilende Unterbrechung gewesen, ein egozentrischer Versuch zu brillieren, eine irrelevante, private Assoziation; doch bei ihr entsprang sie unseren gemeinsamen Gedanken in dem Augenblick, in dem sie es sagte.

Es ist schwer zu beschreiben; ich will nicht sagen, dass Ulla unsere Gedanken antizipierte, wie so eine Art übergeordneter Spielmacher – nein, diese merkwürdigen Einbrüche oder Öffnungen fanden gerade in ihren selbstvergessenen Momenten, in denen sie am intensivsten im Stoff aufging und in ihn hineinhorchte, statt. Es passierte einige Male. Auch ihre Kommilitonen beeindruckte sie damit, am meisten aber wohl mich, denn ich hatte mit den Jahren schon manchen »tüchtigen« Studenten erlebt, aber nie jemanden wie sie.

Bei einer anderen Gelegenheit, als wir beide zufällig die Letzten waren, die das Auditorium verließen, und ich sie ritterlich und höflich als Erste durch die Tür gehen ließ, legte sie einen kurzen Moment ihre Hand auf meinen Oberarm, mit einem kleinen Lächeln. Diese Berührung beschäftigte mich tagelang. Es war eine Dankesbezeugung und eine Ermunterung zugleich (ein Student, der seinen Lehrer ermuntert!), weiblich und väterlich zugleich, was ja eigentlich unmöglich sein sollte. Und gleichzeitig auch sehr physisch und intim – eine nahezu noch größere Unmöglichkeit. Noch immer kann ich die Hand auf meinem Arm spüren, wenn ich daran denke.

Dann kam der Tag, an dem wir zufällig mit demselben halb leeren Bus in die Stadt fuhren. Eine Haltestelle direkt nach meiner stieg Ulla ein, erkannte mich und setzte sich auf den Sitz schräg vor mir – sie drehte sich um und begann zu erzählen. So erfuhr ich, dass sie ganz in der Nähe wohnte. Und ich erinnerte mich, dass sie von einigen Büchern gesprochen hatte, die verliehen waren, als sie sie in der Bibliothek besorgen wollte. Ihr anzubieten, dass sie die Bücher von mir leihen könne, lag nahe und war völlig normal. Wir verabredeten einen Termin – und ich zeigte ihr das ganze Haus, unten und oben. Schließlich landeten wir in meinem Arbeitszimmer, sie setzte sich in den Sessel, ich saß hinter dem Schreibtisch, und obwohl es noch lange dauern sollte, bis sie mich regelmäßig besuchte, schien sie bereits bei dieser ersten Besichtigung das Haus in Besitz zu nehmen – nein, sich hineinzufügen, denn besitzergreifend war sie nie. Sie sah sich in dem Zimmer um, in dem sämtliche Wände vom Boden bis zur Decke mit Büchern tapeziert sind, und zog dann eine Art Resümee all dessen, was sie gesehen hatte: »Gut wohnst du hier.« Und ich glaubte und hoffte – zu Recht, wie sich später herausstellte –, dass ich in der kurzen Phrase einen Unterton heraushörte, der sagen wollte: »Hier bin ich gern.«

Ich habe sie nie in ihrem gemieteten Zimmer in einer der Villen hier ganz in der Nähe besucht; es war eine Welt, die sie für sich allein hatte – oder mit Steffen teilte. Sogar nach dem

Auftauchen des Biests, als sie mich sehr oft besuchte, sprach sie so gut wie nie über ihr Zimmer. Ja, sie wurde geradezu scheu, wenn die Unterhaltung ihrer Kindheit, ihrem Zuhause und ihren Eltern zu nahe kam. Ich weiß nahezu nichts über diese Seite von ihr; sie erzählte gern von der Gegenwart, aber die Vergangenheit und ihre Verbindung zur Gegenwart waren ein privater Bereich, zu dem ich keinen Zutritt hatte. Auf der anderen Seite hörte sie gern etwas über *meine* Vergangenheit, und tatsächlich war es nicht wenig, was ich ihr in unseren vertraulichen Gesprächen in der Dämmerung alles erzählte; Dinge, über die ich mir den Kopf zerbrochen, die ich aber nie zuvor einem anderen Menschen anvertraut hatte.

Schließlich stieg ich aus dem Bad, ich hatte Zeit gehabt, zu lächeln und zu trauern, ich hatte sehr lange darin gelegen – ich weiß nicht einmal, wie lange – und immer wieder heißes Wasser nachlaufen lassen, wenn es kühl zu werden begann. Brust und Schultern ließ ich ins heiße Wasser gleiten, wenn mir kalt wurde, und schob sie wieder ins Kalte, wenn es zu heiß war. Die Haut meiner Fingerspitzen war verschrumpelt und gummiartig weich, wie immer nach einem Bad, und einen Moment schoss mir der Gedanke durch den Kopf, dass meine Haut zu alt sei, um sich je wieder zu straffen; in einer Art psychischem Ausweichmanöver gelang es mir, den Gedanken nicht weiterzuverfolgen, letztlich war er ja auch vollkommen unbegründet. Ich spülte mit der Handbrause den Kiefernnadelduft ab, ging direkt zu Bett und schlief zehn Stunden wie ein Stein.

Ich hatte es offenbar nötig. Als ich heute Morgen erwachte, konnte ich mich nicht erinnern, geträumt zu haben.

Merkwürdig. Erst jetzt, als ich wieder an der Maschine sitze und an der Reinschrift weiterarbeiten will, fällt mir ein, dass auf den nächsten Seite von Ullas Heft eine Badeszene beschrieben wird.

»Der Morgen war bereits fortgeschritten, als Herr Phintias kam, um mich erneut vor den Rat zu führen. Zuvor jedoch, sagte er, müsse ich meine Kleider abliefern und die Tracht der Stadt anlegen, denn so sei es Brauch.

Bekomme ich meine eigenen Kleider nicht zurück, fragte ich und er verneinte. Was geschieht mit ihnen, fragte ich erneut, und er erwiderte: Sie werden in Stücke geschnitten und als Lumpen verkauft. Als ich mich wegen meines guten Reitmantels ärgerte, sagte er nur: Hier erkennen wir die Menschen an ihrem Geist, nicht an ihren Kleidern. Und er ließ kein weiteres Wort über dieses Thema zu.

Als wir auf die Straße traten, und er die Tür verschlossen hatte, bat ich ihn zu warten und gab ihm zu verstehen, dass ich Wasser lassen müsse. Ich war nämlich nicht gewillt, den Geldbeutel mit einigen wenigen Silbertalern aufzugeben, der in meiner Tasche steckte, und ich ging ziemlich weit hinein in eine enge Gasse zwischen zwei Häusern und suchte nach einem Versteck. Unter einem mit Gras überwachsenen Ziegelstein, der auf der Erde lag, versteckte ich den Beutel, tat, was ich angekündigt hatte, und ging wieder zurück.

Wir machten uns auf den Weg, aber ich bemerkte bald, dass wir nicht zum Rat gingen, denn Herr Phintias führte mich auf eine gewundene Querstraße, die ein Stück weit den Hügel hinabführte, auf dessen Spitze das Ratsgebäude stand. Wohin gehen wir, wollte ich wissen, und er antwortete: Zum Badehaus, erst danach begeben wir uns in den Rat.

Ich wusste nicht, was ich mir unter diesem Wort vorzustellen hatte: Badehaus. Doch bald schon standen wir vor einem niedrigen Haus mit einem hohen Schornstein, aus dem es stark nach verbranntem Holz roch, Dampf quoll aus einigen weiteren, kleineren Schornsteinen, die auf dem Dach standen. Gerade als wir hineingehen wollten, öffnete sich die Tür und heraus kam ein Mann mit nassem Haar und einem Gesicht, das so sauber und rosarot war wie ein Ferkel. Nun begriff ich, dass man wirklich dorthin ging, um zu baden, und dass dies nicht daheim am Ofen geschah.

Wir gingen hinein und in einem kleinen Vorraum musste ich mich nackt ausziehen und in ein Laken hüllen; ein alter Mann nahm meine Kleider entgegen und stopfte sie in einen Sack. Als ich mich sogar von meiner Perücke trennen musste, überkamen mich Zorn wie auch eine seltsame Verlegenheit, und doch war ich so überwältigt von den ungewohnten Geschehnissen in dieser Stadt und so überzeugt von der Nutzlosigkeit des Widerstands, dass ich mich fügte. Geht nun hinein, sagte Herr Phintias zu mir und wies auf eine Tür, ich warte draußen.

Hinter der Tür lag ein großer Raum mit Steinfußboden, abgeteilt durch weiße Vorhänge. Der Greis, der mir gefolgt war, zog einen der Vorhänge zur Seite und ich sah einen großen hölzernen Waschzuber; im selben Moment erschien ein kräftiger junger Bursche mit nacktem Oberkörper, der einen kleinen Wagen zog, auf dem zwei Eimer Wasser standen, der eine kochend heiß, der andere offensichtlich kalt. Er schüttete das kalte und das heiße Wasser in den Zuber und der Alte bedeutete mir hineinzusteigen. Dann stellte er eine Schale mit Seife daneben, reichte mir einen Badequast aus Bast und zog sich zurück.

Ich schrubbte mich gründlich und freute mich, endlich den Schmutz der Reise abwaschen zu können; dann hörte ich an den platschenden Geräuschen, dass hinter den weißen Leinenvorhängen noch einige andere damit beschäftigt waren, sich zu waschen. Als ich mein Bad beendet hatte, stand ich auf und trocknete mich mit dem Laken ab; da ich jedoch keine Kleider hatte, musste ich mir das feuchte Handtuch umlegen und hinausgehen. Wieder kam der Greis und zeigte mir, wie ich den Pfropfen aus dem Zuber zu ziehen hatte, damit das schmutzige Wasser durch eine Kerbe in eine größere Rinne auf dem Boden laufen konnte, woraufhin es herausströmte und verschwand. Dann führte er mich wieder in den Vorraum. Auf dem Weg dorthin sah ich in einer Kammer, die nicht mit einem Vorhang zugezogen war, wie der junge Bursche einen gebrechlichen, alten Mann wusch, der mit dem Rücken zu mir in einem Waschzuber saß. Er war mager und kahlköpfig und wiederum hinterließ der ganze Vorgang einen seltsamen Eindruck in mir, denn die Handgriffe des jungen Mannes waren vorsichtig und fest zugleich, als sei der junge Bursche weder ein liebevoller Sohn noch ein Diener, oder möglicherweise sogar beides.

Im Vorraum wartete Herr Phintias mit meinen neuen Kleidern, die alten waren verschwunden. Ich zog sie an: ein Hemd aus hübschem weißem, aber grobem Leinen, ein einfaches Halstuch, Strümpfe aus ungebleichter Wolle, Kniehosen und Weste aus braunem Stoff und eine Art Kittel aus dem gleichen Material. Die Knöpfe waren aus Zinn, nicht aus Silber, wie ich sie zuvor getragen hatte, und statt meiner geschmeidigen Reitstiefel bekam ich nun ein Paar Bauernstiefel aus Ochsenleder für meine Füße. Sie passten mir und waren ordentlich genäht, aber ich erkannte mich kaum wieder. Mein Schädel war nackt und Herr Phintias reichte mir einen Hut, den ich zu Hause allenfalls im Kreis der Freunde oder als Nachtmütze benutzt hätte. Ich setzte ihn auf, nahm ihn jedoch sogleich wieder ab und steckte ihn in die Tasche; lieber wollte ich meinen armen Kopf zur Schau stellen, auf dem das Haar kurz und nicht einmal bis über die Ohren gewachsen war, es sah aus wie die Kopfzierde eines ehrlichen Bauern.

Man gewöhnt sich daran, sagte Herr Phintias, und ich rief mir in Erinnerung, wer er gewesen war, und schwieg.

Wir brachen zum Ratsgebäude auf und abermals bot sich mir das gleiche Bild: Die Ratsherren und Ratsherrinnen in ihren Stühlen, zu ihren Füßen die Hunde, und wieder unterzogen sie mich einem Verhör darüber, was ich könne und welcher Platz mit zugeteilt werden sollte. Ich sagte, ich verstünde mich darauf, ein Gut zu führen und Bauern fleißig zur Arbeit anzuhalten, ich wäre ein Mann von Adel und hätte kein anderes Handwerk gelernt.

Sie hörten die Bitterkeit in meinen Worten nicht, oder sie wollten sie nicht hören, und ich hatte das Gefühl, als stünde ich in meinen einfachen, ungewohnten Kleidern vor einem Gerichtshof und sei irrtümlich angeklagt. Doch ein alter Ratsherr, der, wie ich später erfuhr, auf den Namen Herr Justus hörte, sah mich an und sagte: Ihr seid noch stark und könnt an einem Ort von Nutzen sein, wo wir einen Mann mit guten Kräften gebrauchen können. Ich schlage vor, dass Ihr einen Platz im Badehaus bekommt.

Die anderen nickten bei diesen Worten und so wurde es beschlossen, während ich spürte, wie meine Wangen vor Scham brannten. Eine erniedrigende Arbeit wollten sie mir geben, Wasser schleppen und den Ofen anfeuern – ich sann nur umso heftiger auf Flucht.

Dann wurde ich gefragt, ob ich einen Namen gewählt hätte, und mit einer plötzlichen Eingebung antwortete ich: Ja, da ich gezwungen bin, mit Eseln zu sprechen, wähle ich den Namen Herr Bileam.

Ich hatte eine zornige Reaktion erwartet, aber sie brachen in Heiterkeit aus und Herr Malchus rief: Bringt das Buch! Der Ratsherr, der am äußersten Ende saß und auf den Namen Herr Amos hörte, erhob sich, holte ein großes Buch von einem Tisch und zusammen mit einem Tintenfass und einer Schreibfeder brachte er es zu Herrn Malchus, der es auf seinem Schoß aufschlug und mich einschrieb, mit dem Datum meiner Ankunft und mit diesem Namen.

Daraufhin wurde das Buch wieder auf seinen Platz gelegt, die Ratsversammlung war vorbei. Aber bevor sie aufbrachen, sah mich Frau Deborah lächelnd an und sagte: Ihr dürft nur nicht vergessen, Herr Bileam, dass es der Esel war, der Recht hatte.

Herr Phintias begleitete mich aus dem Rathaus und sagte, dass ihm die Aufgabe zuteil geworden wäre, mich zu meiner künftigen Unterkunft zu begleiten, denn das Gästehaus, in dem ich zwei Nächte verbracht hatte, sei nur für Neuankömmlinge bestimmt. Und er führte mich zu einem ungefähr sechzig Klafter vom Platz gelegenen Haus in einer Straße, die sich gen Osten neigte, wir stiegen zwei Treppen hinauf bis zum obersten Stockwerk, wo zwei Kammern für mich bestimmt waren. Sie waren eng und die Decke niedrig, aber es war sauber und die einfachen Möbel waren solide und gut gearbeitet. Es war nicht vergleichbar mit meinen Sälen in Wistrow und doch spürte ich eine gewisse Ruhe und Zufriedenheit bei dem Gedanken, dass ich hier einen Ort hatte, den ich mein Eigen nennen konnte; aber der Gedanke verband sich im gleichen Augenblick mit meinem Schmerz über die allem Anschein nach ausweglose Situation, in die ich mich gebracht hatte.

Herr Phintias zeigte mir die Bettwäsche, die im Schrank lag, und erklärte mir, dass ich schon bald zwei weitere Hemden beim Schneider und zwei Paar Strümpfe in der Strickerei abholen könne und im Winter eine wollene Mütze bekäme, aber noch wäre sie ja nicht notwendig. Außerdem sagte er mir, ich solle mich am Montag, eine Stunde nach Sonnenaufgang, bei Herrn Lucas im Badehaus melden und sagen, dass der Rat mich schickt, um bei ihm zu arbeiten. Ich fragte: Wer ist Herr Lucas, und er erwiderte: Der Herr, der uns empfangen hat. Und er erzählte, dass Herr Lucas ›Herr Lucas im Bad‹ genannt würde, weil es noch zwei andere in der Stadt gab, die auf die Namen ›Herr Lucas Schuhmacher‹ und ›Herr Lucas Breslauer‹ hörten, damit man sie unterscheiden könne.

Ich sagte, dass dann wohl Herr Lucas Schuhmacher meine Stiefel genäht hätte, aber er antwortete: Nein, unser Schuhmacher heißt Herr Nahum, Herr Lucas Schuhmacher ist im Senat.

Es war nun das zweite Mal, dass ich von diesem Senat hörte, und ich fragte, was das sei. Herr Phintias indes gab mir eine Antwort, die ich damals nicht verstand, nämlich, dass er nicht den Schlüssel hätte und ich Herrn Malchus fragen müsse, denn Herr Malchus wäre mein Ratsherr, er hatte mich in das Buch des Rates eingetragen und ich wüsste ja, wo er wohne. In allen Angelegenheiten, welche die Stadt betrafen, oder bei jedem Streit zwischen mir und einem anderen der Einwohner sollte ich mich an ihn wenden.

Ich fragte darauf, warum ich erst am Montag zu Herrn Lucas im Bad gehen sollte und nicht schon morgen, und Herr Phintias erklärte mir, dass heute, wie an jedem Montag, Mittwoch und Freitag, im Badehaus Männertag wäre, und morgen Frauentag, so wie an jedem Dienstag, Donnerstag und

Samstag. Der Sonntag sei der Ruhetag und am Montag sollte ich beginnen. Danach nahm er freundlich Abschied und ließ mich allein.

Ich ließ so viel Zeit verstreichen, bis er außer Sichtweite sein musste, dann eilte ich wieder nach draußen in die Gasse, in der ich meinen Geldbeutel verborgen hatte. Auf dem Weg begegnete mir ein Mann und danach ein altes Weib mit einem Stock, beide nickten sie mir zu und grüßten mit den Worten: Guten Tag, Herr Bileam; ich verstand, dass mein Name und die Geschichte meines gerade beendeten Treffens mit dem Rat sich bereits in der gesamten Stadt herumgesprochen haben musste. Und obwohl die beiden mir lediglich eine Höflichkeit erwiesen, zweifelte ich nicht, dass ich mich in den Augen aller lächerlich gemacht hatte.

Dann war ich an der Gasse, ich sah mich um, bevor ich hineinging, glaubte jedoch nicht, dass mich jemand beobachtete, und fand sogleich den überwachsenen Ziegelstein. Als ich ihn indes anhob, war der Beutel fort. Ich suchte überall, fand ihn aber nicht, und ärgerlich und verbittert ging ich zurück zu meiner Unterkunft. Ich kannte die Gesetze der Stadt nicht, doch ich ahnte, dass ich sie gebrochen hatte, indem ich dieses Geld für mich behalten wollte, und dass ich den Diebstahl nicht irgendeiner Obrigkeit melden konnte.

Mir war zumute wie einem Falken mit gestutzten Flügeln und ich sehnte mich beinahe nach der einfachen Arbeit, mit der ich bald beginnen sollte, um dadurch zumindest meine düsteren Gedanken zu verjagen. Ich hatte Hunger, jedoch keine Lust, mich in ein Gasthaus zu setzen; es quälte mich, dass ich auf den Straßen herumgehen und zum Opfer der Neugierde der übrigen Bewohner werden sollte, aber ich verspürte auch keinerlei Drang, ohne Zeitvertreib allein in meinen beiden Kammern zu sitzen. So blieb ich unentschlossen an der Tür meines Wohnhauses stehen und bemerkte, dass im unteren Stockwerk eine kleine Bude untergebracht war. An einer der Wände standen Regale, auf denen verschiedene Schachteln lagen, und wie es schien, saß eine Person mit einem Fässchen, in dem eine Schreibfeder steckte, hinter einem Tisch.

Ich trat in den ziemlich dunklen Laden und die Gestalt begrüßte mich mit dem Namen, den ich mir so unbesonnen verschafft hatte. Als meine Augen sich an die Dunkelheit gewöhnt hatten, sah ich, dass es sich um einen alten Mann handelte, mit einem Käppchen auf den schneeweißen Haaren, die so leicht und dünn wie die Daunen eines Vogeljungen waren. Der Mann entbot mir ein Willkommen im Haus und ich verstand, dass Herr Phintias ihm von meinem Einzug erzählt hatte.

Es roch ein wenig nach Schmutz und Unrat in dem Laden, aber der alte Mann war so freundlich und sanft, dass ich mich schon bald herzlich empfangen fühlte. Sein Name war Herr Achilleus und ich dachte bei mir, dass ich wohl doch nicht der Einzige in der Stadt mit einem Namen war, der zum Lachen reizte. Er kam meinen Gedanken zuvor, lachte selbst darüber und sagte, dass der Name eher zu seiner Jugend als zu seinem jetzigen Alter passen würde.

Später sollte ich erfahren, dass er die gesamte Ilias und viele der Gesänge der Odyssee auswendig rezitieren konnte, und obwohl ich den größten Teil meines Griechischunterrichts vergessen hatte, verstand ich doch genug, um ihm mit genauso großer Freude zuzuhören wie er die Verse für mich deklamierte. Sie klangen so seltsam schön aus seinem nahezu zahnlosen Mund, mit seiner rauen Altmännerstimme, als wäre es Homeros selbst, der sie uns aus der Vorzeit zuflüsterte.

Nun erklärte er mir lediglich, dass er diesen Laden mit Papier und Schreibgeräten führte. Er forderte mich auf, einige der Schachteln von den Regalen zu nehmen; in ihnen lagen Papierbogen in den unterschiedlichsten Formaten, einige waren bestes weißes Schreibpapier, andere einfacher und dünner. Ich kam sofort auf die Idee, mir Papier, Feder und Tinte zu kaufen, um einige meiner zahlreichen Eindrücke aufzuschreiben, und ich fragte ihn, was das Papier koste, bevor ich mich daran erinnerte, dass ich ja gar kein Geld hatte. Aber auch hier galt, dass man nichts zu bezahlen hatte, man bekam, was man brauchte, und Herr Achilleus fragte lediglich, wozu ich mein Papier denn benutzen wollte. Ich erzählte es ihm, und er sagte: Dann braucht Ihr nicht das beste Papier und viel Tinte haben wir auch nicht mehr, aber seht her; und er öffnete eine Schachtel und zog einen Nürnberger Bleistift heraus und gab ihn mir zusammen mit einem Stapel der dünnen Bogen.

Ich probierte den Stift, denn ich war es nicht gewohnt, mit so einem Schreibgerät zu schreiben und meinte zunächst, die Schrift wäre sehr schwach; aber dann trat ich ins Licht des Fensters und sah, dass das Geschriebene vollkommen leserlich war. Herr Achilleus brachte mir ein kleines Federmesser, das dazu diente, den Bleistift anzuspitzen. In diesem Moment bemerkte ich eine Bewegung auf der Straße und sah eine der schwarzen Doggen, die mit einem Huhn in der Schnauze angesprungen kam. Ich erinnerte mich an den Hund, der mir durch den Diebstahl einer Gans den Weg hierher gewiesen hatte, und ich fragte Herrn Achilleus, der das Tier auch gesehen hatte, ob sie außerhalb der Stadt auf Raubzüge gingen.

So ist es, sagte er, wenn ihre Herren es zulassen und sie so gut dressiert haben, dass sie zurückkommen.

Wem gehört denn der Hund, war meine Frage, und er sah

mich mit schalkhaft blinzelnden Augen an und antwortete auf Plattdeutsch: Fru Gaur.

Fru Gaur, wiederholte ich verblüfft, denn es klang wie kein anderer Name, den ich bisher in der Stadt gehört hatte. Und er wurde ernst und erklärte: So sagen es zumindest die Bauern hier in der Gegend. Sie glauben an Fru Gaur, ein übernatürliches Wesen, das auf einem von Hunden gezogenen Schlitten durch die Luft fliegt. Sie ist streng gegen den, der sich ihr widersetzt, und belohnt den, der ihr gehorcht. Und wenn die Hunde ein Huhn holen oder sogar ein Lamm, dann sagen die Bauern: Dat schall Fru Gaur hebben. Und wir lassen sie in dem Glauben.

Werden sie denn auch belohnt? wollte ich wissen, und wieder blinzelte er und erwiderte: Bisweilen geschieht es. Wenn ein Bauer die Aufgabe bekommt, Fremde hierher zu führen. Mehr wollte er nicht sagen.

Wir unterhielten uns noch eine Weile und mir war ruhiger zumute, als ich die Treppe zu meinen beiden Kammern hinaufstieg, mich ans Fenster setzte und zu schreiben begann. Was ich nun niederlege, beruht zum Teil auf diesen Aufzeichnungen, denn auch später noch fand ich die Gelegenheit aufzuschreiben, was ich in der Stadt sah und erfuhr.

Nach einigen Stunden spürte ich meinen Hunger wieder, ging in ein Wirtshaus und aß; und mit meinen neuen Kleidern, meinem neuen Namen und meiner neuen Unterkunft war ich kein Fremder mehr, sondern unter den Bewohnern der Stadt aufgenommen.

V

Der nächste Tag war der Sonntag. In meiner Schlafkammer wurde ich durch die Strahlen der Sonne geweckt, die durch das kleine Fenster fielen und ein leuchtendes Viereck auf der Seitenwand bildeten, wie ein ganzes Fenster aus gleißendem Licht. Ich verließ das Bett und obgleich meine Fenster sich gen Norden richteten, drang die Sonne zu dieser Jahreszeit bis zu ihnen vor, sobald sie sich über den Horizont erhob. Ich schlug die beiden Fensterflügel auf und beugte mich hinaus, sog die frische Morgenluft ein und kniff die Augen angesichts dieser glühenden Kugel zusammen, die an einem klaren Himmel schwebte, dicht über den dunkelgrünen Spitzen des Waldes auf den umliegenden Höhen. In diesem Augenblick kam es mir, meiner Gefangenschaft zum Trotz, so vor, als hätte das Leben etwas Gutes für sich, und mit Befriedigung sah ich etwas, das ich am Tag zuvor nicht bemerkt hatte: Hier von meinem Fenster aus konnte ich über die Palisaden bis zum Wald und dem freien Himmel blicken. Wahrlich, diese Aussicht sollte mir in den kommenden Monaten zu einem großen Trost werden, jedoch auch meine Sehnsucht nähren.

Ich hörte die mir bereits vertrauten Geräusche von rinnendem Wasser und dem Rasseln des nächstgelegenen Förderrades, ich hörte einen Hahnenschrei und das Scharren von Gänsen, aber noch keinerlei Laute menschlicher Geschäftigkeit, die Straße unter mir war still und leer. Dennoch kleidete ich mich an und ging hinaus, getrieben von der Neugier und den Bedürfnissen des Körpers, denn nun hatte ich keinen Diener mehr, der für mein Frühstück sorgte.

Auf der Straße begegnete ich nach und nach immer mehr Bewohnern, von denen die meisten ihren alltäglichen Verrichtungen nachzugehen schienen, als wäre es ein Werktag und nicht Sonntag. Im Wirtshaus Zum Hahn am Marktplatz bekam ich eine einfache, aber sättigende Mahlzeit aus Grütze und Wasser bei Frau Anna, die noch vor Sonnenaufgang aufgestanden sein musste, um die Grütze zu kochen. Ich fragte sie, was die Menschen der Stadt am Sonntag ohne Kirche täten, denn somit fand doch sicherlich auch kein Gottesdienst statt, was für mich schwer zu verstehen war.

Jeder macht es so, wie er will, erwiderte Frau Anna, und wer Gott dienen möchte, versammelt sich hier auf dem Platz oder an einem anderen Ort.

Und wann beginnt der Gottesdienst, fragte ich, denn darum musste es sich doch handeln, wenn die Gläubigen sich versammelten.

Er fängt an, wenn die Zeit gekommen ist, sagte sie. Ihr werdet's schon sehen, sobald sich eine ausreichende Anzahl versammelt hat.

Und Ihr? fragte ich. Geht Ihr nicht mit hinaus?

Ich verrichte meine Gebete in der Küche, erwiderte sie schlagfertig, ich stehe nur ungern mit leeren Händen herum. Oder wollt Ihr mich lieber beten hören, als Fleisch und Brot auf dem Tisch zu haben, Herr Bileam?

Ich wusste nicht, was ich ihr darauf antworten sollte.

Ich wartete noch eine Weile, bis ich sah, dass sich eine kleine Schar von Menschen auf der anderen Seite des Platzes versammelt hatte; ich nahm an, dass es sich um die Gemeinde handelte, und ging hinüber. Die Gruppe war nicht groß, kaum mehr als der zwanzigste Teil der gesammelten Einwohnerschaft der Stadt, daher dachte ich, dass zur gleichen Zeit wohl ähnliche Treffen an anderen Orten oder in anderen Räumen stattfinden würden. Zu meiner Überraschung sah ich weder einen Pastor noch ein Evangelienbuch, keinen Küster oder Vorsänger, ein jeder murmelte nur leise oder halblaut einzelne Stellen der Schrift vor sich hin, bei den meisten waren es Gebete. Die Betenden hatten die Hände gefaltet, einige wenige drehten einen Rosenkranz in ihren Fingern und ich wunderte mich, Lutheraner und Papisten in dieser Weise vermischt zu sehen. Es erinnerte mich so wenig an meinen gewohnten Kirchgang, dass ich mich nicht entschließen konnte, dem Kreis beizutreten; ich beobachtete sie lediglich und wartete, was geschehen würde.

Nachdem das allgemeine Durcheinandergemurmel, das mir verwirrend und wenig erbaulich erschien, eine Weile angehalten hatte, ließ es wieder nach und eine erwartungsvolle Stimmung breitete sich aus, bis ein älterer Mann mit einem harten Zug um den Mund mit lauter Stimme das Vaterunser betete und den Segen über die Versammelten sprach. Danach zerstreute sich die Gemeinde.

Ich hatte den Mann, der das Vaterunser betete, wiedererkannt, jedoch erst, als er seine Stimme erhob. Es handelte sich um niemand anderen als den Gemeindepastor aus Rencknisch, dessen Kirche ich sonntags bisweilen besucht und dessen Verschwinden den Anstoß für meine Suche nach dieser Stadt gegeben hatte. Wie hatte er sich gleichwohl verändert, ohne seine Perücke und ohne Ornat, in den gleichen sauberen, groben Sonntagskleidern wie die anderen. Ich nutzte die Gelegenheit, als er einen Moment allein stand, mich ihm zu nähern und grüßte ihn mit seinem alten Namen und Titel: Magister Scheidt. Er wandte sich mit überrascht aufgerissenen Augen zu mir um, doch sogleich sah ich in seinem Blick, dass auch er mich wiedererkannt hatte.

Ich heiße nun Herr Timotheus, sagte er, und welchen Namen tragt Ihr?

Ich nannte ihn und erzählte, welch übereilter Einfall mich dazu gebracht hatte, ihn zu wählen. Er aber nickte, als hätte es mehr zu bedeuten, als ich zu verstehen in der Lage wäre, und fragte mich, ob ich mit Gewalt hierher gebracht worden sei, da ich so schlecht von dem Rat dächte.

Nein, sagte ich, ich wurde von meiner Neugierde getrieben und Ihr selbst tragt eine gewisse Schuld daran.

Nun musste ich erklären, wie ich seinen Knecht zu mir gerufen hatte und ihn die ganze Geschichte erzählen ließ und wie ich nach der Beschreibung des Knechtes diesen Ort fand, der meine Phantasie derart verzaubert hatte. Wir sprachen lange miteinander und Herr Timotheus erzählte, wie er von der Stadt durch einen heimlich überbrachten Brief eines anderen Geistlichen erfahren hatte, eines Bruders in Christo, wie er sagte, der hier Zuflucht gefunden und ein Loblied auf die Stadt und ihre Ordnung gesungen hatte, aber gestorben war, noch bevor er selbst hierherkam.

Auch Herr Timotheus lobte und pries die Stadt und den Rat, und doch spürte ich hinter seinen Worten, dass er nicht wirklich mit all dem zufrieden war, was er hier sah und erlebte. Als ich seinen Bericht angehört hatte, wie er hierhergekommen und empfangen wurde und dass er sich nun als Rechnungsführer des Rates nützlich machte, eine Arbeit, die sein Bruder in Christo vor ihm innehatte, und nachdem ich ihm ähnliche Einzelheiten meiner eigenen Einquartierung und der

Arbeit im Badehaus erzählte, die mich erwartete, fragte ich ihn geradeheraus, ob er denn gar nichts auszusetzen hätte an dem Leben in der Stadt und diesem Leben, das ihm zuteil geworden war.

Darüber wollte er allerdings nicht weitersprechen und ich fragte ihn stattdessen, ob es am Sonntag noch andere Andachten gäbe, ähnlich der, an der er teilgenommen hätte. Nein, erwiderte er mit ernster Miene und als ich nachfragte, ob es für einen Mann der Kirche nicht eigenartig sei, in einer Stadt ohne eine einzige Kirche zu leben, in der nur so wenige am Tage des Herren zum Gebet kämen, antwortete er rasch: Ich bin nicht mehr länger ein Mann der Kirche, so wenig wie Ihr ein Mann des Adels seid, wir alle haben unser vorheriges Leben hinter uns gelassen und außerdem steht im Buch des Rates geschrieben, dass die drei Mönche unter den Stadtgründern die gesamte Stadt zu einem heiligen Ort geweiht haben, so dass ein Kirchengebäude überhaupt nicht vonnöten ist.

Ich hielt dies für Haarspalterei und wiederholte erneut meine bitteren Worte über die Stadt als ein Gefängnis, worauf er einwandte:

Sind wir denn nicht alle gefangen im Gefängnis unserer Körper und bewacht von der Zeit? Die Zeit ist unerbittlich, sie verspricht uns Blüte und Herrlichkeit und erfüllt ihr Versprechen nur selten, doch unweigerlich nimmt sie uns zuerst unsere Beweglichkeit, danach vielleicht unseren Verstand und schließlich ohne Zweifel unseren körperlichen Leib, wenn sie uns endlich durch dieses Tor entlässt, den Tod, den wir nicht verstehen, der undurchdringlich ist für unsere Blicke.

Aber gelangen wir nicht dadurch zur Seligkeit? Ist es nicht Gottes Wille? fragte ich und musste einräumen, dass meine Frage nicht frei von Spott war.

Er sah mich lange an, bevor er antwortete. Wer kennt Gottes Wille, sagte er verdrossen und damit gingen wir auseinander, nicht in Freundschaft, aber auch nicht in Feindschaft.

Ich begab mich nach Hause in meine Kammern und schrieb das Wichtigste unseres Gespräches nieder. Die Sonne begann bereits zu sinken und um meine düsteren Gedanken zu verjagen, klopfte ich an die Tür von Herrn Achilleus und fragte, ob ich ihm behilflich sein könne. Erfreut dankte er mir und bat, ihm Brot, Käse und Wasser für sein Abendessen zu holen, denn er fühlte sich schwach auf den Beinen. Ich tat es und wir aßen an seinem Tisch; wir schnitten das frische Brot in Scheiben und teilten es einvernehmlich, die Rinde für mich und die weiche Krume für ihn. Und als wir satt waren, ließ ich ihn für mich aus der Ilias deklamieren, langsam und schön, bis es dämmerte und ich in besserer Laune die Treppen hinaufstieg.«

Jedes Mal, wenn ich mich an die Schreibmaschine setze und auf die flüchtigen Kugelschreiberzeilen blicke, beginnen meine Gedanken sich zu überschlagen. Erhebende, niederschmetternde, lustige und traurige Gedanken. Blitzschnell gesehene Szenen. Ullas Stimme vor meinem inneren Ohr.

Erinnerungen.

Und verschlungene Assoziationen. Wieso muss ich gerade jetzt an den Tag denken, an dem das Biest zum ersten Mal auftauchte? Keine Ahnung, aber plötzlich stand ich wieder da, mit diesem Gefühl von Kreide zwischen den Fingern. Irgendetwas in dem Gespräch zwischen dem Freiherrn und dem desillusionierten Pastor muss mich daran erinnert haben. An den Tag, an dem ich gerade die Bedeutungslinien in Brockes' Gedicht *Das schöne Würmchen* durchging.

Ulla war dabei, genau wie die meisten anderen der tapferen kleinen Schar, dieser knapp zehn Studenten, die meine Vorlesungen einigermaßen regelmäßig besuchten. Und darüber hinaus war *er* da, dieser selbstsichere pomadisierte Bursche, dessen Namen ich wohl leider Gottes erst sehr spät in meinem Leben vergessen werde. Dan Emplau. Er war zu Beginn des Herbstsemesters in meine Gruppe gekommen und hatte eigentlich nicht viel gesagt, er hatte den Vorlesungen nur mit einem herablassenden Blick zugehört und ein paar einsilbige Antworten auf die Fragen gegeben, die ich ihm ab und an hingeworfen hatte. Doch nun stellte plötzlich er eine Frage. Ich hatte nicht einmal meine Darlegungen beendet, ich stand mit der Kreide in der Hand und einem zu Dreiviertel ausgefüllten Schema an der Tafel da, zwischen dem himmlisch Allgemeinen und dem irdisch Konkreten schwebend, und er stellte eine außerordentlich intelligente Frage, die ich nicht verstand.

Ich verstand sie nicht. Ich begriff schon, dass sie irgendetwas mit Dekonstruktion zu tun hatte, aber ich verstand den zugrundeliegenden Gedankengang nicht. Erst glaubte ich, ich hätte nicht richtig zugehört, es kam so unvermittelt, und ich bat ihn, die Frage zu wiederholen. Er tat es – und ich verstand sie ganz einfach nicht.

Es war eine Art Einsicht, die mich wie ein Hammerschlag im Nacken traf: Er war nicht dumm, er formulierte durchaus nicht unbeholfen, aber ich konnte ihm nicht folgen. Ich starrte auf sein blondes pomadiges Haar, seine höhnische Oberlippe – die Menschen können ja nichts dazu, dass sie mit einer Oberlippe geboren werden, die sich arrogant kräuselt, selbst wenn sie nicht bewegt wird –, aber in diesem Augenblick starrte ich darauf und fand sie boshaft, und ich glaube, ich irrte mich nicht in dem versteckten, aber triumphierenden

Besserwissen in seinem Blick. Den Lehrer ausgehebelt, welch ein Sieg.

Nicht dass ich so etwas nicht schon früher erlebt hätte. Ehrgeizige Studenten, die sich auf ein Duell einlassen. Aber was ich noch nie zuvor erlebt hatte, war diese Ratlosigkeit und Scham, die sich in mir ausbreitete – als hätte ich eine Ampulle in meinem Bauch, ein kleines zerbrechliches Ding, von dem ich nichts ahnte, das aber plötzlich zerbrach und ein erhebliches Quantum Unsicherheit und Zweifel in die Blutbahn schickte.

Ich glaube, ich habe Ullas Blick gesucht und sie schaute auf den Tisch. Ich glaube, ich bin rot geworden. Ich erinnere mich an klamme Handflächen und eine schweißprickelnde Hitze um die Nasenflügel. Scham, das ist der präziseste Begriff, den ich dafür finden kann. Und Ulla wollte mich nicht ansehen.

Wahrscheinlich habe ich irgendetwas Idiotisches gesagt, dass ich auf die Frage zurückkommen werde, aber erst gern noch das Schema beenden würde. Und als das Schema fertig war, sagte ich, dass wir auf den Rest morgen, in der nächsten Stunde, zurückkommen würden. Und dann flüchtete ich aus dem Raum, fünf Minuten vor der Zeit. Oder waren wir bis zur vollen Stunde gekommen, bis zum erlösenden Glockenschlag? Wahrscheinlich hätte ich es gern.

Jedenfalls fand an diesem Tag meine letzte Vorlesung statt. Ich fuhr nach Hause. Den restlichen Tag habe ich nicht mehr deutlich vor Augen, möglicherweise, weil tatsächlich nichts Besonderes mehr geschah oder ich nichts Besonderes mehr unternahm – immer wieder habe ich versucht, den Ablauf zu rekonstruieren, um es dem Psychologen und den Kollegen zu erklären, die mich besuchten, und natürlich Ulla. Aber all meinen Erinnerungen nach verbrachte ich den Rest des Nachmittags und den Abend mit Nichtstun; ich ging im Haus umher, las hier und da etwas, machte Essen, aß, stellte das Radio an und wieder ab … ohne dass ich mich erinnern könnte, was ich gelesen, gegessen oder gehört habe.

Allerdings gibt es eine Grundstimmung, an die ich mich ganz deutlich erinnere. Eine Art hohle Leichtigkeit, eine Unbekümmertheit, von der ich hätte wissen müssen, dass sie falsch war. Und ein Unbehagen beim Anblick meiner eigenen Hände mit ihren Runzeln und braunen Flecken.

Ich kann mich nicht erinnern, was ich nachts geträumt habe, nur, dass es ein sehr glücklicher Traum gewesen ist, einer von der Sorte, von der man sich nur widerstrebend trennen mag, an die man sich aber dennoch schon zehn Minuten später nicht mehr erinnert. Ich trank meinen Frühstückskaffee und machte mich fertig, um wie immer zum Bus zu gehen und vor den Vorlesungen in meinem Büro das Angefallene zu erledigen – durch eine stundenplantechnische Besonderheit hatte sich meine wöchentliche Doppelstunde über die Zeit der Aufklärung auf zwei einzelne Stunden verteilt, Mittwoch und Donnerstag. Ich zog den Mantel an, griff nach meiner Mappe, die alles enthielt, was ich benötigte, also dasselbe wie am Tag zuvor, und ging die Gartenpforte hinaus.

Erst da wurde mir klar, dass ich mich überhaupt nicht darauf vorbereitet hatte, noch einmal die Frage des jungen Herrn Emplau aufzugreifen. Und im selben Augenblick griff mich das Biest an. Frontal.

Mein Herz begann wie eine Trommel zu schlagen, der ruhige Villenweg vor mir schien sich auszuweiten und zu einem riesengroßen Raum zu werden, gefüllt mit unsichtbaren Gefahren, die alle mich anstarrten; meine Hände zitterten, ich konnte nichts hören, ich konnte mich nicht bewegen, und erst nach einer Ewigkeit war es mir möglich, die wenigen Meter an der Hecke entlang zurück zum Gartentor zu schleichen. Ich verlor zweimal mein Schlüsselbund, bis es mir gelang, die Pforte zu öffnen und hineinzuschlüpfen, in Sicherheit.

Ich setzte mich auf die Treppe, ohne den Mantel auszuziehen, ich fühlte mich krank und kraftlos, und allein der Gedanke hinauszugehen, ließ die Panik wieder in mir aufwallen.

Etwas später rief ich im Institut an und sagte, ich wäre krank und könnte nicht kommen. Aus lauter Verzweiflung holte ich die Schnapsflasche aus dem Kühlschrank und schenkte mir einen ordentlichen Schnaps ein, dann noch einen, setzte mich in den Sessel des Arbeitszimmers und döste vor mich hin. Ich konnte nichts tun. Die Zeit stand nahezu still.

Am späten Nachmittag klingelte es an meiner Haustür. Es war Engdal. Besorgt um seinen kranken Kollegen. Er sagte, dass Vibeke, unsere Sekretärin, behauptete, ich hätte am Telefon merkwürdig geklungen, daher wollte er sehen, wie es mir ging. Normalerweise hielt ich nichts von seiner pedantischen Art, seiner kleinen, verdrucksten Stimme und seinem Hang, sich bei Unterhaltungen in Details zu verlieren – Ulla hatte ihn einmal ein »adrettes Wesen« genannt –, aber an diesem Tag war ich geradezu gerührt, dass er kam und nach mir sah. Und er war es auch – eher sein bestürzter Blick als seine Argumente –, der mich überzeugte, meinen Arzt anzurufen.

Damit begann diese mehrere Monate lange, verwirrende Phase, die ungefähr bis Weihnachten dauerte, mit den vergeblichen Versuchen, meiner Arbeit vernünftig nachzukommen, mit den Rezepten und Überweisungen, den Tabletten und der Gesprächstherapie. Es endete damit, dass ich für das Frühjahrssemester Urlaub nahm. Und dann in den Vorruhestand ging. Es endete mit der Ausmusterung. Dem endgültigen Sieg des Biestes über mich.

Wer weiß, ob es irgendwelche Untersuchungen gibt, wie eine Gesprächstherapie eigentlich auf die Leute wirkt? Ist es *tatsächlich* so, dass eine Wirklichkeit enthüllt wird, zu der man sich nicht bekennen will? Oder ist es nicht eher so, dass einem eine plausible Geschichte präsentiert wird, eine Konstruktion, bei der all die verstörenden losen Enden verknotet werden, bis man sie schließlich als seine eigenen begreift, oder besser gesagt: als sich selbst? Ist das der eigentliche Sinn?

Es war weder beim ersten noch beim zweiten Mal, sondern während der dritten Sitzung mit dem Psychologen, dass ich beinahe in die Luft gegangen wäre. So untypisch. Ich war mit einem Taxi zu ihm gefahren, natürlich zerstückelt von den Klauen und Zähnen des Biestes, und er schlug mir seine besserwisserischen Überlegungen um die Ohren. Ruhig, freundlich, mit seinem vertrauenerweckenden Gurublick, aber dennoch.

Und ich wurde wütend.

Nein.

Nicht jetzt.

Gerade jetzt scheint die Sonne so hübsch auf den Garten und durch das Fenster, und obwohl ich mit dem Gesicht zur Scheibe sitze und es unpraktisch ist, im Gegenlicht zu schreiben, könnte ich die Schreibtischlampe zum Papier und der Walze biegen. Aber ich werde lieber das sanfte Sonnenlicht nutzen, um mit der Arbeit am Text fortzufahren. Das Licht fällt auf Ullas Schrift, ich glaube, es wird mich in eine bessere Laune versetzen als meine wütenden Erinnerungen.

»Am nächsten Morgen klopfte ich eine Stunde nach Sonnenaufgang an die Tür des Badehauses und der alte Herr Lucas ließ mich ein. Er hatte mich erwartet und empfing mich freundlich, wenn auch nahezu wortlos. In all der Zeit, in der ich bei ihm gearbeitet habe, blieb seine Rede knapp und seine Miene unter dem kahlen Schädel regte sich kaum; und doch geschah es, dass er nickte und ein billigendes ›gut, gut‹ über seine Lippen brachte, wenn ich meine Aufgaben zu seiner Zufriedenheit erledigt hatte.

An diesem ersten Tag führte er mich im Haus herum und zeigte mir die Einrichtung. Gleichzeitig ließ er mich wissen, worin meine Arbeit bestand: Ich sollte zusammen mit dem jungen Burschen, den ich bei meinem ersten Besuch gesehen hatte, Holz hacken und die gewaltigen Kessel anheizen, aus denen das heiße Wasser kam, die Zuber säubern, wenn sie benutzt waren, die gebrauchten Handtücher aufsammeln und den Badenden helfen, die zu schwach und gebrechlich waren, um sich allein zu waschen.

Mein Herz wurde mir schwer bei dem Gedanken an die harte Arbeit und die entwürdigende Stellung, in die ich gebracht wurde, aber ich schwieg und ließ mir alle Räume des Gebäudes zeigen.

Außer dem Badesaal, den ich bereits kannte, gab es einen Kesselraum, in dem zwei Kessel aus schwerem Kupfer standen, wohl zwei Ellen hoch und jeder mit einem gemauerten Ofen darunter. Der junge Bursche war gerade dabei, aus einem der Öfen die Asche in einen Eisenkasten zu schaben, um sie fortzuschaffen. Er begrüßte mich kurz und fuhr dann mit seiner Arbeit fort, während Herr Lucas mir zeigte, wie das Wasser durch eine sinnreiche Anordnung von den Kesseln in die Eimer gelassen oder durch eine offene Rinne in die Waschküche geleitet werden konnte, die sich im Nebenraum befand. Hier standen einige Zuber und Bottiche sowie ein großer Waschkessel mit Deckel und eine Tür führte hinaus zu einem Trockenplatz im Freien, der zum Teil jedoch durch ein Dach geschützt war, so dass man auch bei schlechtem Wetter die Wäsche aufhängen konnte. Dort hingen einige Dutzend Laken des Badehauses, Herr Lucas fasste sie an und erklärte, dass ich sie, wenn ich alles gesehen hatte, abnehmen, falten und in den Wäscheschrank legen sollte, denn sie wären bereits trocken.

Auf der anderen Seite der Waschküche befand sich ein Raum mit einem Hackklotz, einer Axt und einem Stapel gesägten Holzes; entlang der Wand stapelte sich das gespaltene Brennholz in die Höhe und oben an dieser Wand führten die Schornsteine der Kesselöfen hinaus, so dass die Hitze das Holz noch schneller trocknete. Später sah ich, dass der Brennholzstapel in senkrechte Abteilungen unterteilt war und man immer das Fach leerte, in dem das Holz am längsten gelagert hatte, danach wieder mit frischem Holz auffüllte und zum nächsten überging. So war alles im Badehaus außerordentlich wohl durchdacht und zweckmäßig.

Schließlich gab es an diesem Teil des Hauses eine besondere Kammer, aus der ich ein wohl bekanntes rasselndes Geräusch hörte; und als Herr Lucas diesen Raum öffnete, wurde meine Vermutung bestätigt: Das Badehaus hatte ein eigenes Förderrad, das Wasser aus einem im Haus gelegenen Brunnen schöpfte und unablässig in ein gewaltiges steinernes Becken leerte, dessen eine Seite die Wand des Kesselraums bildete. Im Kesselraum konnte man, wiederum durch sinnreiche Zapfvorrichtungen in der Wand, das Wasser von einer höher gelegenen Öffnung in die Kessel und von einer tiefer gelegenen in die Eimer leiten, wenn kaltes Wasser benötigt wurde. Das überlaufende Wasser des Beckens wurde durch ein Spülbecken in die Waschküche und unter den Boden des Badesaales geführt und trug so dazu bei, das schmutzige Wasser aus dem Ablauf des Badesaales in den Rinnstein der Straße zu transportieren.

An der gegenüberliegenden Seite des Gebäudes, wo sich der Eingang befand, gab es mehrere kleine Vorräume, in denen sich die Badenden entkleideten, und einen größeren Raum mit einem viereckigen Tisch in der Mitte; er diente dazu, die Leintücher zu glätten und zusammenzufalten, denn sie wurden nicht gemangelt. Außerdem standen hier ein kleinerer runder Tisch und einige Stühle, auf denen wir ausruhen und eine Scheibe Brot essen konnten, wenn wir die Ruhe dazu fanden, und darüber hinaus die Schränke für die zahlreichen Laken, die vom Badesaal in den Waschkessel, zum Trockenplatz und wieder zurück in die Schränke wanderten, in einem Kreislauf, der so festgelegt war wie die Jahreszeiten.

Als der Rundgang beendet war, gab mir Herr Lucas ein Paar Holzschuhe, denn meine Stiefel hätten die feuchte Arbeit nicht ausgehalten, und so begann ich meine Tätigkeit im Badehaus just mit den Laken, die Herr Lucas mir als meine erste Aufgabe aufgetragen hatte. Ungewohnt, wie diese Art Arbeit für mich war, dauerte es sehr lange, und als ich fertig war und die Tücher in den Schrank legen wollte, ragte überall ein Stück heraus, so dass der Schrank sich nicht schließen ließ. Ich hatte alle dreiundzwanzig Laken falsch zusammengelegt, nicht so wie die anderen, die sich in die Tiefe des Schrankes fügten. Ich rief Herrn Lucas und er faltete eines auseinander und zeigte mir mit verblüffend knappen und behenden Bewegungen seiner alten Hände, wie ich sie längs und noch zweimal längs zusammenlegen, sie glätten und dann quer zu falten hatte. Ich seufzte und wollte von vorn beginnen, aber er sagte nur: Beim nächsten Mal macht Ihr es richtig, und ließ es gut sein.

Ich empfand eine Mischung aus Zorn und Lächerlichkeit, da ich nicht einmal diese simple Frauenarbeit zu meistern in der Lage war, und ging zu dem Burschen im Kesselraum.

Er hatte Holz aufgelegt und das Feuer unter einem der Kessel entfacht, denn wie ich schon bald lernen sollte, wurden nicht beide Kessel gleichzeitig angefeuert; je nachdem, wie viele Badende kamen, galt es, auf die Hitze und die Menge an Wasser zu achten, und dies erforderte viel Sorgfalt und Voraussicht. Im Laufe einiger Monate eignete ich mir diese Kunst unter der Aufsicht von Herrn Lucas und dem Burschen an, zu jener Stunde jedoch wusste ich nichts davon. Und doch sah ich, dass er jetzt ein wenig Zeit hatte, denn er begrüßte mich noch einmal und sagte: Guten Morgen, Herr Bileam, habt Ihr Euch im Hause zurechtgefunden?

Es geht wohl, antwortete ich. Und darf ich Euch, mein Herr, nach Eurem Namen fragen?

Einen Augenblick verdüsterte sich sein Gesicht und er antwortete: Ich bin kein Herr und ich heiße Cain.

Bevor ich noch eine Bemerkung über einen so unheilschwangeren Namen machen konnte, fuhr er fort: Das erklärt, warum ich hier bin, und mehr sage ich nicht. Aber nach allem Übrigen könnt Ihr mich befragen.

Ich betrachtete ihn und meinte durchaus, einen Brudermörder in ihm erkennen zu können, und mir wurde ein wenig unheimlich zumute. Er war kaum älter als neunundzwanzig Jahre, aber groß und stark, und wie ich von unserer ersten Begegnung wusste, waren seine Arme und sein Oberkörper mit schwarzen Haaren bewachsen. Sein breites Kinn trug einen dunklen Bartschatten, obschon er sich vor nicht allzu langer Zeit den Bart geschabt haben musste, und seine braunen Augen lagen unter dichten Brauen, die ihm ein wahres Kainsmal auf die Stirn gebrannt hätten, wären sie zusammengewachsen. Mit dem breiten Mund und dem struppigen Haupthaar gaben sie ihm nun stattdessen lediglich das Aussehen eines Bären.

Bärenkräfte hatte er zudem, wie ich mich schon bald überzeugen konnte. Er hantierte mit den vollen Eimern und den Weidenkörben mit Wäsche, als wären es Fingerhüte, und er spaltete das Brennholz mit der Axt so leicht wie ein Mädchen Erbsen verliest. Darüber hinaus war er unermüdlich und ich hörte ihn nie über die harte Arbeit oder die erstickende Hitze im Kesselraum klagen, wenn beide Kessel angefeuert waren und jeder Tropfen, der von ihnen spritzte, kochendheiß verdampfte.

An diesem ersten Tag im Badehaus kamen achtzig Besucher und ich konnte mich in dem größten Teil meiner Aufgaben versuchen. Am schwersten war es, die vollen Eimer mit dem kalten und heißen Wasser auf den Wagen zu laden, ihn zu den Zubern zu fahren und das Wasser hineinzugießen, denn die Eimer waren groß und nahezu bis zum Rand gefüllt. Aber Cain, der darauf bestand, so genannt zu werden – ohne den sonst üblichen Herrentitel –, zeigte mir, wie ich beim Anheben den Rücken gerade zu halten und die Muskeln in meinen Beinen zu gebrauchen hatte; sonst würde ich nur meinem Körper schaden, sagte er, und damit wäre niemandem gedient. Als ich um die Mittagszeit mehr als eine Stunde Holz hackte und meine Hände voller Blasen waren, die sich mit einer klaren Flüssigkeit füllten, kam er von sich aus zu mir, nahm mir die Axt ab und drehte meine Handflächen nach oben, um zu sehen, wie zugerichtet sie waren. Geht nun und ruht Euch eine Weile aus, sagte er und ich gehorchte ihm dankbar.

Die Arbeit, die den größten Ekel ausgelöst hatte, wenn ich nur daran dachte, war ebenfalls gleich an diesem ersten Tag zu bewältigen. Am späten Nachmittag, als ich bereits müde vom Schleppen der schweren Eimer und ermattet von der dampfgeschwängerten Luft war, rief Herr Lucas und bat mich, einem hinfälligen Greis beim Baden zu helfen.

Der Alte, dessen Namen ich vergessen habe, stützte sich auf seinen Stock und wartete, in ein Badehandtuch gehüllt, auf mich. Ich führte ihn zu einem freien Kämmerchen und als ich das Wasser für ihn geholt und im Zuber vermischt hatte, musste ich ihm aus dem Laken helfen und ihn beinahe über den Rand des Zubers heben, weil seine steifen und kraftlosen Glieder es ihm nicht mehr gestatteten, selbst ins Bad zu steigen. Auch musste ich ihm mit Quast und Seife den Rücken und andere Körperteile schrubben, an die er selbst nicht gelangte, und Wasser über ihn gießen, um den Schmutz abzuspülen.

Es fiel mir indes leichter, als ich erwartet hatte, und obgleich mich seine Nacktheit verlegen machte und ich zuerst das Gesicht vor diesem Anblick und dem starken Geruch seines Körpers abwandte, spürte ich doch schon bald, welch Wohlbehagen ihm die Verrichtungen bereiteten; er seufzte und bewegte den fast zahnlosen Mund und mir kam der Gedanke, dass er in diesem Zustand nur ein Mensch war und nichts anderes. Er hätte mein Landesherr sein können, ein Gleichrangiger oder mein Diener, und doch fand ich keinerlei Zeichen an ihm, weder für das eine noch für das andere, ebenso wenig wie er an mir, der ich ihm in diesem Augenblick diente, irgendeinen Hinweis dafür gefunden hätte, wer ich einmal gewesen war.

Derlei Gedanken waren neu für mich und es verringerte mein Befremden durchaus nicht, dass ich doch erst kurze Zeit in der Stadt war und gewisse Dinge dennoch bereits mit anderen Augen sah.

Mein Tagwerk war vorbei, als ich nach dem Greis den Zuber gesäubert und die letzten Laken zum Waschkessel gebracht hatte. Cain kam zu mir und sagte: Herr Bileam, die Uhr ist abgelaufen. Welche Uhr, fragte ich und Cain nahm mich mit in den ersten Vorraum, wo ich nun in einer gekalkten Nische der Wand ein Stundenglas sah. Die letzten Sandkörner rieselten wahrhaftig gerade aus der obersten Hälfte des Glases, nur konnte ich mich nicht entsinnen, die Uhr zuvor schon einmal gesehen zu haben. Und Cain erklärte mir sofort, dass Herr Lucas die Uhr eine Stunde, bevor das Badehaus geschlossen wurde, aus einem Schrank holte und in die Nische stellte. So konnte ein jeder, der spät kam, selbst sehen, ob ihm noch die Zeit blieb, sich zu waschen.

Und woher weiß Herr Lucas, wie spät es ist, wollte ich wissen. Herr Lucas hat eine Taschenuhr, die er nach der Orffyreus-Uhr stellt, erwiderte Cain. Das war nun das zweite Mal, dass ich den Namen des Adepten hörte, doch mir deuchte, als würde jede Antwort neue Fragen aufwerfen, und so fragte ich ohne zu zögern, was denn die Orffyreus-Uhr wäre. Das werdet Ihr irgendwann einmal erfahren, hörte ich Herrn Lucas sagen; er war aus dem Raum mit den Leinentüchern gekommen, holte das Stundenglas und schloss die Tür zur Straße von innen.

Meine Glieder waren schwer und meine Hände wie feuchte Lumpen, und doch hatte ich meinen ersten Tag im Badehaus überstanden.«

VI

Ich habe mir Ullas Bild angesehen, das einzige, das ich besitze. In einem kleinen Holzrahmen steht es neben dem Fuß der Schreibtischlampe auf dem Schreibtisch hier in ihrem Zimmer. Es hatte ein etwas wechselvolles Schicksal, dieses Bild. Als Ulla noch lebte, habe ich es nicht aufgestellt, es lag in der Schreibtischschublade in meinem Arbeitszimmer nebenan. Steffen hat es gemacht, irgendwann während eines Ausflugs, und als sie mir Bilder davon zeigte und zu diesem kam, fragte ich – ich konnte es nicht lassen –, ob ich davon einen Abzug haben könnte. Sie schenkte es mir auf der Stelle. Aber ich wollte es nicht aufhängen oder hinstellen, da Steffen ja auch hierherkam.

Als das Furchtbare geschehen war, nahm ich es immer wieder heraus und manchmal ging ich damit im Haus herum, nach oben und unten, es sei denn, dass es zu weh tat und ich es wieder weglegen musste. Dann habe ich es mit einer Nadel neben meinem Bett befestigt, aber das sah so improvisiert aus, außerdem hatte ich Angst, ich würde es herunterreißen, wenn ich das Bett beziehe oder das Bettzeug aufschüttele. Vor ein paar Wochen bat ich Carina-Camilla, mir beim Fotohändler einen Rahmen zu kaufen, dunkles Holz, 10 x 15. Erst stand es auf meinen Nachttisch. Jetzt steht es hier drinnen.

Vor einem unscharfen Hintergrund mit grünen Blättern (Efeu?) steht Ulla in etwas, das aussieht wie leicht diesiger

Sonnenschein, und schaut ein klein wenig nach oben, rechts an der Kamera vorbei. Ihre Lippen hat sie ganz leicht geöffnet, als ob sie gerade etwas sagen wollte, und der Blick hat diese Offenheit und Konzentration, die so typisch für sie war, wenn ihr plötzlich etwas einfiel. Er betont diesen feinen, nervösen Zug um ihre Mundwinkel und Nasenflügel. Weißgoldene Haut, goldblondes Haar, blaue, blaue Augen.

Ich bin froh über dieses Bild, obwohl ich mir manchmal inständig und vergeblich wünsche, ich könne ihren Blick um einige wenige Millimeter drehen, so dass er auf mir ruht. Steffen hat bestimmt viele andere Bilder von ihr, bestimmt auch Bilder, auf denen sie direkt in die Kamera schaut. Aber es sind seine Bilder, seine Erinnerungen, ich kann mich nicht dazwischendrängen, indem ich ihn um eines bitte.

Ulla, du hast mich so oft überrascht und mich so oft begeistert, wenn dir plötzlich etwas einfiel. Ein Zitat, ein Erlebnis, eine unerwartete Verknüpfung von Dingen, die ich niemals miteinander in Verbindung gebracht hätte. Du hattest so viel zu geben …

In den Gesprächen, die Ulla und ich führten, diesen langen gemeinsamen Assoziationsketten, die sich auf verschlungenen Pfaden immer weiter spannen, manchmal vom Nachmittag bis weit nach Mitternacht, zeigte sie ein verblüffendes Wissen. Verblüffend in zweierlei Hinsicht – zum Teil waren ihr die ungewöhnlichsten Details präsent, zum Teil hatte sie Lücken, die mich vor dem Hintergrund all dessen, was sie wusste, umso mehr erstaunten. Einmal stellte ich fest, dass sie die Namen sämtlicher Bundesstaaten Brasiliens auswendig hersagen konnte; ich weiß gar nicht mehr, wie unser Gespräch auf Brasilien kam, aber ich kann mich entsinnen, dass ich in einem

Lexikon nachschlug und sie kontrollierte, als sie behauptete, die Länder zu kennen. Mir erschien es *allzu* verrückt. Aber sie zählte sie in der korrekten Reihenfolge von Süden nach Norden auf, im Uhrzeigersinn und die in der Mitte gelegenen zuletzt.

»Woher weißt du das?«, fragte ich. »Ich habe es irgendwo gesehen«, antwortete sie und zuckte mit den Achseln. »Und wozu brauchst du es?« – »Überhaupt nicht, ich hab's mir einfach gemerkt.«

Und ein andermal wurde mir klar, dass sie *nicht* wusste, dass Schiller *Maria Stuart* geschrieben hat. Schlimmer noch, sie meinte, es wäre Shakespeare gewesen! Der Pädagoge in mir ergriff die Chance, einen kleinen Vortrag zu halten, mit Nachschlagen im Lexikon und allem, was dazugehört. Und als ich sie einen Monat später ein bisschen spöttisch noch einmal fragte, hatte sie ihre Lektion natürlich gelernt. Mit Maria Stuarts Geburts- und Todesjahr und der Uraufführung von Schillers Stück. Allerdings ist es ja auch nicht schwer, sich das letzte Datum zu merken.

Vielleicht war es ihre Jugend, vielleicht war es ein besonderes Talent, ich weiß es nicht. Jedenfalls hatte sie diese Gabe, sich die merkwürdigsten Dinge einzuprägen, schnell und unbeschwert. Und mehr als einmal imponierte sie mir außerdem damit, dass sie einen Text, den sie nur einmal blitzschnell gelesen hatte, präzise zusammenfassen konnte.

Unsere Gespräche drehten sich um alles Mögliche, manchmal sogar ganz buchstäblich, da wir einen regelrechten Sport daraus machten, irgendwelche Begriffe nachzuschlagen, Erläuterungen zu suchen, die uns fehlten, oder ein Zitat zu verifizieren, bei dessen Wortlaut wir fast, aber eben auch nur fast sicher waren. Es stehen ja beinahe im ganzen Haus Regale –

im Arbeitszimmer, im Gästezimmer, unten im Esszimmer, im Wintergarten und in der sonst zu nichts zu gebrauchenden Ecke im Flur, sogar im Keller, wo die abstrusesten Sachen Dreck und Staub auf der »Ungnade« fangen (Ullas Ausdruck für das notdürftige Spanplattengestell, das ich dort unten gezimmert habe) – und genau so, wie wir planlos durch Themen, Zeitalter und Abstraktionsebenen streiften, wurde manches Gespräch zu einem ebenso verschlungenen Spaziergang durchs Haus.

Einmal, es war an einem Frühsommerabend, landeten wir unten im Keller. Weil wir einen Beleg für eine These suchten, die Ulla beinahe aus Spaß vertreten hatte: dass man in sogenannten primitiven Kulturen Erzählungen als unabhängig existierende Wesen ansah, die die Macht hatten, in das Leben eines Menschen einzugreifen; und dass vieles, was in den Begrifflichkeiten unserer Kultur als Geisterglaube und Ahnenverehrung beschrieben wird, eigentlich als Verehrung von Geschichten verstanden werden müsste.

Mir schien dies etwas zu weit hergeholt, aber sie hielt schon der Diskussion halber daran fest, und schließlich gingen wir auf die Jagd. Anthropologie und Ähnliches hat mich nie sonderlich interessiert, in meinem Arbeitszimmer standen nur wenige, kaum genutzte Bände von Lévi-Strauss, aber im Keller fand ich acht bis zehn möglicherweise relevante Werke auf dem untersten Brett der »Ungnade«. Ulla schlug sie auf und las die Seiten im schwachen Licht der Deckenlampe quer.

Die ersten beiden Bücher legte sie beiseite, in dem dritten blätterte sie jedoch ein bisschen länger, bis sie ein verwendbares Kapitel fand, und währenddessen beobachtete ich sie: strahlend, konzentriert und mit leicht geröteten Wangen, was ihr sonst so gut wie nie passierte. Sie überflog die Seiten, brauchte höchstens zehn Sekunden pro Seite und stieß schließlich triumphierend aus: »Ich hatte Recht! Sieh her …« Und sie las mir einen Abschnitt vor.

Das Buch – es war H. N. Subners *Myth and Mould* – hat seither die Erlaubnis, auf einem besseren Platz in meinem Arbeitszimmer zu stehen, und den letzten Satz des Abschnitts, den Ulla mir vorlas, habe ich unterstrichen: »Thus, narratives make heroes of them all and let them take on unknown dangers rather than bear those ills they have.«

Ich brauchte länger als sie, um den Abschnitt zu verstehen und die Schlussfolgerung zu bewerten, aber sie *hatte* wirklich Recht, jedenfalls schien es mir in diesem Moment so; ihr Triumph war so ansteckend, wir lachten beide, es war beinahe wie eine Schatzsuche mit glücklichem Ausgang, ein Spiel, bei dem es nur um die gute Laune ging. Eigentlich war es schon viel zu spät und sie musste gehen; noch immer lachend, trennten wir uns an der Haustür, und erst hinterher merkte ich, dass meine Hände vom Kellerstaub und dem Schmutz der Bücher grau waren und mein hellblaues Hemd voller Flecken und schwarzer Streifen.

Und ich war glücklich.

»Nachdem ich nun einige Wochen in der Stadt lebte und einigermaßen zurechtkam mit der Arbeit, die man mir auferlegt hatte, begegnete ich eines Tages Herrn Phintias auf der Straße, der sich nach meinem Wohlergehen erkundigte. Ich dankte ihm und sagte, es ginge mir leidlich, und er lud mich ein, mich ihm anzuschließen, er wäre auf dem Weg in den Senat.

Ich hatte beinahe vergessen, dass es so etwas in der Stadt gab, doch nun erinnerte ich mich an Herrn Malchus' sonderbare Worte, damals, als er mir von der Geschichte der Stadt erzählte, dass Einwohner von großem Verstand, die hoch im Vertrauen der anderen standen, in den Rat kämen; und in den Senat jene, deren Fähigkeiten und Kräfte schwanden. Ich hatte ihn damals nicht verstanden und seither war häufig der Rat erwähnt worden, aber niemand hatte über den Senat gesprochen, der dem Namen nach zu urteilen doch eine ehrwürdige Versammlung sein musste. Und ich konnte mich nicht entsinnen, dass Herr Phintias mir während unserer Wanderung durch die Stadt gezeigt hatte, wo der Senat zusammentrat.

Nein, sagte er, als ich ihn danach fragte: Es gab andere Dinge, bei denen ich der Ansicht war, sie zu kennen wäre wichtiger für Euch, doch nun können wir dorthin gehen und Ihr könnt den Senat mit eigenen Augen sehen.

Sollte ich nicht Herrn Malchus um Erlaubnis bitten, wandte ich ein, und er antwortete: Nein, nicht jetzt, ich habe mit Herrn Malchus über Euch gesprochen, von nun an dürft Ihr alles sehen, was Ihr mögt.

Es war mir nicht wohl bei dem Gedanken, dass andere hinter meinem Rücken über mich sprachen und entschieden, was mir gestattet wurde und was nicht, doch ich wollte ihn in diesem Augenblick nicht näher befragen.

Wir machten uns auf den Weg, wobei seine schwarze Dogge an seiner Seite lief, und er führte mich zu einem nicht weit vom Stadttor gelegenen achtfächrigen Gebäude mit einem ziemlich hohen Dach. Er klopfte an und nach einigen Augenblicken war von innen ein Schlüsselklimpern zu hören und die Tür wurde geöffnet. Eine magere Frau ließ uns ohne ein Wort eintreten und der Hund legte sich sofort auf den Boden, als sei er es gewohnt, hierherzukommen.

Herr Phintias wechselte einige Worte mit der Frau, aber ich

verstand sie nicht, denn meine Aufmerksamkeit war von eigentümlichen Lauten und einem unangenehmen Geruch in Anspruch genommen, wie von Unrat und schmutzigem Leinen, der aus der nächsten, halb geöffneten Tür drang. Wir standen in einem kleinen Vorraum, der eine Ecke des Hauses beanspruchte, und ich konnte nicht sehen, was sich hinter der Tür befand. Doch unter den seltsamen Lauten unterschied ich schon bald menschliche Stimmen, halb verständliche Worte vermischt mit leisen Ausrufen und einem Rascheln und Knistern wie von Vieh im Stall.

Herr Phintias trat nun auf die Tür zu und gab mir ein Zeichen, ihm zu folgen, und was ich dort drinnen sah, war keine würdige Versammlung von Senatoren, sondern eher ein Irrenhaus. Das ganze Gebäude, mit Ausnahme des Vorraums, schien aus einem einzigen großen Raum zu bestehen – breiter als man glauben mochte, wenn man es von der Straße aus sah –, mit einem Steinfußboden wie im Badehaus und einer ungestrichenen Bretterdecke. Und dort hielten sich elf alte Männer und Frauen auf, drei von ihnen lagen auf Betten, die übrigen auf Strohhaufen direkt auf dem nackten Boden. Als Kopfkissen diente ihnen allen ein mit Stroh gestopfter Sack aus grobem Leinen. Über die Hälfte der Alten redete unablässig, allerdings mit niemand Bestimmtem, obwohl eine weit von der Tür entfernt stehende Gestalt mit einer Tafel in der Hand aufmerksam ihren Worten zu lauschen schien. Einige bewegten sich unruhig im Stroh, als ob sie sich erheben wollten, aber nicht mehr die Kraft dazu hatten. Dies war die Ursache der Geräusche, die ich gehört hatte. Und der Gestank rührte, wie ich rasch erkannte, daher, dass die armen Bewohner dieses Ortes in ihrer Kraftlosigkeit ihre Notdurft in die Strohhaufen verrichteten, auf denen sie lagen. Das ganze Bild erfüllte mich mit Ekel und ich wandte mich mit einem Zornesausbruch auf den Lippen Herrn Phintias zu.

Er hob indes die Hand und gebot mir zu schweigen. Dann sprach er selbst. Ich sehe, was Ihr denkt, Herr Bileam, sagte er, aber Ihr irrt. Nicht die Stadt und niemand von denen, die sie lenken, nimmt diesen Menschen ihre Würde. Sie warten auf den Tod, wie wir es alle tun, und obwohl die meisten Bewohner der Stadt ihm mit klarem Verstand begegnen, gibt es doch einige, deren Seele sich nicht vollständig vom Körper löst und deren unglückliches Fleisch gewissermaßen eine Zeit lang von ihr im Stich gelassen wird. Das Fleisch muss nun in einer viehischen Weise leben, wenn es nicht durch einen Schimmer der Seele erleuchtet wird, die bereits die ersten Schritte in die unbekannten Regionen der Ewigkeit unternommen, ihr altes Heim jedoch noch nicht verschlossen hat.

Wir glauben, fuhr er mit seiner Erklärung fort, dass diese verdunkelten Münder bisweilen Worte der Weisheit sprechen, die uns Nachrichten aus dem Jenseits bringen, und daher hören wir uns genau an, was gesagt wird; allerdings ist es so, als riefe ein Mensch einem anderen etwas zu, der auf der anderen Seite eines reißenden Bergbaches steht. Der Wind trägt die Worte davon, sie ertrinken im Brausen, es wird ergänzt, was man nicht versteht – und doch kann es sich um eine wichtige Botschaft handeln, die uns da zugerufen wird. Der Rat schickt daher jeden Tag einen Interceptor, dessen Aufgabe es ist, das Bemerkenswerte unter diesen verwirrenden Äußerungen niederzuschreiben. Heute hat Herr Esra diesen Dienst übernommen, und um mit ihm zu sprechen, bin ich gekommen.

Und Herr Phintias zeigte auf die Gestalt mit der Tafel, die gerade auf einen alten Mann am Boden zutrat und sich über ihn beugte. Wir näherten uns und ich strengte mich an, um zu hören, was der Alte sagte, allerdings fiel es mir schwer in diesem Lärm von einem halben Dutzend anderer Stimmen. Der Interceptor hingegen verstand offenbar die Worte, denn er begann mit seinem Griffel zu schreiben, und wir warteten, bis er sich wieder aufrichtete und uns seinen Blick zuwandte.

Herr Esra war ein Ratsherr, den ich bereits gesehen, mit dem ich aber noch nie gesprochen hatte, ein kleiner Mann mit einem sehr hellen, runden Gesicht und kräftigem Kinn, darüber ein Paar kleine, harte Augen und eine starke und breite Nase, so dass er insgesamt einem Ganter nicht unähnlich war. Er grüßte uns mit einer Verbeugung seines Kopfes, wir erwiderten den Gruß und Herr Phintias griff nach der Tafel. Er zeigte sie auch mir, und ich las darauf die folgenden Worte:

Die Asche fliegt. Viele Fische.

Was soll das bedeuten? fragte ich, und Herr Esra antwortete ungerührt, das wisse niemand, aber er würde es ins Protokoll schreiben. Und er zeigte auf einen kleinen Schrank, der an der Wand neben der Tür hing, durch die wir hineingekommen waren. Herr Phintias legte eine Hand auf seine Schulter, möglicherweise war es ein Zeichen, denn Herr Esra reichte mir plötzlich den Griffel und sagte: Ihr könnt solange der Interceptor sein, und damit gingen die beiden Herren zu dem Schrank und ließen mich stehen.

Als Herr Esra den Schrank aufschloss, sah ich, dass sich darin eine Art Schreibpult mit einem dicken Buch, einem Tintenfass und einer Feder befand. Er schrieb, schloss den Schrank wieder ab und sprach mit Herrn Phintias. Mir war sonderbar zumute, als ich in diesem seltsamen Raum allein in dem anhaltenden Gemurmel stand, und um meine Verlegenheit zu verbergen, ging ich zu dem alten Mann, der die Worte auf der Tafel gesprochen hatte. Er war nun stumm, sein Mund war eingefallen und seine Augen dunkel und undurchdringlich, und doch bewegte er sie, als ich ihn grüßte. Auf ein Knie gestützt, kniete ich neben dem Strohhaufen.

Was meint Ihr damit? fragte ich. Die Asche fliegt? Viele Fische? Er sagte nichts, nach einer Weile jedoch rührte er sich langsam und hob eine Hand, wie mir schien, um nach meiner Hand zu greifen. Ich nahm Griffel und Tafel in die linke Hand und gab ihm meine rechte. Er ergriff sie, führte sie an den Mund und begann, an meinen Fingern zu saugen. Mit gemischten Gefühlen, denn es kam mir gleichzeitig lächerlich, rührend und abstoßend vor, seinen zahnlosen Gaumen und die Spucke seiner Zunge zu spüren, wollte ich meine Hand zurückziehen, doch er wollte sie nicht loslassen, und erst mit einer gewissen Kraftanstrengung gelang es mir, diese unerwartete Berührung zu beenden.

Ich stand auf und ging von einem Lager zum anderen, und bei denen, die sprachen, versuchte ich zu verstehen, was sie sagten. Einige sprachen sehr leise, andere undeutlich oder mit Worten, von denen ich nicht eines wiedererkannte; aber bei den drei Betten – in einem lag ein Mann, in den beiden anderen Frauen – blieb ich stehen, denn der Mann winkte mich zu sich.

Was wollt Ihr, mein Herr, fragte ich ihn, und er stützte sich auf den Ellenbogen, richtete ein Paar merkwürdig leuchtender blauer Augen auf mich und sagte mit zittriger Stimme: Maria, Maria soll kommen. Wer ist Maria, fragte ich, und er nickte glücklich bei dem Namen und wiederholte: Maria, Maria soll kommen. Ich versuchte ihn mit anderen Worten zu fragen, was er meine und ob es vielleicht die Heilige Jungfrau wäre, aber er wiederholte nur inständig und mit bedeutsamer Miene immer wieder dasselbe: Maria, Maria soll kommen. Ich wusste mir keinen anderen Rat, als es niederzuschreiben und weiterzugehen.

Die beiden Herren hatten ihre Unterredung offenbar beendet, denn nun kamen sie mir entgegen und schauten sich an, was ich auf die Tafel geschrieben hatte. Herr Phintias blickte fragend auf den Greis mit den blauen Augen und ich sagte: Ja, er war es.

Maria soll kommen, las Herr Esra halblaut und schüttelte den Kopf; dafür haben wir keine Verwendung, fuhr er fort, er verlangt jeden Tag, dass Maria kommen soll.

Maria war seine Frau, sagte Herr Phintias, sie starb viele Jahre, bevor er hierherkam. Aber kommt, Herr Bileam, lasst mich Euch den Hof zeigen.

Wir gingen auf ein breites Tor in der gegenüberliegenden Wand zu, doch noch bevor wir es erreichten, hörte ich einen Laut, der mich veranlasste, stehen zu bleiben und mich umzudrehen. Mit mühevollem Stöhnen kroch der Mann mit den blauen Augen aus seinem Bett. Er war barfuß, stellte sich auf den Boden und hielt sich mit einer Hand am Bettpfosten fest, während er mit der anderen sein schmutziges Hemd hochzog. Und nun strömten Kot und Wasser platschend auf den Boden. Es war jämmerlich anzusehen, er schien indes keinerlei Scham zu empfinden und als es geschehen war, blieb er unbeweglich stehen und starrte vor sich hin, was mich sehr verwunderte, bis ich mit einem Schaudern begriff, dass sein leuchtender Blick mehr als trügerisch war. Der Mann war blind.

Die Frau, die uns eingelassen hatte, kam mit einer Kanne Wasser, einem Lappen und einer Waschschüssel; sie wusch ruhig den alten Mann und half ihm wieder ins Bett, dann holte sie Sägespäne und einen Besen, streute das Sägemehl über die

Lache, fegte es in eine Rinne im Boden und spülte mit dem Rest des Wassers aus der Kanne nach.

Ich hatte den Zwischenfall beobachten können, ohne dass jemand mich bedrängt oder irgendein Zeichen von Ungeduld gezeigt hatte; nun kam die Frau auf uns zu, schloss das breite Tor auf und wir gingen alle hinaus in den Hof, oder besser auf eine Art Rampe ein paar Ellen über dem Kopfsteinpflaster des Hofes, denn der Boden fiel an dieser Stelle der Stadt besonders stark ab und der Hof lag tiefer als die Straße. Die Frau bewegte einen Hebel unter der Dachtraufe und ich sah durch das noch offene Tor, dass nun Wasser durch die Rinne im Saal floss.

Im Hof zeigte mir Herr Phintias ein kleines Küchenhaus, in dem gerade Grütze in einem Eisentopf über dem Feuer garte, und ein Nebengebäude, das bis an die Dachsparren mit dem Stroh gefüllt war, das man als Streu für die Alten benötigte. Und hier, sagte er und zeigte auf die Rampe, hier wird das dreckige Stroh auf Karren geladen und fortgefahren; es ist alles so sorgfältig eingerichtet, wie es uns möglich ist.

Das ist doch kein Senat, sagte ich, das ist ein Menschenstall.

Ein Augiasstall, sagte Herr Esra, und mit diesem Fluss kann jeder zu einem Herkules werden, fügte er lachend hinzu und klopfte mit der flachen Hand an den Hebel, den die Frau wieder in seine ursprüngliche Stellung gebracht hatte.

Dass wir diesen Ort Senat nennen, hat nichts mit Hohn zu tun, sagte Herr Phintias, vergesst nicht, dass wir diese Menschen kannten, als sie noch unsere gewohnte Sprache sprachen und sahen, was wir sahen, und dass wir nun die Weisheit ehren, zu der sie sich den Weg gebahnt haben.

Ich fragte ihn, welche Weisheit denn diese Menschen mit

einem Leben als Vieh versöhnen könnte und ihn, Herrn Phintias, mit einem Leben als Viehhüter. Herr Esra bat mich, ihm ins Gebäude zu folgen, dort öffnete er wieder den Schrank mit dem Protokoll und zeigte mir darin verschiedene Sentenzen. Er erklärte mir, dass der Rat einmal im Jahr über die jüngsten Sätze berate und mit großem Ernst überlege, ob daraus irgendeine Lehre oder ein Gedanke abgeleitet werden könne. Ich sah, dass das Buch mit einer Silberkette an das Pult geschlossen war, und merkte mir so viele Sätze, wie ich konnte. Drei, die ich später in meiner Kammer niederschrieb, lauteten:

Weiß ist die Mutter der Farben und Grün die Tochter des Lichts.

Streitende und Liebende finden sich in den Windungen des Lebens wieder, denn das Seil triumphiert über die Schere.

Mach Platz, der Schornstein ist hier.

Ich bemühte mich, irgendeinen Sinn in diesen seltsamen Worten zu sehen, aber es gelang mir nicht, und gerade wollte ich den Herren sagen, dass ich ihre Weisheit für ein Trugbild hielte, als wir erneut von überraschenden Geräuschen unterbrochen wurden. Eine alte Frau, eine von den beiden, die in einem Bett lagen, begann mit einem grauenerregenden Heulen und Kreischen und einige Männer brummten unruhig dazu, doch niemand machte Anstalten, ihr zu helfen. Herr Phintias und Herr Esra betrachteten sie leidenschaftslos, und als meine Verärgerung sich eben Luft verschaffen wollte, sagte Herr Phintias: Frau Cäcilias Seele will noch immer Psalmen singen, aber ihr Mund hat die Töne wie die Worte vergessen.

Psalmen! Was meint Ihr? entfuhr es mir, denn ich war mir

sicher, dass sie Schmerzen hatte, aber Herr Esra sagte nur: Seht in ihr Gesicht, Herr Bileam.

Ich schaute, und wahrlich, über dem alten Gesicht mit derart tiefen Runzeln, dass niemand sagen konnte, ob sie vom Schmutz oder dem Schatten so schwarz gefärbt waren, lag ein Ausdruck frommer Hingabe; und vor jedem neuen Aufbrausen ihres fürchterlichen Geheuls atmete die Frau tief ein, wie eine Sängerin, nicht wie jemand, der gequält wird. Dennoch bohrten sich diese Laute schmerzhaft in mein Gehör und es sprach so vollkommen wider meine Vernunft, dass sie ein Ausdruck der Freude sein sollten, dass ich ganz verstört war und mir die Ohren zuhielt. Herr Phintias fasste mich freundlich am Ellenbogen und führte mich hinaus, sein Hund sprang auf und wedelte mit dem Schwanz, als die Frau uns die schwere Tür zur Straße hin aufschloss.

Wir gingen ein paar Schritte die Straße hinauf, bis Frau Cäcilias Psalmengesänge nur noch ganz schwach in der Ferne zu hören waren. Ich konnte keinen klaren Gedanken fassen, Herr Phintias kam meinen Einwänden indes zuvor und sagte ruhig:

Denkt daran, Herr Bileam, dass Ihr lediglich die körperliche Hilflosigkeit dieser Menschen seht, die wahrlich traurig ist, aber doch ein Ende haben wird. Ob auch ihre Seelen hilflos sind, das könnt weder Ihr noch ich entscheiden. Vielleicht träumen sie nur einen letzten langen Traum, bevor die Seele frei ist, und das Fleisch lebt ein hinfälliges Scheinleben im Schlaf.

Aber sie bewegen sich doch, sie sprechen und heulen, wandte ich ein, wie könnt Ihr der Meinung sein, dass sie nicht unter diesem hässlichen Ausdruck der Ohnmacht ihrer Körper leiden?

Glaubt Ihr denn nicht, dass auch Euer Körper schnarchen

und furzen kann, während Ihr von Trompeten, Kanonen und herrlichen Siegen im Felde träumt? erwiderte Herr Phintias.

Gegen meinen Willen musste ich lachen und er lächelte und legte seine schwielige Hand auf meine Schulter; dann nahm er mit diesen Worten freundlich Abschied: Richtet nicht über uns, Herr Bileam, weil wir die Verwirrung dieser fortstrebenden Seelen so nüchtern betrachten und sie an einem Ort versammeln, an dem sie sich selbst und anderen keinen Schaden zufügen können. Wir stehlen nicht ihre Träume, wir hören ihnen nur zu.«

Ich habe das Gefühl, ein peinliches Gespräch überstanden zu haben. Ich weiß nicht recht, aber ganz offensichtlich habe ich mich gerade bei diesem Abschnitt ziemlich überwinden müssen ... schon bei meiner ersten Lektüre war von dieser Stelle irgendetwas hängen geblieben, obwohl ich damals so unglücklich und außer Stande war, mich überhaupt mit irgendetwas intensiver zu beschäftigen.

Wie oft hatte ich gedacht, dass Ulla und Steffen so wunderbar zusammenpassten, weil sie so *jung* waren ... zwei Menschen von derselben Art.

Und die armen Alten in der Geschichte des Freiherrn sind so abstoßend, obwohl sie ja nichts dafürkönnen.

»Nichts dafürkönnen!« Jetzt denke ich tatsächlich an sie wie an reale Menschen, beinahe so, als hätte ich sie selbst gesehen. Aber ich würde schon gern wissen, wieso es mir so unter die Haut geht?

Unmittelbar nachdem ich meine eigenen Erinnerungen an unsere Entdeckungsreise in den Keller heruntergeklappert hatte, hatte ich mit der Abschrift dieser Passage begonnen. Und nun ist es bereits Nachmittag.

Wolken sind seltsam, sie sind so weit fort. Man kann den Blick auf ihnen ruhen lassen, und doch verändern sie sich die ganze Zeit. Sie passen zur Nachdenklichkeit. Jetzt sitze ich wieder hier, gerade war ich unten in der Küche und habe mir ein paar Brote geschmiert, die ich am Küchentisch stehend aß, aber ich hatte das Gefühl, dass ich heute noch ein bisschen mehr aufs Papier bringen muss. In diesem Augenblick fordern die Wolken meine Aufmerksamkeit, sie sind gleichzeitig dramatisch und friedlich, weiß und bedrohlich; die Sonne steht tief, wird aber von einer der dicksten Wolken verborgen, so dass der reliefartige Eindruck fast schon schroff wirkt. Der Garten liegt beinahe im Schatten, unauffällig, verhalten.

Ich weiß genau, irgendwo, dass es einen Zusammenhang mit diesem Besuch beim Psychologen gibt, als ich explodiert bin. Was dazu führte, dass ich die Therapie bei ihm abbrach, ihm erklärte, es wäre nutzlos, und mich zurückzog. Ich war an dem Tag mit dem Taxi gekommen, unter Protest und einigermaßen mitgenommen, und wenn ich mich recht erinnere, waren wir in unserem Gespräch noch nicht sehr weit gekommen – vielleicht hatte ich irgendetwas erzählt, das den Anstoß dazu gab –, als er anfing, davon zu sprechen, dass ich mich mit dem Älterwerden abfinden müsse.

»Es ist eine Grundbedingung des Lebens, dass man älter wird, und irgendwann schafft man nun mal nicht mehr so viel wie früher. Das ist in Ordnung, man muss es schlichtweg akzeptieren.«

Er sagte es auf diese freundliche Art, die signalisieren sollte, dass er mein Leben und das aller anderen Menschen vom erhöhten Standpunkt des Fachmanns betrachtete, quasi als *Weisheit letzter Schluss*, aber er war mindestens fünfzehn Jahre jünger als ich und ich empfand es als Hohn.

»Was zum Teufel weißt du denn davon?«, brüllte ich ihn an. Es brach vollkommen unvermittelt aus mir heraus, ich war von meinem Stuhl aufgesprungen, ohne darüber nachzudenken, und um nicht noch erschrockener über mich zu sein, als ich es ohnehin schon war, fuhr ich in der gleichen Tonlage fort: »Was meinst du eigentlich damit, wenn du so etwas zu mir sagst?«

»Ich meine genau das, was ich gesagt habe«, sagte er sanft.

Hin und wieder habe ich darüber nachgedacht, welches psychologische Kalkül ihn wohl dazu gebracht haben mochte, etwas so Banales und Verletzendes zu sagen. Manchmal brauchen die Leute also eine jahrelange Ausbildung und müssen lange theoretische Umwege machen, um schließlich in die gleichen Fettnäpfchen zu stapfen, in die wir anderen, Nichteingeweihten, auch sofort treten.

Ich machte ihm Vorhaltungen. Ich schrie ihn an, dass ich hier wäre, weil ich Hilfe bräuchte und keine Westentaschenpsychologie. Ich stampfte auf seinen hellen Kokosteppich. Vielleicht hatte er tatsächlich versucht, mich aus der Deckung zu locken, mich dazu zu bringen, »etwas herauszulassen«, wie es mit einem anderen Allerweltsausdruck heißt. Aber es half nichts. Mir war allzu peinlich bewusst, wie lächerlich ich mich benahm, *gleichzeitig*. Trotzdem konnte ich mich nicht so aufregen, dass es mich wirklich befriedigte. Und er reagierte lediglich mit dieser professionellen, unerschütterlichen Freundlichkeit.

Er brachte mich sogar noch auf die Straße und half mir in das herbeigerufene Taxi. Als ich zu Hause war, tauchte ich in eine fürchterliche Mischung aus Tabletten und Rotwein ab. Die Kopfschmerzen am nächsten Tag waren mithin die schlimmsten, die ich je erlebt hatte. Und am übernächsten

Tag rief ich bei seiner Sprechstundenhilfe an und teilte mit, dass ich nicht mehr käme. Ganz einfach. Fertig.

Doktor Andersen, mein Arzt, wollte mich ermuntern, es doch noch einmal zu versuchen. Aber mein Entschluss war endgültig und er gab dann ziemlich rasch auf.

Als ich Ulla am Telefon davon erzählte, sagte sie: »Diese Runde ging an das Biest.« Und dann eine Pause. Sie war zu klug, um mir viel Erfolg beim nächsten Mal zu wünschen oder irgendetwas Bagatellisierendes zu murmeln, dass bis zur nächsten Runde ja noch einige Zeit vergehen würde. Ich erinnere mich, dass ich mich schon halbwegs auf so etwas vorbereitet hatte und wie erleichtert ich war, als Ulla einfach diese Pause durchhielt und die sich ausbreitende Ruhe abwartete. Dann sagte sie: »Soll ich dir ein paar ganz normale Kopfschmerztabletten kaufen?«

Ich sagte ja, soweit ich mich entsinne.

In diesem Augenblick bricht ein Fächer aus schnurgeraden Sonnenstrahlen aus dem Wolkenhaufen heraus, der die Sonne hinter sich verbirgt. Es sieht ziemlich beeindruckend aus. Himmelsvorführung der Elemente. Genug für heute.

VII

Nach dem Besuch im Senat vergingen einige Wochen, ohne dass sich irgendetwas Besonderes in meinem Leben ereignete. Jeden zweiten Tag arbeitete ich im Badehaus, jeden zweiten Tag konnte ich nach Belieben herumlaufen oder in meiner Kammer bleiben, schreiben und in den Büchern lesen, die Herr Malchus mir aus den Beständen des Rates lieh. Ich war früher nie ein besonders eifriger Leser, denn allzu viele Verpflichtungen, welche die Leitung eines Gutes mit sich bringen, hatten mich davon abgehalten. An den Tagen des Müßiggangs jedoch, an denen ich keinen Dienst im Badehaus zu verrichten hatte, fand ich nun sehr viel Trost darin, an meinem schlichten Tisch am Fenster zu sitzen und das immer kürzer werdende Tageslicht zu nutzen, um mich in die Bücher zu vertiefen.

Mein Geist konnte weit umherstreifen, während mein Leib, der hinter den Palisaden der Stadt zu bleiben hatte, nach der harten körperlichen Tätigkeit der Badetage sogar eine gewisse Zufriedenheit und gesunde Erschöpfung zu empfinden begann. Herr Malchus hatte mich gefragt, ob ich etwas zu lesen wünschte, und als ich dies bestätigte, hatte er die Kammer für mich aufgeschlossen, in der die Bibliothek des Rates untergebracht war, um mich nach eigenem Gutdünken wählen zu lassen. Die Bibliothek war eine sonderbare Sammlung alter und neuer Bücher in den unterschiedlichsten Sprachen, die zufällig von denen mitgebracht worden waren, die in der Stadt Zuflucht suchten.

Ich hatte Herrn Malchus gefragt, ob die Einwohner auch eigene Bücher besäßen, und er hatte geantwortet, dass es allen frei stünde, die Bücher zu behalten, die sie mit sich führten, im Gegensatz zu den Kleidern, diesen Zeichen von Vorrang oder Unterwürfigkeit. Allerdings gingen die Bücher nach dem Tod des Besitzers in den Bestand des Rates über, und mancher hatte sich zudem von allem trennen wollen, was ihn an sein früheres Leben erinnerte, sobald er sich in der Stadt zurechtgefunden hatte. Die Bücher standen nun jedermann zu Verfügung, der lesen wollte.

Warum ist dann aber die Kammer verschlossen, wenn die Bücher jedermann zur Verfügung stehen, wollte ich wissen.

Weil Gelegenheit Diebe macht, entgegnete er kurz. Mir fiel mein Geldbeutel ein, den ich versucht hatte zu verstecken und den man mir gestohlen hatte, und ein bitteres Wort lag mir auf der Zunge. Im gleichen Augenblick jedoch spürte ich ein sonderbares Bedürfnis, das mir die Lust nahm zu sagen, was ich gerade im Sinn hatte. Es war das Bedürfnis, mich der städtischen Ordnung zu unterwerfen, die mir doch so fremd war, aber einen Moment lang war mir klar, dass ein Mensch nichts erreicht, wenn er gegen Gottes Willen kämpft, so wenig er davon auch versteht.

Ich weiß noch, dass das erste Buch, das ich entlieh, die Beschreibung einer Reise nach Italien war, unternommen von einem Adligen, einem entfernten Verwandten von mir, und dass ich mich bei der Lektüre beinahe aus meiner engen Kammer fortträumen konnte und glaubte, bei diesem Verwandten in der Kutsche zu sitzen.

Ich erzählte Herrn Achilleus davon und las ihm einige Stellen des Buches vor, als Dank für die Freude, die er mir machte, wenn er für mich deklamierte; es gefiel ihm sehr, allerdings merkte ich bald, dass der alte Mann in seinem Stuhl einnickte und seine Augenlider zufielen, wenn ich zu lange las, um dann plötzlich zu erwachen und mich um Vergebung zu bitten.

Die nächste städtische Merkwürdigkeit, die mir nach weiteren vier bis fünf Wochen offenbart wurde, war die Uhr, von der ich bereits gehört hatte und nach der Herr Lucas im Bad jeden zweiten Tag seine Taschenuhr stellte. Mit der Uhr bekam ich auch die Werkstatt zu sehen, in der die seltsamen Wasserräder gebaut und ausgebessert wurden, und ich hörte mehr über den Adepten Orffyreus. In der Werkstatt sollte ich zudem das Sonderbarste erleben, das mir je in meinem Leben widerfahren ist, doch davon will ich später berichten.

Jedenfalls hatte ich Herrn Lucas gefragt, wo denn die Uhr wäre, der er mehr vertraute als einem eigenen Uhrwerk, und er wandte mir seinen kahlen Schädel zu und sagte, denn es war eben der Moment, wo er das Badehaus zur Nacht abschloss, dass ich mit ihm gehen und sie mit eigenen Augen sehen könne.

Wir gingen zu einem Gebäude in einem anderen Teil der Stadt, es lag am Ende einer Straße, in die ich bisher nur selten gelangt war. Sicherlich war ich so oft durch die Stadt gegangen, dass ich jede einzelne Straße kannte, doch die gewohnten Wege – von meiner Unterkunft zum Badehaus und wieder zurück, zum Ratsgebäude und dem Wirtshaus Zum Hahn – waren die einzigen Strecken, bei denen ich wusste, was sich hinter jeder einzelnen Fassade verbarg. Und da ich einen Holzstapel vor ebendiesem Haus gesehen und ein Hämmern und Klopfen von innen gehört hatte, war es mir nie in den Sinn gekommen, dass es sich um etwas anderes handeln könnte als eine gewöhnliche Schreinerwerkstatt.

Hinter der Tür roch es nach frischem Holz, es lagen Sägemehl und Hobelspäne auf dem Boden des großen Raumes und ich sah Werkzeug und Arbeitsbänke und einige sorgfältig zugerichtete, gebogene Stücke aus Eichenholz, deren Krümmung gerade so aussah, als könnten sie wohl Teil eines neuen Förderrades werden.

Als wir eintraten, grüßten ein paar Gesellen Herrn Lucas, und nachdem er ihnen schweigend zugenickt hatte, ging er zu der Uhr, die auf einem kleinen Tisch an der Wand stand, zog seine Taschenuhr hervor und verglich die beiden. Da ertönte eine Stimme von der anderen Seite des Raumes: Guten Abend, Herr Lucas, Ihr habt einen Gast mitgebracht.

Ich drehte mich um und erblickte eine Frau, die ich noch nie gesehen hatte; sie hatte sich eben aus einem Lehnstuhl erhoben, der in einer dunklen Ecke stand, und als sie in das schummrige Licht des einzigen großen Fensters der Werkstatt trat, bemerkte ich, dass sie ihren gewaltigen Körper schwer auf einen Stock stützte, ihr Gesicht jedoch hatte eine ruhige Würde und trotz der feisten Wangen einen festen Zug um den Mund.

Guten Abend, Frau Doris, antwortete mein Begleiter. Das ist Herr Bileam, der bei uns im Badehaus arbeitet. Er hat mich nach der Uhr gefragt.

Ah ja, sagte Frau Doris, indem sie zu uns kam und mit einem Kopfnicken grüßte, ganz so, wie auch ein Mann es getan hätte. Es freut mich, Euch zu sehen, Herr Bileam, ich bin die Uhrmacherin der Stadt. Seht Euch die Uhr dort nur ganz genau an und hört ihr zu.

Ich betrachtete die Uhr, die auf vier kleinen, kugelförmigen

Füßen auf dem Tisch stand und ungefähr eine Elle hoch war. Sie hatte oben an ihrem viereckigen Kasten ein Zifferblatt aus Metall und darunter ein Türchen, das wohl zwei Drittel der Höhe ausmachte. Der Kasten war aus edlem Holz, allerdings nicht weiter mit Schnitzereien oder Ähnlichem verziert. Ich trat einen Schritt näher an die Uhr heran und hörte ihr regelmäßiges Ticken, nahm aber auch ein leises holzartiges Klopfen und Klappern wahr, das mich nach einem kurzen Moment an das Geräusch erinnerte, das ich so häufig aus dem Inneren der Wasserräder gehört hatte, sowohl im Badehaus wie bei den Stadtbrunnen.

Ich schaute wieder zum Zifferblatt und sah, dass es keinerlei Schlüsselloch zu irgendeinem Aufzugmechanismus des Uhrwerks gab; außerdem bemerkte ich nun, dass um das Zifferblatt, im Holz des Uhrkastens, zwei Kränze mit den Buchstaben des Alphabets so angeordnet waren, dass jeder Ziffer zwei Buchstaben entsprachen. Neben der Ziffer I stand der Buchstabe A in dem inneren Kranz und N im äußeren; und neben der XII hatte der innere Kranz ein M und der äußere ein Z. Mir fiel auf, dass der äußere Kranz den inneren ein wenig überragte, und als ich ihn vorsichtig mit dem Finger berührte, spürte ich, dass er sich bewegen ließ und die Buchstaben sich verschoben.

Jetzt war Frau Doris neben mich getreten, sie drehte den Kranz zurück in seine Ausgangsstellung und fragte mich: Hört Ihr das zweite Werk, Herr Bileam?

Ja, antwortete ich, es klappert in einem anderen Takt.

Richtig, sagte sie und zog einen kleinen Schlüssel aus der Tasche ihrer Schürze. Damit öffnete sie vorsichtig die Tür des Uhrkastens, und nun sah ich, dass sich in dem unteren Raum der Uhr ein Rad verbarg, das genauso aussah wie die großen, nur sehr viel kleiner und filigraner. Es drehte sich ruhig in seinen Lagern, die beiden sonderbaren Pendel an jeder Seite schwangen hin und her und wie bei den großen Rädern waren die Seiten mit dichtgewebter Leinwand bezogen. Nun war das feine Klopfen aus dem Inneren des Rades deutlicher zu hören, doch auch dieses Mal konnte ich dessen Ursache nicht erraten. Ich vermutete hingegen, und zwar zu Recht, dass ein großes Zahnrad, dessen Scheitelpunkt im obersten Teil des Uhrkästchens verschwand, die Kraft des Rades auf das eigentliche Uhrwerk hinter den Zeigern übertrug.«

Der Rest dieser Seite, zirka die Hälfte, ist in Ullas Manuskript leer – bis auf ein einzelnes Wort in Klammern. »(Zeichnung)« steht da. Vermutlich war im Originalmanuskript an dieser Stelle eine Zeichnung eingefügt, die sie nicht verstand, oder sie hatte nicht genügend Zeit gehabt, sie abzuzeichnen. Ich weiß es nicht und werde es nie erfahren.

»Diese Uhr habe ich zusammen mit Meister Orffyreus gebaut, sagte Frau Doris und es klang Stolz in ihrer Stimme. Ein Vierteljahr, bevor er starb, setzten wir sie in Gang, fuhr sie fort, und seither ist sie gegangen, ohne Gewichte und ohne Federn. Es war das erste Mal, dass er ein Förderrad baute, das so klein war und doch funktionierte, und zum ersten Mal fügte ich alle Teile des Uhrwerks so sorgfältig ein, dass diese Uhr ganz exakt gehen konnte. Es ist ein Meisterstück. Hätten wir sie in einer Weltstadt gebaut, wären wir berühmt. Aber die Welt hat ihn nicht verstanden.

Wann starb er, fragte ich, denn ich konnte mich nicht mehr an die Jahreszahl auf dem Grabstein des Adepten erinnern.

Zu Advent werden es achtzehn Jahre, doch für die Welt ist

er bereits einundzwanzig Jahre tot, antwortete sie. Und als ich sie bat, mir zu erklären, was sie damit meinte, erzählte sie, dass Meister Orffyreus sein eigenes Begräbnis in Fürstenberg im Braunschweigischen veranstaltet hatte, als er aufgrund von Geldsorgen und eines missglückten Unternehmens keinen anderen Ausweg mehr sah. In dem Sarg lag indes ein hingerichteter Räuber. Das Schweigen seines Dieners sowie des Scharfrichters und des Arztes, der seinen Totenschein ausfüllte, hatte sich Orffyreus mit seinen letzten Goldstücken erkauft. In der gleichen Nacht, in der der heimliche Tausch stattfand, war Orffyreus fortgeritten und viele Tage später kam er hierher, zerlumpt und ausgehungert, aber bereit, seine letzten Tage in der Stadt zu verbringen und ihr sein Wissen zu schenken.

Dieses Wissen, das er mit in sein Grab nahm, sagte ich unwillkürlich, doch Frau Doris widersprach mir sofort. Sie habe von ihm gelernt, die Räder zu bauen, und außerdem hätte der Meister die Lösung des Rätsels zurückgelassen – für den, der es verstand zu lesen. Und sie wies auf die Innenseite des Uhrtürchens, das sie aufgeschlossen hatte. Hier nun sah ich ein Feld aus Quadraten, gezeichnet mit dünnen schwarzen Strichen, und in jedem einzelnen Quadrat stand ein Buchstabe.

M	S	I	Y	U	M
A	K	B	X	R	K
I	M	X	M	U	B
P	E	D	Q	D	L

Ich war in hohem Maße verwundert und bat, es aufschreiben zu dürfen, was Frau Doris mir nicht ohne Zögern gestattete.

Mir schien, sie wolle ihr Geheimnis bewahren, doch ich redete ihr eindringlich zu und sagte, es sei doch wohl des Meisters Absicht gewesen, dass jemand dieses Rätsel löse, sonst hätte er es doch nicht in dieser Weise niedergeschrieben hinterlassen. Aber um es zu lösen, müsse man es auch in aller Ruhe studieren können.

Sie gab mir ein kleines Stück Papier und lieh mir einen Bleistift, fragte jedoch, wieso mir einfiele, derjenige zu sein, der ausersehen wäre, das Rätsel zu lösen. Ich konnte nichts anderes antworten, als dass mich meine Neugierde dazu trieb, und mit diesen Worten begnügte sie sich. Allerdings muss auch ich sofort zugeben, dass ich trotz vielen Grübelns niemals den Schlüssel für diese äußerlich so sinnlosen Zeichen fand.

Frau Doris verschloss den Uhrkasten wieder und als Herr Lucas und die Gesellen sich empfohlen hatten und nach Hause gegangen waren, blieben wir allein in der Werkstatt zurück. Sie bat mich an einen Tisch, setzte sich auf die andere Seite und erzählte mir in der Dämmerung manches über den kunstfertigen Meister Orffyreus.

Am nächsten Tag schrieb ich in meiner Kammer so viel davon nieder, wie ich in Erinnerung behalten hatte, und auch hier will ich das Wichtigste mitteilen. In dem Gelehrten-Lexikon, das ich mir bei einem Buchhändler in Berlin verschafft habe, fand ich wohl den Namen des Meisters, aber nur wenige Zeilen über ihn – mit dem Hinweis, dass er in Kassel gestorben sein soll.

Geboren wurde er angeblich im Jahre 1680 in Zittau in Sachsen. Er studierte verschiedene Wissenschaften und erwarb sich Fertigkeiten in solchen Handwerken wie Uhrmacherei, Dreherei, Malerei und Eisenguss. Er selbst soll erzählt haben, dass er Laienbruder in einem Kloster, Soldat und Quacksalber gewesen war und die Tochter eines Bürgermeisters von einer tödlichen Krankheit kuriert hatte, woraufhin ihr Vater sein Einverständnis gab, sie zu heiraten.

Das größte Bestreben seines Leben war es jedoch, eine Maschine zu konstruieren, die sich ewig bewegte. Diese Idee ließ ihn umherziehen und als er sein dreißigstes Jahr überschritten hatte, fand er in dem Landgrafen von Hessen-Kassel einen Wohltäter, der ihm gnädig Schutz auf Schloss Weißenstein gewährte und ihm den Titel eines Kommerzienrates verlieh. Hier baute er ein Förderrad, das von diversen gelehrten Männern untersucht wurde, dann ließ der Landgraf es in ein versiegeltes Zimmer stellen. Nach zwei Wochen wurde die Tür wieder geöffnet und das Rad drehte sich noch immer in der gleichen Geschwindigkeit wie zuvor; und noch einmal wurde die Tür verschlossen und versiegelt und nach vierzig Tagen wieder geöffnet, worauf man das Rad in unveränderter Bewegung fand. Dies ließ sich der Landgraf attestieren.

Orffyreus indes soll von heftiger Gemütsart gewesen sein und manch einer beschuldigte ihn auch des Betrugs. Als ein berühmter holländischer Gelehrter das Rad von Weißenstein mit großer Gründlichkeit untersuchte, brachte das seinen Baumeister derart in Wallung, dass er die wundersame Maschine kurzerhand in Stücke schlug, ungeachtet der günstigen Meinung des gelehrten Mannes. Dasselbe hatte er mit Rädern getan, die er früher gebaut und an verschiedenen Orten gezeigt hatte.

Allerdings gestattete er niemandem einen Blick in das Innere des Rades, da er hoffte, durch seine Erfindung zu Reichtum und Ruhm zu gelangen, und bevor dieses Ziel nicht erreicht war, durfte das Geheimnis nicht bekannt werden. Der Mechanismus, so soll es Orffyreus gesagt haben, sei so einfach, dass ein Zimmermannslehrling ihn bauen könne, wenn er ihn erst einmal gesehen hatte. Daher waren die Räder an der Außenseite immer mit Leinen bespannt, das diese Teile vor fremden Blicken schützte.

Frau Doris konnte bestätigen, dass es überhaupt nicht schwierig sei, diese *automata* zu bauen, wenn man sich nur an die Maße und Größenordnungen hielt, die der Adept festgelegt hatte. Er hatte ihr die Konstruktion gezeigt und kurz vor seinem Tode die Zeichnungen geschenkt und ihr bei dieser Gelegenheit erzählt, dass sie erst der zweite Mensch auf der Welt wäre, den er in sein verborgenes Wissen eingeweiht hatte. Der erste sei der Landgraf gewesen, der freiwillig versprach, niemals zu verraten, was er gesehen habe, im Übrigen habe er dem Adepten die Achtung und das Vertrauen erwiesen, das er bei anderen Menschen so sehr vermisste.

Sein Jähzorn und Misstrauen waren vermutlich auch der Grund, warum er niemals die Vorteile aus seinem Werk zog, die er sich davon versprochen hatte. Er verstand es nicht, einen Vertrag zu schließen oder eine Handelsgesellschaft zu gründen, die seine Erfindung auf der ganzen Welt hätte verbreiten können, denn er sah in jedem möglichen Interessenten nur einen potenziellen Dieb. Viele hielten ihn für verrückt und selbst als er hier in der Stadt Zuflucht gefunden hatte und sein Gemüt milder wurde, konnte es zu heftigen Zornesausbrüchen und grundlosen Anschuldigungen gegenüber anderen kommen. Frau Doris beschrieb ihn als einen kleinen Mann mit einem harmonischen Körperbau, doch stets mit zusammengezogenen Augenbrauen und schmalen Augen.

Nachdem er der Welt gegenüber für tot erklärt war und er seine letzten Jahre in der Stadt Ramoth verbringen wollte, hatte er eingesehen, dass er jemandem sein Geheimnis vererben musste, wenn dessen Überdauern sein Wunsch war; und so hatte er sich aufgrund seiner Maschinen die Dankbarkeit der Stadt erworben und dafür gesorgt, dass sein Werk in der Werkstatt von Frau Doris erhalten und weitergeführt werden konnte.

Ich hörte mir alles an, was sie zu erzählen hatte, dachte darüber nach und fragte nach diesem und jenem, das mir einfiel. Unter anderem wollte ich wissen, wieso er einen so eigenartigen Namen gewählt hatte, denn ich konnte ihn in keinerlei Verbindung zu den üblichen Namen der Stadt bringen. Frau Doris antwortete, man hätte ihn bereits unter dem Namen Orffyreus gekannt, bevor er hierhergekommen war. Und da er ursprünglich einen anderen Namen getragen hatte, war er nicht gewillt, seinen Namen mehr als einmal im Leben zu ändern. Man konnte ihn nicht davon abbringen und schließlich beschloss der Rat eine Ausnahme und ließ ihn diesen Namen behalten, den er so hoch schätzte.

Meine letzte Frage fiel mir ein, als ich im späten Licht des Abendhimmels noch einmal auf die gebogenen Holzstücke blickte, die am Boden lagen. Ich fragte Frau Doris, warum man die Räder in der Stadt noch immer mit Leinwand bespannte, wenn der Baumeister doch sein Geheimnis verraten und in den Dienst der Allgemeinheit gestellt hatte. Sie saß mir gegenüber und ich konnte ihre Gesichtszüge kaum noch erkennen, doch sie zögerte, bevor sie antwortete. Dann sagte sie mit ihrer tiefen Stimme, und mir kam es vor, als klänge sie ein wenig gedämpfter: Es ist nicht gut für einen Menschen, in das Rad zu sehen, wenn es sich dreht, Herr Bileam.

Ich wollte genauer wissen, was sie damit meinte, doch an diesem Abend vermochte ich nicht, sie dazu zu bringen, noch mehr zu sagen.«

Steffen erschien gegen sechs, jetzt sitze ich wieder an der Schreibmaschine; es ist nach zehn und draußen so dunkel, dass ich die Gardinen vorgezogen habe. Aber ich würde gern noch notieren, worüber wir uns unterhielten, bevor ich zu viel davon wieder vergesse.

Wie immer hatte er zuerst angerufen, rücksichtsvoll wie er ist (es ist ja keine Frage, ob ich zu Hause bin oder nicht!), und ich hatte ihn gefragt, ob er zum Abendessen bleiben wolle, dann sollte er vorher noch das ein oder andere einkaufen, denn ich habe im Kühlschrank nur einige Reste und ein paar tiefgefrorene Fertiggerichte von einer Sorte, die ich ihm nicht anbieten mochte. Sie sind genießbar, wenn man allein zu Abend isst, aber nicht, wenn man Gäste hat.

Eine Stunde später stand er mit geräucherten Makrelen und kleinen festkochenden Kartoffeln in der Küche, schnell und einfach. Frische Butter hatte ich. Steffen entgrätete die Fische und während die Kartoffeln kochten, holte ich aus dem Garten ein bisschen Schnittlauch und Dill von den spätausgesäten Beeten, in denen die Kräuter noch nicht so grob und hoch aufgeschossen standen, und mit einer Flasche Orvieto im Tonkühler setzten wir uns ins Esszimmer. Das Wetter hatte sich eingetrübt, außerdem war es zu windig, um draußen zu sitzen.

Zunächst redeten wir über Nebensächlichkeiten, doch wie vor nicht allzu langer Zeit hatte ich wieder das Gefühl, dass er mir gern etwas Wichtiges sagen wollte, sich aber nicht traute, damit herauszurücken. Ich bemühte mich, ihm keinerlei Hindernisse in den Weg zu legen, gestaltete die Unterhaltung leicht, locker und ein bisschen seicht, damit wir nicht irgendein Thema anschnitten, das unsere Aufmerksamkeit hätte in Anspruch nehmen können.

Und dann kam es. Zunächst schaute er hinunter auf seinen

Teller, dass ich vor lauter Locken sein Gesicht nicht mehr sehen konnte, dann blickte er auf und sah mich mit einem entschlossenen Blick an.

»Robert, da gibt es etwas, das ich dir erzählen möchte.«

»Ja?«

»Ich habe ein Mädchen kennen gelernt, das – das ich sehr gern habe.«

Er sagte es mit einer geradezu komischen Mischung aus Freude, Verlegenheit und Pflichtgefühl und ... nachdem er gegangen war, brauchte ich tatsächlich lange, um es für mich zu sortieren. Die liebe Seele, er hatte gemeint, er könne mich damit verletzen, dennoch hatte er es als seine Pflicht angesehen, es mir zu erzählen; er hatte Sorge, in meinen Augen in einem schlechten Licht zu stehen, wenn er mit mir darüber sprach, aber er musste wissen, wie ich darauf reagierte.

Das Ganze bedeutete zweierlei. Eines war sofort klar und das war nicht schwer: Eigentlich bat er mich um meinen Segen, dass er den Verlust von Ulla überwunden hatte. Und den konnte ich ihm von ganzem Herzen geben – natürlich, er war jung, es wäre widersinnig und sonderbar, wenn er sich durch eine Erinnerung gebunden fühlen würde; das konnte sich nur ein alter Sentimentalist wie ich erlauben.

Das andere, und das wurde mir erst später klar, war nicht so einfach zu begreifen, ließ mich aber wieder eine geradezu dankbare Hingabe zu ihm empfinden, als wäre er mein Sohn, mein richtiger Sohn, statt dieses jungen Luftfahrtfunktionärs, dessen biologischer Vater ich bin. Steffen muss gewusst haben, wie angetan ich von Ulla war. Er muss sich gedacht haben, dass meine Gefühle für sie mich dazu bringen könnten, ihn als Verräter anzusehen, wenn er sie vergessen könnte beziehungsweise eine andere an ihre Stelle setzte.

Und das bedeutete einerseits, dass er sich über unsere Gemeinschaft im Klaren war – beide hatten wir dieselbe Frau geliebt –, obwohl ich lange dachte, ich hätte es ihm verheimlichen können. Auf der anderen Seite betrachtete er mich nicht als einen seriösen Rivalen, sondern lediglich als einen halbinvaliden alten Lehrer, der sich verständlicherweise in seine Freundin verguckt hatte.

Vielleicht begreift er nicht, wie tief dieser Widerspruch ist und wie schmerzhaft für mich. (Ist es denn so? – wenn ich eine so große Erleichterung empfinde, dass er sich mir anvertraut hat …?)

Vielleicht ist er auch klüger als ich und ich sehe es nur nicht.

Jedenfalls muss er meinem Blick angesehen haben, dass ich es akzeptierte, bevor er mit einer Freude und Begeisterung von Naja, seiner neuen Freundin, zu erzählen begann, die mich rührten. Wie er sie bei einem Konzert getroffen hatte. Wie süß und klug sie sei. Dass sie in so vielen Dingen übereinstimmen und hin und wieder beinahe die Gedanken des anderen lesen könnten. Alles, was man so sagt.

Ich holte eine weitere Flasche Wein und zog sie auf, während er redete und redete, es war wie ein Dammbruch der Erleichterung, und irgendwann sagte ich: »Wenn du Lust hast, musst du sie mal mitbringen.«

»Ja, danke«, sagte er und nickte. »Ich glaube, sie würde gern mitkommen.«

Und weiter ging es mit Lobeshymnen, kleinen Details und Erlebnissen. Während ich einigermaßen unaufmerksam zuhörte und unter Kopfnicken und bestätigenden Geräuschen über seinen Redestrom nachdachte, fiel mir auf, dass er bei all seiner Mitteilsamkeit überhaupt nicht prahlte. Er wollte mir nicht beweisen, welch großartige Eroberung er gemacht hatte, er erzählte aus reiner Freude über diese neue Liebe, in der er jetzt ganz aufgehen konnte. Glücklicher Steffen, dachte ich, du hast dich von deinen Fesseln befreit.

Irgendwann wurde mir plötzlich klar, dass auch ich eine gewisse Erleichterung spürte. Ich konnte mit Steffen jetzt anders sprechen als vorher, ich brauchte nicht all die Dinge umschiffen, die Ulla betrafen. Ich konnte sogar über das Aufsatzheft mit ihm reden.

Als eine kleine Pause in der Unterhaltung eintrat, eine passende Gelegenheit, um das Thema zu wechseln, begann ich damit. »Es gibt da auch etwas, was ich dir gern erzählen würde, Steffen.«

Er schaute ein wenig überrascht, aber offen. Und ich begann – zunächst noch ein wenig unsicher in meinen Formulierungen – zu berichten: Wie ich das Heft von ihr bekommen hatte, wie es entstanden war, wie ich es zum ersten Mal in meinem Schockzustand gelesen, kaum die Hälfte davon begriffen und nun wieder zur Hand genommen hatte, um es abzuschreiben ... und worum es ging.

Es faszinierte ihn. Ich stand auf und ging hinauf, um das Heft zu holen. Als ich hier neben dem Bürostuhl stand, überlegte ich einen kurzen Moment, ob ich meine Abschrift mitnehmen und ihm zeigen sollte, oder ihn vielleicht hochrufen, damit er es sich ansehen konnte, aber mir war eigentlich sofort klar, dass er nur das Heft sehen wollte. Meine eigenen Ergüsse zwischen den Passagen der Reinschrift gingen nur mich etwas an, jedenfalls bis auf weiteres.

Er nahm das Heft mit beiden Händen, beinahe ehrfürchtig. Ich spürte, dass es auch ihn berührte, Ullas Handschrift zu sehen, diese hastigen Linien auf dem groben DDR-Papier. Er blätterte darin und las hier und da ein bisschen.

»Hast du es schon mal gesehen?«, wollte ich wissen.

»Nein«, antwortete er. »Ich hatte keine Ahnung, dass sie das gemacht hat.« Er sah von den Seiten auf und schaute mir in die Augen, bevor er den Blick auf einen Punkt hinter mir wandern ließ und dabei nachdachte. »Sie hat mir natürlich von ihm erzählt …«

»Lienhard?«

»Ja.«

»Viel?«

»Nein, nicht sehr viel. Nur, dass er da war und sie ihn von den Kursen her kannte.«

Ich wusste nicht, wie ich das interpretieren sollte. Aber ich kannte ja Ullas Verschwiegenheit – oder Loyalität –, wenn es um ihre Beziehung zu Steffen ging. Darüber sprach sie mit mir nicht. Vielleicht gab es ja auch Dinge, in die sie Steffen nicht eingeweiht hat … Jetzt, da ich allein hier sitze, kann ich ebenso gut zugeben, dass dieser Gedanke wie eine kleine Flamme aufflackerte, wie ein kleiner schmerzhafter Freudenstich in mir: Es gab Dinge, bei denen sie mich als ihren Vertrauten gewählt hatte, Dinge in ihrem Leben, die ich nicht mit dem Rest der Welt teilen musste.

Ich begann von dem Abschnitt zu erzählen, den ich heute abgeschrieben hatte, dieser merkwürdig detaillierten Beschreibung der Orffyreus-Uhr und der Darstellung seines Lebens – und selbstverständlich erwähnte ich, dass ich Orffyreus in allen Lexika nachgeschlagen hatte, die sich im Haus befanden. Ohne Resultat. Ohne ihn gefunden zu haben.

»Wo steht das?«, Steffen reichte mir das Heft. Ich schlug die Seiten auf, die ich tagsüber bearbeitet hatte, und er beugte sich über das Rechteck mit den Buchstabenreihen.

»Erkennst du darin irgendeinen Sinn?«, fragte ich.

»Das scheint so etwas wie ein Code zu sein«, sagte er. Er grübelte. »Vielleicht muss man die Buchstaben in bestimmten Intervallen lesen.«

Er versuchte, jeden zweiten zu lesen, jeden dritten, jeden vierten ... keine der Kombinationen ergab einen Sinn. Ich setzte mich auf seine Seite des Tisches, sah mir das Schema an und versuchte, Gesetzmäßigkeiten darin zu finden, aber nichts erwies sich als sinnvoll. Wir probierten mit anderen Buchstaben als dem M, das oben links stand, anzufangen, aber weiterhin erfolglos.

»Vielleicht ist es ein Springerrätsel!«, rief er plötzlich. »Davon stand mal was in einem Krimi, den ich gelesen habe. Hast du ein Stück Papier?«

Ich holte das Erforderliche. Er zeichnete das Schema ab und schrieb die Buchstaben hinein, wobei er mir erklärte, dass es sich bei einem Springerrätsel um eine Botschaft aus einzelnen Buchstaben handele, die in Felder geschrieben stehen, auf denen man sich bewegen müsse wie ein Springer auf dem Schachbrett. Hatte man alle Feldern berührt, hatte man die richtige Reihenfolge der Buchstaben.

Er zog Bleistiftstriche quer über das Schema, aber es funktionierte nicht. Mit keiner Methode. Wir schafften es nicht einmal, die Springerschritte so in Übereinstimmung mit den Feldern zu bringen, dass jedes Feld nur einmal berührt wurde. Das wäre die Voraussetzung, sagte Steffen.

Ich schlug vor, dass wir uns nicht um die Reihenfolge kümmern, sondern versuchen sollten, sinnvolle Worte aus den Buchstaben zu bilden, wenn man sie auf gut Glück zusammensetzte. Wir grübelten eine ganze Weile.

»MAXIMUM«, schlug Steffen vor.

»MAXIMUMQUE«, verbesserte ich.

»Jedenfalls ist es ziemlich wahrscheinlich, dass es sich um Latein handelt«, sagte er. »Hast du ein Wörterbuch?«

Wir holten es. Er schlug unter unterschiedlich denkbaren Kombinationen nach.

»PYXIS«, sagte er. »Eine Dose oder ein Krug. ›Und der größte Krug …‹«

»Maximumque pyxis?«, sagte ich. »Das ist das falsche Geschlecht.«

»Dann maxima.«

»Es gibt aber nur ein A.«

Unzählige Male begannen wir von vorn und schrieben ein Blatt Papier nach dem anderen voll, aber ständig waren die Vokale zu schnell verbraucht, und außerdem waren die K ein großes Problem, natürlich. Lateinische Vokabeln enthalten prinzipiell kein K. Auf der anderen Seite war es noch schwieriger, mit den vorhandenen Buchstaben deutsche oder französische Wörter zu bilden, und ich konnte mir kaum vorstellen, dass andere Sprachen in Frage kämen. Steffen schlug Plattdeutsch vor, aber in diesem Fall wäre es eine höchst eigenartige Orthographie, daher erschien es mir ebenso unwahrscheinlich.

Steffen massierte sich das Kinn, kratzte sich hinter dem Ohr und rutschte auf seinem Stuhl herum, es war deutlich spürbar, wie sehr es ihn irritierte, dass er nicht hinter des Rätsels Lösung kam. Um unsere Unterhaltung in andere Bahnen zu lenken, aber auch um den Verdacht zu äußern, der mir ab und an gekommen war, sagte ich: »Könntest du dir vorstellen, dass Lienhard Erlenberg ihr ganz einfach einen Bären aufgebunden hat? Ich meine, um sich interessanter zu machen als er möglicherweise ist?«

Er sah mich kurz an. Dann ließ er den Bleistift rasch zwischen den Finger hin und her schnellen, mit einer gereizten Bewegung, die ich überhaupt nicht von ihm kannte. »Nein«, sagte er, »warum hätte sie es sonst dir geschickt? Ich glaube, sie hätte es gemerkt, wenn es auf seinem Mist gewachsen wäre. Außerdem, wenn es jemanden gibt, der weiß, wie klug sie war, dann doch wohl du.«

Ich war beschämt. Jetzt sitze ich hier in der nächtlichen Umfriedung des Lampenlichts und habe wieder dieses Gefühl. Liebe Ulla, wenn du jetzt hier wärst, würde ich dich um Vergebung bitten, dass ich dich unterschätzt habe. Du mit deinem leuchtenden Verstand und deinem Gespür für Menschen – nein, selbstverständlich wärst du nicht einem albernen Betrug aufgesessen. Es ist beinahe so, als würdest du hinter meinem Rücken auf dem Diwan sitzen; die Beine angezogen, die Hände um die Knie gefaltet – so wie du es manchmal gemacht hast – und mich mit deinen klaren blauen Augen ansehen und ein wenig den Kopf über mich schütteln. Freundlich.

Nein.

Selbstverständlich hast du nicht dagesessen, als ich mich umgedreht habe, und natürlich wusste ich es. Es ist nur deine Nähe, die noch hier ist, auf die ein oder andere Weise, und ich weiß nicht, warum, aber ich habe das Gefühl, als wärst du hier nun mehr zu Hause als früher, als hättest du dich entschieden, jetzt hier zu wohnen, nach Steffens Besuch.

Kein Wesen kann zu Nichts zerfallen …

Eigentlich wollte ich erzählen, was Steffen als Letztes herausfand, bevor er ging. Er hatte sich wieder über ein Blatt Papier gebeugt und zeigte mir, dass einige der Buchstaben nur einmal vorkamen, andere dagegen zweimal und das M sogar viermal. Und wenn man die Doppelten nur einmal zählte –

und auch das M nicht viermal –, dann ergaben sich nicht mehr vierundzwanzig Buchstaben, sondern sechzehn in zwei gleich großen Gruppen. Er schrieb sie in alphabetischer Reihenfolge auf, und nun sitze ich hier mit diesem Blatt: Nur einmal kommen die Buchstaben AELPQRSY vor, BDIKMMUX sind zweimal vorhanden.

Das ergibt noch immer keinen Sinn, aber es war unsere erste Entdeckung, die an eine Ordnung und ein System erinnerte.

Wer weiß. Wie vieles wir doch nicht wissen.

VIII

Als der Zeitenlauf den Monat Dezember erreicht hatte, ereignete sich etwas, das offenbar selten in der Stadt vorkam, aber in der dunklen und kalten Jahreszeit, die uns in ihrem Griff hielt, für alle ein Trost und eine Freude war. Ein Kind wurde geboren. Die Mutter war, wie ich bald erfahren sollte, eine ihrem Herrn davongelaufene Dienstmagd und der Vater niemand anderer als Cain, mit dem ich im Badehaus zusammenarbeitete. Ich hatte nichts davon gewusst, aber eines Tages hörte ich, wie Herr Lucas Cain fragte, ob es wahr wäre, dass der Kleine am Sonntag getauft werden sollte. Diese Worte kamen für mich derart überraschend, dass ich fragen musste, was sie zu bedeuten hatten.

Cain, der Herrn Lucas' Frage bestätigte, erzählte mir daraufhin, dass sein kleiner Sohn getauft werden sollte. Dabei lächelte er und es war das erste Mal, dass ich sein sonst so düsteres Gesicht aufleuchten sah. Er sagte mir, auch ich sei am Sonntagmorgen im Saal des Rates willkommen, denn es war mittlerweile so kalt geworden, dass man sich zu Gottesdienst und Taufe nicht mehr unter freiem Himmel versammeln mochte.

Am Sonntag begab ich mich daher zum Haus des Rates. Mein Freund, Herr Achilleus, wollte mit mir gehen, trotz seiner schwachen Beine, und ich musste ihn stützen und ihm helfen; daher kamen wir recht spät, obgleich wir zeitig unser Haus verlassen hatten. Es waren bereits viele Menschen im Saal, so dass wir nicht mehr hineinkamen, doch einige Bürger, die Herrn Achilleus so hochschätzten wie ich, machten uns Platz an einem der großen Fenster zum Markt. Von hier aus konnten wir in den Saal sehen, in dem die Ratsherren und Ratsherrinnen bereits in einem Halbkreis auf ihren Stühlen saßen, die großen Hunde lagen reglos zu ihren Füßen. Und da eine der Scheiben gerade dort gesprungen war, wo wir standen, konnte ich auch das meiste von dem, was drinnen gesagt wurde, hören.

Noch war mit keiner Zeremonie begonnen worden, denn die jungen Eltern und das Kind ließen noch auf sich warten, aber man hatte ein kleines Pult vor den Halbkreis des Rates gestellt, und auf diesem Pult stand eine große silberne Schale mit Wasser. Herr Timotheus, der einst Gemeindepastor in Rencknisch gewesen war, wartete dort. Sehr viele Kerzen waren angezündet, und angesichts der großen Menschenmenge und der feierlichen Gespanntheit in der vertrauten städtischen Umgebung dünkte es mich beinahe, als würde man erwarten, der Taufe eines kleinen Fürstenkindes beizuwohnen.

Dann kam das junge Paar und die Menge wich zur Seite, um sie durch die Tür zu lassen. Die Mutter hatte ein sanftes rundes Gesicht und reichte dem starken, vierschrötigen Cain kaum bis an die Schulter. Ich hatte sie nie zuvor gesehen, was mich natürlich überraschte, denn ich war zu diesem Zeitpunkt in dem festen Glauben, dass ich alle Menschen, die in der Stadt lebten, flüchtig oder näher kennen würde. In diesem Augenblick war es indes nicht die Zeit, danach zu fragen.

Die beiden jungen Menschen hatten den Blick bescheiden auf den Boden gerichtet, als fühlten sie sich nicht wohl in all der Aufmerksamkeit, doch ich sah, wie die Alten, die nahe der Tür zum Saal standen, die Hälse reckten und die Köpfe vorstreckten, um das kleine Kind zu sehen, das die Frau in ihren

Armen trug. Es war in Tücher gehüllt und trug eine Haube mit Pelzbesatz, so dass man fast nichts erkennen konnte, lediglich ein Paar großer Augen, die starr in die Welt schauten; aber die Gesichter der Alten leuchteten auf und wurden sanft und obwohl nur ein leises Gemurmel zu hören war, als das Paar weiterging, klang es doch gleichermaßen nach Glückwünschen und Segnungen.

Sie traten in den Saal und nun sahen wir durchs Fenster, wie dem Kind die warmen Sachen ausgezogen wurden, die es gegen die Kälte geschützt hatten; den Kopf bedeckten schwarze Haare, fein wie Daunen. Ich dachte an meine eigenen Söhne im Säuglingsalter und folgerte, dass das Kind kaum älter als eine Woche sein konnte. Wieder musste ich mich wundern, dieses Mal darüber, dass die Mutter nicht im Wochenbett geblieben, sondern bereits aufgestanden war, dass sie es gewagt hatte, hierherzukommen, anstatt das Kind zu Hause taufen zu lassen. Hatten sie es eilig, weil das Kind vielleicht noch zu schwach war? Allerdings deutete nichts darauf hin, denn es bewegte kräftig den Kopf und schrie mit vernehmlicher Stimme, als Herr Timotheus ihm im Namen des Vaters, des Sohnes und des Heiligen Geistes dreimal Wasser über die Stirn goss. Und es hörte sofort auf, als Frau Deborah, die neben dem Pastor stand, die Tropfen mit einem Handtuch abtrocknete.

Zuvor jedoch hatte es einen Augenblick gegeben, der sich meiner Erinnerung unauslöschlich einprägte. Als die beiden jungen Eltern auf den Tisch mit dem silbernen Taufgefäß zugingen, fragte sie Herr Timotheus, so wie es Brauch ist, nach dem Namen des Kindes. Die Mutter antwortete mit klarer Stimme, der Name des Kindes sei Abel. Und die beiden wandten sich einander zu und in ihren Blicken lag eine solche Zärtlichkeit und ein solcher Ernst, dass es mir unerwartet stark zu

Herzen ging. Ich erinnerte mich an Cains düstere Worte, die ich so deutete, dass er sich eines Brudermordes schuldig gemacht hatte. Und dieser Name für dieses Kind, das gleichsam nach einem ermordeten Bruder benannt wurde, klang wie Buße und Vergebung zugleich.

Herr Achilleus, der neben mir stand und sich auf meinem Arm stützte, umklammerte mein Handgelenk, schluchzte und nickte, als wüsste er in diesem Moment, was ich dachte.

Nach der Taufe schrieb Herr Justus den Knaben in das Buch des Rates, so sorgfältig, wie Herr Malchus seinerzeit mich eingeschrieben hatte. Dann ergriff Herr Justus das Wort und erklärte, der gesamte Rat hätte die Patenschaft für das Kind übernommen, von nun an bis das Kind erwachsen sei; nicht nur die hier anwesenden Ratsherren und Ratsherrinnen, sondern auch jene, die ihnen folgen würden. Es ist ein seltsames Schicksal für ein Kind, sagte er, in dieser Stadt geboren zu werden, in die man sonst nur auf eigenen Entschluss kommt; aber auch die Menschen, die durch ihre Geburt hierher gelangen, müssen die Gesetze der Stadt einhalten und sich ihrer Ordnung unterwerfen. Auf der anderen Seite wäre es die Pflicht der Stadt, dafür zu sorgen, dass ein solches Menschenkind keine Not leide, aufwachsen könne und lerne, was für ihn selbst und andere nützlich sei. Er sagte noch einiges mehr, das ich durch die gesprungene Scheibe aber nicht verstand. Als er kurz darauf seine Rede beendete, trat Herr Timotheus vor, senkte den Kopf und bewegte die Lippen und wieder hörte ich dieses verwirrende Gemurmel aller möglichen Gebete um mich herum, das ich bereits bei der ersten Sonntagsandacht und seither viele Male vernahm, ohne dass ich mich daran gewöhnt hatte. Daraufhin spendete Herr Timotheus uns allen den Segen und man brach auf.

Ich begleitete Herrn Achilleus zurück zu unserem Haus. Er war erschöpft von der Kälte und vom langen Stehen, es war ungewohnt für ihn, und doch sagte er immer wieder: So ein liebes kleines Kind, so ein liebes kleines Kind; dazu nickte er mit seinem weißen Haupt, dessen Haar genauso fein wie das des Kindes war, und im Herzen lächelte ich über seine einfältige Freude.

Als wir heimgekehrt waren, legte er sich zu Bett und schlief beinahe auf der Stelle ein. Ich ging hinauf in meine eigenen Kammern und starrte aus dem Fenster auf den Himmel und den Wald; eine Unruhe hatte mich gepackt und wieder und wieder sah ich vor mir den Blick, den Cain und die junge Frau gewechselt hatten – zu diesem Zeitpunkt kannte ich ihren Namen noch nicht –, und ich sehnte mich nach meiner Ehefrau und spürte, wie sündige Gedanken in meiner Seele erwachten.

Schließlich trieb mich die Unruhe auf die Straße und ziellos wanderte ich umher, ohne wirklich zu wissen, was ich suchte. Die Stadt war ruhig, fast alle Bewohner hielten sich in ihren Häusern auf, doch durch einen Zufall begegneten mir Herr Malchus und Herr Justus, die mit ihren großen schwarzen Dogge an der Seite vom Ratsgebäude her kamen und in ihren langen Mänteln und Baretten wie zwei wirklich würdige Personen aussahen. Sie waren gleich groß, doch der eine war schmal und der andere breit; Herr Justus war der Dürre und Langsame und Herr Malchus der Kräftige, dessen Bewegungen noch immer ungestüm waren, obwohl er zehn Jahre älter sein musste als ich.

Ich grüßte, sie grüßten freundlich zurück und ich begann über die Taufzeremonie und meine Überraschung zu sprechen, eine junge Mutter zu sehen, von deren Anwesenheit in der Stadt ich nichts geahnt hatte.

Ihr Name ist Immanuela und sie arbeitet im Gewächshaus bei Frau Deborah, sagte Herr Justus und meine Verwunderung wurde nur noch größer, denn von einem Gewächshaus hatte ich ebenfalls noch nie gehört.

Herr Malchus sah mich forschend an und schlug vor, dass wir alle drei zu ihm nach Hause gehen sollten. Denn Ihr wollt doch sicher gern die Geschichte von Cain und seiner Frau erfahren, fügte er hinzu, und als ich es bestätigte, lachten die beiden Ratsherren.

Ihr fragt Euch viele Dinge, haben wir von Frau Doris gehört, sagte Herr Justus, aber noch bevor ich antworten konnte, fuhr er fort: Das ist auch gut so. Bei Gelegenheit sollten wir Euch vielleicht einen Welpen geben, Herr Bileam, und wenn Ihr ihn richtig erziehen könnt, wer weiß, ob Ihr nicht sogar Ratsherr werdet.

Wieder lachten sie. Ich schwieg, denn ich wusste nicht, was mit dieser Bemerkung gemeint war. Kurz darauf saßen wir erneut im Haus des Herrn Malchus, er legte ein paar Holzscheite in den Kachelofen und sie begannen zu erzählen.

Herr Justus hatte nicht nur den kleinen Knaben in das Buch des Rates aufgenommen, sondern auch Cain und seine Ehefrau, die sie vor Gott und den Menschen war, denn sie waren vor nicht allzu langer Zeit zusammen in die Stadt gekommen und hatten Herrn Timotheus sofort gebeten, sie zu trauen. Sie hatten viel erlebt und manche Mühsal hinter sich.

Obwohl Herr Justus derjenige war, der am meisten erzählte und im Rat die Verantwortung für die kleine Familie trug, war es offensichtlich, dass auch Herr Malchus die Geschichte in ihren Einzelheiten kannte; bisweilen fiel er Herrn Justus ins Wort, wenn dieser auf seine bedächtige Weise nach einer Formulierung suchte oder zögerte weiterzuerzählen.

Der junge Bursche, der nun den Namen Cain trug, stammte aus einem Dorf in Pommern, wo sein Vater Bauer war. Er verliebte sich in die hübsche Nachbarstochter, doch sein älterer Bruder, der dieses Mädchen ebenfalls zur Braut erkoren hatte, verhöhnte den Jüngeren und versuchte, bei seinem eigenen Vater und beim Vater des Mädchens mit allen Mitteln seinen Vorrang durchzusetzen. In seiner Verzweiflung drohte der junge Mann eines Abends dem Bruder mit einer Sense, um ihn zu zwingen, seine Brautwerbung aufzugeben; es kam zu einem verbitterten Kampf und im Laufe des Streits schlug er eine so tiefe Wunde in den Hals seines Bruders, dass der kurz darauf verblutete.

Das ganze Dorf war entsetzt, ja, die Dorfbewohner hatten sogar Mitleid mit dem jungen Mann, doch der Fall war vollkommen klar. Es führte kein Weg am Galgen vorbei.

Die meisten meinten sogar, dass der Bruder ein schlechter Mensch gewesen sei, fügte Herr Malchus hinzu.

Herr Justus nickte langsam und fuhr fort: Bis man allerdings eine Eskorte herbeigeschafft hatte, um ihn ins Gefängnis zu bringen, sperrte man ihn in eine Kammer auf dem Herrenhof und in der Nacht gelang es ihm, die Tür aufzubrechen und zu fliehen.

Tagsüber hielt er sich versteckt, er wanderte nachts und kam so auf die schwedische Seite der Grenze – dort wollte er weiterfliehen oder in fremden Militärdienst treten.

Doch in Stralsund passierten ihm zwei Dinge. Von einem alten Dieb erfuhr er von der Existenz unserer Stadt – denn gerade unter Leuten, die eine Freistatt nötig haben, sind die Gerüchte über sie verbreitet –, und im Hafen traf er ein junges Mädchen, die aus ihren Diensten bei einem Kaufmann in Malmö davongelaufen war.

Bei einem Goldschmied, schob Herr Malchus ein.

Ja, bei einem Goldschmied, wiederholte Herr Justus. Dieser Goldschmied hatte sie begehrt und nicht in Ruhe gelassen, aber er war ihr widerwärtig und sie wollte ihm nicht zu Willen sein. Schließlich hatte er damit gedroht, sie unter falscher Anklage ins Zuchthaus werfen zu lassen, und da er ein geachteter Bürger der Stadt war, hätte man seinem Wort mehr geglaubt als ihrem. Sie war seiner nun so überdrüssig, dass sie aus dem Haus floh, doch nicht ohne das zu tun, womit er sie fälschlicherweise hatte beschuldigen wollen: Sie stahl eine große goldene Brustnadel aus seinem Laden und lief zu ihrem Bruder, einem Seemann, der auf einer Galeasse angeheuert hatte, die gerade nach Stralsund segeln sollte. Er schimpfte sie tüchtig aus, schaffte sie aber dennoch heimlich an Bord und versteckte sie unter einem alten Stück Segeltuch im Laderaum. Erst als Rügen in Sicht war, zeigte sie sich.

Und der Kapitän tobte, sagte Herr Malchus.

Die Brustnadel indes konnte ihn besänftigen, erklärte Herr Justus, und am Ende verlangte er nur, dass sie das Schiff verlassen sollte, sobald es angelegt hatte.

Sie gab sich als loses Frauenzimmer aus und führte so den Hafenmeister hinters Licht, sagte Herr Malchus und lachte.

Und doch war sie reinen Herzens, fügte Herr Justus hinzu und schwieg eine Weile, ohne dass ihn einer von uns unterbrach.

Der Rest der Geschichte war ebenso abenteuerlich: Die beiden jungen Menschen, die das Schicksal zusammengeführt hatte und die sofort Gefallen aneinander fanden, begannen wieder, sich am Tag zu verstecken und nachts durch Mecklenburg zu wandern, bis sie unsere Stadt erreichten. Es war Herbst und unterwegs lebten sie von Nüssen und Beeren und einem Stück Räucherfleisch, das der Bruder ihr auf dem Schiff zugesteckt hatte.

Sie hatten gelernt, sich ohne viele Worte zu verständigen, denn mit ihrem Deutsch war es damals nicht weit her, und Herr Justus erzählte, dass die junge Frau, als sie vor dem Rat standen und ihren Fall erklärten, mehrfach bei den Worten des jungen Mannes gelächelt und in ihrer stillen Art nur gesagt hatte: Gott mit uns.

Und so wählte ich ihren Namen, sagte Herr Justus, denn sie selbst wusste nicht, was sie antworten sollte. Habt Ihr auch ihm seinen Namen gegeben, wollte ich wissen. Nein, erwiderte Herr Justus, er wählte ihn selbst, ohne zu zögern.

Von dem letzten Teil der Geschichte, der innerhalb der Stadtgrenzen spielte, hatte ich in groben Zügen bereits erfahren, aber ich fragte doch, was es mit dem Gewächshaus von Frau Deborah auf sich hatte, wo Frau Immanuela sich vor mir bis zu diesem Tag versteckt halten konnte. Die beiden Ratsherren antworteten darauf nur mit knappen Worten und Herr Malchus endete mit dem Satz, dass Frau Deborah es mir vielleicht eines Tages selbst zeigen würde. Damit musste ich mich zufriedengeben.

Die Unterhaltung wechselte nun zu anderen Themen und ich hörte nur unaufmerksam zu. Meine Phantasie war mit dem Gedanken an diese beiden jungen Menschen, ihre Liebe und ihre Flucht durch die weite Welt beschäftigt und wieder spürte ich, wie sämtliche Gemütsbewegungen meiner Seele erwachten und dunkle Wünsche Gestalt anzunehmen begannen. Einmal richtete Herr Malchus das Wort an mich und ich musste ihn bitten zu wiederholen, was er mich gefragt hatte; dann stellte ich selbst eine Frage, die mir beim Nachdenken eingefallen war: Ob der Rat in solchen Fällen ohne weiteres den Erklärungen Glauben schenke, die von den Neuankömmlingen gegeben werden.

Für die meisten, die hierherkommen, ist die Stadt ihre letzte Zuflucht, warum sollten sie also lügen, antwortete Herr Malchus; und Herr Justus fügte hinzu, dass der Rat mit Gelehrten an vielen Orten Briefverkehr unterhalte und sich somit leicht Informationen verschaffen könne, wenn es notwendig wäre. Als ich den Gedanken zu Ende dachte, wurde mir mit einem Schlag klar, dass der Rat wahrscheinlich auch meinen Fall so angegangen war, dass es dort draußen in der Welt also jemanden geben musste, der wusste, wo ich war, der aber meine Frau und meine Söhne nicht darüber unterrichten wollte. Diese Erkenntnis erneuerte den dumpfen Zorn, den ich bisweilen gegen die Stadt und ihre ganze Ordnung empfand, und ich musste mich beherrschen, um diese Gefühle nicht zu zeigen.

Kurz darauf dankte ich den beiden Herren für ihre Erzählung und wollte aufbrechen. Doch als ich mich erhob und auf die Tür zuging, hob Herrn Malchus' Dogge den Kopf, fletschte die Zähne und knurrte mich drohend an, obwohl ich mich doch gerade entfernen wollte. Ich blieb stehen und einen kurzen Augenblick war die Atmosphäre im Zimmer sonderbar gespannt, bis Herr Malchus den Hund mit einem scharfen Kommando zur Ordnung rief. Dann lächelte er mich freimütig an und sagte einen Satz, der keinerlei Zusammenhang mit all dem, worüber wir uns unterhalten hatten, zu haben schien: Herr Mika ist ein freundlicher Mann, aber er weiß, was er der Stadt schuldig ist.

Ich neigte den Kopf zu einem stummen Gruß und ging, ohne mir anmerken zu lassen, welchen Eindruck diese Worte auf mich gemacht hatten. Draußen auf der Straße indes ballte ich in meiner Verbitterung die Fäuste so fest zusammen, dass meine Arme zitterten.«

Hier wurde ich unterbrochen, denn ich fing an, auf den vorhergehenden Seiten nach Herrn Mika zu suchen, außerdem hörte ich, wie unten die Post in den Flur fiel. Manchmal kommt die Post ziemlich spät, wahrscheinlich bringt sie auch nicht immer derselbe Postbote. Aber immer ist es ein wichtiger Zeitpunkt in meinem Tagesablauf und in der Regel muss ich mir direkt ansehen, was gekommen ist, bevor ich mich wieder den Dingen widmen kann, mit denen ich mich gerade beschäftige.

Heute war es so gesehen nichts Besonderes. Ein Kontoauszug, ein bisschen Reklame. Aber auch ein dicker Umschlag, dessen Inhalt sich als eine Nummer der *Germanistischen Beiträge* aus Göttingen entpuppte, mit ein paar freundlichen Worten auf dem Titelblatt und einem Artikel von Gertner (wie auch immer er dort einen Artikel hatte unterbringen können). Es ging um Fontane und die Bildungsbeflissenheit, sein altes Steckenpferd, ein Thema, das mich allerdings kaum interessierte, dennoch war es nett von ihm, ihn mir als Gruß von einem abgedankten Erbsenzähler zum anderen zu schicken.

Nun ja. Ich muss ja nicht gleich allzu sarkastisch werden. Denn in Wahrheit löste der Artikel eine furchtbar lange Erinnerungskette aus, als ich die Seiten überflog. Sie hatte allerdings nicht sehr viel mit meinem ausgezeichneten Exkollegen Dr. Gertner zu tun.

In seinem Artikel befasste er sich unter anderem mit *Effi Briest*, was niemanden verwundern wird. Und ich erinnerte mich an den Abend mit Ulla, an dem wir genau diese Geschichte diskutierten. Sie hatte Fassbinders Filmversion auf Video gesehen – nicht bei mir; ich habe nicht einmal einen

Fernseher im Haus, das ist eine der Absonderlichkeiten, gegen die ich noch keine Tabletten verordnet bekommen habe –, und ich konnte mich vage erinnern, den Film damals im Kino gesehen zu haben.

Es ist nicht einmal anderthalb Jahre her. Es war an einem Tag Ende März. Entgegen meiner Gewohnheit kann ich mich allerdings nicht mehr eindeutig erinnern, worüber wir diskutierten, außer dass Ulla Effis Opferrolle wohl als Ideologie ansah und den Standpunkt vertrat, eine Frau hätte selbst damals ihr eigenes Schicksal beeinflussen und mit offenen Augen wählen können. Vielleicht war es nur ein Versuch, die Sache zuzuspitzen, möglicherweise erinnere ich mich aber auch vollkommen falsch und es ging eigentlich um etwas ganz anderes an diesem Abend – und das wussten wir beide ganz genau.

Nein. Ich wusste es, aber ich wollte nicht glauben, dass Ulla es wusste. Oder es so empfand. Erst später bekam ich in dieser Sache Gewissheit.

Es gibt ein paar ganz andere Eindrücke, die mir von diesem Tag klar vor Augen stehen. Ihre Kleidung zum Beispiel. Sie war in einer ihrer üblichen langen Hosen gekommen, außerdem trug sie einen großen Strickpullover aus einem feinen, festen Baumwollgewebe, in Blau und einem sehr hellen Beige gemustert. Er hatte einen breiten Kragen und schmiegte sich so hübsch, weich und dennoch sicher an ihren Körper, er passte so gut zu ihren Farben. Ich weiß, dass ich an diesem Abend mehrmals ihrem Blick ausweichen musste, wenn ihre strahlenden blauen Augen in meine blickten.

Sie war am frühen Abend gekommen, um sich einige Notizen zu einer theoretischen Grammatikaufgabe zu machen; bei mir standen ja Grammatiken im Überfluss in den Regalen, also forderte ich sie auf, sich zu versorgen. Während ich hinunterging, ein paar Sachen zusammensuchte und anfing, uns ein spätes Abendessen zu bereiten, setzte sie sich an den Tisch im Gästezimmer, hier wo ich jetzt sitze, und arbeitete.

Es war einer dieser nackten Märztage mit Sturm, turmhohen Wolken und einem Licht, das so kräftig ist, dass man es vor lauter Hoffnung auf den Frühling fast nicht ertragen kann; aber gegen Abend war das Wetter in Sturm und einen eiskalten Regen umgeschlagen, der gegen die Scheiben peitschte. Wir saßen, wieder einmal, sehr lange am Tisch im Esszimmer und redeten, obwohl sie die Arbeit, deretwegen sie gekommen war, nicht einmal beendet hatte. Aber an diesem Abend schien sie immer wieder ihre Hand in meine Richtung zu bewegen, auf eine Weise, die ich noch nie bei ihr gesehen hatte und die ich mir auch nicht erklären konnte. Oder nicht zu erklären wagte.

Wir sahen auf die Uhr und beschlossen, dass sie im Gästezimmer übernachten sollte. Sie hatte schon einige Male vorher hier geschlafen, mit allem Anstand – und auch später hat sie noch ein-, zweimal bei mir übernachtet. Sie sagte, sie wäre müde und würde versuchen, früh aufzustehen und ihre Notizen zu beenden, bevor sie am kommenden Tag in die Vorlesung ging.

Als sie sich für die Nacht fertig machte, räumte ich rasch den Tisch ab und erledigte in der Küche den Abwasch; draußen in der Dunkelheit zauste der Sturm die nackte Hecke, wie ich im Licht des Fensters undeutlich sehen konnte. Ich war ganz erfüllt von dem Gefühl, dass mein Haus eine große, ruhige Höhle war, die über Ullas Schlaf wachen sollte. Ich war hellwach, ging nach oben und setzte mich an meinen Schreibtisch im Arbeitszimmer; nicht um irgendetwas Bestimmtes zu erledigen – ich nahm auf gut Glück ein paar Bücher zur Hand –, sondern um noch nicht ins Bett gehen zu müssen.

Als Ulla aus dem Badezimmer kam, steckte sie den Kopf

zur Tür herein und sagte Gutnacht, ich erwiderte »schlaf gut« und hörte, wie sie ihre Tür schloss.

Ich blieb bestimmt noch eine Stunde sitzen und dachte zerstreut an alles Mögliche, dann löschte ich die Lampe, ging ins Bad, zog mich aus und drehte die Dusche auf. Das Wasser und der Dampf vereinfachten das Ganze, ich hatte das Bedürfnis, mir die Spinnweben der Gedanken vom Körper zu spülen, aber als ich aus der Dusche trat, mich abtrocknete und das trommelnde Geräusch aufgehört hatte, schien mir die Ruhe des Hauses gestört.

Rasch zog ich meinen Bademantel an und als ich aus dem Bad kam, sah ich, dass die Tür zum Gästezimmer aufstand und unten Licht angeschaltet worden war. Ich ging hinunter, sie saß in dem weinroten Bademantel, den ich ihr geliehen hatte, auf dem Sofa des Wintergartens und hatte die Füße unter sich gezogen. Der Lichtschein, den die Lampe auf der Fensterbank warf, schimmerte in ihrem blonden Haar.

»Ich kann nicht schlafen«, sagte sie.

»Ist irgendwas nicht in Ordnung?«, fragte ich und setzte mich neben sie aufs Sofa.

»Nein«, erwiderte sie, auf eine Weise, die auch das Gegenteil bedeuten konnte.

Ich wartete. Ich war verwirrt. Vielleicht erhoffte ich mir etwas, das mein Verstand aber in der gleichen Sekunde zurückwies. Ich dachte, wenn sie mir etwas anvertrauen wollte, musste ich warten, bis sie selbst … aber sie sagte nichts. Stattdessen streckte sie die Hand aus, nahm mir vorsichtig die Brille ab und legte sie auf den Tisch.

Das Zimmer verschwamm, dennoch sehe ich es vor mir, als würden sich ihre im fahlen Licht der Lampe beinahe dunklen Augen noch immer deutlich in meinem Blickfeld befinden.

Den Bademantel hatte sie nur lose um sich geschlungen, mit einer Hand schob ich ihn langsam zur Seite. Bis auf ein kleines Höschen aus glänzendem weißem Stoff war sie nackt.

Der Anblick ihres glatten, hellen Körpers nahm mir beinahe den Atem, und als ihre Hand über meine Brust unter den Bademantel glitt, bekam ich plötzlich eine so himmelstrebend harte Erektion, wie ich es seit Jahren nicht mehr erlebt hatte.

Nicht ich beugte mich über sie, sondern sie erhob sich auf die Knie und legte sich über mich, und als der Bademantel bei ihrer gleitenden Bewegung zur Seite fiel und ich den Duft ihrer Haut wahrnahm und spürte, wie der glatte, schimmernde Stoff die empfindlichste pochende Stelle meines Körpers berührte, passierte es. Ein wilder Reflex aus Lust und Spannung, unmöglich zurückzuhalten, wie bei meinen allerersten unbeholfenen Umarmungen vor langer, langer Zeit.

Sie sank ein bisschen zusammen und verbarg ihr Gesicht an meinem Ohr. Ich legte den Arm um ihren Rücken. Ein kleiner Augenblick verging.

»Robert«, flüsterte sie. »Bist du glücklich?«

Ich nickte. Wir setzten uns auf und legten uns ein bisschen verschämt die Bademäntel um, dann kam diese merkwürdige Reaktion. Wir fingen an zu lachen. Nicht verlegen, eher befreit. Es schien, als hätten wir einen Festungswall gestürmt, der in dem Moment verschwand, als wir einen Fuß darauf setzten. Oder als hätten wir in dieser halben Minute eine lange und intensive erotische Beziehung durchlebt und könnten nun unbelastet weitermachen. Es hätte peinlich sein müssen und ich glaube, mit jeder anderen wäre es auch peinlich gewesen, aber so war es nicht.

Wir hörten auf zu lachen und schwiegen wieder, nur war jetzt die gestörte Ruhe zurückgekehrt. Ulla, liebste Ulla, meine Zärtlichkeit dir gegenüber war so groß wie immer und ich spürte, dass du das wusstest, doch nun hattest du mir gezeigt, dass du sie auch annahmst.

Aber wir dachten auch weiter und du sagtest genau die Worte, die ich im Kopf hatte, die zu sagen mich aber möglicherweise ein irrelevanter Rest männlichen Stolzes hinderte: »So ist es sicher am besten.«

Wir hatten den ganzen Abend nicht über Steffen gesprochen, wir erwähnten ihn auch jetzt nicht und ich habe es ihm nie erzählt, aber nun war er keine ungeklärte Frage mehr zwischen uns. Und ich habe dir jedes nur mögliche Glück gegönnt, Ulla.

Langsam gingen wir die schmale Treppe hinauf, Hand in Hand, zum ersten und letzten Mal. Dann ging jeder in sein Zimmer und wir schliefen.

Am nächsten Morgen suchte ich meine Brille und fand sie auf dem Sofatisch. Übrigens hat das Sofa noch immer einen Fleck.

Ich weiß nicht, was mit mir los ist. Ich werde besser ein paar Tage warten, bis ich lese, was ich gerade geschrieben habe.

Meine Hände zittern ein bisschen.

Aber wir waren bei Herrn Mika stehen geblieben.

»Herr Mika, der Schneider, war einige Wochen zuvor im Badehaus gewesen und hatte mir dort gesagt, dass ich zu ihm kommen und mir den wollenen Mantel abholen könnte, den man mir zum Winter versprochen hatte. Er hätte ihn nun fertig genäht.

Bei meinen Spaziergängen durch die Stadt beobachtete ich bisweilen den gleichen Vorgang, den ich am ersten Morgen gesehen hatte: wie die Wagen und Karren zum einzigen

Stadttor hinausfuhren, um den Kehricht fortzuschaffen, Waren zum Handelsplatz zu bringen oder etwas von dort zu holen. Jedes Mal wurden die Fahrzeuge so gründlich von den Torwächtern und ihren Hunden untersucht, dass ich längst jeden Gedanken an eine Flucht auf diesem Wege aufgegeben hatte; ich hatte jedoch bemerkt, dass es außer den Ratsherren und Ratsherrinnen einige vertrauenswürdige Leute gab, welche die Erlaubnis hatten, die Stadt auf diese Weise zu verlassen, und zu diesen Leuten gehörte Herr Mika. Mehrfach hatte ich ihn mit Kisten hinausfahren sehen, die meiner Vermutung nach Spitze, Handschuhe und andere Dinge enthielten, die in der Stadt hergestellt wurden. Zurück kam er mit Rollen aus grobem Tuch, das für die Mäntel der Einwohner verwendet wurde, oder Leinen für andere Zwecke.

Ich wusste nicht, wie weit entfernt der Handelsplatz lag, indes konnte es nicht allzu weit sein, da die Wagen immer am gleichen Tag zurückkehrten; ich vermutete allerdings, dass die Gesandten der Stadt dort mit Leuten zusammentrafen, die längere Reisen unternahmen, und so kam mir ein Einfall, den ich in die Tat umzusetzen wagte.

Ich schrieb einen kurzen Brief an meine Ehefrau, in dem ich ihr erzählte, dass es mir gut ging und ich die Stadt, nach der ich gesucht hatte, gefunden hätte, aber eingesperrt wäre und einen Weg zur Flucht finden müsse, um wieder mit ihr und meinen Kindern zusammentreffen zu können. Diesen Brief, der auf dünnem Papier geschrieben war, faltete ich viele Male zusammen, so dass man ihn in einem Ärmel, einem Handschuh oder etwas Ähnlichem verstecken konnte. Und als ich in Herrn Mikas Laden stand und den Mantel anprobierte, drückte ich ihm den Brief in die Hand und bat ihn mit leiser Stimme, ihn um der Barmherzigkeit Christi willen bei der nächsten Ausfahrt mitzunehmen und ihn jemandem zu übergeben, der ihn nach Wistrow bringen könne.

Sobald er jedoch verstand, worum es sich handelte, gab er ihn mir zurück und sagte, das dürfe er nicht. Mir wurde schwer ums Herz bei dieser zerbrochenen Hoffnung, doch ich bedrängte ihn nicht mehr, sondern bat ihn nur mit ebenso leiser Stimme, niemandem etwas davon zu erzählen, und er nickte.

Und doch hatte er, das verstand ich jetzt, den Rat unterrichtet, zumal ich obendrein sicher war, dass niemand uns hatte hören oder beobachten können, was vorgegangen war. Ich hatte das Gefühl, niemandem vertrauen zu können, dass alle mir gegenüber feindlich gesonnen waren, und meine Verzweiflung und Wut waren so groß, dass ich mit mir kämpfen musste, um überhaupt atmen zu können.

Einige Tage später fiel der erste Schnee. Gegen Morgen war die Stadt ganz weiß gepudert und am Vormittag hielt das Schneewetter an. Ich hatte einen meiner freien Tage und ging am Nachmittag aus. In den Straßen war der Schnee bereits abgetreten und abgefahren von den Rädern der Karren, von den Dächern tropfte es, doch als ich in einem plötzlichen Entschluss auf den Friedhof ging, um ein wenig Frieden für meine Gedanken zu finden, blickte ich auf eine vollkommen unberührte Schneedecke, die über den Gräbern und Wegen lag. Ein Beweis, dass den ganzen Tag über niemand dort gewesen war. Mit einem Mal reifte in meinem Kopf ein Unterfangen und ich ging heim in meine Kammern und holte ein Stück Strick, das ich versteckt hatte, als ich vor einiger Zeit die Wäscheleinen im Badehaus wechselte – vielleicht in einer dunklen Vorahnung, wozu ich es gebrauchen könnte.

Der Strick war dünn und nur sechs, sieben Aalen lang, aber

ich hatte die Hoffnung, er würde halten. Ich knüpfte eine Schlaufe an beide Enden und vergewisserte mich, dass die Knoten solide gebunden waren, dann wickelte ich mir den Strick um den Leib, um ihn unter meinem Mantel zu verbergen und ging zurück zum Friedhof. Die Schneedecke war noch immer unberührt und das Tageslicht verblasste bereits.

Ich suchte Schutz hinter einem Busch nahe der Palisaden und wartete. Niemand betrat den Friedhof in all der Zeit, die ich dort hockte. Es war kalt und meine Stellung unbequem, doch ich wagte nicht, mich auf meinen Mantel zu setzen, da ihn der Schnee auf der Erde durchweichen und ich nur noch schlimmer frieren würde. Ich hielt aus, so lange ich konnte, und lange nach Einbruch der Dunkelheit erhob ich mich schließlich und streckte die steifen Glieder, steckte die kalten Finger in den Mund, um sie etwas geschmeidiger werden zu lassen, und wickelte den Strick los. Eine der Schlingen warf ich über eine Palisadenspitze, die andere hing in Höhe meiner Hüften und ich setzte einen Fuß in die Schlaufe wie in einen Steigbügel und zog mich in die Höhe.

Mit unsäglicher Mühe arbeitete ich mich weiter nach oben, indem ich fest um den Strick griff, bis ich so hoch gekommen war, dass ich mich vorsichtig über die Oberkante der Palisade schwingen und auf der anderen Seite herabfallen lassen konnte.

Ich glitt in dem rutschigen Schnee aus und schlug hart mit dem Knie auf den Boden, doch ich spürte bereits dieses berauschende Gefühl der Freiheit; ich war außerhalb der Stadtgrenze, und wie schwer es auch sein mochte, bewohnte Orte zu erreichen, nun stand mir der Weg offen. Im Geiste sah ich bereits das lang erwartete Wiedersehen mit meinen Liebsten vor mir und freute mich darauf, wieder als Herr in meinem eigenen Haus um die Wistrowschen Ländereien reiten zu können.

Dann hörte ich Hundegebell; und als ich den Kopf drehte, sah ich vor dem Hintergrund des weißen Schnees und der reglosen schwarzen Baumstämme eine der schwarzen Doggen auf mich zuspringen. Ich wandte mich um und versuchte zu laufen, aber das Tier holte mich mühelos ein und wollte mit einem gewaltigen Satz seine Zähne in meine Kehle schlagen. Nur mit einer raschen, unwillkürlichen Bewegung gelang es mir, dies abzuwehren, so dass der große Hund sich stattdessen in meinem Oberarm festbiss. Durch sein Gewicht fielen wir beide zu Boden.

Ich wusste, das Beste, was ich tun konnte, war liegen zu bleiben, ohne mich zu rühren, während der Hund über mir stehen blieb und nun erst richtig anfing zu bellen. Nach einer Weile, die mir reichlich lang erschien, hörte ich den Ruf einer menschlichen Stimme und der Hund legte sich gehorsam neben mich. Daraufhin vernahm ich die Schritte von Stiefeln im Schnee und ein Mensch zog mich mit einem unsanften Griff an meinem verletzten Arm hoch, dass ich vor Schmerz aufstöhnte. Ich hob den Kopf und sah in das Gesicht eines Ganters, das ich selbst bei diesem schwachen nächtlichen Licht wiedererkannte. Es war Herr Esra, den ich als Interceptor im Senat gesehen hatte.

Es wurde kein Wort zwischen uns gewechselt; mit einem Stoß forderte er mich auf loszugehen und ich ging, während der Hund wachsam an meiner Seite lief, den ganzen Weg um die Außenseite der Palisaden bis zum Stadttor, wo Herr Esra klopfte und ich zum zweiten Mal zu nächtlicher Stunde hineingeführt wurde. Herr Esra wechselte flüsternd ein paar Sätze mit dem Torwächter, dann führte er mich durch die dunklen

Straßen zu meiner Unterkunft. Ich spürte, dass die Wunde an meinem Arm blutete, und als ich die Finger an meine schmerzende Wange führte, wurden sie feucht und dunkel. Ich vermutete, dass ich mir die Haut aufgeschürft hatte, als das Tier mich umriss.

In der Dunkelheit stiegen wir die Treppe zu meinen Kammern hinauf, er scheuchte mich zum Bett und ich legte mich darauf, während er auf einem Stuhl Platz nahm. Ich hörte seine leisen Atemzüge und das Hecheln und Schmatzen des Hundes, aber noch immer wurde kein Wort gesagt.

Ich hatte keinerlei Vorstellung, was mit mir geschehen würde, und vielleicht schlief ich sogar für einen kurzen Moment ein, denn plötzlich war die Kammer gefüllt mit flackerndem Kerzenschein und Frau Deborah war bei uns. Ich musste mich bis auf die nackte Haut des Oberkörpers ausziehen, sie wusch die Wunde auf meinem Oberarm erst mit Wasser, dann mit Branntwein aus und erklärte, dass sie sauber und nicht tief wäre. Daraufhin rieb sie mir eine duftende Kräutersalbe auf die Wunde und verband sie mit einem weißen Leinenstreifen.

Die Haut an der Wange wurde ebenfalls mit Wasser gewaschen und mit Salbe behandelt, Frau Deborah meinte, sie würde bald von allein heilen. Ich sollte drei Tage das Bett hüten, danach könnte ich wieder ins Badehaus gehen und arbeiten und nur wenn der Schmerz im Arm schlimmer würde, sollte ich zu ihr kommen. Damit gingen sie, Herr Esra noch immer ohne ein einziges Wort mit mir gesprochen zu haben.

Ich lag da und horchte, ob man einen Wachposten an meine Tür stellte oder für andere Vorsichtsmaßnahmen sorgte, doch nichts geschah und schließlich schlief ich ein.

IX

Weder in den darauffolgenden Tagen, an denen ich meine Kammer nicht verließ, noch als ich meiner gewohnten Arbeit wieder nachging, wurde ich irgendeiner Androhung von Strafe für meine Handlungsweise gewahr, obgleich es mir deuchte, als wüssten alle Bescheid. Hatte ich damit gerechnet, eingesperrt oder vor den Rat gerufen zu werden, um mich zu verteidigen, so wurden meine Erwartungen beschämt.

Während meines Krankenlagers brachte mir Herr Achilleus trotz seiner schwachen Beine jeden zweiten Tag Essen und Wasser, dazwischen verrichtete Cain die notwendigsten Dinge. Er sorgte auch für ein gutes Feuer in dem kleinen Ofen, der beide Kammern heizte; ich wollte selbst aufstehen und nach dem Feuer sehen, aber er gab mir zu verstehen, dass Frau Deborah mit ihm gesprochen und gesagt hatte, ich solle mich so gut wie möglich ausruhen, umso schneller könnten die Wunden heilen. Die Ursache meiner Verletzungen erwähnte er indes mit keinem Wort und auch Herr Achilleus tat es nicht.

Die Wunden heilten tatsächlich erstaunlich schnell, die Salbe war kräftig und gut. In meinem Gesicht war schon bald nichts mehr zu sehen und bereits nach einer Woche, als ich im Badehaus wieder mit den schweren Zubern und Eimern hantierte, spürte ich nichts mehr von dem Hundebiss an meinem Arm. Wären da nicht die Blicke gewesen, die mir auf der Straße zugeworfen wurden, und mein Gefühl, dass hinter meinem

Rücken über mich gesprochen wurde, hätte ich glauben können, mein verzweifelter Versuch wäre nur ein Traum gewesen.

Als ich eines Nachmittags jedoch zu Herrn Achilleus ging, um mich mit ihm zu unterhalten und ihm voller Freude von meiner raschen Genesung erzählte, seufzte er plötzlich und sagte: Ja, auch ich bin einmal jung gewesen.

Was meint Ihr, fragte ich, denn es klang viel zu ernst für diesen unbeschwerten Anlass. Ich meine, erwiderte er, dass auch ich einmal die Kraft hatte, mich von allem, was mich band, zu lösen.

Ich fragte ihn, ob er wie ich versucht hätte, aus der Stadt zu flüchten, was ihm offensichtlich bekannt war. Nein, antwortete er, im Gegenteil, die Stadt wäre sein letztes Ziel gewesen, wohin er schließlich geflohen war; allerdings hätte er sich die Erinnerung an all das bewahrt, was er getan habe, als er noch die Kraft dazu hatte, doch nun schien es ihm, als ob seine Kräfte ihn verließen und er die helle Jahreszeit nie wieder erleben würde.

Ich habe lange gelebt, sagte er, der Tod ist nicht mein Feind, und doch ist es kläglich, wenn die Kräfte schwinden. Hier sitze ich nun und kann kaum noch auf die Straße gehen, aber wisst Ihr, Herr Bileam, wie viel und wie weit ich in dieser Welt herumgekommen bin?

Und er begann, mir über sein Leben zu erzählen, was er bisher nie getan hatte, und ich hörte ihm stundenlang zu. Mit schwacher Stimme, aber scheinbar unermüdlich, erzählte er ein Erlebnis nach dem anderen, und war es zuweilen auch ein wenig zusammenhanglos und zufällig, erfuhr ich doch Stück für Stück von einem Lebenslauf, der in der Tat abenteuerlich war.

Er hatte nun ein Alter von annähernd achtzig Jahren erreicht, doch zur Welt gekommen war er als ältester Sohn eines deutschen Kaufmanns in Reval. Sein Vater war streng gegen ihn gewesen und sah in ihm naturgemäß seinen Helfer und Nachfolger. Mein Freund fand das Leben als Kaufmann indes trocken und langweilig und statt der Rechenkunst und die Preise der Waren studierte er, wie er sagte, lieber alte Sprachen und alte Heldentaten. Seine Freude an Homer wurde früh geweckt und an der Lateinschule war er einer der Eifrigsten und musste nicht mit Gewalt zum Studium angehalten werden. Er war ein junger Mann, als die Schweden in Russland einrückten, und aus lauter Abenteuerlust und um den lästigen Fesseln des Geschäftslebens zu entgehen, trat er gegen den Willen seines Vaters, der ihn deswegen verstieß, in den schwedischen Kriegsdienst.

Doch den Traum vom Ruhm auf dem Schlachtfeld musste er schon bald aufgeben, denn ein schwedischer Offizier erkannte seine besondere Begabung für Sprachen und ließ ihn Türkisch lernen; Herr Achilleus sagte sogar einige Worte in dieser Sprache zu mir, der die Schweden damals bedurften, da der Sultan in Konstantinopel ein wichtiger Verbündeter gegen den russischen Zaren war. Im Laufe der Zeit, so fügte er hinzu, hatte er allerdings das meiste wieder vergessen.

Es dauerte nicht lang, bis seine Kenntnisse benötigt wurden, denn nach der schwedischen Niederlage bei Poltava wurde er Hals über Kopf nach Bender geschickt, wo der schwedische König sich aufhielt. Zweimal hatte mein Freund mit König Karl gesprochen, erzählte er, und mich versetzte der Gedanke in Erstaunen, dass ich mich hier an diesem abseitigen, von der Welt vergessenen Ort mit einem Mann unterhielt, der mit diesem Kriegerkönig, diesem Schrecken Europas, gesprochen hatte.

Die häufigen Reisen an den Hof von Konstantinopel, die mein Freund als Dolmetscher unternehmen musste, erwiesen sich indes als nutzlos und König Karl zog sich nach einigen Jahren heimlich nach Schweden zurück. Unter denen, die ihm nicht folgten, war mein Freund und in den nächsten gut vierzig Jahren durchstreifte er die christlichen Lande, denn im Reich des Sultans fühlte er sich nicht wohl. Mal war er Hauslehrer, mal Bibliothekar, einige Zeit sogar Komödiant; von Lemberg bis Pressburg und ganz bis nach Bern führte ihn das Schicksal, er heiratete nie und man konnte wohl sagen, dass sein übereilter Schritt in die Wechselfälle des Kriegsglücks ihm für immer eine bleibende Stätte genommen hatte.

Vor zwanzig Jahren jedoch, als er diesen Mangel an Sesshaftigkeit leid war, kehrte er zurück in sein Elternhaus nach Reval, wo sein jüngerer Bruder inzwischen eine Familie gegründet hatte und das Geschäft ihres verstorbenen Vaters weiter betrieb. Reval war nun russisch und die beiden Brüder standen sich wie Fremde gegenüber, und doch hoffte er in dem Haus, in dem er aufgewachsen war, eine letzte Zufluchtsstätte zu finden.

Aber die Familie behandelte ihn so geringschätzig und schlecht, dass er eines frühen Morgens wieder aufbrach, um die Stadt zu suchen, von der er auf seinen Reisen gehört hatte. Und nun wolle er seine Augen hier schließen, sagte Herr Achilleus.

Unter den vielen Geschichten, die er mir erzählte, gab es insbesondere eine, die meine Gedanken sehr beschäftigte. Ich kann nicht sagen weshalb, doch diese Geschichte prägte sich mir besonders lebhaft ein.

Auf einer der vergeblichen Reisen zwischen Bender und Konstantinopel waren Herr Achilleus und seine Reisegefährten in der Nähe eines Dorfes in der Dobrudscha von einem heftigen Regenschauer überrascht worden. Sie suchten Schutz im Wirtshaus des Dorfes und trafen dort auf eine sonderbare Gesellschaft, die ebenso wie sie auf günstigeres Wetter wartete. Es handelte sich um vier oder fünf ältere Bauern in ihren besten Kleidern und ein ganz junges Mädchen, das ebenfalls festlich gekleidet war. Doch sie waren so ernst und die Zusammensetzung der Gruppe so ungewöhnlich, dass sie kaum zu einer Hochzeit oder einem anderen munteren Fest unterwegs sein konnten. Herr Achilleus hatte die Sprache der Walachen, die in dieser Gegend gesprochen wird, ein wenig gelernt, die seltsamerweise lateinische Anklänge hat, wie er sagte, und er fragte sie nach ihrem Vorhaben.

Sie berichteten mir mit Worten und Gebärden, erzählte Herr Achilleus, dass der Vater des Mädchens auf einer Insel nicht weit von diesem Dorf gefangen gehalten würde und sie auf dem Weg wären, ihn zu befreien. Ich fragte sie, wer ihn denn gefangen halte, und sie antworteten, ein böser Geist in Gestalt eines großen Fisches. Sie konnten mit einem Boot zur Insel übersetzen und dem Vater Essen bringen, doch sobald er sich selbst in das Boot setze oder nur ans Ufer trat, tauchte der Fisch auf und drohte ihn zu verschlingen. Nun aber hatte die Tochter einen Traum gehabt, der verriet, wie man ihn befreien könne, und diesen Traum wollten sie jetzt ausprobieren.

Sie nannten mehrmals ein Wort, das ich nicht verstand, und als ich danach fragte, zeigte sie mir einen großen eisernen Schlüssel, den sie in ein Tuch gewickelt bei sich trug. Ich verstand nicht alles, erzählte meinen Reisegefährten jedoch, was ich erfahren hatte, und wir beschlossen, sie zu begleiten. Die Bauern hatten nichts dagegen, und als der Regen aufhörte, ritten wir los.

Wir kamen an den See, an dessen Ufer ein Boot vertäut lag, und wir sahen die Insel, an deren steilem Ufer aus Zweigen und Ästen eine kleine notdürftige Hütte gebaut war. Die Bauern riefen den Mann dort drüben an, er kam aus der Hütte und winkte; doch im gleichen Moment begann sich das Wasser am Fuße des Ufers zu bewegen und ein riesengroßer Fisch streckte den Kopf heraus und öffnete sein Maul, in dem ein Mann leicht hätte verschwinden können. Er war wie ein gewaltiger Wels anzusehen, mit Bartfäden und einer braunen Haut ohne Schuppen, jedoch weit größer als jeder andere Fisch, den ich in meinem Leben gesehen habe. Als der Mann sich in die Hütte zurückzog, tauchte er den Kopf wieder ein, dass Wellen an beide Seiten des Ufers schlugen; aber als das Mädchen und zwei der Bauern sich mit einem Korb voller Brot und Fleisch in das Boot setzten und hinüber zur Insel ruderten, geschah nichts, das Wasser kräuselte sich lediglich in kleinen Wirbeln, als würde der Fisch dort unten mit dem Schwanz schlagen.

Sie machten das Boot an einer Baumwurzel fest und stiegen die steile Küste hinauf, doch statt in die Hütte zu gehen, rief das Mädchen erneut nach ihrem Vater. Sie rief mehrere Male, und als er endlich herauskam, stieß der Fisch abermals mit seinem Kopf durch die Oberfläche des Sees und bäumte seinen Körper in noch größerer Wut auf als zuvor. Nun zog das Mädchen den Schlüssel aus ihrem Kleid und hielt ihn hoch über ihrem Kopf, bevor sie ihn in die Hände ihres Vaters legte. Bei diesem Anblick fing der Fisch mit so fürchterlichen und gewaltigen Bewegungen an zu zucken und das Wasser zu Schaum zu peitschen, dass ich erst glaubte, sein Zorn würde uns alle treffen. Nach und nach verstand ich indes, dass wir Zeugen seines Todeskampfes waren. Es dauerte lange, vielleicht eine Stunde, ich weiß es nicht genau; die Menschen auf der Insel blieben reglos stehen und mit uns standen die Bauern am Ufer die ganze Zeit über ebenso stumm und abwartend da.

Es war ein sonderbarer Anblick. Die heftigen Bewegungen, die das Wasser in weitem Umkreis aufwühlten und das Boot ans Ufer schlagen und kräftig an seiner Vertäuung zerren ließen, wurden allmählich schwächer und als der gewaltige Körper ein letztes Mal gezittert hatte, wälzte er sich um, so dass sein heller Bauch zu sehen war. Doch anstatt an der Oberfläche zu treiben, sank er mit einem seltsamen Brodeln auf den Grund.

Nun stießen sämtliche Bauern einen Freudenschrei aus und die vier Personen auf der Insel setzten sich ins Boot und ruderten zu uns herüber, ohne dass das Wasser von etwas anderem berührt wurde als ihren Ruderschlägen. Die Freude war groß und sie luden uns ein, mit in ihr Dorf zu kommen und zu feiern, doch wir ritten mit einer eiligen Botschaft des schwedischen Königs und mussten ablehnen, obgleich wir uns nicht trennten, ohne ihnen von dem wenigen Geld, das wir mit uns führten, ein Geschenk gemacht zu haben.

Als Herr Achilleus diese Geschichte erzählt hatte, schwiegen wir beide eine Weile, erst danach fragte ich ihn, zu welchem Schloss dieser Schlüssel wohl gepasst haben mochte. Er sagte, er wisse es nicht. Aber war es wirklich ein Schlüssel, fragte ich nach, oder vielleicht doch eher ein Kruzifix oder ein Heiligenbild; und er lachte und sagte mit seiner schwachen Greisenstimme: Nein, Herr Bileam, ich sah ihn so deutlich wie meine eigene Hand und er sah wahrlich aus wie ein Schlüssel.

Er erzählte noch viele andere Geschichten und wir zündeten keine Lampe an, obwohl es spät und allmählich auch ganz dunkel geworden war. Ich hörte seinen zahlreichen Abenteuern zu, bis man nichts mehr sehen konnte; es schien, als wäre er zu einem unsterblichen Tithonos geworden, so alt, dass ihm nur noch die Stimme geblieben war. Schließlich waren wir beide müde, und ich wünschte ihm eine gute Nacht und ging in vollkommener Dunkelheit die Treppe hinauf in meine Schlafkammer. Was meine Gedanken indes am meisten beschäftigte, bevor ich einschlief, war der große Fisch.«

Hier hatte ich gestern aufgehört. Und als ich mich auszog und ins Bett gehen wollte, klingelte das Telefon. Ungefähr Viertel vor zwölf. Es war mir immer zuwider gewesen, wenn man mich so spät anrief und meine Nachtruhe störte, meine ureigenen nachdenklichen Stunden, aber durch die Jahre nach Erscheinen des Biests, in denen ich gezwungenermaßen sehr viel allein war, bin ich meist froh darüber, wenn es klingelt. Und ich habe gelernt, dass es zu dieser Uhrzeit mit ziemlicher Sicherheit Peter ist. Der Zeitunterschied bedeutet ja, dass er in der Regel tief schläft, wenn es hierzulande Vormittag ist und ich normalerweise meine Anrufe tätige; und dass *er* nicht anrufen kann, bevor es *mir* spät vorkommt.

Ganz recht, er war es. »Hallo, Papa.« (In gewissen Situationen ist es ganz praktisch, zweisprachig zu sein. Peter hat im Gegensatz zu so vielen anderen Scheidungskindern keinerlei Probleme mit den Vateridentitäten. Ben heißt Dad und ich heiße Papa.)

»Hallo, Peter. Das ist aber nett. Wo steckst du?«

»Zuhause in Queens. Aber ich komme morgen mal auf'n Sprung rüber, wenn ich noch einen Platz im Flieger erwische. Ich habe noch ein paar freie Tage und will jemanden in Deutschland besuchen. Ich fliege dann von Frankfurt aus nach Hause. Passt es dir, wenn ich vorbeikomme?«

»Du bist immer willkommen. Das heißt, ich kann dich

übermorgen am Vormittag erwarten? Wann kommt die Maschine an?«

»Neun Uhr fünfzehn. Wenn wir *on schedule* bleiben. Und wenn ich mitkomme, natürlich. Ich rufe dich morgen vom Flughafen aus an und sage Bescheid.«

Es war eines dieser Gespräche, bei denen der andere ganz klar und deutlich zu hören ist, aber völlig verschwindet, sobald man selbst etwas sagt. Es gibt keinerlei Anzeichen von Nähe im Hörer, keine leisen Atemgeräusche, die sonst ein Beweis dafür sind, dass man Kontakt zum anderen Ende hat. Ich weiß nicht, ob die Gespräche über Satellit geleitet werden oder woran es sonst liegt. Ich habe mich jedenfalls nie an den Gedanken gewöhnen können, dass das belanglose Geplauder der Leute in den Weltraum steigt und von irgendeinem Dingsbums, das da oben hängt, wieder herabgeschickt wird. Das ist eine Belästigung des Weltraums. Die Sterne sind schon unfassbar lange dort oben, sie haben uns mit Verwunderung und Ehrfurcht erfüllt und nun sollen sie unser Geschwafel anhören.

Na ja, auch das ist ziemliches Geschwafel. Natürlich bin ich froh darüber, dass mein Sohn keine Flaschenpost mit dem Golfstrom senden muss, wenn er mich fragen will, ob er mich ein paar Tage besuchen kann. Ganz abgesehen davon, dass er ja selbst auch vom anderen Ende der Welt durch die Luft fliegt – während ich mich zwischen dem Vorgartentor und der Hecke im Garten hinter dem Haus bewege, oder zwischen Keller und erstem Stock. Das ist *mein* Weltraum.

Nach dem Gespräch lag ich wach und dachte noch eine Weile nach. Und heute Vormittag rief ich Camilla an – sie *heißt* Camilla, sie sagte »Camilla«, als sie ans Telefon ging, und ich habe es mir aufgeschrieben, ich muss mir jetzt merken, dass sie Camilla heißt. Wir verabredeten, dass sie nachmittags kommen und einkaufen sollte. Das hat sie auch gemacht. Ich habe beschlossen, eine Art Estouffade zu machen, die allein vor sich hin schmoren kann, so dass ich nicht allzu viel Zeit fürs Kochen brauche, wenn Peter da ist. Und das Fleisch habe ich schon heute in die Marinade gelegt.

Camilla wirkte zum ersten Mal ein wenig bedrückt und ich fasste den raschen Entschluss, sie morgen zum Abendessen einzuladen, zusammen mit Peter. Es wäre doch amüsant, wenn sie etwas mit sich anfangen könnten. Denn er ist auf dem Weg – vor einer Stunde hat er angerufen und gesagt, er hätte einen Platz im Flugzeug bekommen, vielleicht geht er gerade an Bord, während ich das hier schreibe.

Unterdessen ist Steffen hier gewesen. Ich muss sagen, es war ein ereignisreicher Tag. Denn er tauchte urplötzlich auf, unangemeldet, was er sonst nie tut; er stand vor der Tür und sagte, er hätte etwas, das ich sehen *müsse*. Ich hatte noch nicht mit den Küchenvorbereitungen begonnen, also gingen wir in den Wintergarten, wo er mit triumphierender Miene zwei Fotokopien aus der Tasche zog.

Die liebe Seele, er war in der Zentralbibliothek gewesen und hatte sämtliche Nachschlagewerke, die er finden konnte, durchwühlt – und war in der *Encyclopædia Britannica* fündig geworden.

Orffyreus gibt es tatsächlich!

Eigentlich weiß ich nicht, ob ich daran geglaubt hatte oder eher an das Gegenteil, ich hatte es wohl einfach so stehen lassen; aber den Beweis schwarz auf weiß zu sehen, elektrisierte mich völlig: In Band VII stehen zwei Zeilen unter dem Namen: *Orffyreus, real name Johann Ernst Elias Bessler (1680–1745), German physicist.* Und dann folgt ein Verweis zum ausführlichen Artikel über das Perpetua mobile in Band 14 der »Macropedia«.

Hier steht er mit der französischen Form seiner Vornamen, Jean Ernest Elie – sein Förderrad wird erwähnt, aber abgetan als eines der »over-balanced wheels«, die Erfinder zu unterschiedlichen Zeiten als echtes Perpetua mobile ausgegeben haben. Allerdings steht dort, dass der holländische Physiker W. J. Gravesande Orffyreus' letztes Rad untersuchte und in vieler Hinsicht von dessen Konstruktion beeindruckt war. (Was soll das eigentlich heißen? Beeindruckt von dem gerissenen Humbug – oder beeindruckt davon, dass es wirklich funktionierte?)

Steffen und ich stürzten uns auf den Lexikonvorrat des Hauses und suchten nach Gravesande, tatsächlich gab es auch ihn, und in seinem Fall existiert keinerlei Verdacht auf Scharlatanerie. Er ist einer der wahren Helden der Wissenschaftsgeschichte, ein hoch angesehener Mathematiker und Astronom, einer der ersten, die Newton anerkannten. Der alte Freiherr erwähnt ja irgendetwas von einem »berühmten holländischen Gelehrten«, hier haben wir offensichtlich seinen Namen.

Und wir haben Orffyreus' richtigen Namen. Bessler.

Das ist unerwartet – und spannend. Es ist wie ein Fingerzeig von außen, eine Gewissheit für etwas, das bisher nur eine Möglichkeit war, und ich weiß nicht, wer von uns beiden davon mehr fasziniert war, Steffen oder ich. Aber er hatte es eilig und wollte weiter und ich musste Peters Besuch vorbereiten; wir mussten die Spekulationen auf ein andermal verschieben und verabredeten, dass wir uns schon bald zusammensetzen und einen neuen Versuch starten wollten, das seltsame Buchstabenrätsel auf der Tür von Orffyreus' Uhr zu lösen.

Dann rannte Steffen zu seinem Fahrrad und ich trug die

Fotokopien hinauf in Ullas Zimmer. Hier werde ich mir mein Bett machen. Peter schläft gewöhnlich in seinem alten Zimmer, wenn er hier ist, das hat sich so eingebürgert. Ich saß da, schaute auf die Texte und blätterte in meinem eigenen Manuskriptstapel, hoffte vielleicht, über irgendeinen Schlüssel zu stolpern, aber es kam mir keine zündende Idee.

Es gab auch noch andere Dinge zu erledigen. Wenn man Rindfleisch marinieren will, muss man es ordentlich machen; es muss mindestens einen Tag stehen.

Drei Tage sind inzwischen vergangen. Peter ist weitergereist und es war schön, ihn hier gehabt zu haben – wir sind uns ein klein wenig näher gekommen, trotz seines ganzen amerikanischen Wesens. Die reine Idylle war es allerdings auch nicht. Tatsächlich muss ich ein paar eklatante Misserfolge festhalten.

Er kam am frühen Vormittag und war aus Sparsamkeit mit dem Bus gefahren, anstatt ein Taxi zu nehmen. Allerdings hatte er auch nicht viel Gepäck dabei, nur einen kleinen Koffer und eine Schultertasche. Ich fragte ihn, ob er sich nicht ausruhen wolle, aber er bedankte sich und erklärte, dass er im Flugzeug ein bisschen geschlafen hätte und »es aussitzen« wollte. *Es* war der Jetlag, der mich beim einzigen Mal, als ich ihn drüben besuchte, so gequält hatte; offenbar hatte er gelernt, ihn ohne große Beschwerden zu überwinden.

Ich ging mit ihm nach oben in sein altes Zimmer mit dem frischbezogenen Bett und er packte notdürftig aus. Eine Flasche edlen kalifornischen Rotwein hatte er als Geschenk mitgebracht, ich bedankte mich anständig und legte sie auf das Weinregal in der Küche, als wir wieder hinunterkamen. Dann gingen wir in den Garten, das Wetter war wunderschön – wir hatten die letzten Tage recht stabilen Hochdruck –, und stellten zwei der weißen Gartenstühle auf den Rasen in die Sonne, die noch nicht ganz bis zur Terrasse gekommen war.

Und er erzählte. Ein bisschen von Ingrid und Ben, ein bisschen von sich und seiner Arbeit, nichts epochemachendes Neues, aber ich war glücklich, auf dem Laufenden gehalten zu werden. Ich erzählte ein wenig über mein Befinden, von meinem ruhigen Leben, das sich noch immer hier im Haus und im Garten abspielte, von den Tabletten, die man mir verschrieben hatte und dass ich so weit wie möglich vermied, sie einzunehmen. Und er erzählte viel über das letzte phantastische Baseballspiel, das er gesehen hatte, zwischen New York Irgendwem und einer anderen Mannschaft, deren Namen ich komplett vergessen habe. Es ist mir noch immer rätselhaft, worum es bei dem Spiel eigentlich geht, abgesehen davon, dass es eine Art Schlagball ist, aber er geht völlig darin auf und echte Begeisterung ist nie langweilig.

Wir aßen ein typisch dänisches Mittagessen mit Hering, Käse und allem, was dazugehört, und redeten weiter. Ich erzählte ihm, was ich derzeit las und womit sich die Kollegen im Institut beschäftigten – Dinge, die er sich bestimmt genauso verständnislos anhörte wie ich seine Baseballgeschichten. Dann schlug er vor, mir im Garten zu helfen. Er ging nach oben, zog ein paar Shorts an und wir jäteten zwischen den Stauden mit einer Gründlichkeit, die jedem Hofgärtner Ehre gemacht hätte. Jedenfalls hielt die gute Stimmung an und wir tauschten weiterhin kleine Bemerkungen aus, die uns gerade einfielen; Peter hat eine unkomplizierte Offenheit, die den Umgang mit ihm leicht macht, das muss ich sagen. Wenn er mich für eckig, akademisch und europäisch hält, lässt er es sich jedenfalls nicht anmerken.

Nur die Geschichte von Ulla und ihrem – nein, inzwischen

muss ich wohl sagen meinem und ihrem – Manuskript erzählte ich ihm nicht. Ein paar Mal war ich kurz davor, das Thema anzuschneiden, aber jedes Mal spürte ich eine Schwelle. Ich wollte ihn nicht einweihen. Ich weiß nicht, warum, aber so ist es.

Allmählich wurde es Zeit zu essen, also ging ich rein und bereitete das Abendessen vor. Peter zog sich um und Camilla kam pünktlich um sechs. Ach ja. Es war von Anfang an misslungen. Da saßen wir nun, drei Personen, die nichts miteinander zu tun hatten, am Tisch im Esszimmer, denn ich hatte den Tisch gern etwas vornehmer decken wollen und der Gartentisch ist dafür zu klein. Camilla hatte sich um die Augen geschminkt und ein hübsches Sommerkleidchen angezogen, Peter trug ein Jackett, aber ich musste mit ansehen, wie sie vor meinen Augen dahinwelkten. Er vermutlich vor Müdigkeit, die ihn nun doch einholte, sie aufgrund einer unbestimmten Enttäuschung. Wahrscheinlich hatte sie etwas erwartet, auf einen neuen Kontakt gehofft. Ich hatte ja selbst im Stillen ähnliche Hoffnungen gehegt.

Die Unterhaltung verlief zäh, unentschlossen sprachen wir abwechselnd Dänisch und Englisch und aus lauter Höflichkeit verfielen Camilla und Peter mehrfach in die Sprache, die sie am schlechtesten konnten. Und obwohl sie das Essen und den Wein lobten – ich hatte einen Bardolino genommen, der gut zu den provenzalischen Kräutern passte –, wurde es in keinem Moment so leicht und heiter, wie es hätte sein sollen.

Es gibt keinen Grund, sich in Details zu verlieren. Es ist wohl einfach nur so, dass man das Leben anderer Menschen nicht steuern kann. Ich kann es jedenfalls nicht. Hinterher habe ich mich gefragt, was ich eigentlich hatte erreichen wollen, ich bin mir wirklich nicht im Klaren darüber. Ein Paar aus den beiden machen, nur weil sie in meinen Augen ein wenig einsam und bedrückt aussahen? Oder Peter stärker an meine kleine Welt binden, weil ich selbst darin gebunden bin? Oder wollte ich ganz einfach das Gefühl haben, dass ich in diesem Leben doch noch *etwas* bewirken kann, bevor es unwiderruflich an mir vorbeizieht?

Jetzt flenne ich wieder. Das will ich nicht.

Weiter.

Am Tag danach, also vorgestern, war Peter ausgeschlafen und in glänzender Stimmung. Ich hatte nicht sonderlich gut geschlafen, dennoch ging es mir eigentlich ausgezeichnet, schließlich war es ja schon etwas Besonderes, ihn im Haus zu haben. Wir frühstückten im Garten, allerdings ohne uns so ausführlich über Neuigkeiten aus der Familie und andere Vorkommnisse auszutauschen wie am Vortag, das Wichtigste war ja geklärt. Ich las die Zeitung. Fragte Peter, ob er einen Teil wollte, er wollte nicht. Er ging in die Wohnung und kam mit einem Buch heraus, setzte sich und schaute ein bisschen hinein, stand wieder auf und lief auf und ab, schließlich ging er wieder hinein.

Plötzlich kam er mit dem breiten Lächeln eines Jungen im Gesicht auf mich zu.

»Ich habe ein Taxi bestellt.«

»Willst du ausgehen?«

»Nein, *wir* wollen ausgehen.« Er kam näher und zog mich aus dem Stuhl. »Komm schon, Papa, zieh ein anderes Hemd an, dann fahren wir in die Stadt und sehen uns das mal an – *those Palace Gardens.*«

»Was willst du? Ja, aber ich …«

»Da, wo der Springbrunnen ist. Wo die Königin wohnt.«

»Amaliehaven?«

»Ja, ja, komm schon.«

Wenn es ein geplantes Überrumpelungsmanöver war, dann gelang es vollkommen. Ich war starr vor Entsetzen bei dem Gedanken, das Haus zu verlassen, aber es erschien mir mühsam und demütigend, dagegen anzukämpfen, außerdem war das Wetter verlockend und Peter lenkte mich mit diesem vollkommen überflüssigen Wechseln des Hemdes und einem anderen Paar Schuhe ab, bis das Taxi draußen hupte.

»Vergiss deine Schlüssel nicht«, sagte er mit einem Lächeln, als wir vor der Tür standen. Ich hatte sie nicht vergessen. Eigentlich war es ein stolzer Moment. Es war lange her, seit ich das letzte Mal die Tür von außen ins Schloss geworfen hatte.

Auf dem Weg in die Stadt, im Taxi, dachte ich euphorisch, dass es schon gehen würde. Ich war geborgen in der Höhle des Autos und neben mir saß mein großer breitschultriger Sohn, um mich zu beschützen. Ich schaute mit einer schon fast bebenden Neugierde aus dem Fenster; all die bekannten Straßen und Plätze erschienen im Sonnenschein neu und strahlend, fremd und interessant, ein Gefühl, wie ich es früher einmal hatte, wenn ich die ein oder andere ausländische Großstadt zum ersten Mal sah. Kopenhagen im Sommer ist hübsch und beinahe unfassbar hübsch, wenn man die Stadt mit dem Blick eines gerade entlassenen Langzeitpatienten oder eines freigelassenen Gefangenen sieht – so saß ich in diesen Minuten da und schaute.

Wir erreichten Amaliehaven, Peter bezahlte und kam zu meiner Tür, um mir herauszuhelfen – obwohl ich physisch nicht hinfällig bin, ich kann noch gut laufen! –, und dann standen wir da.

Es war überwältigend. Auf der einen Seite der Schlossplatz – im Hintergrund die große leuchtende Kuppel der

Marmorkirche – mit der grünspanfarbenen Reiterstatue, die aussah, als würde sie sich in würdigem Trab von uns entfernen – auf der anderen Seite die Gartenanlage mit den strengen Steinfassungen und der enormen Fontäne, die brauste, nein, brüllte und unzählige unterarmdicke Strahlen von schäumendweißem Wasser in die Luft schickte. Peter hakte mich unter und wir gingen rund um das Becken in Richtung offenes Meer. Am Kai lagen ein paar Segelschiffe und schräg gegenüber türmte sich rechts der Koloss der Oslo-Fähre. Die Sonne darüber blendete, das Wasser glitzerte und ich drehte mich um und ging zurück zum Springbrunnen, noch immer vollkommen überwältigt, draußen zu sein, in dieser offenen Welt voller Sonne, Pflastersteine, Wasserspritzer und menschlicher Stimmen.

Es war bereits warm, doch das brausende Wasser strahlte Kühle aus und die Leute genossen sowohl die Sonne wie auch die Frische. Viele Touristen liefen mit Sonnenbrillen und Kameras hin und her und fotografierten sich alle mit der gleichen Einstellung vor dem perspektivischen Einblick über den Schlossplatz. Es waren Japaner und einige von Peters Landsleuten und es gab eine ganze Gruppe junger Menschen beiderlei Geschlechts in kurzen Radlerhosen und diesen undurchdringlichen Sonnenbrillen, die so modern geworden sind. Sie schäkerten miteinander, ich weiß nicht, woher sie kamen, aus Italien vielleicht, ein bisschen olivenfarben sah ihre Haut jedenfalls aus. Sie wirkten so munter und selbstsicher, so immun gegen die Aufmerksamkeit anderer und so jung.

Und irgendwo unter all dem lauerte das Biest. Als ich ihm für einen Augenblick den Rücken kehrte, bildlich gesprochen, sprang es zu – und schlug mit satanischer Freude seine Zähne in mich. Sämtliche Symptome waren da, schlagartig.

Ich bekam Herzklopfen, dass mir schwarz vor Augen wurde, ich begann am ganzen Körper zu zittern, die Knie gaben unter mir nach und beinahe hätte ich Peter umgerissen, der mich mit Müh und Not zu einer Steinbank schleppte, auf die ich mich setzen konnte. Die Leute haben bestimmt gegafft, aber ich achtete nur auf sein fragendes, stirnrunzelndes Gesicht.

»Ist es zu viel?«, fragte er.

Ich fuchtelte kraftlos mit den Armen und sagte irgendetwas, dass wir nach Hause müssten.

»Glaubst du nicht, dass es verschwindet, wenn du hier einen Moment sitzen bleibst?«

»Neinneinnein«, sagte ich verzweifelt und er verstand, dass es ernst war. Er hakte mich unter, brachte mich zum Bürgersteig und irgendwie gelang es ihm, ein Taxi anzuhalten, das von einem Hotel ein Stück weiter unten an der Toldboldgade kam. Er riss die Tür auf, stopfte mich hinein, rannte um den Wagen zur anderen Hintertür und noch bevor er sie zuwarf, hatte er dem Fahrer gesagt, wo wir hinwollten.

»Ihm wird doch nicht schlecht werden?«, fragte der Fahrer und warf mir einen schrägen Blick zu.

»Nein«, sagte Peter und der Fahrer fuhr widerwillig an. »Sagen Sie Bescheid, wenn ihm schlecht wird«, sagte er noch einmal.

»Ja«, sagte Peter, »*and now, just* SHUT UP AND DRIVE!!«

Die letzten Worte brüllte er mit einer derartigen Aggressivität, dass man im Wagen eine Sekunde das Gefühl hatte, als wäre man in einer explosiven Druckkammer. Aber ich konnte mich nicht einmal mehr erschrecken. Den Rest der Tour sagte der Fahrer keinen Mucks und wir auch nicht. Innerlich war ich vollkommen gelähmt, hatte mich allerdings insoweit erholt, dass ich selbst aussteigen, die Pforte öffnen und die Haustür aufschließen konnte.

In dem Moment, als ich über die Schwelle trat, vermisste ich Ulla entsetzlich. Ich konnte nichts dazu, ich wünschte mir nur so sehr, dass sie da gewesen wäre, denn sie hätte es verstanden und hätte etwas dazu gesagt – nur ein paar andeutende Worte, die aber gezeigt hätten, dass sie es so akzeptierte, wie es war, weder mehr noch weniger. Und dann hätte sie dieses Licht um sich gehabt …

Auf der ganzen Welt hätte ich in diesem Augenblick dieses Licht am allermeisten gebraucht und plötzlich strömte mir das Wasser aus den Augen und ich schluchzte.

»*It's okay. It's okay. I'm sorry. My fault*«, sagte Peter immer wieder und klopfte mir mit männlichem Einverständnis auf den Rücken. Er glaubte, ich würde aus Scham weinen und mich über das Weinen schämen. Ich versuchte zu protestieren und wollte ihm erklären, wie es sich in Wahrheit verhielt, gab es dann aber auf. Wie sollte ich.

Ich beruhigte mich wieder, nun, da ich mich in meinen eigenen vier Wänden befand, trotzdem musste ich nach oben gehen und mich ein bisschen ausruhen. Abends hat Peter gekocht und zwar ausgezeichnet; so etwas lernt man wohl, wenn man Junggeselle oder *single* ist oder wie das heutzutage heißt.

Gestern haben wir im Garten gesessen und Schach gespielt, bis er aufbrechen musste, um den Nachmittagszug nach Deutschland zu erreichen. Ich fragte, wen er dort besuchen wolle, und er antwortete, es gäbe da ein nettes Mädchen, die für eine Autovermietung arbeite. Amerikanerin. Er war allerdings nicht sonderlich mitteilsam und ich insistierte nicht weiter. Ganz allmählich war zwischen uns eine Art neue Vertraulichkeit entstanden, trotz des missglückten Ausflugs oder vielleicht gerade deswegen. Er hatte gesagt, dass ihm seine Idee leid täte, aber kaum dass er anfing, hatte ich ihm auch schon verziehen. Es war doch ganz klar, dass er es wegen mir getan hatte – ein beherzter Versuch in einer alles andere als bösen Absicht.

Unmittelbar bevor er ging, umarmte er mich, und mir ging ein merkwürdiger Gedanke durch den Kopf: Jetzt habe ich zwei Söhne.

Und nun ist es still im Haus. Wieder. Ich habe mein Bettzeug aus Ullas Zimmer geholt. Wieder. Und wieder sitze ich hier vor der Schreibmaschine, der Freiherr wartet.

»Auch bei späteren Gelegenheiten erzählte mir Herr Achilleus Episoden aus seinem abenteuerlichen Leben, doch niemals so mannigfaltig und ausdauernd wie an jenem Abend.

Bisweilen versuchte ich ihn mit meinen eigenen Erlebnissen im Krieg, oder was ich sonst erwähnenswert fand, zu unterhalten, doch ich merkte bald, dass es ihn weitaus mehr interessierte, selbst zu erzählen; und da meine Erinnerungen mich zudem an mein früheres freies Leben denken ließen und somit nur den dringlichen Wunsch zu entkommen nährten, hörte ich rasch auf damit. Dass er mir in dieser Weise einen Einblick in sein Leben gab, knüpfte das Band zwischen uns indes nur noch enger, und ich begann eine besondere Verantwortung für sein Wohlbefinden zu empfinden.

Er ging nicht so häufig ins Badehaus, denn jeder Gang aus dem Haus zehrte an seinen Kräften; er behalf sich mit einer Waschschüssel und an den kalten Tagen, die nun gekommen waren, sorgte ich für heißes Wasser, das in einem Kessel auf dem kleinen Holzofen seiner Stube erhitzt wurde, brachte ihm Handtücher aus dem Badehaus und nahm sie wieder mit dorthin.

Eines Morgens jedoch, als ich mich auf den Weg machen wollte, rief er mich durch die geöffnete Tür und bat darum, mich begleiten zu dürfen; ich stützte ihn auf dem Weg und bot an, ihm selbst beim Baden zu helfen.

Von Zeit zu Zeit kam es vor, dass ich, wie am ersten Tag meiner Arbeit im Badehaus, einem gebrechlichen Alten helfen musste, sich zu waschen; es fiel mir nicht schwer, bereitete mir allerdings auch keine Freude. Herr Achilleus jedoch bekundete ein derartiges Wohlbehagen und eine solche Dankbarkeit, dass es geradezu ansteckend war. Bereits die starke Hitze im Haus ließ ihn vergnügt lächeln, und als ich ihm aus den Kleidern half und ihn in ein Laken wickelte, scherzte er über seine römische Tracht und sagte, hier wäre es ebenso heiß wie unter Italiens Himmel.

Als ich ihm in einen Zuber half und mit heißem Wasser übergoss, schloss er die Augen und öffnete sie erst wieder, als ich ihn bat aufzustehen; während ich ihn schrubbte und seine mageren Glieder rieb, saß er die ganze Zeit wie ein vertrauensvolles Kind mit geschlossen Augen da und gab mir flüsternd zu verstehen, wie gut es ihm tat.

Nie zuvor hatte ich erlebt, dass diese Handlungen mir selbst gut taten, doch in mir erwachte Sanftmut gegenüber diesem alten Mann, der sich hier buchstäblich in meine Hände begeben hatte, ohne meine Aufwartung und Hilfe als etwas einzufordern, das ihm zustand. Auch war er nicht unterwürfig und katzbuckelnd, wie ich es bei meinen Bauern gesehen hatte, wenn ich ihnen etwas schenkte.

Mit Herrn Lucas' Erlaubnis brachte ich ihn wieder nach Hause. Wir gingen in seine Stube und er setzte sich auf einen

Stuhl, zog seine kleine Kappe vom Kopf, legte sie sich in den Schoß und sagte mit großer Inbrunst zu mir: Gott segne Euch, Herr Bileam. Und ich antwortete: Und Euch ebenfalls, Herr Achilleus. Dann ging ich zurück zu meiner Arbeit.

Als ich gegen Ende des Tages selbst mein wöchentliches Bad nahm, kamen mir meine Glieder im Vergleich mit den seinen stark und kräftig vor; und ich dachte daran, wie wenig man doch auf seine Gesundheit achtet, solange man noch in ihrem Besitz ist. Und ich dachte daran, dass die köstlichsten Gaben von Gott und den Menschen diejenigen sind, die sich nicht mit den Händen greifen lassen.«

X

Die Götter mögen wissen, womit ich eigentlich die Zeit herumbringe. Peters Besuch war ein Ereignis, so kurz er auch war, trotz des soundsovielten Überfalls des Biestes. Als er abgereist war, hatte ich wieder dieses sonderbare Gefühl, dass ich mit den interessanten Dingen haushalten muss, dass ich nicht genug erlebe, um meine Tage auszufüllen. Gartenarbeit ist ausgezeichnet, Hausarbeit, Dinge, mit denen man sich lange beschäftigen kann. In die Luft gucken.

Mit dem wehmütigen Dämmerlicht des Gartens im Rücken saß ich gestern Abend stundenlang in einem Sessel im Wintergarten und hörte Radio, 2. Programm. Das Konzert begann mit einem Orchestersatz von Alban Berg, danach folgte eine Symphonie von Mahler. Ich hatte eine Flasche Wein auf dem Sofatisch und arbeitete mich mit kleinen Schlucken langsam zum Boden vor. Alles beruhigte sich. Ich hörte die Musik, der man gut zuhören konnte – nicht zu banal und nicht zu fordernd. Und ich hörte die Konzertsaalatmosphäre, das besondere Echo, die kleinen unterdrückten Huster im Publikum, die gesetzte Pause direkt nach dem Verklingen des Schlussakkords, kurz bevor der Beifall losbricht. In der ersten Sekunde klingt der Beifall wie die Wirklichkeit, dann schlägt er um und hört sich an wie atmosphärischer Lärm oder wie die mit einem billigen Kassettenrekorder aufgenommenen Niagara-Fälle. Erst danach wird ausgeblendet.

Doch diese Wirklichkeit, diese Atmosphäre von krawattentragender, erhabener Präsenz gefällt mir. Als wäre ich an einem anderen Ort, als wäre ich unter anderen Menschen. Allerdings kam hinterher der Sprecher und zerstörte die Illusion – es handelte sich um die Wiederholung einer vier Jahre alten Konzertaufnahme. Reine Konserve, aber immerhin, ich war eine Zeit lang meiner Umgebung enthoben.

Hinterher Klaviermusik. Beethoven. Ein japanischer Pianist. Ich konnte nicht hören, ob es etwas Besonderes oder Bahnbrechendes war. Aber alles in allem doch besser als gar nichts – mit einem Glas Rotwein in der Hand dasitzen und die bekanntesten Themen der Appassionata mitzubrummen, während die Promille steigen. Dann kam wieder der Sprecher. Im 2. Programm haben sie so eine besondere Art zu sprechen, sachte und hingehaucht, als wäre es ihnen streng verboten, die große Kunst zu stören oder die Hörer aufzuwecken. Nun ja, lieber so als diese Schreierei im 3. Programm, wenn sie versuchen, absolut Sinnloses als das absolut Wichtigste zu verkaufen. Jedenfalls hörte ich nicht, was angesagt wurde, und als dann gregorianische Mönchsgesänge aus den Lautsprechern tönten, schaltete ich ab und ging zu Bett. Nach einem Abend in Gesellschaft mit nichts – oder mit mir. (Wo ist der Unterschied?)

Natürlich gibt es noch immer die Bücher. Die bekannten und die, die man noch nicht gelesen hat. Man zieht sie aus dem Regal, schlägt sie an einer zufälligen Stelle auf und plötzlich sind zwei Stunden vergangen. Vorgestern war es wieder Schiller, *Der Geisterseher* – ich hatte vergessen, wie spannend der Anfang ist, bevor das Theoretisieren mit ihm durchgeht. Möchte wissen, ob es das heilige philosophische Feuer oder der besserwisserische Drang zum Dozieren war, der ihn sein eigentliches Projekt vergessen ließ?

Sein Ansatz war ja richtig. Die spannendsten Geschichten sind doch immer die besten. Jetzt sitze ich wieder an der Maschine, an dem kleinen Arbeitstisch, Ullas handgeschriebenes Heft liegt links neben mir, mein eigener Papierstapel in einem Haufen rechts. Er entwickelt sich nach seinen eigenen Regeln. Je weiter ich mit der Abschrift komme, desto mehr verknotet sich meine eigene Geschichte mit der des Freiherrn – zwei Fäden in Ullas Hand, in ihrer schlanken Hand, die niemals wieder eine Zeile schreiben wird.

Und ich denke an die Artikel, die ich eigentlich lesen müsste, ich denke an die Forschungsarbeit, die ich hier zu Hause leisten könnte, an das ganze Material meiner Doktorarbeit, das noch immer in Mappen und Karteikästen schlummert. Eigentlich wäre es naheliegend, aus meiner emeritierten Notwendigkeit eine Tugend zu machen. Aber so sehr ich mir auch vormache, dass ich mich mit wesentlichen akademischen Dingen zu beschäftigen hätte, so ist es doch Lienhard E.s sonderbares Erbstück, um das sich meine Gedanken in erster Linie drehen. Als würde sich darin ein verlockendes Geheimnis verbergen, etwas, dem ich gerade auf die Spur zu kommen beginne.

Ich glaube, ich habe Peter ganz einfach deswegen nichts davon erzählt, weil er es ohnehin niemals begreifen würde. Auch Steffen gegenüber hatte ich eine Schwelle zu überschreiten, bevor ich ihn einweihen konnte, aber schließlich habe ich es getan und er reagierte darauf mit dem rechten Geist. Peter ist so gerade heraus und ohne jeden Sinn für Geheimnisse. Er müsste im Übrigen inzwischen wieder zu Hause sein, aber ich habe nichts von ihm gehört. Es macht mir ein wenig Sorge. Absurd, das liegt nur daran, weil er gerade hier gewesen ist; normalerweise denke ich überhaupt nicht darüber nach, wo er gerade ist und ob es ihm gut geht.

Am Abend nach unserem Ausflug und dem hastigen Rückzug, also am Tag vor seiner Abreise, bat er darum, sich das alte Fotoalbum ansehen zu dürfen. Ich habe mehrere, wusste aber genau, welches er meinte. Das Rotbraune mit den Bildern von den letzten paar Jahren, bevor Ingrid und er gegangen sind. Die Bilder von Peter als Baby hat sie bekommen, die Bilder, auf denen er ein bisschen größer ist – also indirekt von den Ruinen unserer Ehe – behielt ich.

Die Alben stehen unten rechts in dem großen Regal an der Außenwand des Esszimmers. Ich hatte sie jahrelang nicht mehr in der Hand gehabt. Als ich das rotbraune Album herauszog, fiel mir ein dünner Umschlag entgegen; er musste hochkant neben dem Album gestanden haben. Ich machte die Klappe auf und mich durchfuhr ein kleiner Stoß – es waren zwei ziemlich große Schwarz-Weiß-Bilder von mir und Nolli, deren Existenz ich bis zu diesem Augenblick vollkommen vergessen hatte.

Ich legte den Umschlag wieder ins Regal, ich brachte es nicht fertig, ausgerechnet jetzt in *diese* Seite der Geschichte einzutauchen. Stattdessen ging ich mit dem Album zu Peter und wir blätterten die Bilder durch, er und sein erstes richtiges Fahrrad, wir beide auf der Langelinie, er und Ingrid im Zoo (ein bisschen schief, bei beiden sind die Füße abgeschnitten – ich bin schon immer ein schlechter Fotograf gewesen, Ingrid war da besser) und so weiter und so weiter. Mir kam es vor, als sei das alles lange her, und für ihn muss es geradezu graue Vorzeit gewesen sein, aber er hatte ganz offensichtlich das Bedürfnis, seine Erinnerungen aufzufrischen. Er sah sich jedes einzelne Bild lange an, ohne etwas Besonderes zu sagen.

Ich war auch nicht besonders redselig. Meine Gedanken

schweiften ab und ich entschloss mich, die Bilder von Nolli erst wieder hervorzuholen, wenn ich die Ruhe dazu hatte.

Tatsächlich liegen sie jetzt vor mir. Als ich sie mir näher ansah, konnte ich mich auch wieder an die Umstände erinnern. Nolli hatte eine Freundin, die gern Fotografin werden wollte; sie besaß ein paar teure Kameras und eine eigene Dunkelkammer und eines Tages brauchte sie uns als Modelle. Wir gingen zum Spaß mit und fuhren nach Amager, zu irgendeiner Straße mit einer Baustelle; die Freundin stellte uns vor Kieshaufen und Straßenschilder, lief in merkwürdig gebückten Positionen vor uns hin und her und knipste. Zwei ganze Filme, glaube ich. Hinterher schenkte sie mir die Abzüge von zwei der besten Bilder.

Nolli wurde mit einem großen geflochtenen Sonnenhut ausstaffiert und ich trage ein offenstehendes Flowerpower-Hemd; diese Freundin hatte mich überredet, es zu kaufen, seither habe ich es bestimmt nie wieder getragen. Auf einem Bild sehen wir ein bisschen verschlafen aus, auf dem anderen lachen wir, ziemlich deutlich in Szene gesetzt. Es wirkt prätentiös, exzentrisch – die Freundin *war* exzentrisch, als Einzige bestand sie darauf, Nolli bei ihrem Taufnamen Leonora zu nennen –, aber in den Bildern steckt eine gewisse Faszinationskraft, denke ich. Wir sehen gelinde gesagt aus wie ein ungleiches Paar, eine verlorene Dame mit Hut und ein Deutschlehrer, der wie ein Hippie gekleidet ist; der verschwommene, zerwühlte Hintergrund mit seiner Atmosphäre aus provisorischer Anstrengung kontrastiert mit unseren messerscharf gezeichneten Gesichtern (meine Haut ist schlaff und großporig, Nollis glatt und geschminkt). Wenn die Freundin beabsichtigt hatte, einen Zusammenprall mehrdeutiger Assoziationen zu kreieren, ist ihr das eigentlich ziemlich gut gelungen. Auf den

Bildern wirken meine Augen hinter den Brillengläsern schmal und reserviert, während ihre Nachsicht zeigen – obwohl man sehen kann, dass auch Nolli sie wegen des grellen Lichts ein wenig zusammenkneift. Ja, je länger ich sie mir ansehe: nicht nur Nachsicht, sondern Herzlichkeit.

Nolli war für eine unserer Sekretärinnen am Institut eingesprungen. Als Aushilfe im Büro. Die Sekretärin war im Mutterschaftsurlaub, glaube ich, oder es gab einen anderen Grund, den ich vergessen habe.

Aber Nolli vergaß man nicht so leicht. Gertner, der damals das Institut leitete, stellte sie während einer kleinen morgendlichen Konferenz vor. Noch bevor er sehr weit gekommen war, nahm Nolli ihm das Wort aus dem Mund und sagte: »Ich heiße Nolli und ich kann von allem ein bisschen.« Das Letzte sagte sie mit einem Blinzeln im Auge, das eindeutig zweideutig war, wenn man so sagen kann, und einem kurzen Lachen aus ihrem großen rotbemalten Mund. Ich sah den meisten der Anwesenden an, dass sie sie unglaublich vulgär fanden, und diesen Eindruck hatte ich im Grunde wohl auch. Recht muss Recht bleiben.

Nolli hatte offensichtlich noch nie an einem Universitätsinstitut gearbeitet, zumindest war sie ein Stilbruch in unseren kleinen stillen Büros. Sie lachte dröhnend, sprach laut und lief immer mit großen auffallenden Ohrclips herum, sie trug Dauerwelle und hatte ihr Haar einige Töne dunkler als ihr natürliches Durchschnittsblond gefärbt (das sich nur an den Wurzeln zeigte); irgendwie grenzte sie sich gegen die hergebrachte Mode ab – ich kann nur nicht sagen, wie, da Mode mich nie interessiert hat –, wenn ich heute an sie denke, könnte ich nicht einmal sagen, ob sie ihrer Zeit voraus oder hinterher war. Sie war ganz einfach asynchron, und vielleicht verschaffte ihr das eine Art von Freiraum, zu tun und zu lassen, was sie wollte. Natürlich half es, dass sie tüchtig war und ihre neuen Arbeitsanforderungen problemlos und geschickt bewältigte. Ich kann mir lebhaft vorstellen, welche Konflikte und Maßnahmen sie sonst auf ihren dauergewellten Kopf herabbeschworen hätte.

Offenbar gelang es ihr auch, sich rasch Informationen über die Vorlieben und Abneigungen sämtlicher Institutsangestellten zu verschaffen – sie selbst war von entwaffnender Offenheit und viele revanchierten sich dafür, indem sie ihr Dinge erzählten, die sie sonst einer Fremden nicht erzählt hätten –, jedenfalls meine ich mich zu erinnern, dass es nur wenige Tage dauerte, bis wir uns am Poststapel trafen, ohne dass andere in Hörweite waren, und sie plötzlich zu mir sagte: »Lass den Kopf nicht so hängen, Robert. Lad mich lieber heute Abend in die Stadt ein.«

Ich tat es. Vielleicht um meine eigene männliche Selbstachtung ein bisschen zu stärken, andererseits war es auch ganz einfach und vollkommen richtig in diesem Moment. Und ich kann nicht behaupten, dass ich es je bereut habe. Auch nicht, als wir uns nicht mehr sahen und ich sie monatelang rein physisch vermisste, aber merkwürdigerweise ohne Reue oder Bitterkeit; es war eine Art Lauterkeit an ihr, die ich im Nachhinein respektiere und sehr hoch schätze.

Wir gingen ins Kino, in irgendeinen belanglosen Film, und ich erdreistete mich, in der Dunkelheit die Hand auf ihr Knie zu legen. So war die Situation, darauf lief es hinaus, noch nie hatte ich mir bei jemandem einen derartigen Annäherungsversuch herausgenommen. Sie nahm mit beiden Händen meine Hand, bog die Finger sanft zusammen, legte die Hand in ihren Schoß und streichelte sie, als wäre es ein Hundejunges. Mehr geschah vorläufig nicht, weder im Kino noch während des späten Abendessens in einem billigen Restaurant auf der Strøget (Hacksteak und Bier, soweit ich mich erinnere, es war noch die Zeit, bevor es Mode wurde, zu allem Wein zu trinken). Und dann gingen wir ohne weitere Umschweife oder Erklärungen zu ihr nach Hause. Sie hatte ihre eigene kleine Anderthalb-Zimmerwohnung irgendwo draußen im Nordwestviertel – das war nicht so normal wie heute, wo Gott und die Welt allein wohnen. *Single* sind, wie Peter sagt. Das Treppenhaus war von dieser brutalen, krankenhausartigen Sorte, mit Terrazzotreppen und dröhnender Akustik. Die Wohnung hingegen war beinahe übertrieben weich, gepolsterte Möbel, Langflorteppiche und dicke Veloursgardinen. Das Tüpfelchen auf dem i war der gehäkelte Klorollenschoner im Badezimmer.

Dennoch begann ich in den nächsten Monaten, die Wohnung zu mögen. Sie war kitschig, aber ehrlich. Und nachdem sie mir das Wohnzimmer und die Küche gezeigt hatte und wir mit einem Gläschen Portwein anstießen, weil ich das erste Mal zu Besuch war, zog sie mich fast bis auf die Unterhose aus und half mir bei meinen fummelnden Versuchen, sie von ihren Kleidern zu befreien, dann landeten wir irgendwie in dem winzigen Schlafzimmer. Heute weiß ich nicht mehr, wer von uns beiden zuerst vom Sofa aufstand oder das erlösende Wort sagte (wurde überhaupt irgendein erlösendes Wort gesagt?) – es ist auch egal.

Das Doppelbett, das bereit dastand und beinahe den gesamten Raum ausfüllte, war weiß und frisch; das Licht schaltete sie nicht an, nur der Schein einer Straßenlaterne fiel von unten schräg auf die Zimmerdecke. Wir ließen uns auf die Bettdecke fallen und streiften die letzten entscheidenden Kleidungsstücke ab. Sie war bereit und ich war bereit. Ich war nicht bezaubert, ich war nicht verliebt, ich lag nicht mit meinem Leben oder dem Herzen in der Hand da, aber ihr Körper war warm und duftete gut und wir hatten Lust aufeinander.

Ich denke, auch ihr gefiel es. Jedenfalls hat sie sich nie beklagt. Und nach dem ersten Mal, als ich höflich fragte – mit einer Spur von schlechtem Gewissen, weil es eigentlich zu spät war –, ob sie sich geschützt hätte, sagte sie nur: »Denk nicht drüber nach, ich sag's schon, wenn ich es nicht drin habe.« *Es* war ihr Pessar und sie machte kein Hehl daraus, dass sie eines hatte. Und benutzte.

Damals waren unerwünschte Schwangerschaften die größte Sorge. Heutzutage ist es wahrscheinlich Aids. Vermutlich verhalten sich die Menschen aber dennoch zu allen Zeiten gleich.

Nolli war nur ein einziges Mal hier im Haus. Nachdem Ingrid und Peter ausgezogen waren. Ich fand, sie sollte sehen, wie ich wohnte, aber ich spürte ziemlich deutlich, dass es ihr nicht gefiel. Ich meine nicht das Haus, sondern die Idee, mich zu besuchen. »Was für ein schöner Garten«, sagte sie höflich, als sie aus dem Fenster des Esszimmers sah. Weitere Dinge kommentierte sie nicht und die Bücher in den Regalen interessierten sie nicht. Das einzige Regal in ihrer eigenen Wohnung war je zur Hälfte mit Buchklubromanen sowie Puppen, Krügen und Nippes gefüllt.

Ich erinnere mich, dass ich geplant hatte, sie in meinem neuen, spartanischen Einzelbett zu verführen, aber daraus wurde nie etwas. »Es ist genau *der* Tag im Monat«, sagte sie und möglicherweise war es diesmal ein Vorwand. Möglicherweise aber auch nicht.

Später dachte ich dann, dass Nolli bei all ihrer Offenheit auch ihre Barrieren und abgeschlossenen inneren Zonen hatte. Jedes Mal, wenn wir zu ihr gingen, war ich ein Accessoire ihres Lebens. Wenn sie nicht mit zu mir kam, dann deshalb, weil sie kein Accessoire meines Lebens sein wollte. Es gab gewisse Grenzen, über die wir nie redeten. Heute hätten wir möglicherweise glücklich verheiratet sein können, Nolli und ich, wenn glatter, problemloser Sex der einzige Inhalt einer Beziehung zwischen einem Mann und einer Frau wäre. Aber so ist es nicht. Wir berührten die Eheproblematik sozusagen lediglich unter umgekehrten Vorzeichen, als Nolli mich damals mit zum Oberpräsidium begleitete, um als lebender Beweis für Ingrids berechtigte Scheidungsforderung zu agieren.

Es war eine Komödie. Aber nur in dieser Hinsicht. Denn was Nolli sagen sollte – und sagte –, war die reine, ehrliche Wahrheit.

Unsere Beziehung dauerte ungefähr genauso lange wie ihre Aushilfstätigkeit im Institut. Als sie aufhörte, sahen wir uns noch ein paar Mal, dann begann sie sich zu entschuldigen, wenn ich anrief, ohne große Umschweife oder detaillierte Erklärungen, nur: »Nein, nicht heute. Nein, morgen kann ich auch nicht. Versuch's nächste Woche noch mal, ja. Sonst geht's dir gut?«

Ich glaube schon, dass ich mich in gewisser Hinsicht so sehen kann, wie sie mich damals gesehen hat. Ich war akzeptabel, nicht allzu viele Jahre älter als sie und ich war ledig. Uns ging es gut. Irgendwann habe ich sie damals gefragt, wie sie diese Aushilfsbeschäftigungen aushielt – die ganze Zeit so von einem Arbeitsplatz zum anderen zu wechseln. Wir wussten beide, dass damit auch eine versteckte Frage nach ihren Männerbekanntschaften verbunden war.

»Vermutlich ist die ständige Abwechslung interessant«, sagte ich.

Sie dachte einen Augenblick – aufrichtig – nach und antwortete: »Nein. Man ist wieder weg, bevor etwas ganz schief gehen kann. Das ist das Gute daran.«

»Und das Schlechte?«

»Na ja, es bleibt keine Zeit zum Schlechtwerden.«

Ich habe nie gehört, dass andere Frauen sich derartige Gedanken machten. Na ja, allerdings kann ich auch nicht gerade behaupten, dass ich mit vielen Frauen über so etwas geredet hätte. Aber ich wusste nicht, wie ich Nolli einschätzen sollte, und eigentlich weiß ich es noch immer nicht so genau. Manchmal sah ich sie als eine Flüchtende, die tollkühn von einer Eisscholle zur nächsten springt, um Verpflichtungen und Langeweile zu entgehen; dann wieder sah ich in ihr eine souveräne Genießerin des Lebens, die genau wusste, was sie wollte – und es sich nahm.

Merkwürdigerweise störte es mich nicht, dass ich mir ziemlich schnell ausrechnen konnte, dass ich weder der erste noch der letzte Mann in ihrem Leben war, um es mal anständig zu formulieren. Wenn wir nebeneinander im Bett lagen, war sie so unmittelbar und präsent, dass alles andere gleichsam egal war. Alles war so wohltuend einfach. Vielleicht hätte man sie als einen weiblichen Don Juan bezeichnen können, wenn dem Don-Juan-Begriff nicht solch ein angestrengter Mief von prahlerischer Eroberung anhaften würde; Nolli war weder angestrengt noch prahlerisch, sie war echt.

Vielleicht bin ich aber auch ein Mann, der gern erobert werden will.

Was auch der Grund gewesen sein mag – es war vorbei, als es vorbei war. Mein Körper vermisste sie, aber ich machte keinen größeren Versuch, sie »zurückzugewinnen« oder dem Glück nachzujagen, das ich gehabt hatte. Ich wusste genau, dass es nichts nützen würde. Seitdem hatte ich andere Freundinnen, kurze, prüfende Beziehungen, die aber jedes Mal wegen irgendwelcher Unverträglichkeiten oder irgendwelcher Erwartungen, die nicht übereinstimmten, in die Brüche gingen.

Mit ihr war es einfach etwas, das aufhörte, ebenso unauffällig wie die Sonne eine bestimmte Anzahl von Stunden und Minuten nach ihrem Aufgang wieder untergeht. Der Tag dauert so lange, wie es im Kalender steht, es überrascht niemanden, und es ist sinnlos, sich darüber zu beklagen. Aber ich denke wirklich mit Freude daran. Nolli war ein guter Tag.

Eigentlich ist es sehr lange her, dass ich intensiver an diese Geschichte gedacht habe, aber es war ein nettes Wiedersehen, wenn man so sagen kann. Der Vormittag verging darüber. Jetzt habe ich zu Mittag gegessen und es ist Zeit, weiter an der Reinschrift zu arbeiten.

»Nicht lange danach, an einem der kürzesten und dunkelsten Tage des Jahres, bekam ich zu sehen, was es mit diesem Gewächshaus auf sich hatte, von dem ich an dem Tag gehört hatte, als der Sohn von Cain und seiner jungen Frau Immanuela getauft worden war. Ich traf Frau Deborah auf der Straße und machte eine Bemerkung über das kalte Wetter und sie entgegnete, ich könne sie ja zum Kräutergarten begleiten, wenn ich der Wärme bedürfe.

Habt Ihr denn eine Heizmöglichkeit dort, fragte ich verwundert und sie lachte und antwortete, die gäbe es sicher nicht, aber sie hätten ein kleines Haus, in dem es gerade so heiß wäre wie im Badehaus.

Ich folgte ihr und sie ging, den schwarzen Hund an ihrer Seite, in die Straße, die Sternstraße genannt wird, weil an ihrem einen Ende das Wirtshaus Zum Stern liegt. Sie schloss die Tür zu einem Haus auf, das in keiner Weise auffällig zu sein schien; hinter den Fenstern zur Straße befanden sich einige Kammern, die offenbar von niemandem bewohnt wurden. Frau Deborah ließ den Hund in eine der Kammern, er legte sich gehorsam auf eine alte Decke auf den Boden. Ich vermutete, dass er gewohnt war, hier zu sein, und Frau Deborah beantwortete meine Gedanken, als sie sagte: Ja, hier ist sein Platz, ich wohne oben. Sie zeigte auf die Deckenbalken, um mir zu erklären, dass ihre Kammern im oberen Stockwerk lagen. Sie hängte ihren Mantel an einen Haken neben der Tür und ich tat es ihr nach.

Dann öffnete sie eine Tür auf der gegenüberliegenden Seite der düsteren Diele; zur Straße hin war das Haus gewöhnlich und unansehnlich, doch zum Hof gab es, wie ich nun sehen konnte, einen einzigen großen Raum, der eingerichtet war wie ein veritables chemisches Laboratorium. Auf langen Tischen und auf den Wandregalen standen Kochgeschirr und Kolben Glas an Glas mit getrockneten Kräutern, Pulvern und farbigen Flüssigkeiten.

An einem der Tische stand eine Frau und als sie sich umdrehte, sah ich, dass es sich um Frau Immanuela handelte. Sie lächelte und nickte mir mit ihrem runden Kopf zu, sagte aber nichts, sondern nahm nur ihre unterbrochene Arbeit wieder auf; sie war eben dabei, einige Kräuter in einem Mörser zu zerstampfen. Ich dachte, es wäre doch sonderbar, sie hier zu finden, da sie doch einen Säugling zu Hause hatte, kam aber zu dem Schluss, dass sie wohl eine Amme oder ein Kindermädchen angestellt haben musste. Erst als sich dieses Bild in meinen Gedanken geformt hatte – falsch wie es war, denn hier gab es ja keinerlei Gesinde –, erblickte ich die kleine Wiege am Boden, zu Füßen der Mutter. Und in diesem Moment erwachte der Kleine und begann zu weinen, doch statt ihn sofort aufzunehmen, ging Frau Immanuela ruhig zu einer Waschschüssel und wusch sich zunächst sorgfältig die Hände, bevor sie zur Wiege zurückkehrte.

Der kleine Abel darf hierbleiben, solange er noch nicht krabbeln kann, sagte Frau Deborah zu mir. Wenn er allerdings größer wird, fuhr sie fort, wird Frau Immanuela nicht mehr so häufig kommen können, oder wir müssen jemanden finden, der das Kind betreut, denn ich schätze Frau Immanuelas Arbeit sehr, da sie gründlich und sorgfältig bei unseren Zubereitungen vorgeht.

Bevor ich fragen konnte, was sie denn zubereiten, winkte mich Frau Deborah zum Fenster und sagte: Seht Ihr dort draußen, Herr Bileam, das ist unser Kräutergarten.

Ich sah hinter dem Haus einen weitläufigen Hof. Ungewöhnlich daran war, dass er von lauter blinden Fachwerkmauern umgeben war; kein einziges Fenster noch irgendeine Öffnung bot einen Zugang zu diesem Stückchen Erde unter freiem Himmel, das nun von Schnee bedeckt dalag und nur undeutlich seine Wege und Beete zu erkennen gab. Dennoch zeichnete sich die Regelmäßigkeit des Gartens unter der Schneedecke ab, jedes Beet war quadratisch und von gleicher Größe, wie unterschiedlich die einzelnen trockenen Stängel in Höhe und Dichte auch waren, die aus dem Schnee ragten.

Und dort haben wir unsere herrliche Wärmequelle, sagte Frau Deborah und zeigte auf eine Ecke, die ich bisher nicht bemerkt hatte. Ich beugte mich näher zur Scheibe und sah ein kleines Gewächshaus mit einer niedrigen Steinmauer und einem Glasdach, das mit einem Schornstein versehen war, aus dem Rauch aufstieg. Offenbar war gut angefeuert worden, denn um die Mauer des Gewächshauses war der Schnee im Abstand von einigen Ellen geschmolzen und die nackte Erde schimmerte schwarz und feucht hindurch.

Frau Deborah führte mich zu einer kleinen Tür und schloss sie auf. Dahinter führte ein gemauertes Treppchen zu einem niedriger gelegenen Vorraum, in dem sich ein Holzstapel und ein bullernder Ofen als die Quelle der wunderbaren Wärme erwiesen; das eigentliche Gewächshaus indes lag hinter einer weiteren Treppe und einer abgeschlossenen Tür, die sie nun mit ihrem Schlüssel öffnete. Drinnen war es feucht und heiß, wie an einem schwülen Hochsommertag, und Frau Deborah zeigte mir zunächst, wie der warme Rauch des Ofens in einem sich verengenden Rohr aus Steingut, das entlang der Mauer verlief, herumgeführt wurde, bis er ins Freie entweichen konnte. Dann begann sie, mir die vielen Pflanzen zu erklären, die in den Töpfen und Kübeln wuchsen.

Die Gewächse, welche die meiste Wärme benötigten, standen der Ofenwand am nächsten, die anderen ein wenig weiter entfernt. Widerstandsfähige Pflanzen oder jene, die aus ähnlich kalten Gegenden wie unserer kamen, hatten ihren Platz draußen im Kräutergarten, hier drinnen jedoch wuchsen Pflanzen aus Afrika, aus Indien und den Ländern der spanischen Krone in Amerika. Ich kann mich heute – und auch an jenem Tag konnte ich es nicht – nicht mehr an all die Namen erinnern, die sie mir nannte, und an all den Nutzen, den diese Pflanzen hatten, gewisse Dinge indes prägte ich mir ein.

Es waren überwiegend Heilkräuter, die Frau Deborah hier zog, aber auch Pflanzen, die sie den heilenden Kräutern beimischte, denn häufig, so sagte sie, lag das Geheimnis der Heilkräfte in der Mixtur. Aus dem Fingerhutkraut gewann sie einen Extrakt, der ein schwaches Herz stärkte, aus der Kreuzblumenwurzel einen Saft, der gut gegen Husten war. Auch die Mohnblume mit ihren seltsam lindernden und einschläfernden Eigenschaften gab es hier. Solche Mittel wurden auf dem Handelsplatz oder an Apotheker, die sie bestellt hatten, verkauft, damit verdiente die Stadt Geld.

Noch wichtiger waren jedoch die Mittel, die nicht dazu dienten, Leben zu retten oder Schmerzen zu lindern, sondern einen schnellen und plötzlichen Tod brachten. Frau Deborah weihte mich in eine solchermaßen geartete Wirkung von einigen seltenen Pflanzen ein, wenngleich auch nicht in die genaue Zubereitung und Anwendung der Mittel. Diese Geheimnisse kannten nur sie selbst und einige wenige andere und nun war sie dabei, ihre Kenntnisse an Frau Immanuela weiterzugeben.

Ich fand den Gedanken an die sanfte junge Frau als Giftmischerin abscheulich, behielt meine Meinung jedoch zunächst für mich, denn ich will gern zugeben, dass es meine Neugierde doch sehr beschäftigte, was ich hier zu hören bekam, und meine Augen an Frau Deborahs Lippen hingen.

Sie zeigte mir eine Schlingpflanze, die mit dicken grünen Ranken unter dem Glasdach hing, und erklärte, dass man daraus ein Gift gewinnen könne, von dem nur ein wenig auf der Spitze eines Degens oder Dolches ausreichend wäre, um einen Menschen augenblicklich zu lähmen und im Handumdrehen zu Tode kommen zu lassen; es gab kein Gegengift gegen diesen Stoff, wenn man ihn allerdings aß oder trank, war er unschädlich.

Ein kleiner Baum in einem viereckigen Kasten mit Erde verbreitete einen balsamischen Duft und Frau Deborah erzählte, dass er von der Insel Madagaskar stamme, deren Bewohner seinen Samen benutzten, um Rechtsstreitigkeiten zu klären;

der Angeklagte wurde gezwungen, einen daraus gewonnenen Extrakt zu trinken: War er unschuldig, überlebte er; war er schuldig, starb er hingegen augenblicklich.

Und hieraus, sagte Frau Deborah und zeigte auf eine weitere Ranke, die an einen Pfahl gebunden war, gewinnen wir hübsche runde Samenkörner; sie sind rot mit einem schwarzen Fleck, man nennt sie Paternostererbsen oder Krebsaugen; bisweilen werden sie für Schmuck oder Rosenkränze verwendet. Doch wenn diese Erbsen zerstoßen oder gemahlen werden, wird ein Gift freigesetzt, so stark, dass die bloße Berührung ausreicht, um sich umzubringen. Nur eine geringe Menge an den Fingern und man wird krank und stirbt im Laufe von wenigen Tagen an Blutstürzen und zerberstendem Herzen.

Keine dieser Pflanzen hatte ich je zuvor gesehen, doch Frau Deborah erklärte mir überdies, dass starke Gifte auch aus Maiglöckchen, Bilsenkraut oder der Borke und den Nadeln der Eibe zubereitet werden können. Sie erzählte mir noch viele weitere Dinge, nur versetzten mich die feuchte Hitze des Gewächshauses und die bisweilen starken Düfte, welche die Pflanzen selbst in ihrer winterlichen Knospenruhe verströmten, in einen Zustand der Atemnot, wie Frau Deborah bemerkte. Sie hatte vermutet, sagte sie zu mir, dass ich durch meine Arbeit im Badehaus an Hitze gewöhnt sei; und ich wusste nur zu erwidern, dass die Luft hier anders und ich im Badehaus dünner bekleidet wäre.

Das ist richtig, sagte sie und wir gingen durch den Raum mit dem Ofen zurück ins Laboratorium. Die Luft dort, die mir zuvor ziemlich heiß vorgekommen war, kühlte und erfrischte nun meine Stirn. Frau Immanuela saß auf einem Stuhl und stillte das Kind, meine Anwesenheit brachte sie nicht im

Mindesten in Verlegenheit. Wieder musste ich daran denken, wie sonderbar es doch war, dass diese junge Mutter, deren Antlitz und Haltung eine solche Lebensfreude ausdrückten, lernen sollte, tödliche Gifte herzustellen; ein Wort darüber lag mir auf den Lippen, doch Frau Deborah hatte unterdessen ein Glas von einem Regal genommen und schüttelte es vor meinem Gesicht.

Seht, Herr Bileam, hier haben wir die Krebsaugen von unserer letzten Ernte.

Ich starrte auf die kleinen roten Erbsen im Glas und tatsächlich schienen sie mit stieren Krebsaugen zurückzustarren. Frau Deborah fuhr mit ihrer tiefen, eindringlichen Stimme fort: Ihr sollt wissen, Herr Bileam, hier in der Stadt können wir aus diesen Samenkörnern das Gift zu einer farblosen und beinahe unkenntlichen Flüssigkeit extrahieren, niemand sonst ist in diesem Teil der Welt dazu imstande. Es ist eine Kunst, die hoch geschätzt und fürstlich bezahlt wird von denen, die sie benötigen.

Und nun erzählte sie, wie vor nicht allzu langer Zeit ein Kirchenfürst von seinen Gefolgsleuten, die ihm eigentlich die Treue geschworen hatten, mit Hilfe eines vergifteten Gebetbuches umgebracht worden war, auf dessen Einband man die Flüssigkeit geträufelt hatte, von der sie gerade sprach. Zu meinem Entsetzen nannte sie mir auch seinen Namen, nahm mir aber im gleichen Augenblick das Versprechen ab, niemandem zu verraten, was ich gerade erfahren hatte. Ich habe dieses Versprechen gehalten und halte es auch hier, indem ich den Namen oder weitere Umstände dieser Begebenheit nicht preisgebe, obschon sie mir noch mehr darüber erzählte.

Neugierde und Bestürzung wetteiferten in meiner Brust und schließlich entfuhr es mir: Warum erzählt Ihr mir dies alles, Frau Deborah? Ist es denn nicht eine unverzeihliche Sünde, bei einem Mord behilflich zu sein? Wie könnt Ihr so etwas tun und wie könnt Ihr eine unschuldige Seele wie dieses junge Mädchen dazu zwingen, so etwas zu lernen?

Ich dachte, antwortete sie ernst, Ihr habt vielleicht wissen wollen, dass es mächtige Kräfte in der Welt gibt, die ihre Hand über diese Stadt halten und ihre Dienste benötigen. Und was Eure Gedanken über Sünde und Unschuld angeht, so bin ich anderer Ansicht. Wir alle müssen sterben und nur Gott kennt den Tag und die Stunde; es liegt in seiner Hand, ob das Werkzeug, das ich herstelle, benutzt wird oder nicht, ob der Einsatz gelingt oder fehlschlägt. Wart Ihr denn nicht selbst im Krieg, Herr Bileam? Sind die Handlungen eines Kriegers nicht auch die eines Mörders?

Im Krieg kämpft man für seine Heimat, antwortete ich.

Ich kämpfe auch für meine Heimat, entgegnete sie. Diese Stadt ist meine Heimat, ich habe nichts anderes, und wenn ich der Stadt durch mein Wissen und Können zu Einkünften und Schutz verhelfe, verteidige ich mich selbst und mein Leben. Wisst ihr, warum ich hierherkam?, fragte sie und zum ersten Mal sah ich Zorn in ihren Augen. Hätte ich besser dort bleiben sollen, woher ich kam, um gequält, misshandelt und vielleicht als Hexe verbrannt zu werden? Es war alter Brauch in meiner Familie, dass die Frauen die Kräuter und ihre Kraft kannten, und das gefiel gewissen Herren in meiner ehemaligen Heimat gar nicht.

Bevor ich ihr antworten konnte, fuhr sie erregt fort: Ihr glaubt doch wohl nicht, dass ich meine Kenntnisse nur einsetze, um zu töten, Herr Bileam? Habt Ihr die Wundsalbe bereits vergessen, mit der ich Euch kuriert habe? Und glaubt Ihr, mir wäre es egal gewesen, als Frau Immanuela ihr Kind gebar?

Glaubt Ihr, ich hätte ihr und dem Kind nicht geholfen und sie neue Kräfte sammeln lassen? Diese Unschuld, die Euch bei ihr so gefällt, hättet Ihr sicher nicht erkannt, wenn Ihr sie nur als eine Dienstmagd erlebt hättet, die vom Hof gelaufen ist und das Gold ihres Herrn gestohlen hat. Welches Leben hätte sie danach wohl erwartet, Herr Bileam? Zuchthaus oder noch Schlimmeres? Ist unsere Stadt nicht auch ihre Heimat, wo sie Mann und Kind haben kann und frei ist von dem Zwang, den eine ungerechte Herrschaft auf sie ausgeübt hat?

Ich sah hinüber zu Frau Immanuela und begegnete ihrem Blick. Sie sah von einem zum anderen, noch immer mit demselben sanften Ausdruck im Gesicht. Ich wusste nicht, wie viel sie von unserem Wortwechsel verstanden hatte.

Frau Deborah sah nun zu Boden. Vergebt mir, Herr Bileam, sagte sie mit veränderter Stimme. Ich habe meinem Zorn freien Lauf gelassen. Ihr tragt ja keine Schuld an dem Unrecht, das mir vor langer Zeit widerfahren ist.

Ich wusste nicht, was ich ihr antworten sollte, doch schließlich sprach ich aus, was ich dachte: Frau Deborah, mit einem Teil meines Herzens gebe ich Euch Recht.

Und ich ging hinaus und nahm meinen Mantel vom Haken, sie begleitete mich bis zur Tür und so trennten wir uns, ohne Feindschaft.

Mir war nicht danach, irgendwo hinzugehen, um zu essen oder andere Leute zu treffen, und als ich wieder in die Straße kam, in der ich selbst wohnte, dachte ich plötzlich daran, dass Herr Achilleus der Einzige war, mit dem ich diese Eindrücke und die Gedanken, die mir nun im Nachhinein kamen, teilen konnte. Ich klopfte an und trat in den Laden, in dem er wie beim ersten Mal, als ich ihn gesehen hatte, hinter seinem Tisch saß. Doch dieses Mal war es so schummrig in dem ohnehin dunklen Raum, dass Herr Achilleus ein kleines Talglicht angezündet und vor sich auf den Tisch gestellt hatte.

Mitten am Tag steckt Ihr eine Kerze an, fragte ich mit vorgetäuschter Heiterkeit, nachdem Herr Achilleus mich freundlich zu sich gebeten hatte. Ja, antwortete er, wer weiß, wie viel Licht meine alten Augen noch sehen werden. Doch womit kann ich Euch dienen, Herr Bileam; habt Ihr das Papier vollgeschrieben, das Ihr beim letzten Mal bekommen habt?

Nein, erwiderte ich, doch ich bitte Euch anzuhören, was mir widerfahren ist.

Diesen Dienst gewährte er mir gern und ich holte mir einen Stuhl, setzte mich zu ihm in den trauten Lichtschein und erzählte von meinem überraschenden Besuch im Gewächshaus. Nur bei der Sache, über die niemals zu sprechen ich Frau Deborah versprochen hatte, benutzte ich gewisse Umschreibungen und Allgemeinplätze, doch Herr Achilleus verstand zumindest, wie bedeutsam es war.

Als ich mit meiner Erzählung ans Ende gekommen war und wir beide eine Zeit lang geschwiegen hatten, stellte ich ihm die Frage, die meine Seele am meisten bedrückte: Warum habe ich all dies erfahren, ohne dass ich in irgendeiner Weise darum gebeten habe?

Herr Achilleus zog die Augenbrauen zusammen und seine sonst so kindlich sanften Züge wurden strenger; einen kurzen Augenblick sah ich in dem spärlichen Licht das Abbild des Mannes, der er einst gewesen war.

Ich bin alt, sagte er, warum sollte ich daher meine Gedanken verschweigen. Ich glaube, der Rat hat Euch als neuen Ratsherren ausersehen, da Herr Nicodemus aller Voraussicht nach bald in den Senat kommt.

Er hob die Hand, um die Einwände abzuwehren, die meiner großen Verblüffung entsprangen, und fuhr fort: Vor einigen Tagen, als Ihr Eurer Arbeit im Badehaus nachgegangen seid, kam Herr Phintias und holte sich Papier und Tinte. Er erkundigte sich jedoch auch ausführlich nach Euch und dem Eindruck, den ich mir von Euch gemacht habe, und ich kann sagen, dass ich nicht schlecht von Euch gesprochen habe, Herr Bileam, ganz im Gegenteil. Nun ist es in der Stadt recht gut bekannt, dass Herr Nicodemus, der gut dreißig Jahre lang Ratsherr gewesen ist, mehr an seinem Verstand als an seinen Gliedern geschwächt ist und es notwendig werden könnte, einen Ersatz für ihn zu finden. Und es kommt nicht so häufig vor, dass Leute hierherkommen, die geeignet sind, Beschlüsse für andere zu treffen. Ihr habt Erfahrung darin, Herr Bileam.

Ich begann zu ahnen, warum die Ratsherrin Frau Deborah mich in einige der bedeutsamsten Geheimnisse der Stadt eingeweiht hatte, und ich fragte Herrn Achilleus noch einmal, um wirklich sicher zu sein.

Versteht Ihr, antwortete er geduldig, wenn sie Euch so viel gezeigt und Euch auch diese Geschichte erzählt hat, die Ihr mir verschwiegen habt, was Euch zur Ehre gereicht, dann hat sie Euch mit einem Mal gleich drei Dinge mitgeteilt. Zum Ersten, welche Fäden der Macht sich bis in diese Stadt erstrecken und welche Verlockungen sie für einen Mann wie Euch haben können, dem die Staatsgeschäfte nicht unbekannt sind. Zum Zweiten seid Ihr nun ein Mitwisser und setzt Euch damit den Strafen und Verfolgungen der Mächte aus, die dahinterstehen, wenn Ihr den Verdacht erwecken solltet, Frau Deborahs Vertrauen zu enttäuschen. Und zum Dritten, dass die Stadt durchaus über Mittel verfügt, Euch zum ewigen Schweigen zu bringen, sollte sich ein derartiger Verdacht beweisen. Seht

Ihr nun, welche Wege hinter Euch versperrt sind und welche Wege sich Euch öffnen, Herr Bileam?

Ich sah es. Was mich indes am meisten entsetzte, waren die Worte über die Mittel zum ewigen Schweigen. Wie könnte ich, wenn ich mich nicht fügte, von nun an mein Brot essen, einen Becher Wein im Wirtshaus Zum Hahn trinken oder auch nur ein Buch anfassen, das ich mir aus der Bibliothek des Rates erbat?

Herr Achilleus hatte wohl die Furcht in meinem Blick sehen können, denn er legte seine Hand auf meinen Arm und sagte: Fürchtet Euch nicht, Herr Bileam, weder der Rat noch sonst jemand, der in der Stadt wohnt, ist des Teufels. Habt Ihr das denn nicht bemerkt? Wir alle sind vor der Bosheit hierher geflohen, vor Rache oder falschen Anschuldigungen, und wir wünschen niemandem Schlechtes, denn wir selbst haben Schlechtes erlebt.«

XI

Donnerwetter, hat sich da wirklich ein Fenster in die Vergangenheit aufgetan, das mir überhaupt nicht bewusst war? Oder richtiger gesagt – dessen ich mir überhaupt nicht bewusst *bin*, das ist das eigentlich Unheimliche daran. Wie dem auch sei: Das Biest ist möglicherweise gar nicht so neuen Datums, wie ich bisher angenommen habe.

Meine Schwester Ragnhild hat mich vor ein paar Stunden angerufen. Sie wollte nur mal hören, wie es mir geht. Nun ist es bei uns drei Geschwistern nicht so, dass wir ständig gegenseitig die Telefone läuten lassen, manchmal vergehen mehrere Monate zwischen unseren Telefonaten, aber in gewissen Zeitabständen vergewissern wir uns doch, dass wir noch existieren. Ragnhild erzählte mir, dass es unserer mittleren Schwester Sigrid ausgezeichnet geht, obwohl die Füße ihr zu schaffen machen, und ich konnte berichten, dass Peter hier gewesen ist (und inzwischen aus New York angerufen und mitgeteilt hat, er wäre wieder zu Hause und diese Freundin von der Autovermietung sei doch nicht das Richtige gewesen).

Ich weiß nicht, wie es kam, auf jeden Fall fragte sie nach meinem Befinden und ich erzählte ihr von unserem Ausflug zum Amaliehaven und dass ich wieder »einen Anfall« gehabt hätte. Und plötzlich machte Ragnhild eine Andeutung, die ich nicht verstand. Ich fragte nach und nun war sie verblüfft.

»Aber natürlich, solche Anfälle hattest du doch als Kind auch ein paar Mal, erinnerst du dich nicht?«, fragte sie.

»Nein! Wann?«

»Einmal, als du in die Schule solltest, du bist in die erste Klasse gegangen, oder war es die zweite, na, jedenfalls sollte ich dich hinbringen. Wir waren früh dran, damit ich nicht zu spät zu meinem eigenen Unterricht kam.«

»Mutter ist doch immer mit mir gegangen?«

»Ja, schon, aber wahrscheinlich hatte sie an diesem Tag irgendetwas anderes vor, was weiß ich. Als wir auf die Straße kamen, bist du jedenfalls stehen geblieben. Ich dachte, was ist denn nun wieder los, aber dann sah ich, dass du ganz bleich warst, als ob dir vor Angst schwarz vor Augen würde. Ich hockte mich hin und fragte, ob du krank bist. Und du hast nur gesagt: ›Ich will nicht, ich will nicht‹, mit so einer dünnen, leisen Stimme.«

»Wirklich?«

»Ja, glaubst du etwa, ich würde mir so etwas ausdenken?«

»Und was passierte dann?«

»Ich habe versucht, dich weiterzuschleppen, ich dachte doch nur daran, dass ich dich zur Schule bringen musste, bevor es für mich zu spät wird, aber es war, als ob du im Bürgersteig Wurzeln geschlagen hättest. Ich habe mir die Straße angesehen, ob dir dort irgendetwas Angst gemacht haben könnte, aber es war nichts zu sehen. Dann begannen deine Augenlider so merkwürdig zu flattern und ich dachte: ›Wenn er bloß nicht ohnmächtig wird‹, ich musste dich wieder nach oben bringen. Mutter war zu Hause – aber, jetzt weiß ich es wieder, sie wollte mit Aage und Carla nach Slangerup zu Onkel Vilhelms Begräbnis fahren, darum hatte sie keine Zeit. Aber sie mussten ohne sie fahren, weil du zu Hause geblieben bist. Ich erinnere mich noch genau, als ich von der Schule nach Hause kam, erzählte sie mir, dass du den ganzen Vormittag geschlafen hättest; sie machte sich solche Sorgen, dass sie Doktor Svensson nach dir hatte sehen lassen, aber dir fehlte nichts.«

»Da muss etwas gewesen sein.«

»Nur, dass du, als Mutter sich ein paar Tage später zu dir setzte und mit dir redete, von einem großen Jungen in deiner Klasse erzählt hast, der Daniel hieß und dich offenbar bedroht hatte oder so etwas. Am nächsten Tag ging Vater mir dir zur Schule und redete mit Vestergaard …«

»Wer ist Vestergaard?«

»Dein Rektor, und dann war wohl auch für einige Zeit Ruhe. Aber dass Mutter dich nicht zur Schule bringen konnte und zu Hause lassen musste, ist bis zu den Sommerferien noch ein paar Mal vorgekommen, da bin ich ziemlich sicher. Nicht, weil du ungezogen oder bockbeinig gewesen bist, du warst nur völlig panisch, jedem war klar, dass es keinen Sinn hatte, dich zu zwingen.«

»Ging das so weiter?«

»Nein, ich glaube, nach den Sommerferien war es vorbei, du hattest wohl einfach mehr Selbstvertrauen. Aber Robert, weißt du was, mir fällt plötzlich ein, dass ich deine Augenlider noch einmal so habe flattern sehen, sehr viel später – warte mal, ja, das war an dem Tag, als du im letzten Fach beim Abitur geprüft werden solltest. Ich war nach Hause gekommen, damit wir zusammen feiern konnten, ich war schon am Abend vorher gekommen, damals war es ja so mühselig mit der Bahn. Ich sah dich im Flur stehen, als du dir die Jacke angezogen hast, und ich schwöre dir, deine Lider flatterten und du warst kalkweiß im Gesicht. Ich wusste, dass du eine ziemliche Angst vor Bisholt hattest, aber …«

»Latein?«

»Was?«

»Das letzte Fach war also Latein?«

»Ja, ich wusste, dass du Angst vor ihm hattest, aber eigentlich war das vollkommen überflüssig, denn du hattest alles andere so gut hinbekommen und konntest sicher sein, dass du bestehen wirst; es gab dann ja auch eine gute Note. Du bist nach Hause gekommen und hast erzählt, dass Bisholt für jeden von euch ein lateinisches Zitat vorbereitet hatte, als er euch die Abiturzeugnisse überreichte.«

»Ah ja, daran kann ich mich noch gut erinnern.«

In Wahrheit konnte ich es nicht. An Bisholt und seinen verkniffenen Gesichtsausdruck konnte ich mich erinnern, an seine Wutanfälle, wenn jemand etwas Dummes gesagt hatte – er war das Klischee eines Lateinlehrers –, und ich hatte eine sehr vage Erinnerung an ihn in einer anderen, einer gnädigeren und etwas theatralischen Rolle, es könnte durchaus an diesem letzten Prüfungstag gewesen sein. Dennoch sehe ich ihn bloß zusammen mit einigen anderen, ich weiß nicht, was er zu *mir* gesagt hat, und so sehr ich mich auch anstrenge, ich komme nicht auf das Zitat, mit dem er mich bedachte – aber ich erinnere mich zumindest an die *Situation*. Die Unterhaltung mit Ragnhild streifte andere Themen, aber bevor wir auflegten, kam ich noch einmal auf meine Angstanfälle als Kind zurück und sie bestätigte mir noch einmal, beinahe irritiert, dass sich alles so abgespielt hätte, natürlich.

Nicht dass ich Grund gehabt hätte, daran zu zweifeln. Ragnhild hat ein bewundernswertes Gedächtnis, nicht nur für Namen, sondern vor allem für Tatsachen. Aber für mich war es eine neue Erfahrung, dass ich ihr Wort einfach so hinnehmen musste, ohne es bestätigen zu können, obwohl es doch um mich und mein Leben ging. Ich bin in der Wohnung auf und ab gegangen, ich war im Garten und wieder im Haus, ich habe versucht, aus den Tiefen der Erinnerung meine frühe Schulzeit heraufzubeschwören; an vieles kann ich mich erinnern – an den Bretterzaun um den Schulhof, den Geruch der mit Firnis behandelten dunklen Treppen, das infernalische Klingelgeräusch der Schulglocke, die Gesichter von Lehrern und Klassenkameraden –, aber an keinen Angstanfall, an keine Begegnung mit dem Biest auf dem Bürgersteig vor der Haustür meiner Kindheit, an keinen großen Jungen mit dem Namen Daniel. Wie sehr ich mich auch bemühe, es kommt nichts.

Jetzt sitze ich hier und versuche es herunterzuklappern, solange die Erinnerung noch frisch ist – ein Versuch, die Resultate meiner ergebnislosen Suche festzuhalten. Ich tue alles, um dieser fremden Erinnerung entgegenzukommen, ich *will* gern daran glauben – denn warum sollte meine eigene Schwester mich belügen oder mein Gedächtnis manipulieren wollen? –, aber dieses erlösende Erlebnis, dass man sich an etwas erinnert, woran man jahrelang keinen Gedanken verschwendet hat, tritt nicht ein. Da ist nur – nein, nicht einmal ein schwarzes Loch, nur Schweigen. Ein indifferentes Schweigen in der Erinnerung.

Das ist eine neue Erfahrung.

Inzwischen sind ein paar Stunden vergangen. Ich habe in aller Ruhe den Rasen gemäht, das Gras zusammengekehrt und zum Komposthaufen in die nasskalte Ecke des Gartens getragen, wo die Sonne nie hinkommt. Ich habe abgewaschen. Ich habe die Hälfte der Nachrichten gehört und abgestellt, weil sie ohnehin zum einen Ohr hinein- und zum anderen wieder hinausgingen. Ich habe zu Abend gegessen: drei gefrorene

Frühlingsrollen, in der Pfanne gebraten und dann zusammen mit einer Tomate auf einen Frühstücksteller geklatscht.

Zwischendurch habe ich über Ragnhilds Worten gebrütet. Und mich erinnert. Ich weiß, dass ich in der Familie der verhätschelte kleine Bruder war, der Nachzügler und einzige Junge; sehr viele Erinnerungen sind von der glücklichen Geborgenheit geprägt, viele größere und ältere, erfahrenere und fürsorgliche Personen um sich gehabt zu haben; Ragnhild und Sigrid haben mir von Dummheiten und üblen Streichen erzählt, die für mich keine Folgen hatten, weil meine Eltern wohl inzwischen Kummer gewohnt waren und ich ohnehin »die Rosine im Wurstende« gewesen bin, wie Ragnhild es einmal formuliert hat. Sie hat mir erzählt, dass sie eine donnernde Standpauke bekam, als sie mit bunter Kreide die Tapete bemalte und so das teure Inventar des Kinderzimmers ruinierte; als ich in ihrem Alter dasselbe tat, allerdings zehn Jahre später, kam es zu einer routinemäßigen Wiederholung der alten Vorwürfe, allerdings eher der guten Ordnung halber. Im Übrigen war es doch ein so lustiger Hund, den ich gemalt hatte.

Aber vielleicht ist der Schock, der mich draußen in der schutzlosen Wirklichkeit erwartete, deshalb nur umso größer gewesen. Wie sonst sollte ich diese komplette, vollständige Verdrängung meiner Angsterlebnisse erklären?

Bah. Man soll nicht anfangen, sich selbst zu psychoanalysieren, wenn man einen Garten zu bestellen hat.

Also habe ich mich hier oben hingesetzt, um an diesem schönen, milden Hochsommerabend die Reinschrift fortzusetzen.

»Der Winter schritt voran und obwohl die Tage inzwischen wieder etwas länger wurden, wurde die Kälte strenger und jeden Morgen schienen meine Kräfte abgenommen zu haben. Die Dunkelheit und die beißend kalte Luft auf den Straßen drückten mir aufs Gemüt, ob ich nun zu meiner Arbeit ins Badehaus ging oder an den Tagen, an denen im Badehaus Frauentag war, Abwechslung in den Wirtshäusern der Stadt suchte.

Auch Herr Achilleus wurde immer verschlossener. Er saß nur noch einige Stunden am Tag in seinem Laden und bediente die Kunden; doch von seiner gleichbleibenden Freundlichkeit mir gegenüber abgesehen war er wortkarg und müde, und mehr als nur einen Tag ging ich vergeblich zu ihm, um ihn rezitieren oder erzählen zu hören. Dennoch tat dies unserer Freundschaft keinen Abbruch und ich erwies ihm häufig kleine Dienste, die er mit unverminderter Güte annahm.

Ende Januar wurde der Frost stärker und in mir wuchs die Furcht, dass die ewig fließenden Brunnen der Stadt einfrieren könnten; der Rat dachte wohl ebenso und hatte zudem gewisse Erfahrungen aus früheren Jahren. Als der Frost am schlimmsten war, wurde angeordnet, nachts Scheiterhaufen an den Wasserbecken zu entzünden, denn die heißen Flammen und der Rauch reichten aus, um das Wasser ohne Unterlass fließen zu lassen. Ich selbst meldete mich, um einige Nächte hindurch die Feuer zu bewachen; die Ruhe und Müdigkeit und der gesegnete Schlaf, den ich am darauffolgenden Tag genießen konnte, waren wie eine königliche Belohnung in dieser kargen und eintönigen Zeit.

Eine Unannehmlichkeit des ständigen Wasserstroms war indes, dass Teile der steilen Straßen von einer spiegelglatten Eisschicht bedeckt wurden; und obwohl das Eis mit Hacken entfernt und mit der Asche bestreut wurde, die in reichlicher Menge aus den Öfen der Stadt und von den Feuern an den Becken kam, ließ es sich nicht vermeiden, dass einige Einwohner stürzten und sich auf den unwegsamen Pflastersteinen verletzten. Zwei von ihnen, ein Wirt und die Klöpplerin Frau Tabitha, zogen sich so ernste Gliederbrüche zu, dass sie unter Schmerzen auf dem Krankenlager verschieden. Ihre Leichen mussten in ein kleines Haus nahe dem Friedhof gelegt werden, bis die Erde so weit aufgetaut war, dass man sie begraben konnte.

Und so wie der Frost den Boden gefangen hielt, schien auch mein Gemüt erstarrt und lustlos zu sein, als schlummerten meine Kräfte in der Dunkelheit der Jahreszeit. Wohl ging ich noch immer in die Wirtshäuser, um zu essen, doch ich fand nicht mehr länger Gefallen an Gesellschaft und saß meist allein. Nicht einmal die Ankunft zweier neuer Einwohner in unserer Stadt konnte mich aus dieser Starre befreien, obwohl es viele andere regelrecht beflügelte. Ich hörte wohl ihren neugierigen Klatsch im Badehaus und an den Tischen der Wirtshäuser, doch er interessierte mich kaum, und als ich die beiden schließlich sah, fragte ich mich, ob sie mir auf der Straße aufgefallen wären, wenn man sie mir nicht gezeigt hätte.

Es waren ein Krämer und seine Frau aus Ofen, denen ein Betrüger all ihr Erspartes gestohlen hatte, auch war ihr einziger Sohn gestorben. Völlig erfroren und elend waren sie gekommen, so hörte ich. Als ich sie dann jedoch sah, standen sie in den Kleidern, die sie vom Rat bekommen hatten, Arm in Arm auf dem Markt und sahen sich zufrieden um. Sie erhielten zunächst eine Wohnung in einem anderen Teil der Stadt und ich weiß nicht, welche Arbeit sie verrichteten, später sah ich sie dann häufiger und kann mich daher noch an die Namen erinnern, die sie wählten, als Herr Esra sie in das Buch des Rates schrieb: Frau Genoveva und Herr Martin.

Dennoch glich ein Tag dem anderen, obschon ich versuchte, mir mit der nächtlichen Feuerwache Abwechslung zu verschaffen und nur jeden zweiten Tag meinen Pflichten im Badehaus nachkommen musste. Nach und nach beschlich mich ein Gefühl, dass die alltäglichen Gewohnheiten der Stadt mir längst in Fleisch und Blut übergegangen waren, so dass ich wusste – ohne es sehen zu müssen –, wann die Wagen zum Handelsplatz hinausfuhren, wann sie wieder zurückkehrten, wann der Hahn und die anderen Wirtshäuser öffneten und schlossen, wann der Bäcker Herr Magnus und seine Gehilfin Frau Judith das erste Brot des Tages aus dem Ofen zogen und wann die Gesellen des Sägewerks begannen, die Mengen an Holz, die in dieser Zeit benötigt wurden, zu sägen und zu spalten. Wohl hatten sie ein Förderrad, um die Säge zu betreiben, die langsam, aber stetig die Stämme zerteilte, und natürlich war ein Vorrat an Holz in der warmen Zeit des Jahres angelegt worden, doch nach einem Aufruf des Rates ließen einige starke Männer ihre gewöhnliche Arbeit ruhen, um bei dieser Aufgabe in den frostkalten Monaten mitzuhelfen. Noch aus weiter Entfernung waren das Kreischen des Sägenblatts, die Axthiebe und die munteren Zurufe aus der grob gezimmerten Halle zu hören.

In Gedanken beschäftigte ich mich bisweilen mit Herrn Achilleus' Vermutung über meine mögliche Zukunft im Rat, doch in meiner sonderbaren Winterträgheit konnte ich mich wahrlich nicht entscheiden, ob ich dies erstrebenswert oder belastend finden sollte. Ich überlegte, ob ich mit Herrn Phintias darüber sprechen sollte, da er von den Ratsherren derjenige war, mit dem ich mich am besten verstand, doch ich verwarf den Gedanken, da es ja keinerlei Anlass dafür gab als Herrn Achilleus' Worte und meine eigenen Vermutungen.

Aus dieser Zeit stammt allerdings eine einzige Unterhaltung, die aufzuschreiben ich für nötig befand und die ich hier wiedergeben will, da Frau Deborahs Enthüllungen ein besonderes Licht darauf werfen. Ich saß eines Nachmittags in düsterer Laune im Wirtshaus Zum Hahn und Frau Anna war dabei, Gläser in heißem Wasser zu spülen und sie mit einem Leinentuch abzutrocknen. Ich war der einzige Gast, sah mich in der reinlichen und ordentlichen Gaststube um und erinnerte mich an die Wirtshäuser und Dorfschenken, die ich überall im Lande gesehen hatte. Bier und Branntwein brachten dort stets das Schlimmste in den Menschen hervor, so dass sie sich schlugen, bestahlen und betrogen, eben nur an ihren eigenen Vorteil dachten.

Wie kann es sein, Frau Anna, fragte ich, dass diese Stadt, die von Dieben, Räubern und anderen Galgenvögeln aufgesucht wird, nicht einmal einen Galgen hat? Gibt es niemanden, der stiehlt? Niemanden, der Unfrieden stiftet? Werden denn alle tugendhaft, sobald sie durch das Tor treten?

Ihr wisst doch, wie es ist, antwortete sie, wir armen Galgenvögel, wie Ihr uns nennt, haben hier unsere letzte Zuflucht gefunden. Wenn wir hier nicht bleiben können, gibt es keinen Ort mehr für uns, und daher halten wir Frieden untereinander.

Sie sah zu mir hinüber und fügte mit einem kleinen Lächeln hinzu: Ihr wisst doch, es sind die Reinen, die den ersten Stein werfen.

Aber ein Dieb ist doch ein Dieb, sagte ich, und ich weiß, dass es hier mehrere von der Sorte gibt. Hören sie ganz einfach auf zu stehlen?

So wird es wohl sein, erwiderte sie unbeirrt. Hier gibt es keine Reichen und Armen und niemand ist gezwungen zu stehlen, um zu essen.

Aber jene, in deren Natur es liegt, sich bereichern zu wollen, sagte ich, die werden sich doch nicht von einem Tag auf den anderen bessern?

Wie sollten sie sich hier bereichern, wandte sie ein, wir haben alles, was wir benötigen, wir haben kein Geld, um mehr einzukaufen, und niemand kann die Stadt verlassen, um Diebesgut zu verkaufen. Die gesamte Ordnung der Stadt ist so, dass Not und Missgunst abgeschafft sind.

Ich stellte noch weitere derartige Fragen, aus lauter Lust am Widerspruch, und endlich räumte sie ein, dass es einzelne Menschen gegeben hätte, die sich nicht so leicht ändern ließen. Bei einem war sie selbst Zeugin gewesen.

Vor nunmehr drei Jahren kam ein Schurke hierher, sagte sie, ein Mann aus einem Dorf nicht weit von hier. Man hatte genug von seinen Gaunerstreichen und wollte ihn ins Zuchthaus bringen, doch er erfuhr davon und suchte hier Zuflucht. Aber wo andere die besonderen Regeln, nach denen wir leben, achten, glaubte er, dass unser Schutz ihm die Freiheit verschaffte, sich auch weiterhin aneignen zu können, was er wollte. Er lachte über die Zurechtweisungen der anderen Einwohner und beging wieder und wieder solche Dummheiten wie seinem Nachbarn Brennholz zu stehlen, anstatt es selbst zu holen, nur um sich einige hundert Schritt zu ersparen. Er vernachlässigte die Arbeit, die ihm auferlegt war, und eines Tages im Winter, an dem es ebenso kalt war wie heute, griff er sich den Wollmantel eines alten Mannes und zog ihn über seinen eigenen, weil er fror, wie er sagte. In diesem Moment kamen Herr Titus und ein anderer Mann vorbei, sie machten ihm Vorhaltungen, nahmen ihm den Mantel wieder ab und gaben ihn dem alten Mann zurück. So kam es zu der einzigen Schlägerei, die ich hier in der Stadt je auf der Straße gesehen habe, allerdings ging es für den Schurken mit einer blutigen Nase aus.

War er danach kuriert?, fragte ich.

Nein, entgegnete Frau Anna, seine unrechte Art änderte sich nicht. Hierauf schwieg Frau Anna eine Weile, als würde sie über etwas nachdenken, dann fuhr sie fort: Und eines Tages wurde er ins Rathaus gerufen. In der Stadt sprach es sich herum und wir waren eine ganzes Grüppchen, die sich vor dem Haus versammelten, um zu sehen, was geschehen würde. Als schließlich einer der Ratsherren mit dem Schurken kam, ermahnte er uns und sagte, wir sollten fortgehen, denn was nun geschähe, wäre lediglich eine Sache zwischen dem Sünder und seinem Gewissen, der Rat wollte ihn nur zur Rede stellen. Ich weiß also nicht, was im Rathaus geschehen ist, doch nach einer Weile kam der Schurke wieder heraus, mit bleichem Gesicht, aber allein, und begann die Straße hinunterzugehen. Und plötzlich, diesen Anblick werde ich niemals vergessen, blieb er stehen und griff sich mit seiner rechten Hand ans Herz, dann stürzte er auf die Straße und war tot. Einige von uns liefen sofort hinzu, doch das Herz hatte bereits aufgehört zu schlagen und die Augen standen ihm starr im Gesicht.

Ich dachte bei mir, dass es wohl kaum das Schicksal allein gewesen sein konnte, das ihn so unvermittelt getroffen hatte, so ganz ohne Mithilfe einer menschlichen Hand, doch ich sprach meine Gedanken nicht aus, sondern fragte stattdessen: Was geschah dann mit ihm?

Er wurde auf dem Friedhof begraben wie alle anderen, sagte Frau Anna, aber auf dem Stein steht kein Name.«

So weit bin ich gestern Abend gekommen, bevor ich den Eindruck hatte, dass ich eine Pause brauchte – außerdem musste ich auch noch etwas im Arbeitszimmer nachschlagen. *Ofen* ist der alte deutsche Name von Budapest, oder richtiger, von

Buda. Ich war nicht ganz sicher, ob der letzte Buchstabe ein *n* war (wie ich es geschrieben hatte) oder ein *u*. Ullas Handschrift ist auf diesen Seiten sehr flüchtig, hin und wieder bestehen die Wortendungen fast nur noch aus einem Strich.

Ich stand also mit einem Band des Lexikons in der Hand an meinem Schreibtisch, als ich einen Papierfetzen sah, der auf meiner Schreibtischunterlage lag, ein Zettel, auf den ich zwei Namen gekritzelt hatte:

Orffyreus

Bessler

Ich weiß nicht, ob es die beiden *f* und die beiden *s* waren, die meine Aufmerksamkeit erregten, doch plötzlich dämmerte mir das ein oder andere. Die Doppelkonsonanten standen in beiden Namen an der gleichen Stelle, und als ich genauer hinsah, entdeckte ich eine deutliche Korrespondenz zwischen *r* und *e*: Dem *r* in dem einen Namen entspricht ein *e* in dem anderen und umgekehrt. Nahm man die Endung *-us* weg (was möglich ist, denn es ist ja nur eine Deklinationsendung), ergaben sich ebenso viele Buchstaben in beiden Namen; und wenn ich zwischen *o* und *b* und zwischen *y* und *l* eine ähnliche Relation entdecken könnte, wie sie zwischen den anderen zu existieren scheint, wäre ich möglicherweise irgendeiner Systematik auf der Spur, die helfen könnte, das Buchstabenrätsel im Manuskript zu lösen.

Das Wahrscheinlichste war, dass es etwas mit dem Platz der Buchstaben im Alphabet zu tun hatte. Ich schrieb das Alphabet auf und nummerierte die Buchstaben.

O war Nummer 15, *B* Nummer 2, ein Unterschied von dreizehn Stellen.

R war Nummer 18, *E* Nummer 5, ein Unterschied von dreizehn Stellen.

F war Nummer 6, *S* Nummer 19, ein Unterschied von dreizehn Stellen.

Y war Nummer 25, *L* Nummer 12, ein Unterschied von dreizehn Stellen.

Mich überlief ein Schauder, als ich es entdeckte. Die Buchstaben beider Namen standen also, jeweils als Paar, in einem Abstand von dreizehn Stellen zueinander. Zweimal dreizehn ist sechsundzwanzig. Wenn ich die dänischen Buchstaben Æ, Ø und Å strich, die ich in der Eile mit aufgeschrieben hatte, dann hatte ich das althergebrachte deutsche Alphabet (selbstverständlich, was sonst!) aus sechsundzwanzig Buchstaben, und wenn man sie in zwei Reihen untereinander schrieb:

A B C D E F G H I J K L M
N O P Q R S T U V W X Y Z

– passten die Paare perfekt zusammen. Es gab keinen Zweifel: Orffyreus musste sich seinen neuen Namen als Adept nach diesem Schlüssel gegeben haben. Ein Buchstabe der einen Reihe entsprach einem Buchstaben der anderen. Das musste auch der Schlüssel zur Inschrift sein. Ich rannte ins Gästezimmer und holte Ullas Heft, schlug die Seite mit dem mystischen Buchstabenschema auf und zeichnete ein entsprechendes Schema auf ein Blatt Papier. Dann begann ich mit klopfendem Herzen das Schema auszufüllen – und wurde kläglich enttäuscht.

Das Resultat sah so aus:

Z	F	V	L	H	Z
N	X	O	K	E	X
V	Z	K	Z	H	O
C	R	Q	D	Q	Y

Wenn so etwas überhaupt möglich ist, dann war es noch schlimmer als die ursprüngliche Version, und beinahe meinte ich zu hören, wie Orffyreus alias Bessler mich spöttisch auslachte. Mein Blick fiel auf den Satz, der auf der Seite darüber stand, in dem der Freiherr zugibt, dass er »trotz vieler Grübelei niemals den Schlüssel für diese äußerlich so sinnlosen Zeichen fand«.

Wer weiß, ob es überhaupt einen gibt. Ich blieb noch stundenlang sitzen und probierte die unmöglichsten Kombinationen und Tricks mit den Buchstaben aus, aber es blieb gleichermaßen rätselhaft. Schließlich ging ich ins Bett, mir war regelrecht schwindlig von der Grübelei.

Heute Morgen rief ich Steffen an, um ihm zu erzählen, was ich trotz allem entdeckt zu haben glaube. Er schien fast froh über meinen Anruf – seine Freundin ist auf Familienbesuch – und obwohl es nieselt, versprach er, mich über Mittag zu Hause zu besuchen, um zusammen mit mir nach einer Lösung zu suchen. Ich glaube nicht, dass er an einem warmen Ferientag wie heute etwas Besseres zu tun hat, und freue mich, ihn zu sehen.

Nun ist es wieder Abend geworden und ich sitze hier mit all den Blättern, die wir mit unseren Versuchen vollgekritzelt haben. Wir wissen noch immer genauso wenig, dennoch denke ich, dass wir ein Stück weitergekommen sind – das klingt paradox, aber es stimmt. Steffen war begeistert von meiner Entdeckung über den Zusammenhang zwischen den beiden Namen des Orffyreus, aber mit der Form, die das Buchstabenrätsel nun angenommen hat, kam er ebenso wenig zurecht wie ich.

Lange schaute er auf das neue Papier und legte in komödiantischer Verzweiflung die Stirn unter dem gelockten Haar in Falten.

»Es sind noch mehr Konsonanten als vorher«, sagte er. »Und dann vier Z und zwei X. Was um alles in der Welt soll man damit anfangen?«

»Wenn ich es wüsste«, erwiderte ich.

Er rieb sich das Kinn. »Orffyre. Us. Bessler«, sagte er langsam und schaute auf die Buchstaben, dann rief er aus: »Vielleicht ist es ein Anagramm!«

Auf die Idee war ich noch nicht gekommen. Wir begannen die Buchstaben anders zusammenzusetzen, aber es war nicht leicht, in der Eile die Übersicht zu behalten. »Hast du dein Scrabble noch?«, fragte Steffen, und als ich Ja sagte, gingen wir nach unten.

Das Scrabble-Spiel hatte ein außerordentlich friedliches Dasein auf dem untersten Regalbrett im Esszimmer geführt, seit ich es von irgendjemandem zum Geburtstag geschenkt bekam; beschämt kann ich vermelden, dass ich mich nicht mehr daran erinnere, von wem. Ich fand das Spiel ziemlich albern, hob es aber im Esszimmer auf – also in dem Teil des Hauses, in dem ich Gäste empfange, wenn ich hin und wieder mal Besuch bekomme –, weil ich dachte, man könnte es vielleicht als letzte Möglichkeit einsetzen, wenn bei einer Einladung sämtliche Gesprächsthemen ausgegangen waren. Und als Steffen mich an einem der Tage nicht lange nach Ullas Tod besuchte, spielten wir es als Schach- oder Patienceersatz, damit uns nicht nur lauter nackte Trauer verband. Seit damals rufen die weißen, viereckigen Plastiksteinchen mit den schwarzen Versalien in schmaler Groteskschrift für mich ganz andere Assoziationen hervor als ein »gutgemeintes, aber missglücktes Geburtstagsgeschenk«.

Wir holten die Schachtel aus dem Regal und schütteten die Steine auf den Esstisch, und während Steffen aus dem Haufen

B-E-S-S-L-E-R, O-R-F-F-Y-R-E und zur Sicherheit auch U-S suchte (sie wurden zur Seite gelegt), holte ich Block und Bleistift.

Gut zwanzig Versuche stehen auf dem Block. Bei den meisten sind Buchstaben übrig geblieben, und selbst die besten Versionen sind ziemlich miserabel. Wie beim ersten Mal, als wir versuchten, das Mysterium zu lösen, probierten wir es mit Deutsch und Latein, ich ging sogar nach oben und holte mein ausführlichstes lateinisches Wörterbuch, aber es half nichts. Der geglückteste Ansatz ist noch FLOR BESSER FREY, aber ob es sich nun um einen Trauerflor oder einen Blumenflor handelt, der frei besser wird, weiß ich nicht. Es ist und bleibt Nonsens und man muss schon ein unverbesserlicher Wunschdenker sein, wenn man darin einen Sinn sehen will.

Irgendwann wurde Steffen still und sah auf den Tisch; ich spürte, dass er mit seinen Gedanken ganz woanders war. Erst wartete ich ab, aber dann fragte ich ihn, woran er dächte.

»Ich dachte, wenn Ulla hier wäre …«, sagte Steffen. »Sie konnte so was im Kopf, sie hätte weder Scrabble-Steinchen noch Papier gebraucht.«

Er begann mir zu erzählen, wie sie irgendwann aus irgendeinem Anlass über diese Art von Buchstabenspielen sprachen und Ulla ihm demonstriert hatte, wie sie mit den Buchstaben von Namen jonglieren konnte, ohne sie aufzuschreiben. »Und plötzlich sah sie mich mit so einem verschmitzten Blick an«, erzählte Steffen, »und sagte dann: Steffen Andersen … Er fands Feen-Nest …«

Wir fingen beide an zu lachen, Steffen und ich, und dann sprachen wir natürlich die nächste halbe Stunde über Ulla. Ich erzählte ihm die Geschichte von den brasilianischen Bundesstaaten und er reagierte genauso, wie ich reagiert hatte: »Woher, um alles in der Welt, wusste sie *das*?« Ich erklärte es ihm, so wie sie es mir erklärt hatte – dass sie es nur irgendwo mal gelesen hätte. Ulla, wenn du hier gewesen wärst, dann hättest du gespürt, wie sehr wir dich mochten, wir beide.

Wir hingen ein wenig unseren Gedanken nach und schwiegen, bis ich einen bequemen Ausweg suchte und in die Küche ging, um Kaffee zu kochen. Als ich mit dem Tablett zurückkam, hatte Steffen sich wieder entschlossen an die Blätter gesetzt, und ich glaube, er hatte tatsächlich etwas gefunden, das uns des Rätsels Lösung näher bringen könnte.

»Robert!«, rief er. »Hast du nicht gesagt, es gäbe da einen Zusammenhang zwischen dem Schema, dem Zifferblatt einer Uhr und einigen Buchstaben?«

Ich erinnerte mich, dass im Manuskript irgendetwas von Buchstaben rund um das Zifferblatt der Orffyreus-Uhr gestanden hatte. Das stimmte. Ich ging nach oben und holte das Heft, und wir studierten es nahezu andächtig.

»Zwei Kränze mit den Buchstaben des Alphabets, so angeordnet, dass jeder Ziffer zwei Buchstaben entsprachen.« A passte zu N und M entsprach Z.

»Das passt doch«, sagte ich und zeigte auf meine beiden Buchstabenreihen.

»Nein«, entgegnete Steffen, »denn du hast ein Alphabet mit sechsundzwanzig Buchstaben, und wenn es mit der Beschreibung übereinstimmen soll – zwei Buchstaben für jede Zahl –, dann können es nur vierundzwanzig sein.«

»Du hast Recht!«, sagte ich. »Du hast absolut Recht! Nur welche beiden muss man weglassen?«

»Wie viele Buchstaben gibt es im lateinischen Alphabet, also dem, das die alten Römer verwendeten?«, wollte Steffen wissen.

»Weniger«, sagte ich. »Y und Z sind streng genommen griechische Buchstaben, ebenso das K; außerdem unterschieden sie nicht zwischen U und V oder zwischen I und J. Und das W kannten sie überhaupt nicht.«

»Dann sind nur noch zwanzig übrig«, sagte Steffen. »Das passt auch nicht.«

»Trotzdem bist du auf der richtigen Spur«, sagte ich aufgeregt, denn auf diesen Gedanken war ich überhaupt nicht gekommen, aber es stand ja da, ganz unmissverständlich. Es mussten vierundzwanzig Buchstaben sein.

Durch das Buchstabenrätsel war klar, dass Y und K mitgezählt werden mussten, denn sie standen ja darin. Und der letzte griechische Buchstabe Z wurde in der Beschreibung der Uhr erwähnt. W fiel weg, wenn das lateinische Alphabet der Schlüssel des Rätsels war. Also blieb nur noch ein Buchstabe, der entfernt werden musste, und da sowohl U wie I vorkamen, konnte es nur V oder J sein. Wir überlegten und waren uns einig, dass es höchstwahrscheinlich das J war, denn U und V waren – als Vokal und Konsonant – unserem Gefühl nach zu unterschiedlich, mehr als es bei J und I der Fall war, aber wie konnten wir sichergehen?

In exakt demselben Moment hatte jeder von uns seine Idee. Ich blätterte im Heft hastig bis zur Inschrift auf Orffyreus' Grabstein zurück, dem einzigen Hinweis, bei dem man davon ausgehen konnte, dass er von der eigenen Hand des Adepten stammte – und Steffen begann in fieberhafter Hast, Buchstabenreihen zu Papier zu bringen. Gleichzeitig sahen wir mit einem triumphierenden Blick im Gesicht auf – ich glaube, wir hätten uns in diesem Augenblick als Spiegel benutzen können –, holten Luft und nahmen uns gegenseitig das Wort aus dem Mund.

Ich hatte nachgelesen, dass auf dem Grabstein stand *Hic iacet …*, »hier liegt«, und nicht *hic jacet …* Und Steffen hatte herausgefunden, dass – wenn V anstelle von J wegfiel – O sich um eine Stelle nach rechts unter B verschieben würde, R unter E, S unter F, aber Y einen Platz nach links unter L; die Übereinstimmungen wären dann nicht nur verschoben, sondern unmöglich. Wenn J hingegen ausgeschlossen wurde, passte der Schlüssel zur Namensverwandlung des Adepten noch immer.

Nicht ohne Triumph behaupteten wir, Orffyreus' Alphabet nun zu kennen. Reine Logik. *Good thinking*, hätte Peter gesagt. Und mit einer gewissen Feierlichkeit versuchten wir nun, das Schema nach dem neuen vierundzwanzigstelligen Alphabet zu verändern:

Z	F	V	L	H	Z
N	X	O	K	E	X
V	Z	K	Z	H	O
C	R	Q	D	Q	Y

»Zum Teufel«, sagte Steffen ärgerlich. »Das ist ja genau dasselbe!«

Wir starrten auf das Blatt. Steffen kritzelte noch einmal die Buchstabenreihen herunter, die zweimal dreizehn und die zweimal zwölf, und betrachtete sie. »Oh Mann!«, sagte er dann. »Sieh her!« Und mit einem einzigen Schlenker seines Kugelschreibers strich er J und W in der Sechsundzwanzigerreihe durch. »Sie stehen direkt übereinander. Dann ist es kein Wunder, dass die anderen noch immer zusammenpassen.«

»Aber du hast noch immer recht, dass es vierundzwanzig

sein müssen«, sagte ich. »Und das da ist eine geniale Lösung. Man entfernt das Paar, das zu viel ist, und der Rest bleibt unverändert.«

»Lies mir noch einmal die Beschreibung der Uhr vor«, bat Steffen, ich nahm das Heft und las laut, von vorn. Als ich zu der Beschreibung des äußeren Kranzes mit den Buchstaben kam, von dem es hieß, »dass er sich bewegen ließ und die Buchstaben sich verschoben«, sagten wir beide wie aus einem Mund: »Selbstverständlich.«

Aber ich bin weiterhin der Meinung – jetzt, da Steffen gegangen ist und wir unzählige Blätter mit verschobenen Buchstabenreihen und neuen Anordnungen des Schemas beschrieben haben –, dass wir noch immer genauso wenig wissen und dennoch ein Stück weitergekommen sind. Ich bin überzeugt, dass wir auf dem richtigen Weg waren, aber was immer wir auch probierten, wir fanden einfach nichts, das einen Sinn ergab.

Ich kann nur hoffen, dass mir zu irgendeinem Zeitpunkt ein Licht aufgeht.

Und draußen wird es jetzt dunkel.

XII

Auf diese Weise hatte ich das ein oder andere über die Ordnung erfahren, die trotz des scheinbar fehlenden Regiments in der Stadt herrschte. Doch das Vergnügen, ihre Einrichtungen zu erforschen, das ich in der ersten Zeit so lebhaft verspürt hatte, war unter dem Zwang des Winters gänzlich verdorrt; erst als die Märzsonne mit ihrer größeren Kraft und ihrem hohen Platz am Himmel die Schneehaufen zu schmelzen begann, die an den Stellen, an denen sich kaum jemand aufhielt, recht groß geworden waren, erwachte mein Tatendrang zu neuem Leben.

Von meinem Schlafkammerfenster aus konnte ich nun, in den frühen Stunden des Tages, in einiger Entfernung einen See erkennen, der nordöstlich hinter einem Hain nackter Laubbäume glitzerte. Dieser Anblick, den ich bisher nicht bemerkt hatte, wohl weil ihn mir zuerst die Blätter der Bäume und dann Schnee und Eis verborgen hatten, erfüllte mich mit neuer Sehnsucht fortzukommen und verstärkte das Gefühl, das ich stets gehabt hatte: dass ich nicht genau wusste, wo ich mich befand. Diese kleine Welt, die mich verschluckt hatte, war in gewisser Hinsicht ein Nichts; sie war auf keiner Landkarte zu finden und für den Uneingeweihten gab es in dieser Gegend nur Wald.

Am besten war es wohl, wenn ich mir Kenntnisse über alles verschaffte, was in der Stadt wichtig war; denn entweder würde ich dadurch einen Ausweg für meinen unmöglichen Wunsch zur Flucht finden oder ich wäre besser gerüstet, um mich am Leben der Stadt und vielleicht sogar an deren Führung zu beteiligen.

Ich nahm mir vor, Einsicht in den Mechanismus zu bekommen, der sich in den großen Förderrädern verbarg, da sie nie aufgehört hatten, mich zu erstaunen, wenn sie sich ruhig und unablässig drehten, ohne dass irgendetwas sie anzutreiben schien. Ohne deren Arbeit hätte die eigentümliche Gleichrangigkeit unter den Bewohnern der Stadt kaum bewahrt werden können, ersetzten sie doch eine beträchtliche Schar Gesinde. Und dennoch hatte es den Anschein, als bewahre man ihr Geheimnis gleichsam hinter Schloss und Riegel.

Einmal hatte ich Herrn Lucas im Badehaus gefragt, ob er wisse, was sich hinter dem Leinentuch an unserem Förderrad verbarg, er hatte es verneint und hinzugefügt, dass wir es nicht wissen müssten. Cain hatte auf die gleiche Frage dasselbe geantwortet, und als ich ihn bedrängte und fragte, ob er denn nicht neugierig wäre, es zu erfahren, erwiderte er ernst, er hätte gehört, man könne krank werden, wenn man in die Räder schaue. Außerdem hätte der Rat verfügt, dass sie verdeckt blieben, und damit gab er sich zufrieden.

Ich konnte mich noch immer daran erinnern, wie Frau Doris bei unserer ersten Begegnung zu mir gesagt hatte, dass es nicht gut für einen Menschen sei, in das Rad zu schauen, wenn es sich drehte, und nun, als ich darüber nachdachte, wie viel ich eigentlich wusste, fiel mir eine Geschichte ein, über die ich mir bisher keine weiteren Gedanken gemacht hatte.

Es hatte sich in einer der strengen Frostnächte abgespielt, in denen an den Brunnen Feuer entzündet wurden und ich als Hüter des Feuers eingeteilt war. Eine der Ratsherrinnen,

Frau Rebekka, kam mit einer Lampe zu uns, um zu sehen, ob alles seine rechte Ordnung hatte, und wir unterhielten uns ein wenig miteinander. Doch als große Funken des Feuers gegen das Rad sprühten und einer davon das mit Öl getränkte Leinentuch traf, schärfte Frau Rebekka uns allen ausdrücklich ein, dass wir augenblicklich das Rad anzuhalten hätten, sollte das Leinentuch Feuer fangen oder Löcher bekommen. Damals hielt ich es nur für eine vernünftige Anweisung, doch mein aus dem winterlichen Schlummer erwachter Verstand erkannte nun, dass sie um das Tuch und nicht um das Rad besorgt gewesen war, denn das Rad hätte sich auch ohne die Leinendecke drehen können, so dass ihre Anordnung unbegründet war.

Ich begann mit meinem Freund Herrn Achilleus über die Räder zu sprechen, darüber, wie sonderbar es mir vorkam, dass sich alle mit Halbwissen und diffusen Erklärungen zufriedenzugeben schienen.

Die Frühjahrssonne hatte Herr Achilleus nicht wie mir neue Kräfte geschenkt; meist verbrachte er nur eine Stunde am Tag in seinem Laden und zog es vor, im Bett zu liegen oder in einem bequemen Sessel in der angrenzenden Kammer zu sitzen; ich war an meinen freien Tagen oft bei ihm und half ihm. Wenn er sich in seine Kammer zurückgezogen hatte, gab ich denen, die darum baten, Federn, Papier, Bleistifte und andere Dinge, allerdings kam es nur wenige Male am Tag vor und wir hatten viel Zeit für unsere Gespräche.

Die Räder drehen sich, sagte Herr Achilleus, und sie erfüllen den Zweck, zu dem sie aufgestellt worden sind, und das ist den meisten genug. Ich wandte ein, dass die Neugier doch jeden dazu treiben müsse, wissen zu wollen, was sich in ihnen befand.

Neugierde ist für unverständige Kinder und halsstarrige Philosophen, sagte Herr Achilleus, und Ihr seid ein solcher Philosoph, Herr Bileam. Er lachte mit seiner brüchigen Stimme und fügte hinzu: Seht Euch an, Ihr esst Brot und könnt daher arbeiten, und doch schneidet Ihr Euch nicht selbst den Bauch auf, nur um zu sehen, wie es darin zugeht.

Nein, nur ist ein bloßer, nackter Automat wie diese Räder etwas anderes, wandte ich ein, worauf er erwiderte: Was sie auch sein mögen, so hat das Leben die meisten Einwohner der Stadt gelehrt, dass man nicht zu viel fragen sollte, wenn es einem gut geht.

Ihr seid keine einfältige Seele, Herr Achilleus, sagte ich, habt Ihr denn nie den Wunsch verspürt, Bescheid zu wissen? Es dauerte erstaunlich lange, bevor er antwortete, doch schließlich sagte er:

Als ich hierherkam, waren die Räder ganz neu und wir hatten noch nicht so viele von ihnen wie heute. Und ich sprach mit vielen Einwohnern, die mir erklärten, welch ein Segen sie wären. Bevor sie eingeführt wurden, gab es einen ständigen Mangel an jungen Leuten, welche die schweren Arbeiten ausführen konnten, die für die Alten zu anstrengend waren. Ihr wisst doch, Herr Bileam, dass viele erst in fortgeschrittenem Alter hierherkommen. Als die Räder jedoch in der Lage waren, die Brunnenwinden, Sägen und all diese Dinge anzutreiben, war es mit einem Schlag ganz leicht geworden, Wasser oder Holz zu holen, um damit zu feuern, zu backen und zu kochen. Ihr könnt Euch wohl denken, welche Erleichterung es war. Zu dieser Zeit jedoch gab es einen Burschen, der in der Werkstatt gearbeitet hatte, ich habe ihn mit eigenen Augen gesehen; er hatte den Verstand verloren und man sagte, er habe in ein Rad gesehen. Einige meinten natürlich, er hätte da drinnen einen Teufel erblickt, aber ich glaube nicht an derartige Geschichten, allerdings hatte es ihn hart getroffen, das ist sicher.

Wie sah er aus? fragte ich.

Er starrte mit einem Blick, der noch immer etwas zu verfolgen schien, das sich nicht festhalten ließ, sagte Herr Achilleus, er griff zu, um Türen zu öffnen, die offen standen, rannte jedoch mit der Stirn dagegen, wenn sie geschlossen waren. Er war nicht rasend, doch er verstand offenbar nichts von dem, was man ihm sagte; kurz darauf starb er. Danach verbot der Rat jedermann den Versuch, sehen zu wollen, was sich in den Rädern befand.

Und dieses Verbot ist noch immer in Kraft?, wollte ich wissen. Er antwortete, ich würde doch sehen, dass alle es einhielten, es wäre allgemein bekannt, dass es so am besten sei.

Damit wollte ich mich nicht zufriedengeben und bald darauf ging ich in Frau Doris' Werkstatt. Ich erklärte ihr geradeheraus, dass es mein größter Wunsch sei zu erfahren, wie der Mechanismus in den Rädern eingerichtet wäre, und dass ich mit ihrer Hilfe und Genehmigung hoffte, meinen Wunsch erfüllen zu können. Ich hatte eine ablehnende Antwort erwartet, doch sie legte beide Hände auf den Knauf ihres Stockes und beugte den schweren Körper ein wenig vor, während sie nachdachte. Dann sagte sie: Ihr müsst den Rat fragen, allerdings glaube ich, dass es Euch gestattet werden könnte, Herr Bileam. Und wie Ihr seht, sind wir beinahe mit einem ganz neuen Rad fertig, das wir Euch zeigen könnten. Wenn Euer Ratsherr seine Zustimmung erteilt, dann kommt in drei Tagen wieder, dann ist das Ganze zusammengefügt.

Sie wies auf die andere Seite der hohen Werkstatt, wo die Rahmen der beiden neuen Räder, zwei gewaltige Ringe aus

Holz, gegen eine Wand gelehnt standen, während die Gesellen an den Hobelbänken daran arbeiteten, verschiedene andere Teile anzupassen. Überall auf dem Boden lagen fertige Stücke, niemand versuchte, sie zu verstecken oder abzudecken, und doch konnte ich nicht das Geringste aus ihren Formen ableiten.

Sofort suchte ich Herrn Malchus auf, fand ihn zu Hause, und ebenso unverzüglich wie bei Frau Doris trug ich ihm meine Bitte vor. Er betrachtete mich mit einem scharfen Blick und sagte: Das hätte man von Euch erwarten können, Herr Bileam; Ihr seid so besessen davon, alles zu wissen, dass es ja dazu kommen musste. Doch wisst Ihr, dass es mit einer nicht geringen Gefahr verbunden ist, den Mechanismus des Rades zu erforschen?

Ich habe davon gehört, sagte ich, doch ich vertraue auf meinen gesunden Verstand. Nun gut, so will ich es auch tun, erwiderte Herr Malchus, dennoch, Ihr müsst das Rad in meiner Gegenwart besichtigen. Und wir vereinbarten, uns drei Tage später in Frau Doris' Werkstatt zu treffen.

Ich kam in der Zwischenzeit meinen Pflichten nach, doch ich muss einräumen, dass ich häufig an die Räder und das Geheimnis dachte, auf dessen Offenbarung ich hoffte. Zum vereinbarten Zeitpunkt fand ich mich in der Werkstatt ein und Frau Doris empfing mich; Herr Malchus war bereits anwesend und erhob sich von seinem Stuhl, um mich zu begrüßen.

Mitten auf dem Boden stand das fertige Rad, aufgehängt in ein provisorisches Gestell aus Kiefernbalken, aber bereits mit Pendeln versehen und mit Leinen bezogen. Es stand still, doch Frau Doris versicherte mir, dass es ausprobiert und für gut befunden war. Würde es Euch belieben, es in Gang zu setzen?, fragte sie mich und ich war mehr als bereit dazu.

Wir gingen zu dem Rad, dessen Mittelpunkt sich über der Höhe meines Kopfes befand, und ich wollte einmal herumgehen, doch Frau Doris hielt mich auf. Erst müsst Ihr es in Bewegung setzen, sagte sie, und hinterher müsst Ihr es wieder anhalten; dann werde ich Euch zeigen, wie es funktioniert. Ich ergriff den Rand des Rades und zog ihn hinunter. Das Rad bewegte sich mit großer Leichtigkeit in seinen Lagern, doch als ich losließ, stand es still. Noch einmal und ein wenig kräftiger, sagte Frau Doris.

Dieses Mal drehte sich das Rad weiter, als ich es losließ, und zu meiner Verblüffung steigerte es von allein seine Geschwindigkeit, wobei gleichzeitig das wohlbekannte klopfende Geräusch aus seinem Inneren zu hören war. Nach der dritten Umdrehung drehte es sich mit der Hast, die ich inzwischen zu sehen gewohnt war, oder sogar schneller, wie mir deuchte; ich fragte danach. Ihr habt Recht, sagte Frau Doris, wenn es frei läuft wie jetzt, dreht es sich sechsundzwanzigmal in der Minute, wenn man es jedoch mit einer Brunnenwinde oder einer anderen Last verbindet, dann dreht es sich nur zwanzigmal.

Ich trat einige Schritte zurück und betrachtete die erstaunliche Erfindung zum ersten Mal ohne Dachstützen oder Vorrichtungen, die den Anblick beeinträchtigten. Das Pendel an der mir zugewandten Seite – eine lange Stange mit einer Kugel an ihrem unteren Ende und einer Querstange oben, an deren beiden Enden viereckige Gegengewichte angebracht waren – schwang vor und zurück, es war mit der Nabe durch eine Art Stangenzug verbunden; am oberen Rand des Rades konnte ich die Gegengewichte des Pendels auf der anderen Seite sehen, woraus sich ergab, dass jenes Pendel sich im entgegengesetzten Rhythmus bewegte. Es erfüllte mich beinahe mit Ehrfurcht, dieses simple, doch noch immer rätselhafte Werk eines seltsamen Baumeisters zu sehen; aber noch wusste ich nicht, was auf mich zukam.

Haltet das Rad nun an, forderte Frau Doris mich auf, und ich ging hinüber und ergriff wie zuvor den Rand. Die Geräusche hörten auf, in der Werkstatt wurde es ganz still. Frau Doris nahm nun ein Stückchen Holzkohle und sagte, sie wolle mir die Funktion des Rades auf die gleiche Weise begreiflich machen, wie Meister Orffyreus sie seinerzeit eingeweiht habe. Und damit zeichnete sie eine deutliche Markierung am Rand auf das weiße Leinen, das noch nicht mit der Mischung bestrichen war, die es abdichten sollte.

Sie sah Herrn Malchus an und bat ihn, das Rad wieder in Gang zu setzen, und aufgrund des Eifers, mit dem er an das Rad trat, vermutete ich, dass auch er diese Dinge nicht schon früher zu sehen bekommen hatte. Als das Rad sich wieder drehte, sagte Frau Doris zu mir: Seht hinunter an den Fuß des senkrechten Pfostens, Herr Bileam, und schaut dann auf den Rand des Rades und merkt Euch, wann der schwarze Strich vorbeikommt.

Es gelang mir schnell, den Takt zu erfassen, in dem der schwarze Strich vorbeikam, dann sagte Frau Doris: Hört genau auf das Klopfen, das Ihr aus dem Inneren des Rades hört, und versucht die Schläge zu zählen; wie viele Schläge sind es bei jeder Umdrehung?

Diese Aufgabe war schwieriger, denn die Schläge fielen sehr schnell hintereinander, und Frau Doris forderte mich auf mir vorzustellen, dass es eine Musik wäre, zu der ich tanzen sollte; war es ein Drei- oder ein Vierviertelktakt? Mit dieser Hilfe war ich in der Lage zu erkennen, dass bei jeder Umdrehung acht Schläge fielen, es war beinahe wie eine schnelle Bourrée.

Frau Doris bat nun Herrn Malchus, das Rad anzuhalten,

und alle drei gingen wir auf dessen andere Seite. Ich sah, dass diese Seite noch nicht bespannt war und das Innere des Rades offen vor uns lag; endlich bekam ich zu sehen, was ich wollte. Doch wenn ich erwartet hatte, etwas Ungeheuerliches zu erblicken, wurde ich beim ersten Augenschein enttäuscht, denn der Mechanismus im Rad nahm sich ernüchternd einfach aus. Alle Holzteile waren verhältnismäßig filigran und ebenmäßig gefertigt. An dem, was mir die Speichen des Rades zu sein schienen, waren einige hammerähnliche Teile mit schmalen Schäften und breiten Köpfen so angebracht, dass sie sich bewegen konnten und gegen einen Prellklotz fielen, wenn sie die oberste Position im Rad passierten. Es hatte den Eindruck, als würde das untere Ende des Schaftes dann einen dreieckigen Keil in ein Zahnrad heben, das mit der Nabe verbunden war, ohne dass ich dessen Funktion ganz verstand.

Frau Doris gab mir all die Zeit, die ich wollte, als ich sie jedoch mit einem staunenden Blick ansah, fragte sie: Habt Ihr die Hämmer gezählt, Herr Bileam?

Ich zählte und es waren neun. Natürlich war mir klar, dass ich in diesem Fall neun Schläge bei jeder Umdrehung hätte hören müssen und nicht acht, allerdings fand ich das in keiner Weise merkwürdig, da doch die Schläge so rasch gefallen waren. Frau Doris indes fragte noch einmal: Habt Ihr die Hämmer gezählt? Und als ich es bestätigte, sagte sie: Neun Hämmer, acht Schläge, Ihr irrt Euch nicht. Und nun denkt ein letztes Mal nach: Wollt Ihr das Drehen des Rades sehen?

Beinahe hätte ich ihr eine harsche und ungeduldige Antwort gegeben, doch ich nahm mich zusammen und wartete eine Sekunde, bevor ich ruhig mit Ja antwortete. Auf ihren Stock gestützt und ohne ein Wort zu sagen, bewegte sie auf diese Antwort hin ihren schweren Körper auf die andere Seite des Rades, blieb allerdings so stehen, dass sie mich von der Seite aus noch sehen konnte. In geradezu argloser Ratlosigkeit blickte Herr Malchus von einem zum anderen, in seinem Gesicht waren die Gedanken ablesbar. Schließlich trat er neben Frau Doris, und es war offensichtlich, dass er erst sehen wollte, was mir bei dem gefürchteten Anblick zustieß, bevor er sich ihm selbst aussetzte.

Die Uhrmachermeisterin bat Herrn Malchus, das Rad wieder in Bewegung zu setzen, und ich fühlte die gleiche wachsame Unruhe wie vor einer zu erwartenden Begegnung mit dem Feind. Doch die Teile im Rad bewegten sich nur, wie ich es vermutet hatte, es zeigte sich nichts Merkwürdiges, abgesehen davon, dass ich mich nun vergewissern konnte, dass keine geheimen Züge oder Helfer das Rad antrieben, sondern seine Geschwindigkeit sich eindeutig von allein erhöhte. Mein Blick glitt von einem Teil zum anderen, ohne etwas anderes zu sehen als einen sich wiederholenden mechanischen Verlauf, und die klopfenden Geräusche wurden zu einem monotonen Klappern.

Seht Ihr es?, rief Frau Doris mir beklommen zu. Was soll ich sehen?, schrie ich ärgerlich zurück. Dann seht Ihr es nicht, erwiderte sie und begann, mir weitere Anweisungen zuzurufen.

Seht hinauf, dorthin, wo die Hämmer fallen, sagte sie, doch versucht, immer auf die gleiche Stelle zu schauen, und folgt nicht jedem einzelnen mit den Augen.

Ich sah hinauf zum oberen Rand des Rades und es war gar nicht so einfach, ihren Anweisungen zu folgen, denn die drehenden und fallenden, einhakenden Bewegungen schienen entgegengesetzt zu verlaufen und fortwährend die Aufmerksamkeit abzulenken; doch schließlich gelang es mir einigermaßen, den Blick auf einen Punkt zu richten, an dem die Hämmer einschwangen und fielen, einer nach dem anderen. Frau Doris musste gesehen haben, wie mein Blick ruhiger wurde, denn nun rief sie wie ein Tanzmeister: Hört hin, hört auf die Schläge, Dreivierteltakt! Gigue! Tátata, tátata, tátata …

Was nun geschah, habe ich mir tausendmal in Erinnerung zu rufen versucht, und doch finde ich noch immer keine Worte, um es zu beschreiben. Denn in dem Augenblick, als der Dreivierteltakt, den ich hörte, mit dem übereinstimmte, was ich sah, war es, als wären nur noch die Hämmer deutlich zu erkennen, und der Rest des Rades, ja alles, was ich von meiner Umgebung noch wahrzunehmen vermochte, nahm ein Aussehen an, wie ich es nie zuvor und seither nie wieder erfahren habe. Alles verbreiterte oder verzog sich, nahezu wie in einem Zerrspiegel oder wie durch eine Wasseroberfläche gesehen, und doch behielt es seine Form; gleichzeitig ergriff mich ein so heftiges körperliches Unbehagen, dass mich schwindelte und ich einen Arm ausstrecken musste, um Halt zu finden. Ich sah meinen eigenen Arm, wie er auf unbeschreibliche Weise durch den Raum wuchs, bis zur Unkenntlichkeit verdickt oder vervielfacht, und diese Veränderung hielt an, in rasendem Tempo. Als ich entsetzt flüchten wollte, dünkte es mich, als würde sich der ganze Raum vor meinem Blick verbiegen und winden, sich ausbreiten und potenzieren, während mein Körper an genau der gleichen Stelle blieb und ich das Gefühl hatte, als ließen sich Körper und Seele nicht mehr zusammenhalten.

Ich wollte schreien, doch ich blieb stumm und habe nur eine überaus undeutliche Erinnerung an etwas Dunkles, das sich über mein Blickfeld legte; es muss Herrn Malchus' Mantel gewesen sein, denn als ich wieder etwas erkennen konnte, befand ich mich draußen auf der Straße und stand zusammengesunken und von seinen Händen unter den Armen gestützt da, halb unter seinem Mantel, der sowohl auf meinen wie auf seinen Schultern lag. Kalter Schweiß lief mir über das Gesicht und doch sah ich Frau Doris aus der Tür auf uns zukommen, so rasch ihr schwerer Körper es erlaubte.

Ich setzte mich auf die Pflastersteine auf der anderen Seite der Straße, wo die Sonne schien, mit dem Rücken an die Mauer des Friedhofs gelehnt; noch immer umhüllte mich Herrn Malchus' Mantel und langsam überwand ich meinen seltsamen Zustand. Sie streckten ihre Hände vor und baten mich, danach zu greifen, sie fragten, ob ich wüsste, wer sie wären; es war klar, dass sie um meinen Verstand fürchteten, doch ich war, gottlob und vielleicht auch dank Herrn Malchus' raschem Eingreifen, unheilbarem Schaden entgangen.

Herr Malchus begleitete mich zu meinen Kammern und erst einige Tage später wandte ich mich wieder an Frau Doris und befragte sie nach meinem Erlebnis. Sie erzählte, dass es ihr ebenso ergangen wäre, als sie, genau wie ich, von Orffyreus verlangt hatte, ihr das Geheimnis zu zeigen, sie war indes mit diesem vorübergehenden Unbehagen davongekommen. Um andere hätte es schlimmer gestanden; sie meinte, man wäre verloren, wenn man zu lange auf das starrte, was sie den neunten Hammer nannte.

Irgendeine Erklärung konnte sie darüber hinaus nicht geben; sie war keine Mathematikerin, sondern hielt sich streng an die Maße und Größen, die der Adept festgelegt hatte, denn die Räder funktionierten kraft bestimmter Proportionen, und Orffyreus hatte erklärt, dass sie die göttliche Harmonie widerspiegelten.

Ich zweifele nicht daran, dass dieses Rad mich um meinen Verstand oder sogar um mein Leben hätte bringen können, denn bei meinem Zustand hatte es sich nicht um ein allgemeines Unwohlsein gehandelt wie bei einer schlechten Verdauung oder unreinem Blut, es war von gänzlich anderer Art. Das Rad indes wurde zur Bäckerei gebracht, wo es eine kleine Mühle antrieb, so dass der Bäcker selbst das Korn zu Mehl mahlen konnte.«

Wo hatte ich nur meine Gedanken, als ich diese Passage zum ersten Mal las? Sicher, natürlich war ich damals erschüttert und traurig, aber ich kann mich überhaupt nicht daran erinnern, dass etwas so Interessantes darin stand!

Vielleicht hat es aber auch damit zu tun, dass ich jetzt weiß, dass dieser Orffyreus existiert hat – es wirft ein anderes Licht auf die mystischen Maschinen und ihre Erklärung, die der Freiherr hier zu geben versucht.

Als ich die Abschrift dieses Abschnitts beendet hatte, war ich jedenfalls wie besessen und konnte mich nicht beherrschen, Steffen anzurufen und ihm davon zu erzählen. Er war gerade im Bad gewesen und wollte zum Hauptbahnhof, um seine Freundin abzuholen, dennoch hörte er geduldig zu, als ich ihm einen Teil der Beschreibung vorlas (er war so freundlich zu sagen, dass er sowieso warten müsse, bis sein Haar trocken wäre) und fragte, was er von dem unerklärlichen Erlebnis des Freiherrn halte.

»Offenbar haben die damals schon gekifft«, sagte Steffen und lachte, aber dann wurde er ernst. »Ich weiß nicht, was ich dazu sagen soll«, meinte er, »aber wenn es uns gelingt, diesen seltsamen Code zu knacken, sind wir möglicherweise dem Einstein des achtzehnten Jahrhunderts auf der Spur.«

»Meinst du die Relativitätstheorie?«

»Ja, Zeit und Raum und so. Die Zeit als Dimension oder wie auch immer das ist.«

»Ich weiß zu wenig über Einstein. Hast du übrigens noch weiter über unsere Inschrift nachgedacht?«

»Ja, hab ich, aber mir sind keine neuen genialen Ideen gekommen.«

Ich merkte, dass er mit seinen Gedanken woanders war, und das konnte ich ihm wahrlich nicht vorwerfen. Wir verabschiedeten uns und ich wiederholte meine Aufforderung, mich zu besuchen – er müsse bald mal zusammen mit seiner Freundin zum Essen kommen. Er versprach, sie zu fragen.

Hinterher war ich unruhig. Ungewöhnlich für mich. Aber ich hatte mir vorgenommen, dass ich diese Nuss knacken *wollte*, ich *wollte* herausfinden, was sich hinter Orffyreus' oder Besslers Kryptogramm verbarg. Das Geschlecht derer von Erlenberg muss es ebenfalls für wichtig befunden haben; man hebt doch nicht jahrhundertelang ein Buch so sorgfältig auf, wenn man nicht überzeugt ist, dass darin irgendetwas von Wert enthalten sein muss.

Wahrscheinlich kann man nichts tun, als dort wieder anzufangen, wo Steffen und ich aufgegeben haben, und sich dann systematisch durch die verschiedenen Möglichkeiten arbeiten.

Ach ja. Das habe ich gestern geschrieben. Und den Rest des Tages, den Abend und den ganzen heutigen Vormittag habe ich am Schreibtisch meines Arbeitszimmers damit verbracht, Buchstabenreihen niederzuschreiben, die ich um jeweils eine Stelle verschob, um zwei Stellen, um drei Stellen … um danach die Buchstaben des Schemas geduldig mit den entsprechenden neuen Buchstabenpaaren zu ersetzen, die sich auf diese Weise bildeten. Die ganze Reihe hindurch bis zu einer Verschiebung von elf Stellen – dann geht es ja wieder von vorn los. Ohne jedes Resultat.

Ich versuchte, die Zeilen jeweils senkrecht und waagerecht zu lesen, von vorn und von hinten. Hin und wieder tauchten Kombinationen auf, die sinnvollen Silben glichen, aber es waren zufällige Ähnlichkeiten, denn der Rest war noch immer irgendwelcher Kram ohne Bedeutung.

Als ich so weit gekommen war, schrieb ich mit der Schreibmaschine sämtliche verschobenen Buchstabenreihen in Reih und Glied auf ein Blatt Papier ab. So hatte ich zumindest das Gerüst für den nächsten Versuch, der mir eingefallen war: Ich ersetzte den ersten Buchstaben in dem Quadratschema um eine Stelle, dann zwei Buchstaben um zwei Stellen, dann drei Buchstaben um drei Stellen … und so weiter. Es führte ebenfalls zu nichts. Dann versuchte ich die gleiche schrittweise Vorgehensweise, indem ich von hinten anfing. Ergebnislos. Ich probierte, zwei Buchstaben auf einmal zu nehmen, also zwei Buchstaben um eine Stelle zu ersetzen, die nächsten beiden um zwei … und so weiter.

Heute Vormittag habe ich versucht, die waagerechten und senkrechten Zeilen des Schemas zu variieren – also jeweils mit meiner Versuchsanordnung mehrerer verschobener Stellen –, nur um zu sehen, ob so etwas Sinnvolles entsteht. Es funktioniert nicht.

Ich habe einen ganzen Schreibblock verbraucht.

Wäre ich Mathematiker, hätte ich mir sicher recht einfach ausrechnen können, wie viele Millionen Kombinationsmöglichkeiten es gab – und aufgegeben. Aber ich bin Humanist und habe weitergemacht, mit der vernunftwidrigen Pflichtfreude, die der Adelsausweis des wahren Pedanten ist. Aber geholfen hat es ebenso wenig. Ich habe keine Lust, auch nur eine einzige dieser zahllosen Aufstellungen von nichtssagenden Konsonanten und Vokalen hier wiederzugeben.

Nun ja. Ich bin es mir wohl selbst schuldig hinzuzufügen, dass ich natürlich nicht daran dachte, mich wie ein Computer durch sämtliche Möglichkeiten zu arbeiten (ganz abgesehen davon, dass diese Aufgabe auch einen Computer eine gewisse Zeit beschäftigen würde, und mich ein paar Jahrhunderte). Ich bin einfach auf der Suche nach etwas, das so aussieht wie ein *System*, etwas, das aus der Zufälligkeit herausragt, denn es muss ein System geben, obwohl es nicht so einfach ist, wie ich zunächst gedacht habe.

Merkwürdig.

Ich war gerade drauf und dran zu schreiben, dass es mir zum Hals heraushängt. Aber so ist es ja nicht. Trotz der Nutzlosigkeit dieser zahllosen Kästchen, die ich gezeichnet und mit Buchstaben gefüllt habe, habe ich das Gefühl, wieder etwas zu tun zu haben. Ich habe eine Forschungsaufgabe, wie bizarr sie auch sein mag, und wie bei vielen anderen Forschungsprojekten gehört Geduld dazu, und jedes kleine Goldkorn, das man findet, erfordert eine endlose Sucherei.

Es begann wie eine Art verspäteter Liebesakt. Doch, lass das Wort nur stehen. Die Arbeit begann mit dem Verlangen nach Ulla, und nun fängt sie auf unergründlichen Wegen an, sich in etwas anderes zu verwandeln – gleichzeitig will ich natürlich die Reinschrift beenden. Aber genau in diesem Moment spüre ich, dass eine Pause nötig ist.

Und der Rasen hat es auch nötig, mal wieder gemäht zu werden.

Ich habe den Rasen gemäht. Und dabei habe ich mir überlegt, dass ich mich mit diesem Lienhard Erlenberg in Verbindung setzen sollte, denn er könnte mir doch eigentlich am ehesten gute Ratschläge geben. Vielleicht weiß er nicht einmal, was mit der dänischen Übersetzung des Buches seines Vorfahren passiert ist ... und mit Ulla. Aber ihn in Halle aufspüren, wenn er überhaupt noch da ist, Ulla hatte ja so etwas angedeutet, dass er inzwischen problemlos reisen konnte, das schien beinahe wie die Suche nach der Nadel in dem berühmten Heuhaufen. Ich entschloss mich, zunächst Engdal anzurufen, diesen korrekten, peniblen kleinen Mann, der ja noch immer am Institut war und über eine Unzahl germanistischer Kontakte verfügte.

Ich erreichte ihn erst abends – und die Unterhaltung bekam eine unerwartete Wendung, das muss ich schon sagen.

»Du«, sagte ich, nachdem wir wie nach den Sommerferien ein paar Bemerkungen über den Wind, das Wetter und irgendwas ausgetauscht hatten, »glaubst du, dass du herausfinden kannst, wo ein Dozent der Universität Halle abgeblieben ist? Ein Germanist, Barockspezialist soweit ich weiß, er heißt Erlenberg.«

»Von Erlenberg? Lienhard von Erlenberg?«

»Ja – kennst du ihn etwa?«

»Sag mal, Robert, liest du keine deutschen Zeitungen mehr? Er reist durch ganz Europa und hält Gastvorlesungen über eine Neubewertung der DDR-Literatur aus einer absolutistischen Perspektive. Vor nicht allzu langer Zeit stand ein längerer Essay von ihm in der ZEIT.«

»Öh – nein, ehrlich gesagt ist das meiner Aufmerksamkeit entgangen.«

»Die Leute finden offenbar wahnsinnig interessant, was er so bringt, und es klingt eigentlich auch ganz originell. Außerdem ist er per se eine Seltenheit – einer der wenigen aus dem Osten, die es geschafft haben, obwohl er eine feste Stellung im alten System hatte. Wahrscheinlich hast du mitbekommen, dass die meisten still und heimlich rausgeschmissen wurden. Ich weiß nicht, ob irgendetwas in seiner Stasi-Akte stand, was ihn heute zum Held macht. Ich weiß nicht einmal, ob sie ihn überhaupt schon überprüft haben. Tatsache ist aber, dass er gefragt ist. Willst du mit ihm Kontakt aufnehmen?«

»Ja, das habe ich mir eigentlich gedacht.«

»Dann kann ich dir die erfreuliche Mitteilung machen, dass er nächsten Monat nach Kopenhagen kommt. Er hat ein Projekt laufen, bei dem es um Andersen Nexø geht, und er will sich gern einige Archivstücke in der Stadt ansehen. Das Goethe-Institut hat umgehend eine Veranstaltung für Interessierte mit ihm arrangiert. Na ja, ich habe auch ein bisschen mitgeholfen. Es findet dort statt.«

Ich war einen Augenblick sprachlos. Engdal merkte es nicht, sondern nannte das Datum und die Uhrzeit und fuhr dann fort: »Er ist dann noch ein paar Tage da, steht aber nicht mehr zur Verfügung.«

»Warte, warte, warte«, sagte ich und fischte unter einem Stapel Papier meinen Kalender heraus. Ich blätterte die vielen, vielen Seiten, auf denen nichts stand, bis zum richtigen Tag durch und schrieb: *Lienhard E. in Kph. 19.00 G.inst.* Es war sehr lange her, dass ich etwas in meinen Kalender geschrieben hatte!

»Hallo?«

»Ja, ich schreibe nur. Regelst du die praktischen Dinge mit ihm? Ich würde gern mit ihm sprechen. Aber lass uns ein paar Tage vorher darüber reden, dann sehen wir, wie's mir geht.«

»Ja natürlich, wie geht es dir denn eigentlich zur Zeit?«

»Ganz gut, den Umständen entsprechend.«

»Arbeitest du an etwas?«

»Ja – nein. Nichts Fachliches.«

Ich fragte nach seinem Tun und Lassen und er erzählte begeistert, dass er zu Hause jetzt ein »Laptop« hätte (was immer das auch ist) und dabei wäre, eine »Datenbank« mit Beispielen für Konjunktivsätze in der deutschsprachigen Presse der letzten Jahre aufzubauen, weil, wie er sagte, die Grenze zwischen Potentialis und Irrealis sich in »dramatischer Auflösung« befände.

Meinetwegen. Gesagt habe ich allerdings nichts. Wir verabschiedeten uns mit ein paar weiteren freundlichen Phrasen, ich legte den Hörer auf und dachte: Nun habe ich den ganzen Tag darauf gewartet, in Zufälligkeiten ein System zu finden, und dann taucht es auf, aus einer völlig anderen Ecke, aus der ich es am wenigsten erwartet hätte.

Ich habe keine Ahnung, ob ich imstande sein werde, zu dieser Veranstaltung in die Stadt zu fahren. Aber jetzt steht sie in meinem Kalender. Wenn ich Herrn Erlenberg treffen kann, ist das weit besser als ihn anzurufen oder ihm zu schreiben. Und es ist nicht mehr allzu lange hin.

XIII

Steffen und seine neue Freundin waren gestern Abend hier. Naja heißt sie, ein wirklich nettes Mädchen, ich verstehe gut, dass Steffen sie gern hat. Sie hatten ihre Instrumente mitgebracht und spielten für mich, ich fühlte mich regelrecht geehrt. Naja studiert Musik an der Universität, nicht am Konservatorium wie Steffen, sie spielt Geige und zwar wirklich ausgezeichnet.

Steffen hatte mich beim Wort genommen und letzte Woche angerufen und gestern Vormittag habe ich Camilla gebeten einzukaufen, damit ich für sie kochen konnte. Zwei dieser französischen Landhühner, die es jetzt im Supermarkt gibt, ganz leicht angebräunt und mit wenig Flüssigkeit gar geschmort – sie passten gerade so in den großen Schmortopf. Als sie ausreichend abgekühlt waren, habe ich das Fleisch in einigermaßen großen, schönen Stücken vom Knochen gelöst, die Haut und die Knochen weggeworfen und mit ein bisschen Jus eine Estragonsauce gemacht.

Das Fleisch musste also nur noch aufgewärmt werden, dann konnte ich die Soße kurz vorher darübergießen und in einer flachen Schüssel servieren. Dazu gekochte Kartoffeln und einen sehr bunten Salat – außer grünen Blättern bestand er aus Gurken, Cherrytomaten, einigen gelben Peperoni und obendrauf ein paar großen blauen Borretschblüten, die im Garten wachsen. Sie sind essbar, obwohl sie blau sind.

Zwei Flaschen Orvieto hatte ich in den Kühlschrank gestellt (tatsächlich haben wir nur eine getrunken) und mich zum Nachtisch sogar an einem hausgemachten Eis-Parfait versucht, schon vor ein paar Tagen. Es war doch ein besonderer Anlass. Ich glaube, Steffen und ich hatten das unausgesprochene Gefühl, dass er gleichsam nach Hause gekommen war, um seine Verlobte zu präsentieren. Obwohl sie weder verlobt sind, jedenfalls ist mir nichts davon bekannt, und mein Haus nur in übertragener Bedeutung sein Zuhause ist. Sie halfen mir ein bisschen bei den letzten Handgriffen in der Küche, trugen die Schüsseln und Teller hinaus und so wurde es doch noch einigermaßen zwanglos. Wir saßen draußen, es war ruhig und mild.

Hinterher gingen wir in den Wintergarten, sie holten die Instrumente, stellten die Notenständer auf und spielten Sonaten für mich. Zuerst etwas Modernes, von einem Komponisten, dessen Namen ich, wie ich beschämt mitteilen muss, schon wieder vergessen habe. Danach Telemann. Oft heißt es ja, Barockmusik sei *zart* – ein furchtbares Klischee. Diese jedenfalls war nicht zart, nicht nur irgendein onduliertes Gezirpe. Steffen und Naja ließen die Musik pulsieren, schwingen und um einen inneren Gravitationspunkt kreisen, der trotz aller offensichtlichen Leichtigkeit mit dem Ernst des Daseins zu tun hatte.

Ich hatte dasselbe gute Gefühl wie bei unserem Gespräch am Tisch – ich sah, dass sie mühelos zum gleichen Rhythmus fanden, dass sie mit einer Art Tanzpartner-Instinkt wussten, wo sie sich jeweils befanden. Steffens dunkle Locken wippten über der silbrig glänzenden Flöte und Najas etwas hellere Locken fielen ihr mal über die Augen und dann wieder zurück in die Stirn, wenn sie die Violine hob oder senkte, wobei ihr kleines festes Kinn in der Ebenholzhalterung des Instruments ruhte.

Bei Tisch hatten wir uns nicht über besonders wesentliche Dinge unterhalten, es blieb auf Konversationsniveau, allerdings hatte ich Naja diskret beobachten können, und ich tat es auch, als sie spielte. Sie ist Ulla überhaupt nicht ähnlich, weder äußerlich noch in ihrem Wesen; und das entsprach ja genau meinen häufigen Gedanken an Ulla – dass sie einzigartig war, dass niemand sie ersetzen konnte. Doch Steffen hatte jemanden gefunden, den er mochte, der sie aufwiegen konnte, nur ist das etwas anderes.

Dieses Kreisen der Musik um einen unausgesprochenen Punkt von Ernsthaftigkeit glich in gewisser Weise der inneren Prämisse bei meinen deutschen Dichtern der Aufklärung, die nur so wenige begreifen, für die Ulla aber ein Gespür hatte: dass die Welt ein Chaos ist und Ordnung und Vernunft gepriesen werden müssen, eben weil sie gegen das Chaos kämpfen. Erst die Romantiker sind so vollgestopft mit Zivilisation, dass das Chaos sie begeistern kann. Ein gewisses Wissen um diese Dinge tauchte hin und wieder in Najas braunen Augen auf, doch es strahlte nicht so unablässig und selbstverständlich hinter allem wie in Ullas himmelblauen.

Als sie aufbrachen, merkte ich Steffen an, dass er über den Verlauf des Abends glücklich war, und Naja drückte mir die Hand und sagte: »Es war nett dich kennen zu lernen. Du bist so …« – sie wollte irgendetwas Freundliches sagen, suchte nach Worten und dann kam es –, »so jung für dein Alter.«

Ich bedankte mich, aber das Kompliment gab mir doch zu denken, als ich mich wieder auf mein Sofa setzte und nur dasaß, um den ruhigen, guten Nachklang zu spüren, der manchmal in einem Raum zurückbleibt, wenn die Gäste nach einem angenehmen Abend gegangen sind. Allen Liebenswürdigkeiten zum Trotz bedeutete Najas Bemerkung ja, dass ich nicht so hinfällig war, wie sie gedacht hatte. Jung für mein Alter. So etwas sagt man über einen Jubelgreis, der irgendwann einmal eine Platte der Beatles gehört hat.

Und da sie über mich nur wissen kann, was Steffen ihr erzählt hat, sagt es auch einiges darüber aus, wie er mich einschätzt. Ich saß auf dem Sofa und dachte zurück, und ich kam zu dem Schluss, dass ich bisweilen bestimmt mit meiner Hinfälligkeit kokettiert hatte, mit meiner Hilflosigkeit, wenn das Biest mich daran hinderte auszugehen, meinem nachlassenden Gedächtnis, das wahrscheinlich eher daran liegt, dass ich keine Lust mehr habe, mir alles zu merken. Aber was mir selbst als Galgenhumor vorkam, hat Steffen möglicherweise etwas buchstäblicher genommen.

Das Einverständnis, das ich vorausgesetzt habe, muss aus seinem Blickwinkel anders aussehen. In meinem tiefsten Inneren habe ich wohl gedacht, ich wäre wie er, weil ich so leicht meine eigene Jugend in ihm sehe – während er sich aus gutem Grund in mir nicht wiedererkennen kann. Tatsächlich ist der Altersunterschied zwischen ihm und mir größer als zwischen mir und ihm, um die Sache auf den Punkt zu bringen.

Ich saß auf dem Sofa und beschloss, nicht länger kokettieren zu wollen. Vielleicht mache ich es übermorgen trotzdem – aber das ändert nichts an dem kleinen Augenblick der Wahrheit, der sich in diesem Moment einstellte. Herrgott, ich *bin* zweiundsechzig. Ich *bin* grauhaarig. Ich *habe* braune Flecken auf den Händen. Aus Mangel an Bewegung bin ich steif wie ein rostiges Fahrrad. Aber so bin ich, Punkt.

Dann aß ich den Rest der Kirschen, die ich auf den Tisch gestellt hatte, nachdem sie gespielt hatten, es war kaum eine von ihnen gegessen worden. Die beiden wussten nicht, dass es Kirschen von meinem eigenen kleinen Baum im Garten waren; am Nachmittag war ich auf die wacklige Leiter gestiegen, die ich aus dem Keller hochgeschleppt hatte, und habe alle reifen Kirschen gepflückt, in die die Vögel noch nicht gehackt hatten. Es war nur eine bescheidene kleine Schale, und dafür der ganze Aufwand …

Aber es war ein kleiner Hinweis darauf, dass Ulla mit in der Runde war. Denn den Baum hatte ich eigentlich vor allem, weil er im Frühjahr so schön blüht, und an einem dieser Frühsommerabende standen Ulla und ich in der Gartentür und sahen uns seine leuchtend weißen Blüten an – es muss letztes Jahr gewesen sein. Bestimmt haben wir uns wie immer unterhalten, aber ich erinnere mich, dass es irgendwann eine kleine Pause gab und Ulla plötzlich begann, leise Brockes' »Kirschblüte bei der Nacht« zu rezitieren, fehlerfrei, da bin ich sicher.

Ich sahe mit betrachtendem Gemüte
Jüngst einen Kirschbaum, welcher blühte
In kühler Nacht beim Mondenschein …

Ich war hingerissen. Es passte so wunderbar. Und als ich sie fragte, woher sie es kannte, sagte sie, sie hätte es auswendig gelernt, weil sie wusste, dass ich es mochte.

Es war ein Geschenk, das mich noch immer weich ums Herz werden lässt, wenn ich daran denke.

Und diese Erinnerung hat mich jetzt die dünne Mappe aus der Schreibtischschublade holen lassen, in der ich die wenigen Briefe und Karten aufbewahre, die ich von Ulla besitze. Da ist der lange Brief, der von dem Erlenberg-Manuskript berichtet. Dann eine Postkarte aus Odense und eine aus Lübeck

(»Lieber Robert, wir machen eine billige Kaffeefahrt mit dem Bus. Aber wir haben sie zum Narren gehalten und überhaupt nichts gekauft. Liebe Grüße von Thomas Mann, Steffen und Ulla«).

Und noch ein Brief, den ich ein paar Tage nach einem bestimmten Gespräch bekommen habe, an das ich mich nur wegen der einzigen Frage erinnere, die Ulla auch anspricht. Über welche »Dinge« wir sonst noch redeten, habe ich vergessen.

»*Lieber Robert*,

danke für den letzten Abend. Es tat gut, über diese Dinge zu reden.

Als Du mir einen Schlüssel zum Haus angeboten hast, habe ich Dir versprochen, darüber nachzudenken. Jetzt habe ich nachgedacht. Nein, gib ihn mir nicht. Ich bin glücklich über das Vertrauen, das dieses Angebot beinhaltet, und über die Art und Weise, wie Du es mir gesagt hast. Kannst Du Dich erinnern? ›Für Dich ist meine Tür niemals verschlossen. Nimm den Schlüssel, dann kannst Du jederzeit herein.‹ Und dann hast Du Dein typisch tragikomisches Lächeln aufgesetzt und gesagt: ›Vielleicht kommst Du ja auch und sperrst mich aus.‹

Das ist hübsch, doch es ist falsch. Türen sind dazu da, geschlossen werden zu können, sonst wären sie überflüssig. Und es gibt noch mehr über Türen zu sagen.

Eine Tür hat zwei Seiten. Nicht nur eine Außenseite und eine Innenseite, sondern eine Außenseite, die abweisend ist, und eine Innenseite, die Geborgenheit ausstrahlt – oder eine Seite, die sich einem Gefangenen zuwendet und eine, die der Wächter sieht. Derjenige, der den Schlüssel hat, bestimmt, wie es sein soll; und wenn man den Schlüssel hat, bestimmt man im Übrigen auch, auf welcher Seite der Tür man sein will.

Selbst wenn Du mir einen Schlüssel zu Deinem Haus leihen würdest, wäre er noch immer Dein Schlüssel; und wenn Du die Tür geschlossen hast und hinter der geborgenen Innenseite sitzt, könnte ich sie niemals von der Seite des Wächters öffnen, nur von der Seite, die mich abweist. Selbst mit einem Schlüssel könnte ich Dich niemals aussperren, Robert. Das kannst nur Du selbst.

Das ist jetzt vielleicht nicht sonderlich intelligent ausgedrückt, aber es stimmt.

Wir sehen uns, liebe Grüße, Ulla.«

Das Bild mit der Tür muss uns beschäftigt haben, denn ich entsinne mich ziemlich deutlich an ein anderes Gespräch, das wir nicht allzu lange danach geführt haben. Wieder drehte es sich darum, dass Türen dazu da wären, geschlossen zu werden, und sie bestand darauf, dass es ein Menschenrecht wäre, sich abgrenzen zu können. Ich fragte, ob es nicht in allen Menschen eine Sehnsucht gäbe, ganz und gar mit einem anderen zu verschmelzen.

»Zwei können nur ganz und gar miteinander verschmelzen, wenn der eine den anderen auffrisst«, antwortete sie mit einer Schärfe, die überhaupt nicht typisch für sie war.

Ich versuchte es auf einem anderen Weg und fragte, ob es tatsächlich undenkbar sei, dass Menschen ihren Partnern gegenüber eine vollkommene Offenheit zeigen, ob es nicht das Ideal sei, an das wir dächten, wenn wir von Liebe sprechen.

»Es gäbe überhaupt keinen ›Partner‹, wenn wir gegenseitig vollkommen offen wären«, sagte sie. »Diese Art von Liebe ist auf dieser Welt nicht zu Hause.«

Ich hielt dagegen, dass ich davon eigentlich geträumt hätte, als ich jung war.

»Bist du seither klüger geworden?«

Und darauf – ja, ich wusste nicht, was ich antworten sollte.

Das Gespräch muss stattgefunden haben, nachdem wir die erotische Barriere zwischen uns überschritten hatten – oder vielleicht ist überstanden das bessere Wort; denn ich erinnere mich deutlich an das sommerliche Wetter, wie jetzt, Ulla trug eine königsblaue Bluse, die all das Leuchtende an ihr betonte, und wir konnten über Liebe sprechen, ohne dass es von unausgesprochenen Implikationen nur so dröhnte.

Ihre ungewohnte Heftigkeit und ihr Beharren auf gebührende Grenzen muss einen Grund gehabt haben; unwillkürlich setze ich ihn in Verbindung mit Ullas Unwillen, etwas über ihre Kindheit, ihre Eltern und ihre Vergangenheit zu erzählen, aber ich weiß nichts mit Sicherheit. Ein paar Mal habe ich mit Steffen darüber gesprochen, aber nur um festzustellen, dass er ungefähr genauso wenig wusste wie ich.

Doch warum raten? Ihre Aufmerksamkeit, ihre Aufgeschlossenheit, die Stunden, in denen wir über zufällige Themen sprachen, aber in einer Weise, bei der wir uns an Ideen und Assoziationen mit einer Sicherheit ergänzten, wie ich es noch nie mit irgendjemand anderem erlebt hatte – all das ist so reich, dass ich nicht mehr wissen muss.

Mit dem letzten Blatt Papier in der Mappe verblüffte sie mich zum ersten Mal wirklich. Ich hatte ihr Niels Simonsens Anthologie dänischer Barockgedichte geliehen, als sie es im Regal entdeckte und neugierig geworden war. Sie hätte nicht gewusst, sagte sie, dass es damals auch bei uns so viele »lebendige Dichter« gab. Und als sie mir das Buch zurückgab, lag ein zusammengefaltetes Blatt darin, das ich herausnahm und sofort las. Dort stand in ihrer Handschrift, nicht hastig wie in dem Aufsatzheft, sondern sorgfältig in Schönschrift, ein Gedicht.

»QUANTUM EST QUOD NESCIMUS!

Ists! oder ists ein Wahn! daß anverwanter Blutt
Sey kräfftig unsern Geist durch frembde Macht zu rühren?
Sol / wenn mein Freund betrübt / ich mich bekümmert spüren?
Ob schon mir nie entdeckt ward seiner Schmertzen Glutt.

Sol / wen sein Cörper fault / mein hochbestürtzter Muth
In unbekanter Angst sich kräncken und verliren?
Sol mich sein Bild zu Nacht in Lust und Schrecken führen.
Vnd trösten in der Pein / und rathen was mir gutt?

Mein Bruder / ehe man mir deinen Tod entdecket:
Hast du drey Nächte mich aus meinem Schlaff erwecket
Vnd mein unendlich Leid zu lindern dich bemüht.

Du hast mir Zeit und Ortt der abgelegnen Reisen /
Da ich nicht reisen wolt' ausdrücklich wollen weisen;
Ists! Oder wissen wir weit minder als man siht?

Andreas Gryphius, 1657«

Ich war überrascht, fragte im ersten Moment allerdings nur, wo sie es gefunden hatte, denn ich hatte nicht gewusst, dass es zeitgenössische dänische Gryphius-Übersetzer gab.

»Na ja, ich habe es nicht gefunden. Ich habe es selbst übersetzt«, sagte sie. Scheinbar nüchtern, doch ich spürte ganz genau diese kurze knisternde Angespanntheit, die bedeutete, dass sie darauf wartete, wie ich es beurteilen würde.

Ich weiß nicht, ob ich dich genügend lobte, Ulla. Ich war so überrascht. Ich kannte das Gedicht nicht, fragte dich aber, woher du es hättest, und du hast erzählt, dass es in einer DDR-Ausgabe stand, die Lienhard dir geschenkt hatte.

Was mich vollkommen umwarf, war nicht nur der fehlerfreie Versbau und die barocke Schreibweise – ich verstand schon, dass es eine Art Dank für das Ausleihen der Anthologie war –, sondern dass du überhaupt darauf gekommen bist, so etwas zu tun, dass du dich dermaßen in einen Dichter aus einer ganz anderen Zeit einfühlen konntest. Ich habe dich gefragt, was dich dazu gebracht hat, und du hast ein wenig ausweichend geantwortet, dass dir das Gedicht sofort gefallen hätte. Und dass es eine gute Geschichte erzählt.

»Wie, Geschichte?«

»Na ja, dass der, den er seinen Bruder nennt, kommt und sich ihm drei Nächte nach seinem Tod zeigt. Das ist doch spannend!«

Ich glaube, ich gab dir ohne größere Kommentare Recht – allerdings wusstest du nicht, Ulla, dass du mich gerade in diesem Augenblick bei einem Vorurteil erwischt hattest. Dass ein *Gedicht* – noch dazu eines, das so mit sprach- und literaturhistorischen Konnotationen besetzt war – einfach nur *spannend* sein konnte, auf diesen Gedanken wäre ich niemals von allein gekommen. Und das musste ich begreifen, nachdem ich über fünfundzwanzig Jahre Literatur gelehrt hatte! Gedichte enthielten für mich ein ästhetisches Vergnügen an der Form und interessante Spiegelungen des Geistes einer Epoche, aber dass sie den Leser auch auf die denkbar einfachste Art packen konnten, dafür war ich ziemlich blind gewesen.

Und nun sitze ich hier mit einem ganz anderen Text, den du auch übersetzt hast, und *der* hat mich gepackt! Ich komme nicht davon los und ich will nicht davon loskommen, bevor ich ihm nicht seine Geheimnisse abgerungen habe.

»Eines Tages im April ereilte Herrn Achilleus der Schlagfluss. Ich war dabei, im Kesselraum des Badehauses Wasser abzuzapfen, als Herr Lucas kam und mich in den Vorderraum bat; dort erwartete mich Frau Anna Schwarzauge, eine Frau, die so hieß, damit man sie von der Wirtin Frau Anna im Hahn unterscheiden konnte. Diese Frau Anna wohnte oberhalb des Hauses, in dem Herr Achilleus und ich unsere Kammern hatten, und sie erzählte, dass sie durchs Fenster gesehen hätte, wie Herr Achilleus reglos am Boden seines Ladens lag, und sofort hineingegangen wäre. Er lebte noch, konnte aber nur mit Mühe sprechen, und sie meinte verstanden zu haben, dass er nach mir fragte. Da sie selbst nicht die Kraft hatte, ihn hochzuheben, habe sie nur ein Kissen unter seinen Kopf gelegt und sich gesputet, um hierherzukommen.

Ich eilte nach Haus und fand Herrn Achilleus in kläglicher Verfassung in seinem eigenen Unrat am Boden liegen. Eine Seite seines Gesichtes war schlaff und leblos, den Arm und das Bein derselben Seite konnte er nicht bewegen. Ich kniete neben ihm und hörte ihn mit seinem schiefen Mund etwas Unverständliches murmeln, es schnitt mir ins Herz, den gütigen alten Mann vom Schicksal so unsanft gefällt zu sehen. Nach und nach verstand ich jedoch, dass es wirklich mein Name war, den er versuchte zu stammeln, und ich strich ihm über das feine Haar und sagte: Ich bin hier, Herr Achilleus.

In diesem Augenblick ging die Tür auf und Frau Deborah und Herr Malchus kamen herein. Es musste sich herumgesprochen haben, dass meinem Freund ein Unglück zugestoßen war. Frau Deborah beugte sich von der anderen Seite über ihn, betrachtete sein Gesicht und seine Augen und fühlte seinen Puls, nach dieser Untersuchung richtete sie sich auf und sagte: Er wird am Leben bleiben, doch er wird nicht mehr derjenige sein, der er war.

Der Ratsherr und die Ratsherrin wechselten fragende Blicke und Herr Malchus entschied auf der Stelle, dass Herr Achilleus in den Senat gebracht werde, da er zu schwach war, um allein zu bleiben. Herr Malchus ging hinaus, um für einen Wagen zu sorgen, und ich bot voller Kummer über die Demütigung meines Freundes an, den Unglücklichen zu waschen, wie ich es schon früher getan hatte, doch Frau Deborah meinte, es wäre das Beste zu warten, bis er zu seinem Bestimmungsort gebracht worden sei. Nein, sagte ich, in diesem Zustand soll er nicht hinausgetragen werden. Nun gut, erwiderte Frau Deborah, dann werde ich Euch helfen.

Es war wahrlich nicht leicht, ihm die verschmutzten Kleider auszuziehen, da seine Glieder ihm nun nicht länger gehorchten, aber wir führten doch durch, was ich gewünscht hatte; und während wir seinen Körper wuschen und ihm hinterher ein sauberes Hemd und saubere Strümpfe anzogen, kam es mir vor, als bereiteten wir ihn für sein Begräbnis vor, als wäre er bereits eine Leiche.

Doch er lebte und in Hemd und Strümpfen – lediglich mit einer Wolldecke bedeckt, denn saubere Kleider hatte er nicht – wurde er in einem Haufen frischen Strohs auf der Lade eines Karrens in den Senat gefahren.

Dort wurde uns von Herrn Justus, der an diesem Tag Dienst als Interceptor verrichtete, und dem mageren Weib geöffnet, die ich bereits bei meinem ersten Besuch gesehen hatte, sie hieß Frau Damaris.

Auch hier musste sich Herr Achilleus mit einem Haufen

Stroh zufriedengeben, und obwohl Frau Damaris ihm eine stumme, aber freundliche Fürsorge angedeihen ließ, blieb ich den Rest des Tages bei ihm. Er dämmerte die meiste Zeit vor sich hin und vielleicht schlief er zwischendurch sogar.

Doch just in dem Augenblick, da man ihn auf seinen Platz am Boden gelegt hatte, öffneten sich seine Augen und er sah mich an, ich drückte die kleine Kappe auf seinen Kopf und ein Mundwinkel zuckte in einem schwachen Lächeln. Eine Stunde später schlug er die Augen auf und brachte unter Anstrengungen einige Worte hervor, nämlich diese: Im Senat, Herr Bileam, man pflegt mich. Seine Stimme war sehr schwach und seine Aussprache undeutlich, aber ich verstand, was er sagen wollte und wiederholte seine Worte, er nickte fast unmerklich dazu.

Die Anzeichen verrieten mir, dass sein Verstand keinen Schaden genommen hatte, wie ich zunächst glaubte, und ich nutzte die Stunden, in denen ich bei ihm wachte, um mir zu überlegen, was ich tun könnte. Als seine Atemzüge tiefer wurden und Frau Damaris zu mir kam und sagte: Nun schläft er bis morgen früh, Herr Bileam, Ihr könnt nun gehen, da dankte ich ihr und machte mich auf den Weg, fest entschlossen, Herrn Malchus aufzusuchen.

Ich erkundigte mich und fand ihn im Wirtshaus Zum goldenen Becher, in dem er gerade gegessen hatte. Ich unterbreitete ihm, dass mein Freund überhaupt nicht in den Senat gehöre, nachdem sein Geist, trotz der Hinfälligkeit seines Leibes, keinen Schaden genommen hatte, und dass ich gewillt wäre, ihn zu pflegen, wenn er wieder in seine alte Wohnung zurückgebracht würde.

Dies gereicht Euch zur Ehre, aber es ist unmöglich, sagte Herr Malchus. Ich zügelte meinen Zorn und fragte warum; er war zunächst unwillig, antwortete mir dann jedoch mit gedämpfter Stimme, so dass niemand sonst die Antwort hören konnte.

Herr Bileam, sagte er, Euer Freund ist bestimmt noch klaren Geistes, wie Ihr sagt, doch das kann sich jeden Augenblick ändern. Frau Deborah, die diese Dinge seit vielen Jahren beobachtet, versichert mir, dass die Zeit, die er noch zu leben hat, kurz sein wird. Ihr wisst doch, dass wir hier in der Stadt den Tod nicht als Feind sehen; er kommt, wenn es Zeit ist, und für viele ist er eine Befreiung nach einem langen Leben mit vielen Qualen, ungeachtet, dass die Stadt ihnen im letzten Abschnitt ihres Lebens Ruhe und Sicherheit gewähren konnte. Doch in den letzten Wochen, Tagen oder Stunden, bevor der Tod erscheint, erlebt manch einer von uns einen Zustand, der möglicherweise eine Antwort auf bestimmte wichtige Fragen birgt. Darum haben wir unsere Interceptores, die beobachten, was in der Zeit geschieht, in der sich Seele und Körper trennen, ob es nun schnell oder langsam vonstatten geht. Der Senat ist nicht allein eine Anstalt der Barmherzigkeit, Herr Bileam, er ist eine Quelle der Erkenntnis; und die Stadt, die erwartet, dass ihre Einwohner für das Gemeinwohl arbeiten, weist einigen Bewohnern im Senat ihre letzte Arbeit zu: Wasser für diese Quelle zu sein.

Außerhalb der Stadt lässt man die Leute in Frieden sterben, sagte ich verbittert.

Außerhalb der Stadt lässt man die Leute an Hunger und Armut krepieren, erwiderte Herr Malchus, hier nicht.

Aber was wollt Ihr mit dem dummen Zeug, das dort drinnen gesprochen wird, fragte ich, da ich keine Antwort auf seinen Einwand fand.

Das werdet Ihr möglicherweise schon bald erfahren, sagte Herr Malchus, doch wollte er nicht näher erklären, was er damit meinte. Ich fragte noch einmal, ob es nicht möglich wäre, Herrn Achilleus aus dem Senat zu verlegen.

Nein, lautete die Antwort.

Dann will ich ihn dort pflegen, sagte ich. Ich bitte Euch um die Erlaubnis des Rates, Herr Malchus, anstelle des Badehauses im Senat arbeiten zu dürfen.

Zumindest gelang es mir, meinen Willen durchzusetzen, denn bereits am nächsten Tag beschloss der Rat, mich als Helfer von Frau Damaris einzusetzen und meine Arbeit im Badehaus jemand anderem zu übertragen. Meine letzte Pflicht im Badehaus war es, meinen Nachfolger Herrn Josua, einen groß gewachsenen Schmied aus Bayern, in die tägliche Arbeit einzuweisen; ich schmunzelte still vor mich hin bei dem Anblick, wie er die Laken faltete, so dass sie nicht in den Schrank passten, ganz wie ich selbst es am ersten Tag angestellt hatte. Doch ich sprach, wie Herr Lucas zu mir gesprochen hatte: Beim nächsten Mal macht Ihr es richtig.

Ich verabschiedete mich von Herrn Lucas und Cain, doch ohne Feierlichkeit, denn aus Gründen der Reinlichkeit würde ich ja weiterhin ins Badehaus kommen.

Als ich mich im Senat einfand und Herrn Achilleus erzählte, dass ich von nun an hier arbeiten und in seiner Nähe sein würde, war er ganz gerührt vor Freude; er brachte kein Wort heraus, sondern wischte sich mit seiner gesunden Hand die Tränen von den Wangen. Und ich empfand eine tiefe Befriedigung, ihm dieses Zeichen meiner Freundschaft geben zu können.

Frau Damaris wies mich ein und die Arbeit erwies sich als nicht sonderlich schwierig, schwer war es nur, den Gestank und die immerwährende Unruhe zu ertragen, die ich bereits beim ersten Mal wahrgenommen hatte, als ich dieses Gebäude betrat. Niemand von denen, die mir damals besonders aufgefallen waren, war noch am Leben; Frau Cäcilia war neulich gestorben, der alte blinde Mann schon vor mehreren Monaten. Nun lagen hier lediglich acht Greise, Herrn Achilleus mitgezählt, der sich ruhig und geduldig verhielt; die anderen hingegen, die ich nach und nach kennen lernte, redeten und murmelten und schrien bisweilen, raschelten mit den Strohhalmen oder versuchten umherzugehen, wenn ihre schwachen Glieder es erlaubten.

Die ersten Tage kostete es mich Überwindung, mich dorthin zu begeben, und mir half lediglich der Gedanke an Herrn Achilleus, der auf mich wartete und, seinem ganzen Elend zum Trotz, mit einer eigenen Würde auf seinem Strohhaufen lag, den zu verlassen er sich weigerte. Ich hatte ihn gefragt, ob ich ihm nicht wenigstens ein Bett beschaffen sollte, aber er antwortete mit einem deutlichen Nein und fügte mühsam hinzu, so wie es wäre, wäre es gut. Ich kannte den Grund seiner Bescheidenheit nicht, ahnte jedoch, dass er in seinen Gedanken bereits mit dem Leben abschloss.

Schon bald hatte ich mich an die sonderbare Stimmung und die schmutzige Arbeit gewöhnt, die zumeist darin bestand, soweit nötig den Boden zu waschen, die alten Strohhaufen auszumisten, sie am Ende der Rampe im Hof zu sammeln, von wo aus sie einmal in der Woche mit einem Karren abtransportiert wurden, und auf einer Schubkarre neues Stroh aus dem Schuppen zu holen. Dies konnte nun während des Tages geschehen und nicht wie bisher erst am Abend, wenn Herr Simon kam, der Nachtwächter, den ich noch nicht kannte. Frau Damaris konnte nun ihren Aufgaben besser nachkommen und ihren Schützlingen zu essen und zu trinken geben – alles in allem war die Veränderung sicherlich eine Verbesserung.

Wenn Frau Damaris jeden einzelnen mit Grütze als Abendgericht gefüttert hatte, denn die meisten konnten kaum selbst essen, und den Unruhigsten ein ordentliches Glas Branntwein als Schlaftrunk gegeben hatte, konnte sie nach Hause gehen und Herrn Simons Dienst begann.

Er war ein kleiner, drahtiger Mann, der Nacht für Nacht diese Tätigkeit ausübte und tagsüber schlief. Ich blieb zwei-, dreimal im Senat und leistete ihm bis spät am Abend Gesellschaft, wogegen er nichts hatte; wir saßen am Tisch in einer Ecke des großen Raumes und sprachen sehr leise, zwischen uns eine angezündete Kerze, die Herr Simon benötigte, wenn er hin und wieder seine Runde zwischen den Schlafenden machte oder ein ungewöhnliches Geräusch oder Unruhe ihn zu einem der Lager rief. Wenn die Kerze auf dem Tisch stand und ihr schwaches Licht in den Raum warf, zeichneten sich auf dem Boden und an den Wänden undeutliche Schatten ab und die entlegensten Winkel des Raumes waren pechschwarz.

Ich fragte ihn, ob er niemals Furcht empfände, wenn er hier säße. Er verneinte es ganz sachlich, denn er hätte nur den Tod zu fürchten und davor wäre ihm nicht bange.

Ich fragte ihn auch, was er täte, wenn für einen der Alten die letzte Stunde schlüge, während er allein hier saß. Nichts, antwortete er, wenn der Herr sie in ihrem Schlaf zu sich nimmt, ist es gut, und wenn sie wach sind und mich rufen, setze ich mich zu ihnen. Der Rest geschieht erst am Morgen. Doch es ist schon geschehen, fügte er unaufgefordert hinzu, dass der ein oder andere sich mir in seiner letzten Stunde anvertraut hat. Mitunter ist es zu verstehen, mitunter auch nicht, aber ich verspreche ihnen immer Vergebung im Namen des gnädigen Himmels.

Mit welchem Recht?, wollte ich wissen.

Wer hat das Recht, es mir zu verbieten, erwiderte er und lächelte. Ist der Himmel denn nicht gnädig?

Über sein Leben, bevor er in die Stadt kam, wollte er nicht sprechen, doch ich erfuhr, dass er früher einer der Kutscher war, die Waren zum Handelsplatz fuhren und mit anderen Gütern zurückkamen. Wieso habt Ihr damit aufgehört, fragte ich, denn mir erschien es eine höchst erstrebenswerte Arbeit.

Lieber mochte ich hier drinnen hinter den Palisaden bleiben, sagte er. Versteht Ihr, Herr Bileam, Kutscher sind entweder die Ratsherren selbst oder solche, die außerhalb der Stadtgrenze eine Strafe zu fürchten haben. Ich habe Fuhrmänner gesehen, die vor Angst zitterten und ihr Gesicht all die Zeit, die sie auf dem Handelsplatz verbrachten, verbargen und erst wieder frei atmen konnten, als sie wieder durch das Tor fuhren.

Verbrecher, fragte ich. Das kann man wohl sagen, entgegnete er und ließ mich wieder in Ungewissheit, was ihn selbst betraf.

Ein andermal fragte ich ihn, was er mit den Bekenntnissen anstellen würde, die ihm in diesen Nachtstunden zu Ohren kämen. Er antwortete wieder sehr aufrichtig, dass er sie dem Ratsherren mitteile, der am Morgen als Interceptor käme, jedenfalls so viel, wie er davon verstanden hätte.

Ich selbst hatte nun täglich Gelegenheit, sämtliche Mitglieder des Rates zu sehen, die abwechselnd in den Senat kamen und mit einer Tafel in der Hand zwischen den murmelnden und lallenden Stimmen umhergingen. Mitunter überließen sie die Tafel mir und ich schrieb wohl das ein oder andere nieder, doch nichts davon, glaube ich, kam in das Buch in dem abgeschlossenen Schrank, und noch immer sah ich den Sinn dieser Beschäftigung nicht ein. Neben den Ratsherren und Ratsherrinnen, die ich bereits gut kannte, lernte ich nun auch die

Übrigen kennen; doch erst als ich sie nach drei Wochen in Gedanken durchging, fiel mir auf, dass ich lediglich elf Ratsmitglieder gesehen hatte. Frau Damaris bestätigte meinen Verdacht, Herr Nicodemus fehlte. Er geht zur Zeit selten aus dem Haus, sagte sie kurz angebunden.

Nachdem mein Freund in den Senat gebracht worden war, verging nicht einmal eine Woche, bis ich eines Abends nach Hause kam und feststellte, dass Herr Martin und Frau Genoveva, der Krämer und seine Frau aus Ofen, in Herrn Achilleus' Kammern gezogen waren und sich nun um seinen Laden kümmerten. Es waren freundliche Menschen und ich wechselte nicht selten ein paar Worte mit ihnen, außerdem musste ich bei ihnen Papier holen, wenn mein letztes Blatt vollgeschrieben war. Allerdings hielt ich mich nicht mehr gern in diesen Räumen auf, in denen ich Homers Stimme gehört, im Geiste ferne Länder bereist und die vielen Dinge gesehen hatte, von denen mein Freund zu berichten wusste.«

Jetzt darf man aber getrost von einem Tagewerk sprechen. Es wird allmählich Abend und ich habe den größten Teil des Tages mit meinen Papieren und Erinnerungen verbracht, und dann noch einen ziemlich großen Abschnitt der Geschichte des Freiherrn abgeschrieben, eben so weit, wie ich gerade gekommen bin.

Das Barockgedicht hat mich noch einmal an Ullas Übersetzertalent denken lassen, ich hätte sie so gern gesehen, wie sie den Kraftakt mit diesem Manuskript bewältigte. Eigentlich gibt es verblüffend wenig Korrekturen oder Streichungen – sie muss außerordentlich konzentriert gearbeitet haben, denn bei dem Tempo, auf das die Handschrift hindeutet (manchmal brauche ich wirklich lange, um ein Wort zu dechiffrieren), schreibt man leicht das Erstbeste, das einem einfällt, und nicht immer ist es wirklich das Beste, so viel weiß ich zumindest.

An einigen Stellen stehen Kommata, die später wieder gestrichen wurden. An ein paar Stellen ist der Anfang des Wortes *Kirchhof* gestrichen und ersetzt durch *Friedhof*. (Es muss *Friedhof* im Original gestanden haben, denn, wie sollte man auch einen Kirchhof in einer Stadt ohne Kirche haben?) Beim ersten Rundgang des Freiherrn durch die Stadt werden die Gasthöfe erwähnt, in denen das Essen *gratis* ist, *ums* wurde gestrichen – natürlich, sie hatte erst *umsonst* schreiben wollen. Ein paar Mal wurde eine Satzkonstruktion falsch begonnen, gestrichen und noch einmal angefangen. Und auf der vorletzten Seite des Abschnittes, den ich gerade abgeschrieben habe, stand ein Wort, das nicht einmal gestrichen war und das ich nur mit großen Schwierigkeiten verstanden habe: »Mitglieder des Rates zu sehen, die wechs abwechselnd in den Senat kamen« – bis mir ein Licht aufging. Es hieß *abwechselnd*, und das *wechselweise*, das Ulla zunächst in den Kugelschreiber floss, ist natürlich falsch.

In ihrem letzten langen Brief an mich, der auch in der Mappe liegt und den ich heute Vormittag noch einmal las, bittet sie mich, mir die Geschichte anzusehen und ihr zu sagen, was ich davon halte – von ihrer Authentizität. Ich weiß noch immer nicht, welche Kriterien ich anlegen soll, aber die Entdeckungen, die ich – zum Teil mit Steffens Hilfe – inzwischen gemacht habe, überzeugen mich mehr und mehr.

Ich habe versucht, die historischen und geographischen Fakten nachzuschlagen. Sich mit den damaligen deutschen Grenzen zurechtzufinden, ist, ehrlich gesagt, ein schwieriges Unterfangen, aber es sieht so aus, als wären die Angaben im Manuskript korrekt.

Und gerade bin ich noch einmal am Regal im Arbeitszimmer gewesen. Mir war eingefallen, dass ich irgendwann, als ich anfing, in der Bibel nachgesehen habe, was es mit dem Doppelnamen der Stadt auf sich hatte, weil mir da etwas aufgefallen war – nun habe ich noch einmal nachgesehen. Ich fand die Stelle zunächst in meiner modernen Ausgabe der Lutherschen Bibelübersetzung und wunderte mich darüber, dass Ramoth als Ramot buchstabiert wurde, ohne »h«; allerdings bin ich außerdem noch im Besitz einer anderen Ausgabe der Luther-Bibel, einer exakten Textfassung der Wittenberger Ausgabe von 1545, und hier steht: *Bezer in der Wüsten im eben Lande unter den Rubenitern / und Ramoth in Gilead unter den Gadditern* … also Ramoth mit »h«. Und da steht sogar Kapitel »IIII« mit vier Einsen anstelle von »IV«, genau wie im Manuskript, in dem von einer »alten deutschen Bibel« die Rede ist.

Ich weiß nicht, wie viele kleine Indizien nötig sind. Eigentlich müsste ich mir Herrn Erlenbergs Telefonnummer besorgen und mit ihm reden, aber es ist so eine Sache, einen wildfremden Menschen anzurufen und zu fragen, ob er einem hübschen jungen Mädchen einen Bären aufgebunden hat oder sein Erbstück authentisch ist.

Ich werde lieber warten, bis ich im August hoffentlich die Gelegenheit habe, ihn zu treffen. Bis dahin könnte ich auch mit der Abschrift fertig sein, jetzt bin ich schon so weit gekommen, dass ich es auch gern zu Ende führen möchte …

Habe ich je etwas anderes gewollt?

XIV

Herr Achilleus lebte noch einen Monat. Oft saß ich auf einem Strohsack an seiner Seite, den ich zu diesem Zweck dort liegen ließ; ich war nicht so unablässig beschäftigt wie im Badehaus und konnte mich jeden Tag diesen letzten Gesprächen widmen, die wir miteinander führten.

Denn obwohl er sehr schwach war und die Worte nur undeutlich hervorbrachte, lernte ich ihn bald schon besser zu verstehen als irgendjemand sonst; wohl weil ich ihm so oft zugehört hatte und die Bahnen kannte, denen seine Gedanken folgten. Es zeigte sich nämlich bald, dass seine Fähigkeit zu denken und seine Erinnerung nicht unter seiner Schwäche gelitten hatten, und obgleich es zuweilen Minuten dauerte, bis er einen Satz zu Ende brachte, vergaß er nicht, was er sagen wollte, und wenn er sich ausruhen musste und eine Viertelstunde schwieg, erzählte er danach genau an der Stelle weiter, an der er seine Erzählung unterbrochen hatte. Und ließ er früher bloß eine Erinnerung auf die andere folgen und verlor mitunter den Faden, schien er nun sorgfältig ausgewählte und bestimmte Erlebnisse zum Gegenstand unserer Unterhaltungen zu machen.

Ich trug nicht viel dazu bei und fragte nur nach, wenn ich mich vergewissern wollte, ihn nicht falsch verstanden zu haben; ich begriff, dass ich lediglich Geduld aufbringen musste, und auf diese bedächtige Weise fügte er dem Bild, das ich mir von seinem Leben gemacht hatte, noch einige Einzelheiten hinzu. Ich bin nicht in der Lage zu sagen, ob er die Geschichten, die er mir erzählte, besonders wichtig fand oder ob es ihn nur freute, in diesen letzten Wochen einen Zuhörer zu haben.

Und doch erschien mir eines dieser Erlebnisse bewahrenswert und ich schrieb es am Abend in meiner Kammer aus dem Gedächtnis nieder.

Als Herr Achilleus irgendwann als Hauslehrer einer wohlhabenden Familie in der Schweiz arbeitete, war er zugegen, als einem mutmaßlichen Ketzer und Hexenmeister der Kopf abgeschlagen und seine Leiche danach auf dem Scheiterhaufen verbrannt wurde. In früheren Zeiten hätte man ihn wohl lebendig verbrannt, doch das Gesetz verhalf ihm an diesem Ort zu einem schnelleren und weniger schmerzhaften Tod. Am Tage danach wurden die Instrumente seiner alchimistischen Werkstatt auf einer Auktion zugunsten der Armen verkauft. Doch das Seltsame war, dass dieser Mann, der mit nacktem Oberkörper und seinem gewaltigen grauen Bart an einen Wilden erinnerte, auf das Schafott getreten war und zu der Menschenmenge gesprochen hatte, ohne dass ihn jemand aufhielt.

Er erhob seine Stimme zu einem Gebet, das indes nicht reumütig klang, sondern eher voller Zuversicht; er sagte, dass er in Gottes Wille wie Dampf sei, der aufsteigt und eine Wolke bildet, die wiederum zu Regen wird, der sich ergießt und zu einem Bach verwandelt, zu einem Fluss, zu einem Meer; und vom Meer steigt der Dampf unter den Strahlen der Sonne wieder auf, befreit vom irdischen Schmutz. Und am Ende trug er einen Lehrsatz vor, den Herr Achilleus mir zweimal vorsagte, so dass ich ihn mir einprägen konnte: Die Seele stirbt nicht, sie geht nur aus der Zeit, um einmal noch in dem großen Jetzt zu schweben, bis ein neuer Körper ist für sie bereit, ein neues, ein wiederholtes Leben.

Daraufhin kniete er freiwillig am Block nieder und der Scharfrichter tat seine Pflicht.

Ich muss gestehen, dass diese Geschichte mir ein wenig unverständlich erschien. Wie jeder weiß, stirbt unsere Seele nicht, und wir werden am Jüngsten Tag auferstehen, doch der Ketzer muss etwas anderes gemeint haben, wenn diese Worte nicht das Bekenntnis eines reuigen Sünders waren; in diesem Fall hätte er seinen Glauben auch mit den in der Kirche gebräuchlichen Worten bekennen können.

Es musste jedoch einen unauslöschlichen Eindruck auf Herrn Achilleus gemacht haben und so empfand ich es als meine Pflicht, die Worte festzuhalten, die er so mühsam an mich weitergab. Schon bald sollte sich zeigen, dass auch andere sich dafür interessierten.

Am vorletzten Tag seines Lebens döste Herr Achilleus beinahe die ganze Zeit. Doch als ich mich zu ihm setzte, schlug er die Augen auf und wusste um meine Nähe; er öffnete die Lippen, doch auch als ich mein Ohr ganz bis zu seinem Mund hinunterbeugte, verstand ich nur mit großer Mühe die letzten Worte, die ich ihn sagen hörte. Sie lauteten: Ich liebte ein Mädchen in Reval. Ich werde nach ihr suchen.

Als ich an dem Tag morgens in den Senat kam, der sein letzter werden sollte, trat Frau Damaris auf mich zu und sagte, dass es bei meinem Freund nicht mehr lange dauern würde. Ich setzte mich zu ihm und hielt eine Stunde seine Hand, ich weiß allerdings nicht, ob er es bemerkte. Dann kam der Augenblick, in dem er ein Seufzen ausstieß und sein Mund offen stehen blieb. Sein Tod war ebenso sanft, wie er es selbst gewesen war; doch die Trauer, die ich empfand, war stärker, als ich erwartet hatte.

Das Begräbnis fand zwei Tage später statt und zum ersten Mal erlebte ich eine derartigen Zeremonie auf dem Friedhof der Stadt. Ich hatte schon von Begräbnissen gehört, auch an Tagen, an denen ich keinen Dienst im Badehaus tat, und doch hatte ich nie daran teilgenommen, da ich die Verstorbenen nicht kannte und Neugierde bei einem derartigen Anlass als unpassend empfand. Doch Herr Achilleus hatte im Laufe dieser Monate einen Platz in meinem Herzen gewonnen und ich in seinem, denke ich; wir waren mehr als Nachbarn und ich trug als einer von Vieren seinen einfachen Brettersarg von der Pforte in der Mauer des Friedhofs, wohin er auf einem Karren gebracht worden war, bis zu dem frischen Grab, das man für ihn ausgehoben hatte. Viele Einwohner begleiteten ihn und Herrn Achilleus hätte es bestimmt gefreut zu sehen, wie wohlgelitten er in der Stadt war.

Herr Phintias fand lobende Worte für ihn, berichtete jedoch nichts über sein Leben, das ich nicht schon aus seinem eigenen Mund gehört hatte; er schloss mit den Worten: Nun nehmen wir Abschied von diesem Einwohner unserer Stadt; möge er auch eine Freistatt in den Händen Gottes des Allmächtigen finden. Einige in der Menge murmelten Amen und ich begriff, dass dies eine Art Ritual war, welches sich bei Begräbnissen an diesem Ort wiederholte.

Als der Sarg ins Grab gelassen wurde, betete Herr Timotheus, der ehemalige Pastor von Rencknisch, ein Vaterunser, worauf er mit den bekannten, dazugehörenden Worten dreimal Erde auf den Sarg warf. Einige begannen einen Psalm zu singen, den ich nicht kannte, während ich stumm dastand, in das Grab sah und mich nicht meiner Tränen schämte.

Als wir den Friedhof verließen, sprach ich mit Herrn Phintias und drückte meine Freude über den Nachruf für meinem Freund aus. Auch Herrn Timotheus wollte ich danken, doch dieser nickte nur kurz und zurückhaltend und entfernte sich eilig von mir.

Vor der Friedhofsmauer zerstreuten sich die Trauergäste in verschiedene Richtungen, mir schloss sich Herr Malchus an und fragte mich, ob ich vielleicht gehört habe, dass Herr Achilleus eine besondere Inschrift auf seinem Grabstein wünschte. Nein, antwortete ich, gewiss hätte er, wie alle anderen auch, nur seinen Namen und die Jahreszahl auf dem Stein haben wollen.

Das dachte ich auch, sagte Herr Malchus, aber ich frage Euch, Herr Bileam, denn Ihr hattet ja viel Kontakt mit ihm in der letzten Zeit.

Das konnte ich bestätigen und wir sprachen eine Weile über die guten Eigenschaften von Herrn Achilleus und sein abenteuerliches Leben, von dem Herr Malchus offenbar auch wusste.

Doch sagt mir, Herr Bileam, begann er plötzlich, habt Ihr aus seinem Munde erfahren, was ein hingerichteter Ketzer in der Schweiz unter der Menge verbreitete? Wir wissen, dass Herr Achilleus bei dieser Hinrichtung zugegen war, er hat es erzählt, aber wie die Worte lauteten, wissen wir nicht.

Ich schwieg und um Zeit zu gewinnen, tat ich so, als würde ich nachdenken; in Wahrheit flogen hundert widersprüchliche Gedanken durch mein Gehirn, denn ich spürte, dass Herr Malchus auf ein Wissen aus war, das mein Freund ihm nicht freiwillig hatte geben wollen, und obgleich ich den Grund dafür nicht kannte und gerade weil Herr Achilleus mir diese Worte so auffallend genau wiederholt hatte, zögerte ich, sie weiterzugeben. Ich hatte nicht viel Zeit, um mich zu entscheiden, und mein Entschluss fiel zugunsten des Geheimnisses aus.

Nein, sagte ich, ich entsinne mich nicht, dass er es erwähnt hat.

Ich spürte wohl, dass Herr Malchus mit dieser Antwort unzufrieden war, obwohl er es sich nicht anmerken ließ, sondern sofort über andere Dinge sprach.

Ich erwähne dies, weil es mich auf den Gedanken an ein anderes Ereignis der letzten Zeit brachte. Eines Morgens, zwei Wochen vor Herrn Achilleus' Tod, wurde mir auf der Straße ein seltener Anblick zuteil: ein vornehmer Herr in kostbaren Seidenkleidern, Biberhut und Spangenschuhen, der umherging und die Häuser betrachtete. Herr Abraham, ein Ratsherr, den ich flüchtig aus dem Senat kannte, begleitete ihn und ich hatte keinen Zweifel, dass es sich bei dem vornehmen Herren um einen Neuankömmling handelte, der in der Stadt herumgeführt wurde, so wie Herr Phintias es damals mit mir getan hatte.

Am Abend erfuhr ich im Wirtshaus, dass ein kurfürstlicher Minister in die Stadt gekommen war; er wollte sich hier niederlassen, weil er durch ein angeblich ungerechtfertigtes Konfiskationsurteil des Landesherren alles verloren hatte und Gefahr lief, als Verräter hingerichtet zu werden. So lauteten die Gerüchte, allerdings habe ich keine Anstalten unternommen, sie nachzuprüfen.

Dieser Herr zog kurz darauf in die Kammern unter mir, in eine Unterkunft, die in all der Zeit leer gestanden hatte. Das Krämerpaar im Laden erzählte mir, dass er den Namen Herr Cato angenommen hätte. Ich traf ihn in einfachen Kleidern und ohne seine Perücke auf der Treppe, offenbar nach einer ähnlichen *metamorphosis*, wie ich selbst sie durchlaufen hatte; im Unterschied zu mir bekam er allerdings häufig Besuch von Ratsherren und Ratsherrinnen, auch noch zu später Stunde, wenn ich zu Hause war.

Nun geschah es, dass ich nach Hause kam und das Gefühl hatte, jemand wäre in meinen Kammern gewesen, ohne dass ich jedoch hätte sagen können, was diesen Verdacht auslöste. Nur ein einziges Mal trat ich von der Straße aus ein und glaubte mit Bestimmtheit zu hören, dass jemand die Treppe vom obersten Stockwerk, wo ich wohnte, herunterlief, doch ich begegnete niemandem; und als ich an Herrn Catos geschlossener Tür vorbeikam, hörte ich Stimmen aus der Wohnung.

Möglicherweise war mein Argwohn gänzlich unbegründet, und doch ließ ich es mir zur Gewohnheit werden, jeden Tag, an dem ich in den Senat ging, das Einzige mitzunehmen, was ungebetene Fremde wohl gern zu finden wünschten – nämlich meine Aufzeichnungen. Die dünnen Papierbogen benötigten nicht viel Platz und passten in meine ziemlich tiefe Westentasche.

Ich behielt meine Arbeit in dem städtischen Menschenstall bei, auch nach Herrn Achilleus' Begräbnis. Ich wusste nicht, wie ich mich sonst hätte beschäftigen sollen, da ich doch kein Handwerk gelernt hatte, sondern nur die Kenntnisse eines Mannes von Adel besaß, für die es hier keine Verwendung gab. Ich dachte, und dies sicherlich zu Recht, dass manch einer vor der Arbeit, die ich hier tat, zurückgeschreckt wäre und ich zumindest auf diese Weise Fähigkeiten bewies, über die nicht jeder verfügte. Doch die Zeit wurde mir lang, zumal die Mitglieder des Rates, die sich einfanden, um ihrer Pflicht als Interceptor nachzugehen, nicht viele Worte mit mir wechselten.

Eines Vormittags kam Herr Esra in Begleitung eines kahlköpfigen Greises, eines großen, knochigen Mannes, von dessen Unterlippe unablässig Spucke tropfte. Frau Damaris begrüßte sie und begann sich mit dem Kahlköpfigen zu unterhalten, der mit hohler Stimme einige Worte von sich gab. Währenddessen schleppte Herr Esra den Hund fort, der ihnen auf dem Fuße gefolgt war und den ich zunächst für seinen eigenen gehalten hatte. Doch der Widerstand des Hundes und die Blicke, die er dem anderen Mann zuwarf, überzeugten mich, dass es sich um dessen Dogge handelte und er Herr Nicodemus sein musste, der Ratsherr, an den ich mich nicht entsinnen konnte, obschon er ganz sicher dabei gewesen war, als ich seinerzeit vor den Rat zu treten hatte.

Mit einem Griff am Halsband zog Herr Esra den Hund durch die Hintertür in den Hof und ich setzte die Arbeit fort, mit der ich gerade beschäftigt war. Plötzlich ertönte ein donnernder Pistolenschuss und als ich in den Hof eilte, sah ich, wie Herr Esra den toten Hund zu dem Haufen mit dem dreckigen Stroh schleppte, ihn darauf warf und ihm das Halsband abnahm. Die Pistole hatte er wieder in die Tasche gesteckt; nun fiel mir auf, wie seine Kleider dadurch auf der einen Seite herabgezogen wurden.

Er bemerkte mich, drehte sich um und sah mich mit seinem harten Ganterblick an. Dann sagte er: Herr Nicodemus wohnt von nun an im Senat und ein Ratsherr im Senat kann keinen Hund mehr halten.

Ungläubig starrte ich auf die Blutspur, die sich durch das Gras des Hofes die Treppe hinauf bis zur Rampe zog, bis hin zu dem Tier, das noch immer aus seiner Schusswunde am Kopf blutete.

Diese Hunde gehorchen nur einem Herrn, ergriff Herr

Esra wieder das Wort, beinahe als wolle er eine sanftmütigere Erklärung abgeben. Dann schritt er durch das Tor des Senatssaales und überließ mich meiner Verwirrung – nicht allein wegen der unerwarteten Handlung, sondern auch wegen des plötzlichen Auftauchens einer Feuerwaffe hier in der Stadt; so etwas hatte ich noch nie erlebt, abgesehen von dem Schuss, den ich an jenem Tag selbst so unbedacht auf Frau Deborah abfeuerte. Möglicherweise war es sogar meine eigene Pistole, die Herr Esra in seiner Tasche verbarg. Als ich meine Verwunderung einigermaßen überwunden hatte und in den Saal zurückkehrte, war er bereits gegangen.

Herr Nicodemus indes blieb im Senat. Eine Nacht verbrachte er auf einem Strohhaufen, dann forderte er lautstark ein Bett; und er fuhr so lange damit fort, bis man schließlich eines für ihn beschaffte, so dass nun vier Betten im Saal standen. Daraufhin wurde er ein wenig ruhiger. Er bewegte sich mit einer Würde, die in keiner Weise mit dem törichten Ausdruck seiner Augen und der Spucke einherging, die ihm auf Unterlippe und Kinn glänzte. Doch nur selten belästigte er jemanden.

Es kam durchaus vor, dass er sich einbildete, mit jemandem zu sprechen, der gar nicht da war, dann hob er die Stimme, als wollte er den anderen übertönen und seinen Argumenten zusätzliches Gewicht verleihen. Einmal griff er zur Tafel und ging herum, als wäre er noch immer Interceptor; Frau Rebekka, die an diesem Tag Dienst tat, ließ ihn gewähren. Als er jedoch bei einer schlafenden alten Frau am anderen Ende des Saales (von meinem Standpunkt aus gesehen) stehen blieb und bei dem Versuch, etwas niederzuschreiben, das außer ihm niemand gehört hatte, mit einem lauten Knall den Griffel zerbrach, ging Frau Rebekka zu ihm und wollte ihm mit ein paar leisen Worten die Gerätschaften abnehmen. Er riss die Augen auf und sagte zu ihr: Nein, nein, Herr Esra, der Augenblick ist unendlich klein. Die Wirkung geht hindurch und erfährt ihre Ausdehnung auf der anderen Seite.

Diese Bemerkung kam mir so merkwürdig vor, dass ich sie heimlich auf meinem eigenen Papier notierte. Ich konnte die Verwechslung verstehen, insofern Frau Rebekka klein und ungelenk war und in ihrer Statur an Herrn Esra erinnerte, doch welch sonderbare Diskussionen des Rates Herr Nicodemus hier weiterzuführen glaubte, verstand ich nicht. Am Tag darauf, als Herr Esra den Dienst verrichtete, erwähnte ich ihm gegenüber diese Bemerkung und fragte danach, doch er antwortete nur kurz angebunden, dass es nicht meine Angelegenheit wäre.

Zu diesem Zeitpunkt war wohl bereits entschieden, dass es nicht meine Angelegenheit war und auch nicht werden würde; welche Vorstellungen ich über meinen möglichen Platz im Kreis der Ratsherren auch gehabt haben mochte, so wurden sie an dem Abend zunichte gemacht, als ich Frau Anne im Hahn erzählen hörte, dass der Rat als Nachfolger von Herrn Nicodemus Herrn Timotheus ausgewählt hatte.«

Wieder ist eine Woche vergangen, seit ich mich das letzte Mal mit dem Manuskript beschäftigt habe. Ich ziehe die Arbeit ein wenig in die Länge, ähnlich wie bisher, aber ich habe jetzt noch einen zusätzlichen, neuen Grund – oder vielleicht auch einen sehr alten. Ich habe in der Zwischenzeit das Material meiner Gottsched-Dissertation wieder hervorgeholt, wer weiß, vielleicht lässt es sich ja irgendwie verwenden. Einige der Mappen standen im Regal im Arbeitszimmer, und eines Tages hatte ich plötzlich Lust, mir ihren Inhalt anzusehen. Die Aktendeckel waren völlig verbogen, weil sie schräg im Regal gestanden hatten, die Blätter darin waren ebenfalls ein bisschen schief und an den Rändern verknickt, aber mit dem Text selbst war alles in Ordnung.

Ich setzte mich in den Sessel in der Ecke – in den, den man nur zum Lesen benutzen kann, weil das Licht von der rechten Seite kommt, so dass man mit seiner eigenen Hand einen Schatten wirft, wenn man sich Notizen machen will –, öffnete die oberste Aktenmappe des kleinen Haufens, der mir im Schoß lag, und schaute mir ihren Inhalt an. All diese sorgfältigen Exzerpte – du lieber Himmel, damals in den Sechzigern hatte man ja noch dagesessen und die Zitate mit der Hand abgeschrieben, langsam und mühselig, das war vor der Zeit der Fotokopierer. Hunderte von Zitaten aller möglicher Stellen, mit detaillierten Quellenangaben und peinlich genauer Sorgfalt bei der Abschrift, selbst Druckfehler sind wiedergegeben, mit Korrekturen oder dem kleinen *sic!* in eckigen Parenthesen, die natürlich dazugehören, aber auch ein kleines Signal des Abschreibers mitten im Text sind: »Ich schlafe nicht!« Die Glückseligkeiten der Akribie.

Die Karteikästen, die guten alten Karteikästen aus schwarzer Faserpappe, fand ich hinterher im Keller auf der »Ungnade«, wo sie ziemlich eingestaubt waren; aber schon ein einziges liebevolles Abwischen mit einem feuchten Lappen ließ sie wieder völlig funktionstüchtig aussehen. In ihnen habe ich unter verschiedenen Stichwörtern Hinweise aus meiner Werkausgabe (und einzelnen anderen Ausgaben) gesammelt, die ich offenbar wichtig für mein Verständnis von Gottscheds Leistung hielt – wenngleich ich mir nicht mehr vorstellen kann, was der Sinn eines Stichwortes wie »Galimathias« gewesen ist –, zum Teil auch Aussagen über Gottsched von diversen anderen Schriftstellern, zeitgenössischen und späteren.

In gewisser Hinsicht war er natürlich unerträglich, der Alte – ein kolossaler Besserwisser, der sich vorgenommen hatte, ganz Deutschland beizubringen, wie und warum man schreiben soll. Aber wenn er *nur* ein selbstgefälliger Moralist gewesen wäre, dann hätte er es in seiner Zeit nicht zu einer derartigen Berühmtheit gebracht. Es muss einen Bedarf für ihn gegeben haben. Meine Arbeitshypothese war damals, dass seine Gegner, nicht zuletzt die Schweizer, ihn so gründlich desavouierten, dass die Nachwelt nie wieder in der Lage gewesen ist, ihn so zu sehen, wie er war, als er den Zeitgeist noch auf seiner Seite hatte. In einer Art historischem Rückblick wollte ich sein unbeschädigtes Bild rekonstruieren und untersuchen, wie lange die literarischen Genres, Gewohnheiten und Einstellungen, die er als regellos und unvernünftig verdammt hatte, nach seiner Zeit überhaupt noch weiterlebten, das heißt, inwieweit er in gewisser Weise Recht behalten hatte.

Es war eine gewaltige Aufgabe, die ich mir da vorgenommen hatte, und darüber hinaus war sie nicht einmal sonderlich originell. Aber als ich in meinen Exzerpten und Karteikarten blätterte, wurde mir klar, dass ich damals in gewisser Weise nichts Geringeres als eine Rehabilitierung Gottscheds im Sinn gehabt hatte. Ich konnte mich an das Gefühl erinnern. Eine Revindikation eines großen Vorkämpfers für Klarheit und Vernunft. Ich konnte mich auch an die Erkenntnis erinnern, dass er sich gut gegen die modernistischen Dichter einsetzen ließ, die damals langsam in Mode kamen und mich mit ihren Provokationen und ihrer bewussten Unverständlichkeit irritierten. Obwohl ich natürlich jederzeit die Hochkultur verteidigen würde – im Namen der Aufklärung, haha.

Möglicherweise war mein Drang, Gottsched zu einer Art Ritter der Vernunft zu küren (auch) ein Drang, meine eigene Vorliebe für das Überschaubare und Regelrechte zu verteidigen. Das wohltuend Voraussehbare. Den Schlüssel des Daseins.

Auch wenn ich durch mein Schicksal und die Erfahrungen der letzten Jahre – das Wüten des Biests und diese vernichtende Leere, als Ulla verschwand – nichts anderes gelernt haben sollte, zumindest habe ich begriffen, dass es diesen allumfassenden Schlüssel nicht gibt. Manchmal muss die Vernunft sich dem Zufall beugen, und auf diese Art von Erlebnissen gibt es keine andere Antwort als: Wie wenig wir doch wissen.

Aber egal, selbst wenn ich das Material heute nicht mehr in der gleichen Weise angehen würde, habe ich Lust, weiter daran zu arbeiten. Vielleicht nicht einmal, um meine Dissertation fertig zu schreiben (was sollte ich auch mit einem Doktorgrad, jetzt noch?), sondern um das Wissen, das ich angesammelt habe, in einem Buch zu verarbeiten, ganz einfach. Sich von der Zwangsjacke und dem strengen wissenschaftlichen Apparat ein bisschen befreien und die Geschichte eines Mannes aus einer fernen Zeit erzählen, eines dichtenden Professors, der nicht ganz dumm war. Aber auch nicht ganz gescheit.

Warum eigentlich nicht? Der Schreiberei bin ich ein bisschen verfallen. Ich habe begonnen, diesen winzig kleinen entscheidenden Moment zu mögen, wenn ich die Maschine anstelle und die Lampen aufleuchten, wenn das Typenrad schnurrt und sich in Position bringt: freie Bahn.

Ich freue mich darüber, hier oben in Ullas Zimmer zu sitzen, hinunter in den Garten zu schauen und an der Geschichte des Freiherrn weiterzuschreiben, als ob man ein altes Gemälde reinigt und es sichtbar werden lässt – und mich dem Papier anzuvertrauen, wenn ich Lust dazu habe. Das hat nichts mit Systematik zu tun, aber das ist auch völlig egal, dann wächst es eben von allein, wie sehr Gottsched den so entstandenen Wust auch missbilligt hätte. Das hätte er ohne Zweifel. Aber ich vergebe ihm, großmütig wie ich bin.

Wenn ich Gottsched heute habe ruhen lassen und mich Ullas Heft widme, dann liegt es daran, dass heute nicht weniger als zwei Briefe in der Post lagen (sie kam endlich einmal früh), die mich an die Geschichte des Freiherrn erinnerten. Der eine ist von Engdal, der mir eine Kopie von Erlenbergs ZEIT-Artikel schickt – »Progressiver Absolutismus«. Es ist eine ganzseitige Geschichte, die er auf A4-Format herunterkopiert hat, und da die Buchstaben sehr klein und ermüdend zu lesen sind, habe ich mir den Artikeln für später zur Seite gelegt – aber es ist nett von ihm, mir den Text zu schicken, noch dazu einige Zeit nach unserem Gespräch über die Veranstaltung mit Erlenberg hier in Kopenhagen. Es zeigt doch, dass er an mich gedacht hat. Im Begleitbrief steht nichts Besonderes. »Ich erinnere daran, dass …« usw. Ich habe es nicht vergessen.

Der andere Brief war von Steffen und enthielt ebenfalls Fotokopien, aber mit einem Artikel über Orffyreus! Auf der Postkarte (mit dem Bild einer Geige), die er beigelegt hat, schreibt er, dass Naja einen Onkel in Roskilde hat, der alte Lexika sammelt – oder Lexik*ons*, wie da tatsächlich steht –; er hatte den Onkel gefragt, ob er schon einmal auf Orffyreus gestoßen sei, und der Onkel hat ihm geschickt, was er mir nun weiterreiche.

Der Artikel steht auf den Seiten 259 und 260 eines Buches, das eine andere Handschrift (es muss die des Onkels sein) auf der ersten Seite der Fotokopie als *A. Courtin, Encyclopédie moderne, tome 17, Bruxelles 1830* ausweist. Hier nun tritt der Adept als »Orfireus ou Orffyré (Jean-Ernest-Élie)« auf – einiges deutet darauf hin, dass dies die Quelle für die französische Schreibweise in der *Encyclopædia Britannica* ist – und was der Artikel zu erzählen hat, ist wahrlich nicht uninteressant.

Ich habe ihn mit der Zusammenfassung von Orffyreus' Leben durch den Freiherrn verglichen, beide stimmen ziemlich gut überein, abgesehen davon, dass Courtins Lexikon ihn in Zittau im *Elsass* statt in Sachsen zur Welt kommen lässt, was aber auch ein banaler Flüchtigkeitsfehler sein kann. Allerdings fehlt hier zum Beispiel die detaillierte Beschreibung der Ereignisse mit dem Förderrad auf Schloss Weißenstein – der Name des Schlosses wird im Übrigen nicht mal erwähnt. Dafür liefert Courtin einige Hinweise, dass Orffyreus ein vielseitiger Herr gewesen sein muss; er war offensichtlich nicht nur Erfinder, sondern wollte auch eine christliche Einheitsreligion einführen und plante eine sogenannte *Gottesburg*, in der Christen und Türken »usw.« zu Frömmigkeit und in Kunst und Wissenschaft erzogen werden sollten. Unter seinen Erfindungen werden nicht nur die Räder erwähnt, sondern auch ein ewig sprudelnder Springbrunnen, eine Orgel, die von einem Uhrwerk angetrieben wird, und eine Konservierungsmaschine, genannt »das orffyräische Gefäß« (*le vaisseau orffyréen*). Nach 1743 wollte er einige Mühlen und Fabriken in Braunschweig bauen, starb aber 1745 in Fürstenberg, steht hier.

Leider enthält der Artikel keine Bilder, weder von den Rädern noch von den anderen Erfindungen, dennoch belegt er einmal mehr, dass es diese Person tatsächlich gegeben hat. Courtin verweist auf einige Anfang des 18. Jahrhunderts datierte Quellen, die eigentlich zu beschaffen sein müssten; ich werde immer neugieriger, wie viel Erlenberg wohl selbst über diese Maschinen zu sagen hat. Er – oder einer seiner Vorväter – wird doch ganz sicher schon mal versucht haben, diese Informationen zu überprüfen? Obwohl wir vielleicht erst in diesem Jahrhundert in der Lage sind zu erkennen, wie epochemachend eine Erfindung wie die des Orffyreus gewesen ist – wenn also etwas dran ist an der Sache.

Eine Konservierungsmaschine? Das könnte auch etwas mit Zeit zu tun haben …

Ich glaube nicht an die Mär, dass man im Traum auf die Lösung eines Problem stoßen kann. Ich kann mich nicht einmal daran erinnern, was ich letzte Nacht geträumt habe. Nachdem ich die Zeilen, die hier drüberstehen, geschrieben hatte, schaltete ich die Maschine aus, ging hinunter, räumte ein bisschen auf und spülte in der Küche das Geschirr der letzten paar Tage, derartige Kleinigkeiten. Und ich ging verhältnismäßig früh zu Bett. Möglicherweise hat sich aber mein Unterbewusstsein noch mit Orffyreus und der ganzen Geschichte beschäftigt, denn tatsächlich bin ich heute Morgen ungewöhnlich aufgeräumt und inspiriert aufgewacht, und dann

habe ich das Rätsel gelöst!!!

Ich habe Orffyreus' Inschrift gedeutet.

Die Sonne weckte mich; ich hatte das Rollo nicht heruntergelassen, sondern nur die Gardinen vorgezogen, und der helle Stoff glühte wie ein Viereck aus geschmolzenem Gold und Silber, als ich die Augen aufschlug. Manchmal empfinde ich diese Augenblicke, in denen ich langsam an die Oberfläche komme und die Umgebung noch immer ein wenig neblig und unklar ist, weil ich meine Brille noch nicht aufgesetzt habe, wie eine Verheißung – als würde der Tag mit etwas Gutem aufwarten. Und so war es heute Morgen.

Ich stand auf, ging ins Bad und zog mir ein kurzärmliges Hemd an, alles sah nach Sonne und Wärme aus; dann bereitete ich mir ein richtiges Frühstückstablett vor, mit Kaffee, geröstetem Brot und was sonst noch dazugehört, und trug es ins Esszimmer, statt einfach nur im Stehen am Küchentisch zu frühstücken.

In der Zeitung stand nichts Besonderes, aber als ich das Tablett wieder hinausgetragen und nur die letzte Tasse Kaffee auf dem Tisch stehen gelassen hatte, kam mir eine Idee. Ich holte Ullas braunes Heft, den Stapel mit den Buchstabenreihen und all meinen vergeblichen Deutungsversuchen, einen Zirkel, eine kleine spitze Schere, ein Stück Pappe von der Rückseite eines festen Briefumschlags und einen schwarzen Filzstift – und trug alles hinunter ins Esszimmer.

Dann schlug ich die Beschreibung der Orffyreus-Uhr auf und bastelte ein Pappmodell des Zifferblatts – mit den letzten zwölf Buchstaben im vierundzwanzigstelligen Alphabet auf einem beweglichen äußeren Kranz und den übrigen zwölf Buchstaben und den Zahlen auf dem inneren Teil. Vorsichtig schnitt ich die beiden Kränze auseinander und konnte die Buchstaben nun verschieben, wenn die Scheibe flach auf dem Tisch lag. Selbstverständlich änderte sich durch die verschobenen Buchstabenreihen nichts an dem, was ich längst aufgeschrieben hatte, aber so war es einfacher, sich vorzustellen, wie die Uhr ausgesehen haben muss.

Dann schlug ich noch einmal die Grabschrift des Adepten auf, um sicherzugehen, dass ich richtig gesehen hatte: I anstelle von J, aber V für U. So war es. Und als ich noch einmal die Erklärung las, die Herr Phintias dem Freiherrn gegeben hatte, kam ich an den verheißungsvollen Satz: »… er behauptete, dass er in dieser Grabschrift eine besondere Weisheit hinterlassen würde …«

Ich schrieb die Grabinschrift auf ein neues Blatt Papier:

+
HIC
IACET
ADEPTUS
ORFFYREUS
1748

– und die wohlbekannte viereckige Inschrift der Uhr, die ich bald auswendig konnte, daneben.

Plötzlich begriff ich, dass die Grabschrift vierundzwanzig Buchstaben umfasste, ebenso wie das Schema der Uhr, und mir kam die Idee, dass man die Buchstaben des Schemas möglicherweise auch in Form einer Pyramide aufschreiben müsse, so wie die Grabschrift. Das war ein Prinzip, an das ich noch nicht gedacht hat. Gleichzeitig müsste man aber die Buchstabenkränze noch immer gegeneinander verschieben, sonst hätte es keinen Sinn, dass der äußere Ring beweglich war.

Ich wollte nun versuchen, mich auf die ersten drei Buchstaben zu konzentrieren, die dem Wort HIC in der Grabschrift entsprachen. Im Viereck waren es die Buchstaben MSI. Als ich mein Pappmodell der Uhr zur Hand nahm, entdeckte ich, dass man unwillkürlich den äußeren Kranz nach rechts drehte, also im Uhrzeigersinn – das war der entgegengesetzte Weg, den ich gegangen war, als ich mich auf dem Papier durch die verschobenen Reihen gearbeitet und oben links mit A angefangen hatte. Als mir dies klar wurde, erschloss sich plötzlich auch das Kreuz ganz oben auf der Grabschrift als Pluszeichen, es schien mir eine weitere Bestätigung dafür zu sein, dass »im Uhrzeigersinn« der richtige Weg war.

Die beiden ersten Verschiebungen brachten kein Ergebnis. Aber beim dritten Mal entsprach MSI den drei Buchstaben VIS – dem lateinischen Wort für »Kraft«. Das war kein schlechter Anfang, wenn ich auf der richtigen Spur war. Die nächsten fünf Buchstaben, YUMAK, wurden in dieser Position allerdings zu BLVXT, das ergab keinen Sinn. Ich schob noch eine Stelle weiter: CVVAS, noch immer sinnlos. Und noch eine Stelle, und nun stand da plötzlich DATUR. VIS DATUR – »Die Kraft wird gegeben«.

Ich bekam heftiges Herzklopfen und schweißige Hände, denn ich war jetzt ernsthaft überzeugt, dass ich auf das richtige Prinzip gestoßen war. Das nächste Wort musste sieben Buchstaben haben und das übernächste neun, um die Summe vierundzwanzig zu bilden – und wenn ich bei drei Buchstaben drei Stellen zu verschieben hatte und bei fünf Buchstaben fünf Stellen, war es naheliegend, bei sieben Buchstaben sieben Stellen zu verschieben und bei neun neun …

Es stimmte. Auf meinem Blatt Papier stand:

VIS
DATUR
TEMPORE
PERMUTATO

»Die Kraft wird gegeben, wenn die Zeit verwandelt ist« – oder »durch die verwandelte Zeit«, je nachdem wie man den Ablativus absolutus der beiden letzten Worte übersetzte. Unter allen Umständen war es eine vollkommen logische und zufriedenstellende Lösung des Buchstabenrätsels, und obendrein ein Ergebnis, das die unbekannte Antriebskraft in der Orffyreus-Uhr und den großen Rädern mit dem Faktor *Zeit* in Verbindung setzte.

Ich war nahezu aus dem Häuschen. Ich musste aufstehen und auf die Terrasse gehen, dann ging ich wieder hinein, in die Küche, dann noch einmal hinaus auf die Terrasse; im Laufe einer halben Stunde rief ich dreimal bei Steffen an, und beim dritten Mal erwischte ich ihn glücklicherweise und erzählte ihm begeistert von meiner Entdeckung. Er klang vollkommen verdutzt und kam, so schnell er konnte, mit dem Fahrrad – und erst, nachdem ich ihm das Ganze triumphierend zeigte und er sich überzeugen konnte, dass wirklich alles stimmte, räumte er ein, dass er einen Augenblick befürchtet hatte, ich wäre jetzt total »plemplem«. Zu seiner Erleichterung hatte ich aber noch alle fünf Sinne beieinander.

Er hat sich wieder auf den Weg gemacht, da er sich mit Naja treffen wollte (und ich habe ganz vergessen, ihm für den Lexikonartikel zu danken!) – aber wir haben es doch feiern können und mit einem zweifellos sehr teuren Cognac angestoßen, der seit meinem sechzigsten Geburtstag im Schrank steht, ohne dass ihn je irgendwer angerührt hätte. Es hätte aber auch Apfelsaft sein können, es wäre dennoch ein feierlicher Moment gewesen.

Ich habe ja noch den ganzen Tag, um mich wieder zu beruhigen.

XV

Heute Abend ist es so weit. Heute Abend treffe ich endlich Lienhard von Erlenberg und kann ihn hoffentlich überreden, mich einmal das Buch sehen zu lassen – und ich kann ihm von der Lösung des Rätsels erzählen und der Sensation, die sich möglicherweise auf den Seiten des Buches verbirgt, wenn er es nicht längst weiß.

Gern würde ich auch die Zeichnung der Orffyreus-Uhr sehen, die Ulla in ihrem Manuskript ausgelassen hat. Vielleicht liefert sie einen zusätzlichen Hinweis, wie die Räder funktionierten, denn obwohl ich versucht habe, sie mir vorzustellen, begreife ich allenfalls das grundsätzliche Prinzip. Unglaublich, wenn das Buch wirklich neue Erkenntnisse enthielte! Ich bin auf das Treffen gespannt, gespannt und konzentriert.

Ich habe mich vorbereitet und seinen ZEIT-Artikel gelesen. Er zieht eine Parallele zwischen Friedrichs des Großen »aufgeklärtem Absolutismus« und dem »progressiven Absolutismus« des DDR-Staates (im Grunde ist *Absolutismus*, wie es die Deutschen nennen, ein besseres Wort als der dänische Begriff *Macht eines Einzelnen*, denn wie kann ein System, das sich selbst als »demokratisch« begreift, sich der »Macht eines Einzelnen« unterwerfen? Absolutistisch funktioniert besser) – nun ja, die Behauptung, die DDR sei Preußens Erbe gewesen, ist nichts Neues.

Dann aber geht er über zur Literatur und erklärt die gesamte

DDR-Literatur als machtbezogen oder, wie er sagt, »herrschaftsbezogen«. Zunächst in einer offenen Phase, in der Lobpreisungen der Herrschenden und der neuen Ideologie an der Tagesordnung waren, danach in einer versteckten Phase, die einerseits bei der systemtreuen Literatur durch das Aufgreifen der Skepsis in der Bevölkerung bestimmt wurde, andererseits durch die Unterwerfung der systemkritischen Literatur unter Zensur und Selbstzensur und das, was er die »funktionelle Immanenz« der Literatur nennt (das verstehe ich nicht ganz).

Jedenfalls vertritt er die These, dass in der DDR-Literatur eine eigentlich bürgerlich oppositionelle Haltung vollkommen fehlt, weil nicht die Zensur, sondern die eigene Funktion der Literatur bestimmte Gedankengänge irrelevant, ja, undenkbar werden ließ. Einzelne Personen, die solche Haltungen vertraten, haben Literatur nicht als einen möglichen Weg der Kanalisation für sich begriffen, sondern haben sich beispielsweise in der evangelischen Kirchenarbeit engagiert.

Im Grunde ist es eine ziemlich harte Kritik an einer ganzen Epoche, eine reumütige Selbsterkenntnis eines ehemaligen DDR-Literaten. Aber dann kommt das geschickte Rettungsmanöver: Selbstverständlich wurden auch zu DDR-Zeiten Werke von literarischem Wert geschaffen, doch die Prämissen, die durch die funktionelle Immanenz geschaffen worden sind, hätten die westliche Rezeption daran gehindert, Gutes von Schlechtem zu unterscheiden. Er warnt die »Sieger, die nun die Literaturgeschichte umschreiben« vor der ideologischen Fallgrube, die Abwesenheit von bestimmten Werten als Einverständnis mit anderen Werten zu interpretieren und fragt rhetorisch, ob man Goethe etwa wegen mangelnden Umweltbewusstseins abqualifizieren könne?

Über den ganzen Artikel verstreut führt er eine Unmenge

von Beispielen an – Romane, Lieder, Filmdrehbücher (auch einige nie realisierte) – und nennt Autorennamen, von denen ich nur die Hälfte kenne. Ich fühle mich ein bisschen auf schwankendem Grund; vielleicht ist es wirklich scharfsinnig, vielleicht sind es aber auch nur Locken, auf einer Glatze gedreht, so wie man es gerade jetzt im Westen gern hören möchte.

In jedem Fall verstehe ich aber gut, wieso ausgerechnet Erlenberg in München zu einer solchen Position, von der im Vorspann berichtet wird, kommen konnte – er spricht über das Thema mit einer angemessen kontroversen Mischung aus Verteidigung und Kritik, noch dazu mit seinem Hintergrund als einer »von drüben«; im Übrigen ist es überhaupt nicht sein Fachgebiet, es ist nur seine aktuelle Glanznummer. Ich weiß doch aus den Erzählungen Ullas, dass er ein solides Wissen über eine ganz andere Epoche verfügt, das allein tragfähig genug für eine universitäre Beförderung wäre.

Ich möchte wissen, wie er aussieht! Ulla sagte einmal, er erinnere sie an mich, aber wie? Ich stelle mir immer wieder vor, dass Ulla und er … Und das irritiert mich gewaltig, es ist vollkommen irrelevant, so etwas zu denken, ich muss damit aufhören.

Es ist früher Nachmittag, ich sitze wieder an der Schreibmaschine und blättere in dem braunen Heft. Es dauert nicht mehr lange, bis die Seiten leer werden.

»Das Leben in der Stadt wurde mir von nun an immer mehr zur Qual. Wenn ich in den frühen Morgenstunden von meinem Fenster aus sah, wie der Wald draußen hinter den Palisaden grünte, denn wir schrieben jetzt Mai, dann sehnte ich mich wieder fort, mit all meiner früheren Kraft.

Ich ging in den Senat und verrichtete meinen Dienst, zu dem ich mich verpflichtet hatte, und ich kam wie gewöhnlich ins Wirtshaus Zum Hahn, sprach mit meinen Bekannten, nahm sogar an deren Späßen und Gelächter teil, doch mein Herz war eine Wüste.

Bisweilen ging ich in den Mittagsstunden zum Friedhof, wo Herrn Achilleus' frisches Grab bereits mit einem Stein mit Name und Todesjahr versehen war. Ich hielt mich eine Weile dort auf und begab mich dann ins Wirtshaus und aß, bevor ich ins Gebäude des Senats und der treuen Frau Damaris zurückkehrte.

Im Laufe dieser Wochen hatte ich immer größere Achtung vor ihr gewonnen. Sie war unendlich geduldig mit den törichten Alten und zeigte niemals Zeichen von Müdigkeit oder Ärger. Sie schien so gut wie nie auszugehen, sondern lebte ihr ganzes Leben in dem Saal oder ihrer Kammer in einem Nebengebäude, dorthin ging sie, sobald Herr Simon am Abend kam und seine Nachtwache antrat. Sie kochte ihr eigenes Essen und aß von der Grütze, die sie den Alten zubereitete, und als ich ihr eines Tages anbot, einige Scheiben Rinderbraten zu holen, denn ich wusste, dass man ihn im Hahn zum Abendessen briet, lehnte sie freundlich ab. Dessen bedürfe sie nicht, sagte sie.

Ihr lebt hier wie eine Nonne, Frau Damaris, sagte ich und sie schlug die Augen nieder und erwiderte nichts. Herr Phintias, der an jenem Tag Dienst tat und meine Worte gehört hatte, sah mich an und schüttelte den Kopf, als wollte er sagen: Sprecht nicht so.

Als er mir am darauffolgenden Tag auf dem Friedhof begegnete, wohin er gegangen war, um seinen toten Freund zu besuchen, so wie ich den meinen, musste ich ihn einfach fragen, was er gemeint habe.

Frau Damaris ist einmal Nonne gewesen, sagte er, aber Ihr solltet sie nicht daran erinnern.

Als ich nach dem Grund fragte, erzählte er, dass Frau Damaris als junges Mädchen von ihrer Familie in ein Kloster gebracht wurde, daraus aber mit einem Junker geflohen war, den sie liebte. Der Junker indes hatte schon bald anderen Frauen seine Liebe geschenkt und in ihrer Eifersucht hatte sie ihn erstochen. Die Stadt war für sie, wie für so viele andere, zu einer Freistatt geworden, und sie betrachtete ihre Verrichtungen im Senat als Buße für die Sünde, die auf ihr ruhte.

Haben denn alle hier in der Stadt ein Verbrechen auf dem Gewissen, entfuhr es mir.

Habt Ihr? Habe ich? erwiderte er. Wir zwei haben nur unsere Wissbegier auf dem Gewissen.

Und bald glaube ich, dass dies tatsächlich auch ein Verbrechen ist, sagte ich, wenn man mich dafür eingesperrt hält.

Ich dachte, Ihr hättet diese Gedanken hinter Euch gelassen, sagte Herr Phintias kurz und machte sich auf den Weg. Nach einigen Schritten blieb er stehen, wandte sich zu mir um und sagte: Es wäre das Beste für Euch selbst und für alle, wenn Ihr es vergessen könntet. Und ohne auf eine Antwort zu warten, ging er weiter auf die Pforte in der Mauer zu und verschwand.

Ich setzte mich auf die Bank unter der Eiche, auf der ich mit Herrn Phintias gesessen hatte, als er mir am zweiten Tag meines Aufenthalts den Friedhof zeigte. Nun war er mir nicht mehr so freundlich gesonnen wie damals, und ich hatte mir wohl selbst sein Wohlwollen verscherzt.

Die langen Steinreihen waren stumm und obwohl ich in Gedanken versuchte, mit meinem Freund Herrn Achilleus zu reden und ihn um Rat zu fragen, fand ich keine Antwort. Doch ich erinnerte mich, wie er mitunter, wenn er über die

Wechselfälle seines Lebens sprach, gesagt hatte: Es gibt keine Beständigkeit unter der Sonne.

Trotz allem war dies kein Trost und die Stille des Friedhofes kam mir nicht wie Ruhe vor, sondern wie Leere; ich verließ ihn mit der gleichen nagenden Unzufriedenheit, mit der ich gekommen war.

Einige Tage später kam ich morgens in den Senat und fegte die letzten schmutzigen Halme der Woche durch das Tor auf die Rampe. Es war der Tag, an dem das Stroh abgeholt und fortgefahren werden sollte, und ich sah, dass der übliche Karren bereits im Hof wartete. Das Pferd war an einen Pfosten gebunden, der Kutscher allerdings nirgends zu sehen.

Ich begann unterdessen wie immer, das Stroh mit der Forke auf den Karren zu laden, um danach die letzten übelriechenden Strohreste und den liegengebliebenen Kot auf die Ladung zu schaufeln und die Rampe abzuspülen und zu fegen. Noch immer hatte sich der Kutscher nicht gezeigt, das klapprige Pferd stand mit geduldig hängendem Kopf da, der Hof war menschenleer. Plötzlich wurde ich von der verzweifelten Hoffnung ergriffen, diesem Ort entfliehen zu können, an dem ich meine Tage nicht beenden wollte; ich sah mich noch einmal um, sprang von der Rampe und kroch auf den Karren, wo ich mich in die stinkende Last wühlte und die Beine unter mir anzog; mit den Händen versuchte ich, so viel Stroh wie möglich um mich zerren, damit ich vor den Blicken anderer verborgen blieb.

Der Gestank war widerlich und es drehte sich mir der Magen um vor Abscheu über meine Hände und die widerwärtige Feuchtigkeit, die allmählich meine Hosenbeine und Strümpfe durchweichte. Meine Jacke hing im Saal, denn es war ein warmer Tag, doch das Einzige, was ich unbedingt mitnehmen wollte, meine Papiere, steckten in meiner Westentasche. Nun blieb mir nichts, als mich zu gedulden.

Ich musste nicht lange warten. Bald schon hörte ich Schritte, ich hörte das Pferd schnaufen und den Befehl des Kutschers, dann setzte sich der Karren in Bewegung. Ich wusste, dass uns die Wächter mit ihren Hunden durch das einzige Tor der Stadt passieren lassen müssten, und so betete ich, dass die Hunde, abgelenkt durch die menschlichen Ausdünstungen der Last, keine Witterung von meinem Leib aufnahmen.

Ich konnte nichts sehen, als der Karren hielt, und wagte nicht, mich zu rühren oder das Stroh auch nur ein wenig zur Seite zu schieben; ich hörte Stimmen und sogar Hundegebell, doch es wurde den Hunden nur irgendetwas zugerufen, mehr geschah nicht. Mein Herz schlug so heftig, dass es in meinen eigenen Ohren widerhallte und ich die Worte, die gesprochen wurden, nicht verstehen konnte, doch nach einer gewissen Wartezeit, in der ich unwillkürlich alle Muskeln anspannte, um die Flucht zu ergreifen oder mich zu verteidigen, wenn es notwendig werden sollte, rollte der Karren wieder an.

Meine Freude war groß, als ich mich sicher wähnte, außerhalb der mir so verhassten Palisaden zu sein, doch in die Freude mischte sich Unruhe bei dem Gedanken, dass ich nicht wusste, wohin die Reise ging oder wie ich den Kutscher überlisten und unbemerkt entkommen sollte. Doch je mehr Zeit verging, desto wahrscheinlicher wurde es, dass wir irgendwo allein im Wald waren, denn ich lauschte angespannt und hörte nur den Hufschlag eines Pferdes; sollte es zu einem Zweikampf kommen, vertraute ich auf meine Kräfte.

An der Neigung des Wagens und dem Takt der Hufschläge erkannte ich, dass es bald bergauf, bald hinunter ging; und bisweilen schwankte der Karren so stark, dass ich mit der Ladung an die groben Seitenbretter rutschte. Ich zweifelte, ob nicht doch ein Fuß oder ein Ellenbogen aus dem Stroh ragten und mich verrieten. Es geschah indes nichts und nach einer langen Fahrzeit blieb der Wagen endlich still stehen. Der Kutscher sprang vom Bock und klappte das hintere Brett hinunter und wieder wartete ich, alle Sinne und Muskeln angespannt, was sich wohl zutragen würde. Ich stellte mir vor, dass ich vielleicht mit der gesamten Ladung ausgekippt würde, einen Abhang hinunter oder auf einen Misthaufen, oder dass der Kutscher begänne, mit einer Forke in den Strohhaufen zu stechen. Doch zu meiner Überraschung hörte ich ihn mit lauter Stimme rufen: Kommt heraus, Euer Gnaden, wenn Ihr darin nicht verfaulen wollt.

Diese Anrede, die ich so viele Monate nicht mehr gehört hatte, überzeugte mich, dass der Kutscher mir kaum feindlich gesonnen war, und etwas ruhiger kroch ich aus der Streu. Der Kutscher stand mit gespreizten Beinen neben dem Wagen, die Hände in die Seiten gestemmt, und ich sah, dass es sich um Herrn Malchus handelte. Die Gedanken jagten durch mein Hirn: Was sollte mir nun widerfahren?

Ihr bekommt Euren Willen, sagte er und lächelte spöttisch. Ich und noch einige andere Ratsmitglieder hätten Euch gern im Rat gesehen, doch wir waren zu wenige. Und es ist doch besser für uns, einen Freund in der Welt zu haben als einen Feind in unserer Mitte.

Wieso glaubt Ihr, dass ich Euer Freund bin, fragte ich.

Er lachte und sagte: Noch immer so stolz, Euer Gnaden! Doch dann wurde er ernst und fügte hinzu: Ihr seid am Leben und das muss Euch Antwort genug sein.

Ich sah ein, dass er Recht hatte. Ich dachte an die scharfen

Zähne und schnellen Glieder der Hunde, an Herrn Esras Pistole und die Gifte aus Frau Deborahs Gewächshaus, und wusste, dass es für den Rat ein Leichtes gewesen wäre, meinem Leben ein Ende zu setzen.

Gut, sagte ich. Ihr habt das Versprechen meiner Freundschaft. Ich dankte ihm mit einem Kopfnicken und fragte, was ich als Gegenleistung für ihn tun könne.

Die Stadt bittet Euch demütig um einen letzten Dienst, Euer Gnaden, sagte er. Ich fragte, um welchen, und er antwortete in demselben feierlichen Ton: Dort unter dem Bock liegt eine Schaufel. Würde es Euer Gnaden wohl behagen, den Mist vom Karren zu laden. Ich verstand den Spott sehr wohl, den er im Sinn hatte, doch ich fügte mich und zu meiner eigenen Überraschung empfand ich keinerlei Zorn. Als ich fertig war und die Schaufel zurücklegte, stieg er wieder auf den Bock und nahm die Zügel in die Hand.

Drei Meilen weiter, sagte er und zeigte auf eine Stelle, an der der Pfad zwischen den Bäumen verschwand, liegt ein Gasthaus am Weg. Und nun steckte er die Hand in die Tasche, reichte mir einen kleinen Lederbeutel und sagte: Dort könnt Ihr auch andere Kleider kaufen. Ihr habt Eure alte Würde wieder, aber Ihr riecht nicht gut.

Und mit einem dröhnenden Lachen setzte er sein Fahrzeug in Bewegung und begab sich zurück in die Stadt. Ich blieb stehen und sah ihm nach, bis er die erste Biegung des Weges erreicht hatte. Dort wandte er sich ein letztes Mal um, reckte den Arm zu einem Gruß in die Luft und war fort.

Ich fiel, dort wo ich stand, auf die Knie, in meinen stinkenden, groben Kleidern unter dem grünen Dach des Maiengrüns, und dankte meinem Gott von Herzen, dass er mir die Freiheit zurückgegeben hatte.

Über meine Rückkehr nach Wistrow brauche ich Euch nichts zu erzählen, meine lieben Söhne; Ihr habt, ebenso wie ich, eine lebhafte Erinnerung an diesen Freudentag, als ich zum Tor einritt und Euch und mein liebes Eheweib am Leben und wohlbehalten vorfand und das Gut in Ordnung. Ihr werdet meine innigliche Freude nicht vergessen, die nur noch durch den Anblick vermehrt wurde, dass Eure Freude über dieses Wiedersehen nicht dahinter zurückstand.

Hier habe ich berichtet, was ich während unserer Trennung erlebte; doch Euch und Euren Nachkommen trage ich auf, einen jeden, der mit einer Botschaft aus der Stadt zu Euch kommt, die Ramoth oder Bezer genannt wird, gut aufzunehmen und ihm nach Kräften zu helfen. Das ist mein Wille und meine Freundschaftspflicht, in Gottes Namen, der mir dort heraushalf.«

Das war der letzte Punkt. Hier endet das Manuskript. Das merkwürdige Gefühl, etwas vollbracht zu haben. Befriedigung, aber auch Leere. Doch es hätte an keinem besseren Tag als heute passieren können.

Nun muss ich mich gewaltig zusammennehmen, sämtliche Kräfte mobilisieren und zusehen, dass ich zu dieser Veranstaltung komme.

Schrieb ich. Aber es geht nicht immer so, wie man es erwartet.

Es ist Abend geworden, nach einem privaten Treffen mit Erlenberg, das zu Hause bei mir stattfand. Mir geht es erbärmlich, aber ich versuche dennoch, es loszuwerden, es herunterzuklappern, es aufs Papier zu hämmern, damit ich nie wieder vergesse, was für ein Riesenidiot ich bin.

Nun. Besser, ich erzähle alles in der richtigen Reihenfolge.

Als ich gestern die Abschrift abgeschlossen hatte, blieb mir noch immer viel Zeit. Ich überlegte, ein bisschen zu essen, mich ordentlich anzuziehen und wenn es an der Zeit war, ein Taxi zu rufen, um in aller Ruhe zum Goethe-Institut zu fahren. Die große Frage war natürlich, ob das Biest mich entkommen lassen würde, aber ich dachte nicht groß darüber nach und rechnete wohl damit, dass es schon irgendwie gut gehen würde, wenn ich nur so tat, als wäre nichts – schließlich war es mir so wichtig, dorthin zu kommen.

Meine Gedanken drehten sich im Kreis und kauten die ganze Zeit dieselben Fragen durch, die ich ihm unbedingt stellen musste – ob ich das Buch sehen dürfe, ob er das Geheimnis des Buchstabenrätsels kenne, ob er selbst oder einige seiner Vorväter versucht hatten, den Ort zu finden …

Die letzte Frage war eine verhältnismäßig neue Idee, aber mir war plötzlich der Gedanke gekommen, dass es von einer ganzen Stadt mit Häusern und einem Palisadenzaun darum zumindest eine *Spur* geben müsse, wenn sie denn existiert hat; aber wenn Orffyreus Realität war, könnte es der Rest der Geschichte auch sein. Ich hatte nie davon gehört oder gelesen, allerdings war es denkbar, dass Hinweise unter einem anderen Namen existierten oder ein neues Dorf auf die alte Stadt gebaut und die Vorgeschichte vergessen worden war – ich hatte das Gefühl, dass es in dieser Geschichte Hunderte von möglichen Entwicklungen gab, und ich wollte mir so gern Klarheit verschaffen.

Vor lauter Grübelei achtete ich nicht richtig auf die Uhrzeit und plötzlich war ich mit allen Vorbereitungen fertig, hatte bereits meinen Anzug angezogen und gegessen, aber noch immer dauerte es zwei Stunden, bis es losgehen sollte. Es wäre verrückt (und riskant?) gewesen, schon loszufahren und mich allen Anfechtungen der Stadt so früh auszusetzen, also versuchte ich mich ein bisschen hinzusetzen und zu lesen, aber ich war unkonzentriert und konnte mich nicht selbst überlisten, nur um die Zeit totzuschlagen.

Ich entschloss mich, eine Kanne Kaffee zu kochen.

Als der Kaffee durchgelaufen war und ich die Kanne herausnahm, war ich so nervös, dass ich sie fallen ließ. Sie fiel zu Boden und zerbrach in Scherben, der Kaffee spritzte nach allen Seiten, ich sprang reflexartig zurück und war kurz davor, das Gleichgewicht zu verlieren, wollte mich mit der linken Hand abstützen, in der ich noch immer den Filter mit dem Kaffeesatz hielt, und knallte den Filter auf den Küchentisch, so dass sich der Satz über mein Hemd und die Hose verteilte. Alles passierte im gleichen Augenblick und es braucht sehr viel mehr Zeit, es zu erzählen, als ich benötigte, um die Küche und mich nach einem Fiasko aussehen zu lassen. Rasend vor Wut und ziemlich durcheinander bückte ich mich, um sofort alles aufzusammeln; dabei schnitt ich mich an den Scherben der Glaskanne, nicht tief, aber doch ausreichend, um auf dem Boden und an meinem Anzug eine Blutspur zu hinterlassen.

So ungeschickt bin ich nur, wenn mein Unterbewusstsein wirklich gegen mich ist.

Der Schreck und der Ärger, eben dieses ganze infame Gefühl der Niederlage, ließ meine Hände zittern, mir wurde schwindlig und mir war klar: Wenn das Biest mich nicht erwischt hatte, dann doch die Furcht davor, dass es mich erwischen könnte – irgendwo außerhalb des Hauses lag das Biest und amüsierte sich.

Jedenfalls waren all meine guten Vorsätze zunichte, ich schaffte es nicht, mich auf den Weg zu machen, und nachdem ich unter großen Mühen und sehr viel Selbstmitleid aufgeräumt, aufgewischt und mir ein Pflaster auf den Finger geklebt hatte, zog ich mich um und rief im Goethe-Institut an. Als nach unendlich vielen Klingelzeichen endlich jemand abnahm, fragte ich nach Engdal.

Es hieß, er wäre noch nicht da, also hinterließ ich die Nachricht, dass er mich so schnell wie irgend möglich anrufen solle. Danach versuchte ich, ihn zu Hause zu erreichen, aber da ging natürlich niemand ans Telefon.

Ich lief auf und ab und war nicht in der Lage, irgendetwas zu tun, und als mein Telefon endlich klingelte, riss ich den Hörer von der Gabel und antwortete mit einer Stimme, die so schrill war, dass es mir selbst auffiel.

»Ist was passiert?«, fragte Engdal, ohne seinen Namen zu nennen und wenigstens einmal aus dem Konzept gebracht, aber ich erkannte seine Stimme.

»Nein«, sagte ich, »nichts anderes, als dass ich heute Abend nicht kommen kann, ich habe mich an der Kaffeekanne geschnitten, ich schaff es einfach nicht.«

»Was hast du?«

Nach und nach konnte ich es ihm erklären und er beruhigte mich ein bisschen; ich beendete das Gespräch mit dem Satz, dass es für mich sehr, sehr wichtig wäre, mit Erlenberg zu sprechen, könnte er ihn nicht fragen, ob er mich morgen besuchen wolle?

Gott sei Dank rief Engdal noch einmal an, bevor die Veranstaltung begann; ich weiß nicht, was ich getan hätte, wenn diese Ungewissheit sich über mehrere Stunden hingezogen hätte. Aber er hatte sich beeilt, er hatte mit Erlenberg gesprochen und mit ihm verabredet, dass er morgen zu mir käme, also heute, um zwei.

Ich war erleichtert. Aber noch immer gespannt – und unsinnig nervös. Ich rief Camilla und Steffen an, ich brauchte jemanden, der mir eine neue Kaffeekanne kaufte, damit ich Erlenberg morgen Kaffee machen konnte, aber niemand war zu Haus. Dann wollte ich noch einmal im Goethe-Institut anrufen und Engdal bitten, mir eine Kaffeekanne zu besorgen – da trat dann aber doch die Vernunft auf die Bremse und ich legte den Hörer wieder auf. Ein wenig Gespür für Verhältnismäßigkeit habe ich mir trotz allem noch immer bewahrt.

Aber ich nahm eine Tablette, um zu schlafen. Eigentlich ist es ziemlich lange her, seit ich das letzte Mal zu Tabletten gegriffen habe.

Nachts hatte ich einen Traum, so durchschaubar, dass es fast schon wieder komisch ist. Im Traum sah ich Ulla mit einem breitschultrigen Mann, einem athletischen Typ mit dunklen Haaren und einem schwarzglänzenden, pomadisierten Schnurrbart; er lachte und seine Zähne waren sehr weiß, Ulla lachte ebenfalls, beugte sich ein wenig vornüber vor Lachen und fasste ihn vertraulich am Arm. Ich war auch da, aber nur als Zuschauer des Ganzen, ich fühlte mich machtlos und ausgebootet. Gleichzeitig kannte ich im Traum den Namen des Mannes. Er hieß Erlkönig!

Wahrscheinlich spricht das für sich.

Fünf Minuten nach zwei kam er. Es klingelte an meiner Tür, ich öffnete und da stand er.

»Herr Zahme? Guten Tag. Lienhard von Erlenberg.«

Im Laufe des Vormittags hatte ich mir alles Mögliche über ihn vorgestellt, wie er aussah, wie seine Stimme klang, worüber er sprechen würde; ich hatte noch einmal seinen Artikel gelesen, um mich vorzubereiten, ich hatte in Ullas Heft geblättert und in meinem eigenen Papierstapel, kurz gesagt, ich hatte mich im Laufe dieses Vormittags rettungslos hochgeschraubt, obwohl ich es nicht wollte. Wäre er zwei Meter groß gewesen und bekleidet mit der Uniform eines Generals, hätte es wahrscheinlich zu dem hektischen Erwartungsniveau gepasst, auf dem ich mich befand.

Aber er war ein gewöhnlicher Mann in einer Windjacke. Einen halben Kopf kleiner als ich, mit Brille, glattrasiert, etwas dünnhaarig, der gleiche knochige Typus wie ich. Es war eine Art Antiklimax, die aber die Sache nicht besser machte.

Ich bat ihn herein, er dankte, wir waren beide sehr liebenswürdig und höflich. Ich nahm seine Windjacke und hängte sie auf einen Bügel. Er trug ein bordeauxfarbenes Hemd und ich bemerkte, dass er Schuppen auf den Schultern hatte. Er sprach mit einem leicht sächsischen Anstrich. Ich mochte ihn nicht.

Ich führte ihn in den Wintergarten, öffnete sogar die Gartentür und ging mit ihm auf die Terrasse, um ihm den Garten zu zeigen; es war ein bisschen albern, denn er war natürlich nicht gekommen, um sich meinen Garten anzusehen. Es war nicht einmal Gartenwetter, es sah eher nach Regen aus. Aber ich konnte ihn einfach nicht so direkt nach dem, was mich beschäftigte, fragen.

Wir gingen wieder hinein und ich fragte ihn, ob ich ihm ein Glas Wein anbieten dürfe. Er lehnte dankend ab, nicht so früh am Nachmittag. Er wollte wissen, ob ich etwas dagegen hätte, wenn er rauche, das hatte ich zwar, sagte aber das Gegenteil; er holte seine Zigaretten aus der Windjacke, ich einen Aschenbecher aus dem Esszimmer und bedauerte, dass ich ihm leider keine Zigarette anbieten könne, da ich selbst nicht rauchen würde. Ob er es lieber lassen sollte? Nein, nein, dann zündete er sich die Zigarette an, der Rauch hängt noch immer im Wohnzimmer.

Ich kommentierte seinen Artikel mit unbestimmten positiven Wendungen und wir tauschten ein paar Bemerkungen über die Vergangenheit und die ungewisse Zukunft der DDR-Literatur aus. Ich fragte, ob er mit der Veranstaltung gestern Abend zufrieden gewesen sei, er bejahte, und welches Projekt ihn nach Kopenhagen führte; darauf antwortete er nur kurz, stellte aber die höfliche Gegenfrage, woran *ich* arbeitete, und ich erwähnte meine Pläne von einem Buch über Gottsched.

»Ah ja, Gottsched. Einer der Vorväter des sozialistischen Realismus.«

»Was meinen Sie?«

»Wenn er Stalins Ausdruck von den ›Schriftstellern als den Ingenieuren der menschlichen Seele‹ gekannte hätte, hätte er zweifelsohne zugestimmt.«

Ich sagte: »Glauben Sie wirklich?«, und suchte nach einem Gegenargument. Ich spürte jetzt eine gewisse Schärfe in diesem Mann, und irgendetwas trat in seinen Blick, das meinen Widerspruchsgeist weckte. Möglicherweise war das der Moment, wo es ernsthaft schief zu laufen begann. Ich wusste genau, was er meinte, aber die Vorstellung von Gottsched als Stalinist war mir zuwider.

Ich sagte irgendetwas in der Richtung, dass wir hier im Westen die Klassiker ja nicht mit der Parteilinie hätten vergleichen müssen, eine törichte Bemerkung, die sich anhörte, als wollte ich ihm irgendetwas in die Schuhe schieben, was ich überhaupt nicht beabsichtigt hatte.

Es schien, als hätte er sich entschlossen, es zu überhören, allerdings merkte ich, dass die Stimmung sich um einige weitere Grade abkühlte, dann fragte er, noch immer höflich: »Herr Engdal hat mir erzählt, dass Sie mich wegen etwas Wichtigem sprechen wollten …?«

»Ja«, sagte ich, und plötzlich wusste ich nicht, wie ich beginnen sollte. Ich suchte nach einem Ansatz und griff mir einen Punkt heraus, der mir in diesem Augenblick geschickt vorkam.

»Haben Sie einen Herausgeber für Ihr Manuskript gefunden?«, fragte ich.

»Einen Herausgeber?«

»Ja – ich weiß, dass Sie Pläne hatten, es zu publizieren …«

Er sah mich mit einem Blick an, den ich als Misstrauen deutete, und beeilte mich hinzuzufügen: »Nun ja, ich meine, ich will mich überhaupt nicht einmischen, die Publikation ist ganz allein Ihre Angelegenheit, ich finde es nur ungeheuer interessant …«

Er glich mehr und mehr einem großen Fragezeichen. Ich spürte selbst, dass es ein wenig überfallartig daherkam, aber ich musste ihm doch erklären, was ich wusste.

»Eine meiner Studentinnen«, sagte ich, »also damals, als ich noch im Institut war, Ulla Timian, die ich sehr schätzte, sie hat das Manuskript bei Ihnen zu Hause gesehen …«

Ich sah, dass Ullas Name etwas in ihm auslöste, den Bruchteil einer Sekunde wurde sein Blick unruhig, und ich war sicher, dass er etwas vor mir verbarg. Er gestikulierte in einer nonchalanten Bewegung mit der Zigarette und unterbrach mich: »Ja, es ist richtig, dass ich eine Zeit lang diesen Gedanken gehegt habe, aber es ist doch nur eine Familienangelegenheit, eine Kuriosität.«

»Eine Kuriosität? Ja, aber haben Sie mal daran gedacht, dass diese Kuriosität möglicherweise den Schlüssel zu einer sehr wichtigen Entdeckung enthält?« Endlich hatte ich einen Ansatz gefunden. Nun wurde ich lebhaft. »Ich wäre Ihnen furchtbar dankbar, wenn Sie mich einen Blick in das Buch werfen lassen würden – ich möchte es mir nur ansehen, ich respektiere natürlich all Ihre Rechte, aber – wissen Sie, dass es möglicherweise der Relativitätstheorie vorgegriffen hat?«

Er starrte mich an. »Wie …«, begann er.

»Ich habe mich ziemlich eingehend mit der Übersetzung befasst«, sagte ich.

»Der Übersetzung?«

»Ja, Ullas Übersetzung, und daher ist es für mich tatsächlich eine sehr wichtige, persönliche Angelegenheit, das Original zu sehen. Es gibt bestimmte Dinge, bei denen ich sehr dankbar wäre, wenn ich sie vergleichen und verifizieren könnte.«

»Ich verstehe nicht, was Sie meinen …«

Sein Blick legte so viel Abstand zwischen uns, wie es überhaupt nur möglich war, ohne direkt unhöflich zu sein, und sein Versuch auszuweichen, provozierte mich geradezu unerträglich.

»Ich wiederhole«, sagte ich, »es ist eine rein persönliche Angelegenheit meinerseits. Sie können den originalen Text veröffentlichen oder es lassen, da will ich mich nicht einmischen; ich bin wirklich davon ausgegangen, dass Sie es vorhaben, und jetzt, da die Voraussetzungen für die Übersetzung und Ihre Gründe, das Buch geheim zu halten, weggefallen sind, finde ich, dass Sie mich das Buch zumindest sehen lassen könnten.«

»Was ist das für eine Übersetzung?«

Jetzt explodierte ich. Ich kann mich in der Tat nicht sonderlich genau daran erinnern, was ich gesagt habe. Aber ich glaube, ich herrschte ihn an und beschuldigte ihn, etwas verheimlichen zu wollen, was er selbst losgetreten hatte, ich spielte auf sein Verhältnis zu Ulla an, ich brüllte und schrie. Er räumte ein, dass Ulla bei ihm zu Hause gewesen war und das Buch gesehen hatte, und ich brüllte und schrie umso mehr. Es kam aus einer völlig anderen Ecke meines Inneren als die normalen, vernünftigen Gespräche, ein vollkommen unbändiger Zorn brach aus mir heraus; so etwas hatte ich zuvor nur annäherungsweise erlebt, dieses eine Mal beim Psychologen, als ich vollkommen außer mir war und auf den Boden stampfte.

Jedenfalls erhob sich Erlenberg sehr rasch aus seinem Stuhl. »Ich denke, ich muss gehen«, sagte er, ging direkt in den Flur, griff zu seiner Jacke und verschwand aus der Tür, ohne sie anzuziehen. Es gelang ihm, die Tür zuzuknallen. Ich riss sie wieder auf und schaute ihm nach, ich sah ihn durch die Gartenpforte gehen, ohne dass er sich umsah; er warf die Pforte mit einer ärgerlichen Bewegung zu, dann verbarg ihn die Hecke vor mir. Es hatte angefangen zu regnen, plötzlich war die Wut in mir verschwunden und ich erkannte, wie völlig blödsinnig ich mich aufgeführt hatte. Es war so überflüssig; ich hatte den unschuldigen Erlenberg für irgendetwas zum Sündenbock machen müssen, ich weiß noch immer nicht, wofür.

Ich schämte mich wie ein Hund. Ich schlich zurück ins Haus und trank von dem Wein, den ich uns zugedacht hatte, ein Glas nach dem anderen, wurde halb betrunken und döste in meinem Sessel im Arbeitszimmer. Und nun sitze ich hier und schau mir dein Bild an, Ulla, etwas klarer im Kopf, aber dennoch in miserabler Verfassung.

Wenigstens bin ich einmal nicht so traurig darüber, dass dein Blick meinem nicht begegnet, wenn ich dir ins Gesicht sehe. Ich habe mich einem Mann gegenüber, der dein Freund war, wie ein kleinlicher Idiot benommen, ich habe meine Gefühle mit etwas vermengt, das ganz anders hätte ablaufen sollen. Ich habe es vollkommen falsch angefasst. Es hätte mir geholfen, dieses Buch mit meinen eigenen Augen zu sehen, es anzufassen, mich zu vergewissern, ob das Ganze nicht nur etwas war, was ich mir hier oben zusammengesponnen habe, sondern ein Stück von deinem wirklichen Leben.

Oh, Ulla, was geht es mich an, ob du und er irgendwann einmal zusammengefunden habt, an irgendeinem Ort, es ist doch so lange her; was heißt das schon für *unsere* Stunden hier im Haus, unsere Gespräche, unsere Zärtlichkeiten, so rar und selten sie auch waren?

Je mehr ich ihn vor mir sehe, desto mehr verkrampft sich alles in mir, denn was passiert ist, war nicht fair. Er erinnerte mich an dich, und ich begreife immer besser, dass ich ihm ähnlich sein muss, dass es das gleiche Muster gewesen ist, das seine und meine Bewunderung für dich ausgemacht hat – und was du ihm und mir als Gegenleistung gegeben hast.

Nein, anders, das ist das falsche Wort. Du hast nie irgendjemandem etwas *als Gegenleistung* gegeben, als wäre es eine Bezahlung. Du hast ohne Hintergedanken gegeben, aber mit Umsicht. Gerade das ma

Ich bin unterbrochen worden. Das Telefon klingelte und ich war so in Gedanken versunken, dass es mir wie ein elektrischer Stoß vorkam, wie ein harter Schlag aufs Herz. Ich ging hinüber ins Arbeitszimmer und nahm dort ab. Es war Engdal, der nach Hause gekommen war, nachdem er mit Erlenberg zu Abend gegessen hatte und nun wissen wollte, was um alles in der Welt geschehen war.

»Ich habe ihn beleidigt. Es war das Letzte, was ich wollte, aber ich habe mich vollkommen hysterisch benommen.«

»Ja, aber *wie*?«

»Hat er es nicht gesagt?«

»Nein, er schien nur ein wenig entrüstet und fragte, ob du immer so – *jähzornig* wärst.«

»Oh Gott. Ich schäme mich. Sprichst du mit ihm?«

»Vielleicht.«

Ich bat Engdal, ihm meine vorbehaltlose Entschuldigung zu überbringen, wenn sie sich wiedersahen. Zu sagen, dass ich indisponiert gewesen wäre. Einen Unfall hatte. So etwas. Er versuchte mich auszufragen, und ich sagte, Erlenberg hätte ein Buch, ein Manuskript, das zu sehen für mich sehr wichtig wäre, weil es mich weiterbringen könne. Er fragte, ob es etwas mit meinen Forschungen zu tun hätte. Ich sagte ja, ja, und ließ ihn in dem Glauben. Ich hatte nicht die Kraft, ihn in die lächerlichen gefühlsbeladenen Implikationen einzuweihen.

Ich habe auch nicht die Kraft, noch mehr zu schreiben.

XVI

Vier Tage nach dem grässlichen Auftritt in meinem Wohnzimmer – vier Tage, die ich in einer eigenartigen Form unruhiger Apathie verbracht habe – stand plötzlich um ein Uhr nachmittags ein grüngekleideter Fahrradbote vor der Tür. Ich weiß nicht, was ich erwartet hatte, jedenfalls nicht solch ein Wesen mit Fahrradhelm und aerodynamischen Hosen. Ich nahm den Brief entgegen, den er mir reichte, quittierte auf seinem Block und schloss die Tür, bevor ich überhaupt Zeit fand, auf den Umschlag zu schauen.

Er kam aus dem Institut. Auf der Vorderseite standen mein Name und meine Adresse und auf der Rückseite: »Ich glaube, es ist wichtig. Daher sende ich es dir so schnell wie möglich. Engdal.«

Rückblickend glaube ich, dass Engdal mehr getan hat, als man im ersten Moment vermuten würde, um mich wieder zu einer vernünftigen Arbeit zu bewegen. Er ist ein guter Kollege, und ich habe wahrlich allen Grund, ihm dankbar zu sein.

Es war ein Fax – an mich gerichtet, aber an das Faxgerät des Instituts geschickt – von Erlenberg, geschrieben auf seinem gedruckten Briefpapier mit Doktortitel, Telefon- und Faxnummer, Adresse in München usw … Kurz, aber freundlich teilte er mir mit (»Sehr geehrter Herr Zahme«), dass er noch drei Tage in München sei, bevor er eine neue Reise antrete, und das besagte Buch (»das bewusste Buch«) bei ihm zu meiner Disposition läge, wenn es mir passen würde. Herzlichst, L. v. Erlenberg.

In diesem Augenblick waren die Würfel für mich gefallen. Ich überlegte nicht einen Augenblick. Ich rief bei SAS an und erhielt die Auskunft, dass ich den letzten Flug nach München noch erreichen könnte und es auch noch einen Platz gab; ich bat, das Ticket im Flughafen für mich zu hinterlegen und in München ein Zimmer zu reservieren. Dann rief ich Erlenberg an, er war zu Hause, entschuldigte mein Benehmen, dankte für sein Angebot und erklärte, dass ich bereits heute käme. Er sagte, er wäre eingeladen, aber morgen Vormittag um zehn würde er mich erwarten.

So wurde es vereinbart und ich holte den kleinsten meiner Koffer aus dem Keller, wo auch er jahrelang Staub gefangen hatte, wischte ihn ab und packte ein paar Hemden, Unterwäsche, eine Hose zum Wechseln, Pyjama und Toilettenartikel ein, fand meinen Pass, der zum Glück noch gültig war, und rief ein Taxi.

Für das Taxi hatte ich genügend Geld, denn Camilla hatte neulich einen Scheck für mich eingelöst, wie so oft, wenn sie einkaufen geht (oder müsste dieser Satz jetzt in der Vergangenheit stehen?) – außerdem konnte ich noch im Flughafen Geld abheben.

Ich saß im Wagen, schaute hinaus und konnte nicht anders als an die letzte Taxifahrt zu denken, die ich unternommen hatte – die mit Peter zum Amaliehaven, auf der ich mich unter seinem Schutz sicher gefühlt hatte. Diesmal musste ich von niemandem beschützt werden. Es war verblüffend richtig. Ich empfand eine gewisse Anspannung, ich fühlte mich durchaus ein wenig dünnhäutig, aber ich hatte das Gefühl, ein *Ziel* zu haben, ein Gefühl, das ich lange nicht mehr gehabt hatte.

Als ich aus dem Taxi stieg und über die Betonfliesen auf die automatischen Türen zuging, die mich in die enorme Abflughalle schleusten – voller Stimmen, Oberlichter, Schilder und Strömen von Menschen mit Koffern –, spürte ich, wie das Biest mir auflauerte. Mein Blickfeld begann ein klein wenig zu flimmern. Gleichzeitig wusste ich aber irgendwo in mir, dass die Kraft des Ungeheuers gebrochen war und es zurückweichen würde, wenn ich vorwärts ging.

Und ich ging vorwärts. Ich schaute mich zielbewusst nach dem Flugschalter um, ging hin, nannte meine Reservierungsnummer, bekam mein Ticket und bezahlte mit einem Scheck. Das Hotel ist auch erledigt, sagte die Dame und gab mir ein Blatt Papier mit der Reservierungsbestätigung.

Bevor ich mich umdrehte, dachte ich: Was als Nächstes? Check-in. Ich fragte, an welchen Schalter ich zu gehen hatte, bekam die Nummer genannt, sah den Schalter und ging direkt darauf zu.

Danach die Treppe hoch zum Transitbereich, die Sicherheitskontrolle, die große Anzeigetafel, auf der angegeben wurde, zu welchem Ausgang ich zu gehen hatte. Es war noch Zeit. Ich sah mich ruhig nach einer Bank um, fand sie und löste einen weiteren Scheck über tausendfünfhundert DM ein. Das sollte reichen!

Dann ging ich direkt zum Flugsteig und setzte mich dort hin, um zu warten – die ganze Zeit mit diesem neuen Gefühl, dass meine eigene Konzentration Schutz genug war und ich selbst in Sicherheit, solange ich mir nur jedes Mal, wenn ich mich in Bewegung setzte, genau im Klaren darüber war, wohin ich gehen wollte.

Das Flugzeug startete pünktlich und ich gönnte mir unterwegs eine kleine Flasche Wein und einen Likör zum Kaffee.

Er nahm den zahlreichen Eindrücken ein wenig die Schärfe, schwächte allerdings nicht meine Wachsamkeit. Ich hatte um einen Fensterplatz gebeten, nicht um hinauszuschauen, sondern um der Unruhe im Mittelgang so fern wie möglich zu sein; eigentlich fühlte ich mich ziemlich geborgen und eingekapselt, so wie ich dasaß, mit angelegtem Sicherheitsgut und einer durch die Sitzlehne vor mir versperrten Aussicht.

Vom Flughafen in München erinnere ich mich eigentlich nur an die Schilder, die den Weg zur Passkontrolle, zur Gepäckausgabe und dem Taxi-Stand zeigten. Im Hotel hatten sie meine Reservierung bereits im Computer. Im Zimmer wurde mir mit einem Schlag bewusst, dass ich nach der ganzen ungewohnten Anspannung todmüde war; und ich beschloss zu Bett zu gehen, obwohl es überhaupt noch nicht spät war. Das Zimmer hatte eine Minibar und aus dem Sortiment der Schraubverschlussflaschen wählte ich einen roten Burgunder, den ich in eines der dicken Gläser für Drinks goss und in wenigen großen Schlucken auf der Bettkante trank. Ich muss sofort eingeschlafen sein.

Trotz der Strapazen und obwohl ich zu wenig gegessen und zu viel Alkohol getrunken hatte, erwachte ich früh und vollkommen klar im Kopf. Ich wusste sofort, wo ich war und warum, obwohl ich am Vortag sporadisch daran gedacht hatte, wie ich wohl reagieren würde, wenn ich zum ersten Mal seit Jahren an einem wildfremden Ort erwache. Kein Problem. Das Schlimmste war, die Zimmertür zu öffnen und hinauszugehen, aber der lange Flur vor der Tür erwies sich als segensreich leer und ruhig.

Ich frühstückte in einer einigermaßen abgeschirmten Ecke des Hotel-Restaurants, ging nach oben und zog mir ein kurzärmliges Hemd unter das Jackett, allerdings band ich die Krawatte wieder um, dann bat ich an der Rezeption, mir ein Taxi zu bestellen.

Die Fahrt zu von Erlenbergs Adresse war ziemlich lang, aber ereignislos. Erst als das Taxi an einem hohen Haus in einem Neubaugebiet hielt – von der Sorte, wie man sie wohl in ganz Europa findet: verhältnismäßig schlicht, aber teuer –, spürte ich plötzlich, wie das Biest mit den Klauen scharrte, um freizukommen. »Augenblick«, sagte ich zu dem Fahrer, der still und geduldig wartete.

Und ich konzentrierte mich auf das Buch, auf das *Buch*, das Ulla beschrieben und ich mir so oft schon vorgestellt hatte, dass es mir beinahe vorkam, als hätte ich es schon einmal gesehen. Ein Buch in einem recht großen Format, aber nicht dick, gebunden in einen blankgewetzten dunkelbraunen Ledereinband, geprägtes Wappenschild. Gutes Papier, Fraktur-Handschrift. *Beschreibung einer Reise zu der Stadt Ramoth oder Bezer, von dem Freiherrn Eberhard von Erlenberg* …

Ich war gekommen, um es zu sehen. Ich bezahlte den Fahrer und stieg aus.

Von Erlenberg ließ mich mit einem Summer zur Haustür herein, kam mir aber bis auf den Treppenabsatz vor seiner Wohnung entgegen, um mich zu empfangen, als ich aus dem Fahrstuhl trat. Er bat mich herein und forderte mich auf, Platz zu nehmen; entschuldigte sich, dass alles noch ein bisschen unfertig aussah – Bücher und Zeitschriften lagen in Stapeln auf dem Boden, ein einzelnes Regal war leer, offenbar gerade zusammengebaut. Über dem Ganzen lag aber bereits der Geruch seiner Zigaretten. Die Möblierung war im Übrigen nahezu spartanisch.

Er fragte, ob ich einen Kaffee wollte – und ging in die Küche, um das Tablett zu holen. Als er wiederkam, erzählte er, dass er in Halle eine Haushälterin gehabt hätte, aber hier müsse man ja alles selbst machen.

Ich bemerkte, dass es dafür doch leichter wäre, hier einkaufen zu gehen, was er bestätigte; dann erkundigte er sich, ob ich eine angenehme Reise gehabt hätte, was wiederum ich bestätigte. Wenn er wusste, welch eine Herausforderung es für mich war, plötzlich hierher zu fliegen, um in seinem Wohnzimmer zu sitzen, dann ließ er es sich jedenfalls nicht anmerken.

Aber indirekt verstand ich, dass er mit Engdal über mich gesprochen haben musste, denn als ich mich noch einmal für mein Benehmen an diesem berüchtigten Tag bei mir zu Hause entschuldigte, tat er es mit ein paar bagatellisierenden Worten ab, jeder könne sich doch mal in einer vorübergehend schwierigen Situation befinden. Er zündete sich eine Zigarette an.

Es verging eine Weile mit höflichen Bemerkungen aus der Abteilung Nichtigkeiten und wir tranken unverbindlich aus unseren Kaffeetassen; doch dann stand er auf und wies mit einer Handbewegung auf die Tür zu seinem Arbeitszimmer, wobei er sagte: »So – nun zeige ich Ihnen das Familienkleinod.«

Ich erhob mich ebenfalls und während er vor mir ins Arbeitszimmer ging, erklärte er mir ziemlich überflüssigerweise noch einmal, dass das Buch wohl weniger für Fremde, dafür aber für ihn einen großen Wert habe und dass er es deshalb nie aus dem Haus gegeben hätte.

Er ließ mich auf seinem Schreibtischstuhl Platz nehmen, drückte die Zigarette in dem Aschenbecher aus, der auf dem Schreibtisch stand, schloss dann einen kleinen Stahlschrank auf, zog eine Schublade auf, nahm das Buch heraus und legte es vor mich hin, pedantisch, aber nicht ohne Sinn für den bedeutsamen Augenblick.

Ich erlaubte mir, den Moment zu genießen – diesen ersten Blick auf den Gegenstand, der mich so lange beschäftigt hatte und den es also wirklich gab. Ich wartete ein wenig, bevor ich es anfasste. Es sah beinahe bis aufs i-Tüpfelchen so aus, wie ich es mir vorgestellt hatte, abgesehen davon, dass das Format vielleicht ein wenig breiter war; aber die Farbe des Leders, sein blanker Glanz, das undeutliche Wappenschild im Blinddruck auf der Vorderseite, das war unverkennbar so, wie Ulla es beschrieben hatte.

Ich öffnete es, langsam und andächtig. Ganz recht, das Papier war von guter Qualität, die Frakturschrift deutlich und leicht lesbar – und der Titel brannte sich in mein Gedächtnis, als könnte ich ihn jetzt vor mir sehen, beinahe so wie auf einer Fotografie:

Beschreibung einer Reise nach den Städten Mailand und Genua, niedergeschrieben von dem Freiherrn Eberhardt von Erlenberg zur Aufklärung seiner Söhne.

Ich blätterte in dem Buch. Ich las hier und da einen Abschnitt, blätterte einige Seiten weiter und las wieder. Es gab keine Ratsherren mit biblischen Namen, keine Grabinschriften, keine Buchstabenrätsel, keine seltsamen Förderräder, keine Zeichnungen, und der Name Orffyreus tauchte nirgendwo auf. Was ich sah, war die vermutlich ziemlich gewöhnliche Beschreibung der Italienreise eines preußischen Adligen in der Zeit des Siebenjährigen Krieges, zweifelsohne spannend und unterhaltsam als Zeitbild und ein interessantes Erbstück für die Familie, aber nichts, was an die Geschichte erinnerte, mit der ich die vielen Stunden an der Schreibmaschine in Ullas Zimmer verlebt hatte.

Zuerst war ich fassungslos. Ungläubig. Doch je mehr ich suchte, ohne zu finden, wonach ich suchte, desto mehr wuchs in mir eine winzig kleine Ahnung, die ich möglicherweise die ganze Zeit über gehabt hatte, sie wuchs und wurde zur Gewissheit: Die Erzählung in Ullas braunem Heft war keine Übersetzung, sie war ihr eigenes Werk.

Es wäre viel zu banal zu sagen, dass ich mich betrogen oder hinters Licht geführt fühlte. Es waren eher gemischte Gefühle, die mich übermannten. Auf der einen Seite war ich enttäuscht, meine Entdeckung im Reich der Fiktion verschwinden zu sehen, auf der anderen Seite war ich voller Bewunderung über diese Fiktion, die sie mich hatte entdecken lassen.

Als ich meine Überraschung so weit überwunden hatte, dass ich an die Umstände zurückdenken konnte, unter denen ich das Manuskript bekommen hatte, wurde ich von einer Woge der Zärtlichkeit und Sehnsucht mitgerissen: Sie hatte meine Meinung hören wollen, hatte sehen wollen, wie ich auf den Text als Erzählung reagiere, ohne ein irrelevantes Wohlwollen, das bestimmt mit hineingespielt hätte, wenn mir bewusst gewesen wäre, dass das Ganze aus ihrer Hand stammt – und dass das reale Erlenbergsche Manuskript, das sie tatsächlich gesehen hatte, nur eine Anregung für sie gewesen war.

Wäre das Unglück nicht geschehen, hätte sie mir die wahren Zusammenhänge verraten, sobald ich die Frage in ihrem Brief beantwortet hätte. Mein Herz verkrampfte sich bei dem Gedanken an all die Gespräche, die wir nie über das Manuskript hatten führen können – und im beinahe gleichen Moment begriff ich, dass meine Papiere zu Hause unsere Gespräche und meine Reaktionen, überhaupt alles, was das Manuskript ausgelöst hatte, enthielten – in meinen eigenen Einschüben zwischen den einzelnen Passagen der Reinschrift.

Vor allem aber begann sich in mir eine glühende, eine gewaltige Erlösung ihren Weg zu bahnen. Ich hatte dem Biest die Stirn geboten und war bis hierher gekommen, ich hatte Ulla gegenüber die Verpflichtung erfüllt, die ich mir selbst auferlegt hatte – und ich hatte Gewissheit. Eine Unzahl fesselnder Bänder war von mir abgefallen …

»Herr Zahme? Herr Zahme? Fühlen Sie sich nicht gut?«

Von Erlenbergs Stimme drang zu mir hindurch. Wer weiß, wie lange er auf der anderen Seite des Schreibtisches gesessen und versucht hatte, mit mir Kontakt aufzunehmen. Ich konnte ihn nicht deutlich erkennen, dennoch musste ich meine Brille absetzen, um mir so diskret wie möglich das Feuchte aus den Augen zu wischen.

»Doch«, sagte ich mit fester Stimme und setzte die Brille wieder auf. »Es ist nur … ein Missverständnis. Im Grunde – ein Verständnis. Ich habe verstanden, dass unsere gemeinsame Studentin … Ulla …«

»Fräulein Timian, ja.«

»… dass sie das Buch hier gesehen und als Basis für eine Erzählung verwendet hat.«

»Aha.«

»Ich bin Ihnen wirklich sehr dankbar, dass Sie es mir gezeigt haben. Es ist … die Antwort auf viele Fragen.«

»Das freut mich«, sagte er mit einem kleinen Lächeln. »Wie geht es Fräulein Timian?«

Er wusste es also nicht. Ich atmete tief ein und erzählte ihm, dass Ulla im Januar gestorben war. Es traf ihn. Ich konnte es seinem Gesicht ansehen. Einen Augenblick saßen wir beiden Brillenmänner da, jeder auf seiner Seite des Schreibtisches, und schluckten. Dann fragte er, wie es passiert sei, und ich berichtete. Er erhob sich und trat ans Fenster. »Sie war eine große Begabung«, sagte er mit belegter Stimme von dort aus, mit dem Rücken zu mir.

Erst jetzt bemerkte ich die Aussicht aus seinem Fenster. Den phantastischen Blick auf die gezackte Mauer der Alpen am Ende der Hochebene. Es war August, aber noch immer lag Schnee auf den Gipfeln; in spätestens ein paar Stunden würde die Nordseite im Schatten liegen, noch aber leuchteten die blendendweißen Flächen durch den Dunst. Ich stellte mich neben ihn. »Eine unglaubliche Aussicht«, sagte ich.

»Ja«, seufzte er. »Sollte ich ihr eines Tages überdrüssig werden, dann will ich nicht mehr leben.«

Ich spürte, dass ich störte, und da ich bereits alles erfahren hatte, was ich wissen wollte, bat ich ihn, mir ein Taxi zu rufen. Aber er wurde wieder äußerst zuvorkommend und erklärte, das wäre nicht nötig, er müsse ohnehin in die Stadt und könne mich mitnehmen.

Und so geschah es. Er fuhr mich zur Universität, den größten Teil des Weges mit einer qualmenden Kippe in der linken Hand, wir sprachen nur über belanglose Themen. Es wäre eine gute Gelegenheit gewesen, ihn nach seinem Verhältnis zu Ulla zu fragen, aber ich verspürte kein Bedürfnis danach, das Wesentliche hatte ich im Grunde bereits verstanden.

Er setzte mich am Eingang der U-Bahn ab, bevor er weiterfuhr und »den Himmel um einen Parkplatz anflehte«, wir trennten uns mit einem Händedruck, der mehr sagte als das gesamte Gespräch unterwegs. Dann stand ich da, allein in einer fremden Großstadt, in der die Sonne brannte und die Menschen um mich herumwuselten, und überlegte schnell und resolut, was ich nun tun sollte. Steffen war einer der Ersten, an die ich dachte, und am Hauptbahnhof müsste es doch eine Post mit Telefonkabinen geben.

Also fuhr ich mit der U-Bahn zum Hauptbahnhof, fand die Post, hinterlegte eine Anzahlung und rief aus der geschlossenen Glaskabine an, die man mir zugewiesen hatte. Steffen war zu Haus.

»Hallo, Steffen, Robert am Apparat. Weißt du, ich habe etwas sehr Merkwürdiges entdeckt ...«

Und plötzlich fiel es mir ein. Steffen hatte ja keine Ahnung, dass ich verreist war.

»Steffen, weißt du, wo ich bin?«

»Nein?«

»In München.«

»Was sagst du!?«

Er klang einfach glücklich und überrascht, überhaupt nicht besorgt, ich hätte ihn dafür umarmen können, wäre er nicht neunhundert Kilometer entfernt gewesen. Ich erzählte ihm in groben Zügen, was ich entdeckt hatte, und er klang nachdenklich. Dann fragte er mich, wann ich heimkäme. Ich sagte auf gut Glück: morgen.

Ich blieb noch eine Nacht im Hotel. Den Nachmittag und Abend verbrachte ich in verschiedenen Straßencafés und Restaurants, in denen ich bei einem Glas, einem Kaffee oder einer Mahlzeit saß. Ich setzte immer die gleiche Taktik ein, indem ich den jeweils nächsten Bestimmungsort festlegte, bevor ich den Platz, an dem ich mich befand, verließ; ich will nicht sagen, dass das Biest ganz verschwunden war, aber seine Zähne waren stumpf.

Ich sprach mit niemandem, außer wenn ich bestellte oder bezahlte, ich saß einfach da und hörte mir die putzigen bayerischen Vokale und alle möglichen anderen Sprachen um mich herum an. Langsam begann es für mich wieder Wirklichkeit zu werden, dass man so leben konnte.

Am nächsten Morgen fuhr ich direkt vom Hotel zum Flughafen und flog nach Hause. Es war bestimmt die teuerste Reise meines Lebens, umgerechnet in Stunden, aber in den vielen Jahren meines notgedrungenen Höhlenbewohnerlebens hatte ich ja reichlich angespart.

Gestern kam ich nach Hause und heute Nachmittag hat mich Steffen besucht. Allein. Er habe über vieles nachgedacht und zwei und zwei zusammengezählt, sagte er.

Er wusste sehr gut, was ich nicht wusste – dass Ulla schreiben wollte. Manchmal las sie ihm kleine Märchen vor, die sie selbst geschrieben hatte. Aber es war ihm nie in den Sinn gekommen, dass die Geschichte des Freiherrn etwas anderes sein könnte als die, für die sie sich ausgab, das heißt als das, was ich ihm davon erzählt hatte. Ich fragte ihn nach allem, was mir durch den Kopf gegangen war, seit ich die Geschichte mit anderen Augen sah: Woher wusste Ulla das alles; wie hatte sie sich zum Beispiel die Informationen über Orffyreus beschafft, von denen er doch einige nur mit großer Mühe gefunden hatte. Er wusste es nicht und sagte noch einmal nachdrücklich, dass er keine Ahnung von der Existenz des Heftes gehabt hätte, bevor ich es ihm zeigte. Aber es gab ein paar andere Dinge, die ihm eingefallen waren und die er mir gern erzählen wollte.

Zum einen hatte Ulla mal eine Sache erwähnt, die er damals als nutzlose Zufälligkeit aufgefasst hatte: Ihr war aufgefallen, dass ein Text, den sie auf Dänisch schrieb und im Kopf blitzschnell ins Deutsche und wieder zurück übersetzte, so herrlich altväterlich klang. Vielleicht war es ja diese Technik, die alles angestoßen hatte.

Und zum anderen hatte sie irgendwann einmal etwas über mich gesagt. Er schwieg eine Weile.

»Was hat sie gesagt?«, wollte ich wissen.

»Dass sie dir gern ein Rätsel aufgeben würde.«

»Wie?«

»Das habe ich sie auch gefragt. Und dann hat sie gesagt, es müsse etwas sein, was dich wieder neugierig werden lässt, weil dir alles so egal wäre. ›Immer sieht er nur zurück, nie nach vorn, nie hinaus‹, hat sie gesagt.«

Ich begann eine andere Absicht hinter ihrem langen Brief und der distanzierten Art, wie sie mir das Manuskript hatte zukommen lassen, zu ahnen. Das allerdings war beinahe zu unglaublich.

»Meinst du … dass sie es für mich geschrieben hat?«, fragte ich Steffen.

»Sieh mal hier«, sagte er. »Ich habe mir heute Morgen etwas überlegt und es stimmt.« Er nahm einen Bleistift und schrieb die Namen Ramoth und Bezer in Blockbuchstaben auf die Rückseite eines Umschlags, der auf dem Esstisch lag. Dann schrieb er die gleichen Buchstaben noch einmal in einer anderen Reihenfolge darunter und strich sie oben aus, sobald er sie verwendete: Als er fertig war, drehte er den Umschlag um und zeigte mir, was da stand. Dort standen zwei Worte: Ein Name, den ich nur allzu gut kannte.

Der letzte Zweifel – wenn denn noch ein Rest zurückgeblieben sein sollte – verschwand in diesem Augenblick. Mir war, als würde sich quer durch Zeit und Raum eine ausgestreckte Hand sanft auf mich legen und mir einen kleinen Stups geben, eine aufmunternde Geste der Zärtlichkeit. Dann war es vorbei.

Nun habe ich den unordentlichen Berg Papier, zu dem sich diese Geschichte entwickelt hat, in vernünftigere, kleinere Stapel geordnet und die Haufen nummeriert. Ich hatte mir überlegt, das Ganze wieder zu trennen, aber wieso eigentlich – wieso sollte ich mich selbst aus der Geschichte schneiden, wenn ich doch ein Teil davon geworden bin? Die Verschmelzung ist auch eine Form der Ordnung im Chaos.

Und so kann Neues beginnen.